Zakochani
do szaleństwa

Eloisa James

Zakochani do szaleństwa

Przekład
Aleksandra Januszewska
Ewa Morycińska-Dzius

AMBER

Korekta
Renata Kuk
Halina Lisińska

Projekt graficzny okładki
Małgorzata Cebo-Foniok

Zdjęcia na okładce
© Miramiska/Fotolia
Rurik

Tytuł oryginału
Wilde in Love

Druk
POZKAL

ISBN 978-83-241-6813-2

Warszawa 2018. Wydanie I

Wydawnictwo AMBER Sp. z o.o.
02-954 Warszawa, ul. Królowej Marysieńki 58
tel. 620 40 13, 620 81 62

www.wydawnictwoamber.pl

1

W całej Anglii nie było człowieka, który uwierzyłby, że chłopiec, który wyrośnie na lorda Alarica Wilde'a, zdobędzie kiedyś sławę.

Złą sławę? Tego nie dałoby się wykluczyć.

Własny ojciec napiętnował go tak po tym, jak w wieku jedenastu lat odesłano go z Eton za to, że uraczył kolegów opowieściami o piratach.

Piraci nie stanowili problemu – problemem było to, jak przemyślnie mały Alaric przedstawił swoich, niezbyt jego zdaniem rozgarniętych nauczycieli, pod postacią pijanych zbójców. Dziś raczej nie opisywał przemądrzałych Anglików, ale zmysł obserwacji nie opuścił go nigdy. Patrzył i wyciągał wnioski, czy to w Chinach, czy w afrykańskiej dżungli.

Zawsze zapisywał to, co zobaczył. Książki, które wydał, były właśnie konsekwencją tego impulsu do notowania wrażeń; ta potrzeba pojawiła się już z chwilą, kiedy nauczył się składać pierwsze zdania.

Podobnie jak inni zupełnie nie oczekiwał, że te książki przyniosą mu sławę. I tak samo myślał, podnosząc się ze swojej koi na „Royal George'u". Wiedział tylko, że w tej chwili jest gotów na spotkanie z rodziną, całą ósemką rodzeństwa, nie wspominając o księciu, księżnej i jednej czy dwóch siostrach przyrodnich.

Przebywał latami poza domem, jakby to, że nie widział grobu najstarszego brata, Horatiusa, czyniło jego śmierć mniej realną.

Ale nadeszła pora, żeby wrócić.

Marzył o filiżance herbaty. Gorącej, parującej kąpieli w prawdziwej wannie. Zadymionym, londyńskim powietrzu w płucach.

Boże, tęsknił nawet za zapachem torfu unoszącym się nad bagnami Lindow, które ciągnęły się na mile na wschód od zamku ojca.

Zaciągał właśnie z powrotem zasłonę na bulaju, kiedy chłopiec okrętowy zapukał i wszedł do kajuty.

– Jest potężna mgła, milordzie, ale wpłynęliśmy daleko na Tamizę i kapitan twierdzi, że lada chwila będziemy przy nabrzeżu Billingsgate. – Jego oczy lśniły z podniecenia.

Na pokładzie Alaric zastał kapitana Barsleya stojącego na dziobie „Royal George'a", z rękami na biodrach. Alaric ruszył w jego stronę i zatrzymał się, zdumiony. We mgle doki migotały barwami jak dziecinna zabawka: różowym, fioletowym, jasnoniebieskim. Barwna masa rozdzieliła się, kiedy się zbliżyli.

Kobiety.

W porcie tłoczyły się kobiety – albo, ściśle rzecz ujmując, damy, zważywszy wysokie pióra we włosach i parasolki powiewające w powietrzu. Alaric uśmiechnął się mimo woli, podchodząc do kapitana.

– Co tu się, do czorta, dzieje?

– Spodziewam się, że czekają na jakiegoś księcia czy kogoś podobnego. Te listy pasażerów, które drukują w „Morning Chronicle", to skończona głupota. Będą wściekle rozczarowane, kiedy zdadzą sobie sprawę, że „Royal George" nie ma kropli królewskiej krwi na pokładzie – burknął kapitan.

Alaric, spokrewniony z rodziną królewską przez dziadka, parsknął głośnym śmiechem.

– Masz szlachetny nos, Barsley. Może odkryły więzy pokrewieństwa, o których w życiu nie słyszałeś.

Barsley tylko mruknął w odpowiedzi. Byli teraz na tyle blisko, żeby stwierdzić, że damy obstawiły port aż do targu rybnego. Wydawało się, że poruszają się w górę i w dół jak kolorowe boje, kiedy wpatrywali się usilnie w zasłonę mgły. Stłumione krzyki świadczyły o podnieceniu, jeśli nie histerii.

– Prawdziwe Bedlam – parsknął Barsley z obrzydzeniem. – Jak mamy przybijać w takich warunkach?

– Ponieważ przybywamy z Rosji, może myślą, że wieziemy rosyjskiego ambasadora – powiedział Alaric, patrząc na łódź, która odbiła od nabrzeża, płynąc w ich stronę.

– A dlaczego, do kaduka, stado bab przyszło, żeby oglądać Rosjanina?

– Kochubej jest całkiem przystojny – stwierdził Alaric, kiedy łódź uderzyła głucho o burtę statku. – Skarżył się, że angielskie damy go oblegają, nazywają adonisem i zakradają do jego sypialni w nocy.

Ale kapitan go nie słuchał.

– Co te wszystkie baby robią na brzegu?! – wrzasnął Barsley, kiedy robotnik portowy wdrapał się na pokład. – Zróbcie miejsce dla trapu albo nie odpowiadam za to, że ryby się dzisiaj najedzą za wszystkie czasy!

Mężczyzna otworzył szeroko oczy.

– To prawda! Jest pan tutaj! – wydusił z siebie.

– Oczywiście, że jestem – warknął kapitan.

Jednak mężczyzna nie patrzył na Barsleya.

Patrzył na Alarica.

Panna Wilhelmina Everett Ffynche oddawała się swojemu ulubionemu zajęciu: czytaniu. Siedziała wygodnie w fotelu, chłonąc opowieść Pliniusza, naocznego świadka, o wybuchu Wezuwiusza.

Takie historie lubiła najbardziej: uczciwe i wyważone, zostawiające pole dla wyobraźni, zamiast zalewać czytelnika sensacyjnymi szczegółami. Opis chmury dymu w kształcie parasola, który wznosił się wyżej i wyżej, fascynował.

Drzwi otworzyły się gwałtownie.

– Madame Legrand przysłała mój nowy kapelusz! – zawołała Lavinia, przyjaciółka Wilhelminy. – Co o nim sądzisz?

Willa ściągnęła okulary i spojrzała na obracającą się w kółko Lavinię.

– Absolutnie doskonały. Czarne pióro to przebłysk geniuszu.

– Spodziewam się, że dodaje *gravitas* – oznajmiła uszczęśliwiona Lavinia. – Nadaje mi godny, jeśli nie filozoficzny wygląd. Jak tobie okulary!

– Chciałabym, żeby moje okulary miały tyle uroku, co twoje pióro – odparła ze śmiechem Willa.

– O czym teraz czytasz? – zapytała Lavinia, przysiadając na poręczy fotela.

– Sprawozdanie Pliniusza z wybuchu, który pogrzebał Pompeje. Wyobraź sobie tylko: jego wuj ruszył prosto w dym, żeby ratować tych, którzy ocaleli. I chciał, żeby Pliniusz z nim poszedł.

– Lord Wilde także nie cofnąłby się przed niebezpieczeństwem – powiedziała Lavinia rozmarzonym tonem.

Willa przewróciła oczami.

– Wówczas by zginął, podobnie jak wuj Pliniusza. Muszę przyznać, że Wilde sprawia wrażenie kogoś, kogo pociągają ryzykowne sytuacje.

– Ale ryzykowałby, żeby ratować ludzi – zauważyła Lavinia. – Nie można mu za to czynić wyrzutów. – Przywykła, że Willa kręci nosem na podróżnika, którego ona sama, jak twierdziła, kochała bardziej niż cokolwiek innego.

Z wyjątkiem nowych kapeluszy.

I Willi.

– Tak się cieszę, że mój kapelusz zjawił się w porę na domowe przyjęcie w zamku Lindow – ciągnęła – a to mi przypomniało, że kufry są spakowane i matka chce wyjechać po lunchu.

– Oczywiście! – Willa zeskoczyła z fotela, pakując książkę i okulary do małej torby podróżnej.

– Nie mogę się doczekać, żeby zobaczyć dom, w którym lord Wilde spędził dzieciństwo. – Lavinia westchnęła z zachwytu. – Zakradnę się do pokoju dziecinnego, jak tylko się da.

– Po co? – zapytała Willa. – Zamierzasz zdobyć jakąś pamiątkę? Na przykład zabawkę, którą się bawił jako chłopiec?

– Ogrodnicy nie są w stanie upilnować klombów w ogrodach zamkowych – zachichotała Lavinia. – Wszyscy zrywają kwiaty, żeby je zasuszyć między kartkami jego książek.

Willa nie potrafiła sobie nawet wyobrazić, jaki chaos by zapanował, gdyby lord Wilde pojawił się we własnej osobie, ale w Anglii nie pokazywał się od wielu lat. Jeśli wierzyć brukowcom, był zbyt zajęty walką z olbrzymią kałamarnicą i piratami.

Czasami Willi wydawało się, że królestwo opanowała gorączka – przynajmniej jego żeńską część – ją jednak oszczędzając.

Podczas sezonu, który właśnie się skończył, młode damy rozmawiały bardzo niewiele o mężczyznach, których mogłyby poślubić i z którymi mogłyby spędzić życie, a bardzo wiele o autorze książek takich, jak *Dzikie Morze Sargassowe**, *Niezbadane szerokości geograficzne Wilde'a?*

Racjonalną odpowiedzią mogło być tylko parsknięcie.

Willa była przekonana, że lord Wilde we własnej osobie wygląda jak każdy inny mężczyzna: beka, wydziela woń whisky, gapi się czasem na damski biust.

Wsunęła dłoń pod ramię Lavinii i podniosła ją

– Zatem ruszajmy. Do zamku Lindow, żeby obrabować pokój dziecinny!

2

Zamek Lindow, Cheshire
wiejska siedziba księcia Lindow
28 czerwca 1778
późne popołudnie

Alaric wędrował długim korytarzem domu swojego dzieciństwa, ogarnięty przyjemnym uczuciem satysfakcji. Obok niego kroczył starszy brat, lord Roland Northbridge Wilde – albo North, jak wolał, żeby go nazywano.

Dziedzic i ewentualny dziedzic. Dworzanin i podróżnik. Ukochany syn księcia i jego porażka.

Niesławna porażka, jak się wydawało.

On i North byli podobnego wzrostu, mieli podobne rysy twarzy i zarys szczęki. Ale na tym podobieństwo się

---

* Gra słów: Wilde, nazwisko bohatera, to po angielsku: dziki, niezbadany (wszystkie przypisy pochodzą od tłumacza).

kończyło. Dokonując świadomych wyborów, nie mogliby bardziej się różnić charakterem.

– Nie, nie spałem z carycą – powiedział Alaric, kiedy dotarli na dół schodów. Zatrzymał się przed lustrem w złotej ramie, wiszącym przy wejściu do zamku, żeby wcisnąć na głowę zniszczoną, upudrowaną perukę. Skrzywił się na swój widok. – Może powinienem zmienić zdanie i wrócić na rosyjski dwór. Przynajmniej nie musiałbym nosić tego paskudztwa.

– Naprawdę nie ma nic z prawdy w tej plotce? – nalegał North, zatrzymując się obok brata. – Joseph Johnson sprzedaje rycinę zatytułowaną: *Anglia bierze Rosję szturmem*. Scena przedstawia sypialnię carycy Katarzyny, a mężczyzna bardzo przypomina ciebie.

Ich spojrzenia spotkały się w lustrze i North aż się cofnął.

– Dobry Boże, czy to twoja jedyna peruka? – Zmarszczył brwi, spoglądając na podniszczone, niezbyt kształtne nakrycie głowy. – Ojcu to się nie spodoba przy stole. Niech to diabli. Mnie też się nie podoba.

Nic w tym dziwnego. Głowę Northa zdobiła istna wieża śnieżnobiałej barwy, zamieniając go w coś pośredniego między papugą unurzaną w gipsowym pyle a dziwacznym kurczakiem. Alaric nie widział brata od pięciu lat i ledwie go rozpoznał.

– Jadę prosto z portu, ale kamerdynera wysłałem do Londynu. Quarles powinien wrócić za parę dni z nową peruką, choć z pewnością moja nie dorówna twojej elegancją.

North poprawił mankiety. Różowe jedwabne mankiety.

– Oczywiście, że nie, to paryska peruka, upudrowana najlepszym cypryjskim pudrem Sharpa.

W tym momencie Prism, kamerdyner rodziny, wszedł do holu. Należał do tych szefów służby, którzy szczerze wierzyli, że arystokracja nie może zrobić nic złego. Służba u Wilde'ów wystawiała to jego przekonanie na ciężką próbę, ale jego małe, dostrzegające jedynie to, co właściwe, oczy cudownym sposobem pozwalały mu nie widzieć dowodów, że jest inaczej.

– Dzień dobry, lordzie Rolandzie, lordzie Alaricu. Czy mogę czymś służyć?

– Witaj, Prism – powiedział Alaric. – Mój brat postanowił zakłócić herbatkę księżnej, przedstawiając mnie swojej narzeczonej.

– Damy będą wstrząśnięte i zachwycone. – Prism kaszlnął lekko, wyrażając w ten sposób konsternację z powodu niespodziewanej sławy Alarica.

– Jestem równie zdumiony, jak ty – oznajmił Alaric. Wymknął się tłumowi na nabrzeżu portowym, zakładając kapelusz kapitana Barsleya. Żadna z kobiet wykrzykujących jego imię go nie rozpoznała; przeszedł przez tłum niezaczepiany; to doświadczenie wydało mu się dziwne i nierealne.

– Daj mi chwilę – powiedział North, poprawiając przed lustrem kunsztownie zawiązany krawat. – Przygotuj się, Alaricu. Przypuszczam, że każda kobieta w tym pokoju ma co najmniej jedną rycinę przedstawiającą twoje przygody.

– Książę mówi, że przez te lata, kiedy mnie nie było w Anglii, zaśmieciły cały kraj. Otóż, wydaje mi się, że użył nawet słowa „skalały".

– To, że ludzie plotkują o tobie, nie wspominając już o zbieraniu portretów, ojcu nie przypadło do gustu. Uważa, że twoja sława uwłacza twojej pozycji. Czy pamiętasz lady Helenę Biddle? Podobno wytapetowała dom twoimi podobiznami, więc może zemdleć, kiedy wejdziesz.

Alaric stłumił przekleństwo. Helena Biddle prześladowała go natrętnie już pięć lat wcześniej.

– Została wdową – dodał brat, kręcąc loki, które zwisały po bokach głowy.

Przy tym tempie mogli stać tam z godzinę.

– Nie mogę się doczekać, żeby poznać twoją narzeczoną – powiedział nagląco Alaric.

North potrafił zachować surowy wyraz twarzy bez względu na to, jak się czuł, ale teraz jego twarz złagodniała.

– Po prostu rozejrzyj się za najpiękniejszą, najelegantszą kobietą w pokoju.

Czy to ważne, że North zamienił się w pawia pod nieobecność Alarica? Brat był, najwyraźniej, zakochany.

Alaric objął brata serdecznie jednym ramieniem, narażając na szwank doskonałość jego stroju pod szyją.

– Cieszę się twoim szczęściem. Teraz przestań się bawić peruką i przedstaw mnie tej bajecznej istocie.

Prism otworzył drzwi do zielonego salonu, gdzie żeńska część książęcych gości zebrała się na herbatę. W pokoju pełno było tego, czego Alaric szczerze nienawidził: jedwabi, peruk, brylantów i – bezmyślnych twarzy.

Uwielbiał kobiety, ale szlachetnie urodzone damy, urodzone, żeby głupio chichotać i paplać jedynie o modzie?

Nie.

W pokoju znajdowało się dwadzieścia dam, ale wzrok Northa powędrował natychmiast do tej, której wierzchnią spódnicę ułożono w ni mniej, ni więcej, ale trzy wielkie bufy. Siedzenia pozostałych kobiet także ozdobiono bufami, ale bufy panny Belgrave były największe. Wydawałoby się, że im większe siedzenie, tym bardziej spełniało się wymogi mody.

– To ona – szepnął North. Mówił takim tonem, jakby zobaczył kogoś z rodziny królewskiej. Gdyby obszerność stroju była wyznacznikiem pozycji, panna Belgrave powinna zasiadać na tronie. Jej halkę zdobiła większa liczba kokard, suknię więcej falbanek. A na głowie dźwigała cały kosz owoców.

Alaric ściągnął brwi. Czy jego brat naprawdę zamierzał poślubić taką kobietę?

– Lord Roland i lord Alaric – oznajmił Prism.

Damy zareagowały na jego obecność zbiorowym westchnieniem. Alaric zacisnął szczęki.

– Zagramy później w bilard? – zwrócił się do brata.

North puścił do niego oko.

– Zawsze chętnie odbiorę ci trochę pieniędzy.

Nie mając innego wyjścia, Alaric wkroczył do pokoju.

Na szczęście Willa siedziała twarzą do drzwi, kiedy zapowiedziano wielkiego odkrywcę i dzięki temu nie okryła się wstydem, odwracając gwałtownie i oblewając się herbatą, jak większość obecnych pań.

Willa nie mogła ich za to winić. Podobizny lorda Wilde'a ozdabiały niemal każdą sypialnię w kraju, ale nikt nie spodziewał się poznać go osobiście. Mając oto do czynienia z prawdziwym człowiekiem, dama po jej prawej stronie złożyła ręce na piersi z taką miną, jakby miała za chwilę zemdleć.

Prawdziwa tragedia, że Lavinia spóźniła się na herbatę; z pewnością nie będzie mogła sobie wybaczyć, że się tak grzebała.

Mężczyzna, który wkroczył między damy, nie rozglądając się ani na prawo, ani na lewo, miał na nogach zwykłe buty zamiast eleganckich pantofli noszonych zazwyczaj w domu przez dżentelmenów.

Nie nosił pierścieni ani trefionej w loki peruki, nie miał też poloru wielkiego pana.

Willa otworzyła wachlarz, żeby lepiej przyjrzeć się temu wzorowi męskości, jak określił go „The Morning Post". Z pewnością nie był wzorem modnisia.

Sprawiał wrażenie, jakby mógł czuć się lepiej w innej epoce – może w wiekach średnich, kiedy szlachetni panowie walczyli mieczami. Zamiast tego przyszło mu żyć w czasach, gdy stopy dżentelmena często zdobiły pompony w kształcie róż przymocowane do pantofli.

W tej chwili ciszę, która nagle zapadła, przerwał gwar rozmów i ciche okrzyki.

– Widzę tę bliznę! – pisnął ktoś za jej plecami.

Dopiero wtedy Willa zauważyła cienką białą kreskę na ogorzałym od słońca policzku; blizna mogła oszpecać, ale z jakiegoś powodu wrażenie nie było nieprzyjemne.

Krążyło wiele opowieści o tym, skąd się wzięła ta blizna, ale prywatna teoria Willi polegała na tym, że lord Alaric poślizgnął się w wychodku i wyrżnął policzkiem o jakiś kant.

Kuzynka Lavinii, Diana Belgrave – przyszła bratowa lorda Alarica – wyglądała ze smętną miną przez okno. Teraz podbiegła, ustawiając się plecami do pokoju.

– Myślisz, że lord Roland mnie zauważył? – szepnęła.

Dwaj bracia ucałowali dłoń macochy i…

Skierowali się prosto w ich stronę.

Willa niemal westchnęła, tyle że przed laty przyjęła zasadę, że Wilhelmina Everett Ffynche nigdy nie wzdycha. Ale jeśli istniała sytuacja, która prosiła się o westchnienie, to na przykład wtedy, kiedy młoda dama – jak Diana – tak się bała swojego przyszłego męża, że robiła wszystko, żeby uniknąć jego towarzystwa.

– Owszem, tak – stwierdziła. – Odwracając się plecami, nie stajesz się niewidoczna, podczas gdy twoja peruka jest wyższa niż wszystkie inne. Idą tutaj jak gołębie powracające do gołębnika.

Przyglądając się im, kiedy się zbliżali, Willa po raz pierwszy zrozumiała, dlaczego podobizny lorda Alarica zdobiły tak wiele sypialni. Było w nim coś niezwykłego.

Był taki wielki – i pełen życia w pierwotny, prymitywny sposób.

Niezbyt odpowiednia cecha u kogoś, z kim chciałoby się spędzić życie, stwierdziła w duchu Willa. Ona sama miała na ścianie rycinę przedstawiającą Sokratesa: myślącego, inteligentnego mężczyznę, którego uda były zapewne równie szczupłe, jak jej własne.

– Willa, błagam, ty zajmij się rozmową – szepnęła Diana. – Ja już zniosłam rozmowę z lordem Rolandem przy śniadaniu.

Jej narzeczony dotarł do nich, zanim Willa zdążyła odpowiedzieć.

– Panno Belgrave, czy mogę przedstawić mojego brata, lorda Alarica, który właśnie wrócił z Rosji? – zwrócił się do Diany.

Podczas gdy Diana demonstrowała swoją niezwykłą zdolność dygania ze straganem warzywno-owocowym na głowie, Willa miała okazję odkryć, że lord Alaric ma rzeźbione kości policzkowe, usta, których nie powstydziłby się włoski dworzanin, błękitne oczy…

Och, i prosty nos.

Te ryciny, które można było znaleźć w każdej księgarni?

Nie oddawały mu sprawiedliwości.

Skłonił się przed Dianą z niezwykłą, zważywszy szerokość jego klatki piersiowej, gracją. Kubrak napinał mu się na ramionach. Można by sądzić, że tak umięśnione ciało zgina się z trudem.

Można by też sądzić, że syn księcia mógłby zatrudnić lepszego krawca.

– To przyjemność cię poznać, panno Belgrave – powiedział, całując dłoń Diany. – Czuję się zaszczycony, witając cię w rodzinie.

Diana zdobyła się na blady uśmiech.

Willa o mało się nie cofnęła, kiedy lord Roland odwrócił się do niej. Lord Alaric był tak wielki, że Willa miała absurdalne wrażenie, że pochłania całe powietrze wokół nich.

To by przynajmniej wyjaśniało, dlaczego lekko brakowało jej tchu.

Lord Roland bardzo pragnął porozmawiać z przyszłą żoną i szybko odciągnął ją na bok, pozostawiając Willę samą z podróżnikiem.

– Lordzie Alaricu, bardzo mi miło – odezwała się, podając mu dłoń do pocałowania.

Elitarne seminarium, do którego uczęszczała, znakomicie uczyło, jak zachowywać się w niezręcznej sytuacji towarzyskiej. W tym wypadku należało udawać, że krąg dam za jej plecami, czekających bez tchu na przywitanie się z bohaterem, nie istnieje.

Interesujące, że lord Alaric również wydawał się nie zwracać na nie uwagi. Kiedy podniósł jej dłoń do ust, jego uśmiech sprawiał wrażenie przeznaczonego wyłącznie dla niej.

– Cała przyjemność po mojej stronie – szepnął.

Jego głos, głęboki i chrapliwy, był równie niezwykły, jak jego strój. Ten głos nie należał do dworzanina. Nie do jednego z chłopców, którzy się do niej zalecali. To był głos dorosłego mężczyzny.

Zamiast pocałować wierzch jej dłoni, podniósł do ust jej palce; kiedy dotknął ich wargami, ich oczy się spotkały.

Nie nosiła rękawiczek, ale to nie wyjaśniało do końca, dlaczego w tej chwili poczuła takie dziwne mrowienie. Willa uświadomiła sobie, że jej usta układają się w uśmiech, a zwykle wobec obcych zachowywała maskę niewzruszonego spokoju.

– Rozumiem, że właśnie wróciłeś do Anglii – powiedziała, pośpiesznie cofając rękę. – Za czym tęsknisz, kiedy jesteś poza krajem?

Oczy lorda Alarica, obramowane gęstymi rzęsami, miały barwę nieba o zmierzchu.

Uroda była jak los na loterii. Ale oczy? To co innego. Piękne oczy mogły wiele zdradzić.

– Tęsknię za rodziną – odparł. – Poza tym za materacem bez wszy, za brandy, życzliwą służbą, doskonałą szynką i jajkami na śniadanie. Och, i za towarzystwem dam.

– Takie uwielbienie musi działać oszałamiająco – zauważyła Willa, lekko zirytowana tym, że damy cenił niżej niż szynkę.

Lord Alaric uśmiechnął się kpiąco.

– Uwielbienie to trochę za mocne słowo. Uważam się za szczęśliwego, że czytelnicy znajdują coś interesującego w moich książkach.

Pozwoliła sobie na nieco pogardliwe spojrzenie wobec jego... fałszywej skromności? Fe.

– Lektura eseju Montaigne'a o kanibalach sprawiła mi przyjemność, ale to mnie nie skłoniło, żeby powiesić jego podobiznę na ścianie.

Wydawał się lekko zaskoczony. Czy wszyscy zawsze się z nim zgadzali? Czy też nie zdawał sobie sprawy, że jego obraz uświetniał tyle sypialni?

– Jakie planujesz dalsze podróże? – zapytała, zmieniając temat.

– Jeszcze nie zdecydowałem. Czy możesz mi coś podsunąć?

– Nie jestem pewna, gdzie dotąd byłeś – przyznała Willa. – Obawiam się, że należę do tej małej grupy osób w królestwie, które są ignorantami w dziedzinie podróży lorda Wilde'a.

Uniósł lekko powieki, uśmiechając się nieznacznie.

– Zbyt wielkie słowa dla tak skromnej materii. Zapewniam, że nie jesteś jedyną, która unika moich książek.

Willa miała ochotę wzruszyć ramionami, ale ten gest był jak wzdychanie: nieelegancki sposób na okazywanie uczuć, które lepiej zachować dla siebie.

– Nic na to nie wskazuje – stwierdziła. – Nie było cię przez jakiś czas, ale sam się przekonasz, że twoje książki są czytane powszechnie.

– Czy wolisz powieści? – zapytał.

– Nie, obawiam się, że nie pociągają mnie zbytnio żadne wymyślone historie tego rodzaju. – Wpatrywał się w nią tak intensywnie, że zaczynała odczuwać lekkie oszołomienie.

Denerwujący człowiek.

– Nie wymyślam wydarzeń, które opisuję – zapewnił lord Alaric z rozbawieniem w głosie.

– Z pewnością nie – powiedziała pośpiesznie. Potem dodała, nie mogąc się powstrzymać: – Choć z tego, co mówi moja przyjaciółka Lavinia, czy nie zgodziłbyś się, że twoje przygody, powiedzmy, nieco przerastają życie?

– Nie – odparł, wyraźnie jeszcze bardziej rozbawiony. – Co czytasz w tej chwili?

– Listy Pliniusza do Tacyta, ale odłożę to i przeczytam jedną z twoich opowieści. Co mi polecasz na początek? Może kanibali?

Uniósł brew, zaskoczony.

– Kanibali?

– Och, prawda – zawołała Willa. – Lavinia mówiła, że kanibale występują tylko w sztuce.

Jak kropka na końcu zdania, te słowa położyły kres jego rozbawieniu. Ściągnął brwi.

– Sztuce?

– *Zakochany do szaleństwa* – wyjaśniła Willa, zdumiona, że lord Alaric nie ma pojęcia o niezwykle popularnej sztuce opisującej jego życie.

– Przypuszczam, że słowo w tytule zawiera literę „e". – Nie wyglądał na zachwyconego. – O czym dokładnie jest *Zakochany do szaleństwa*?

– Jak możesz się pewnie domyślić, spotykasz damę – mówiła Willa, raczej rozbawiona bolesnym wyrazem jego twarzy.

Lord Roland wystraszył ją, odchrząkując nagle. Widocznie Diana umknęła i brat lorda Alarica mógł się znowu do nich przyłączyć.

– Zapomniałem ci powiedzieć; całą gromadką udaliśmy się specjalnie do Londynu, żeby obejrzeć tę sztukę, Alaricu. Ciotka Knowe wykupiła wszystkie pamiątkowe medaliony, jakie można było dostać poza teatrem.

Lord Alaric zmarszczył brwi.

– Reprodukcje medalionu, jaki darowałeś narzeczonej – dodała Willa.

– Nie tylko się zakochuję, ale jeszcze zaręczam?

– Była twoją jedyną prawdziwą miłością – powiedział lord Roland z szelmowskim uśmiechem. – Napisałeś i recytowałeś mnóstwo miłosnej poezji, przez większość pierwszego aktu i w końcu wręczyłeś jej medalion jako znak swojego oddania. Z pewnością zobaczysz je u wielu dam; wczoraj ciotka Knowe rozdawała je jak piernikowe ludziki.

– Co za bajdurzenie. Nigdy nie miałem narzeczonej ani nie napisałem jednego zdania poezji miłosnej. Co jeszcze dzieje się w tej farsie?

– Przykro mi, ale muszę stwierdzić, że to nie farsa, tylko tragedia, ponieważ kanibale na koniec robią sobie danie z twojej ukochanej – powiedziała Willa, uśmiechając się wbrew woli.

– Nie mogę powiedzieć, że mi smutno słyszeć o śmierci narzeczonej, której nigdy nie miałem – zauważył lord Alaric.

– Jeśli zechcesz posłuchać mojej rady – odezwał się niezrażony brat – powinieneś był zrezygnować ze śniadania i pokonać strach przed wodą, żeby przybyć w porę na ratunek córce misjonarza i wyrwać ją z łap kanibali.

Lord Alaric znieruchomiał.

– Co to znowu za „córka misjonarza"?

Willa cofnęła się odruchowo o krok. Przypomniał jej nagle drapieżnika szykującego się do skoku. Nikt inny nie zwrócił na to uwagi.

W chwili, gdy Willa wycofała się z ich małego kręgu, gromada zniecierpliwionych dam za jej plecami ruszyła naprzód, odsuwając ją na bok.

Powinna wyjść, nie oglądając się za siebie, jednak w połowie drogi przez pokój odwróciła się, żeby ku swojemu zmieszaniu stwierdzić, że lord Alaric wciąż się w nią wpatruje.

Przypuszczalnie przywykł, że damy rzucają mu tęskne spojrzenia przez ramię, bo jeden kącik jego ust uniósł się do góry, kiedy ich spojrzenia się spotkały.

Czy śmiał się z niej, sądząc, że ucieka?

Willa odwróciła gwałtownie głowę. Nie mógł jaśniej dać do zrozumienia, że kpi sobie z zasad dobrego wychowania, obowiązujących osoby szlachetnie urodzone.

Ten człowiek to zagrożenie dla dobrego towarzystwa.

Pociągające zagrożenie, ale jednak zagrożenie.

3

Nie pamiętam, żebym cię kiedyś widział w jedwabiach, a co dopiero w różowych jedwabiach – powiedział Alaric. Opierał się o stół bilardowy, patrząc, jak brat uderza w bile z mistrzowską swobodą. – Jeśli nie będziesz uważał, staniesz się nadto „książęcy". Pamiętasz Horatiusa?

Za życia ich starszy brat, Horatius, pławił się w pustym splendorze jako dziedzic księstwa. Był już nadęty, kiedy biegał w krótkich spodenkach. Do diabła, pewnie w pieluchach też.

– Nie wiem, co rozumiesz przez „nadto", a to strój, który noszą wszyscy angielscy arystokraci – oświadczył North bezbarwnym tonem. – Teraz, kiedy wróciłeś do Anglii, musisz ubierać się stosownie do swojej pozycji.

– Ogoliłem się – zauważył Alaric.

North wbił czerwoną bilę do łuzy.

– Możliwe, że powietrze wokół przyszłego księcia jest zatrute. Przyznaję, że sam siebie czasami zdumiewam.

– Czy to nie moja kolej? – zainteresował się Alaric, pociągając spory łyk brandy.

– Nie.

– Uznałem, że w tej peruce wyglądasz jak skrzyżowanie afrykańskiej papugi z dziwacznym kurczakiem.

North odwrócił kij do bilardu, cieńszym końcem uderzając w bilę tak, że ta odbiła się od krawędzi stołu, potem od drugiej i w końcu trafiła w bilę Alarica.

– Horatius umarł. Musiałem dorosnąć.

Alaric stłumił dobrze znane ukłucie bólu.

– Masz po trzy loki nad każdym uchem – zauważył. – Dodajmy do tego falbanki przy nadgarstkach i złoty haft na kubraku, a wyniku nie da się wyjaśnić jedynie dojrzałością.

– Nie możesz sobie wyobrazić, jak bardzo nieinteresujące są dla mnie twoje uwagi dotyczące mody – powiedział North. – Skoro jesteś zajęty moją garderobą, czy mogę rozegrać kolejną rundę?

– Proszę bardzo. – Alaric napił się jeszcze. – To nie tylko kwestia garderoby. Kiedy cię żegnałem pięć lat temu, nie nosiłeś żadnej peruki, pod jedną pachą trzymałeś pulchną tancerkę, pod drugą nadąsaną włoską śpiewaczkę. A teraz się żenisz.

North pochylił się, żeby odpowiednio ustawić kij.

– Ludzie się zmieniają.

– Chodzisz na obcasach – stwierdził Alaric, zerkając na stopy brata. – Niech to diabli, nawet nie są czarne, prawda? – Schylił się i stwierdził z pewnym obrzydzeniem: – North, masz pasiaste pończochy i żółte obcasy. Żółte.

– To najnowsza moda. Wyjechałeś w 1773, a teraz jest 1778. Moda się zmienia. – Wbił bilę do łuzy, niemal nie poruszając kijem.

– Stałeś się zwykłym fircykiem. Nie zdziwię się, jeśli zaczniesz nosić wielkie srebrne sprzączki przy pantoflach.

Brat wyprostował się.

– Alaric. – Jego głos brzmiał niebezpiecznie spokojnie, w dzieciństwie taki ton zapowiadał próbę wbicia braci w podłogę.

Ale Alaric nigdy nie potrafił się powstrzymać od drażnienia bestii – w tym wypadku człowieka, który ledwie przypominał brata, jakiego pamiętał.

– Czy mam się przygotować na widok ciebie, kiedy będziesz drobił kroczki w nawie kościelnej w butach na fioletowych obcasikach? Z różem na twarzy, bez wątpienia, oraz sztucznymi pieprzykami?

North zmrużył ciemnoniebieskie, niezwykle podobne do Alaricowych, oczy.

– Czy mam rozumieć, że w kościele będziesz wyglądał jak kowal? Bo teraz tak właśnie wyglądasz.

– Zraniłbyś uczucia Quarlesa, gdyby to usłyszał – powiedział Alaric. Jego kamerdyner robił, co mógł, biorąc pod uwagę, że jego pan odmawiał noszenia jedwabiu, obcasów, falbanek czy róż.

Mieli liczną rodzinę – trzecia żona ich ojca miała wkrótce wydać na świat kolejnego małego Wilde'a – ale Horatius, on i North stanowili pierwszą trójkę w pokoju dziecinnym.

Mógłby powiedzieć, że znali się nawzajem na wylot: Horatius był zarozumiały, ale szczery; Alaric żądny przygód i skłonny do ryzyka; North był szalonym zawadiaką.

Zawadiaki i szaleńca nigdzie teraz nie było widać. Na ich miejscu pojawił się: milusiński. Modniś. Elegancik. Wkrótce pan małżonek.

Trudne do uwierzenia.

Niemożliwe.

– Jak ma na imię panna Belgrave? – zapytał Alaric. Ledwie udało mu się zamienić słowo z przyszłą bratową. Choćby dlatego, że zbytnio go rozproszyła mała sekutnica, która nie czytała jego książek.

Niech to, była śliczna. Delikatne rysy i pełne usta wykrojone tak, że budziły instynktowną chęć, żeby ją pocałować – nawet jeśli uśmiechały się ironicznie; z pewnością uznała, że w najlepszym wypadku jest pisarzyną, w najgorszym – nic niewartym ladaco.

Zakłamanym ladaco: który opisuje w swoich książkach historie wyssane z palca.

Pal licho ironię: kiedy na nią patrzył, zrozumiał, o co chodzi z tymi perukami.

Dzięki peruce kobieta zachowywała włosy dla siebie – i dla kochanka. Stawały się czymś, czym można się było delektować w intymny sposób.

Potem, kiedy usłyszał o absurdalnej sztuce, obległy go damy, które widziały *Zakochanego do szaleństwa* w teatrze i wydawały się wierzyć, że jego życie przypominało to, co się działo na scenie.

– Moja narzeczona ma na imię Diana – odparł North z uśmiechem. To był mimowolny uśmiech, który rozjaśnił mu oczy.

– Diana? Boże, ona praktycznie jest już członkiem rodziny – powiedział Alaric, odsuwając myśli o sztuce.

Ich ojciec nadał wszystkim swoim dzieciom imiona wojowników; Alaric i Juliusz odgrywali bitwy między Alarykiem, królem Wizygotów a Juliuszem Cezarem, wielkim wodzem rzymskim. Takie dziecinne zabawy były poniżej godności Horatiusa; jak lubił braciom przypominać, jego imiennik pokonał całą armię w pojedynkę.

– Powiedziałem księżnej, że trudno będzie o imię dla noworodka – oznajmił North.

– Wkrótce zabraknie im odpowiednich imion. – Alaric zaczął je wymieniać. – Jesteś ty, ja i Horatius od matki. Leonidas, Boadicea, Alexander i Joan od drugiej księżnej. Trzecia dała nam Spartakusa, Eryka i jeszcze nie wiadomo kogo. Diana bardzo do nas pasuje. Opowiedz mi o niej.

– Widziałeś, jaka jest piękna. – Twarz Northa złagodniała. – Jest jedną z najmodniejszych dam w Londynie. Wniesie też pokaźny posag.

– Nie potrzebujemy go – zauważył Alaric. – Chyba że coś się zmieniło?

– Nie, ale pieniądze zawsze się przydają.

– Prawda. Czym się interesuje?

Brat spojrzał, jakby nie rozumiejąc pytania.

– Poza modą – ponaglił go Alaric. – Jest interesująca?

– Nie potrzebuję ani nie chcę interesującej żony – oznajmił North, wyciągając czerwoną bilę z łuzy. – W istocie myślę, że interesująca żona to przekleństwo dla mężczyzny takiego, jak ja.

– Mężczyzny takiego, jak ty – powtórzył Alaric. – A dokładnie, jakim mężczyzną się stałeś?

Brat zacisnął usta w wąską linię.

– Ty możesz włóczyć się po świecie, nazywając siebie lordem Wilde'em, uganiać się za plemionami Pigmejów i dzikimi słoniami, ale ja nie mogę. Majątek wymaga wiele pracy: nasz ojciec nabył właśnie szóstą posiadłość, w Walii.

– Nie wiedziałem, że mnie potrzebujesz – powiedział Alaric. Czuł się tak, jakby otrzymał cios w żołądek.

– Nie potrzebuję – odparł natychmiast North. – Nie obchodzi mnie, czy się piekłeś w Afryce, czy marzłeś w Sankt Petersburgu.

Ale wyraźnie było inaczej.

Niech to.

Alaric odstawił kieliszek.

– Wybacz, że nie było mnie tak długo i że zostawiłem ci na głowie własny majątek na domiar wszystkiego.

– Jeśli o to chodzi, to chciałem ci powiedzieć, że wynająłem paru ludzi, żeby strzegli twojego domu, ale ktoś się ciągle zakrada i wyrywa cegły.

– A to po co?

– Na pamiątkę. – North wzruszył ramionami. – Pamiątki miłości. Niech to diabli, jeśli coś z tego rozumiem.

Alaric przełknął przekleństwo. Wysoki żywopłot powinien ich powstrzymać. Może żywopłot i parę wilczurów na dodatek.

– Memorabilia Wilde'a to cały handel – ciągnął brat. – Przypuszczam, że niektóre z tych cegieł trafiają do Londynu.

– Przeklęta sztuka – powiedział Alaric z obrzydzeniem. – Muszę sprawić, żeby ją zdjęli z afisza. – Jednak nie czułby się dobrze, wyjeżdżając natychmiast do Londynu, zważywszy, jak długo go nie było. Ojciec prosił, żeby został w zamku Lindow przez parę tygodni, przynajmniej do narodzin kolejnego dziecka w rodzinie.

– Nie sądzę, żeby pisanie sztuk o cudzym życiu było niezgodne z prawem. W *Zakochanym do szaleństwa* jest wszystko, czego można by się spodziewać: melodramat, kpina, śmiech. Bilety wyprzedano z paromiesięcznym wyprzedzeniem.

– Co innego, kiedy sztuka opowiada o Juliuszu Cezarze – zauważył Alaric. – Ja żyję. Jak by ci się podobał stek jakichś bzdur na twój temat na scenie?

– To ty piszesz książki o sobie – odparował North.

– Piszę książki. Nie napisałem sztuki. Książki mówią prawdę, podczas gdy ja nie miałem do czynienia z kanibalami. – Alaric wlał sobie do gardła resztę brandy; palące odczucie w gardle sprawiło mu przyjemność.

Córka misjonarza była domysłem. Mógł sobie wyobrazić dramatopisarza, który chce zarobić, dramatyzując fałszywe przygody pod mdłym tytułem *Zakochany do szaleństwa*. Ale skąd ten dureń wiedział o córce misjonarza?

To właśnie dzięki pannie Prudence Larkin – która kochała go bez wzajemności – trzymał się z daleka od cnotliwych młodych panien. W gruncie rzeczy sytuował podświadomie owe panny i kanibali w jednej kategorii: krwiożerczych istot gustujących w Anglikach.

Ale ani sztuka, ani czytelnicy o złodziejskich inklinacjach nie byli tacy ważni, jak wcześniejsze wynurzenia Northa.

– Przykro mi, że zostawiłem cię, zmuszając do zajęcia się moim majątkiem. – Zacisnął szczęki. – Łatwiej było zaokrętować się na kolejny statek, niż wrócić do domu, wyobrażając sobie, jak Horatius ginie za murem. – Kiwnął głową w stronę bagien Lindow, potężnemu trzęsawisku, rozciągającemu się na wschód od zamku.

– Czy myślisz, że tylko ty tak się czułeś? Nam wszystkim brakuje Horatiusa. Trwało dwa lata, zanim wybaczyłem bagnu jego śmierć. Ale za tobą także tęskniliśmy. – Bila Northa uderzyła w obramowanie stołu, zakręciła się i ominęła łuzę o włos. – Otóż przeczytałem twoją ostatnią książkę i to nie dlatego, że należę do tłumu twoich wielbicieli, ale po prostu chciałem mieć pojęcie, gdzie jest mój brat i co porabia.

– Wybacz. – Alaric przesunął ręką po włosach. – Niech to diabli. Tak strasznie mi przykro.

– Horatius byłby zachwycony twoją ostatnią książką. Byłby z ciebie piekielnie dumny. Pewnie ciągnąłby nas na tę sztukę dzień po dniu. – North uderzył bilę tak mocno, że wyskoczyła poza stół i potoczyła się po podłodze. – Twoja kolej – powiedział, podnosząc głowę.

Zapewne nie tylko w ten jeden sposób.

4

Tego wieczoru

Kiedy lord Alaric wszedł do bawialni, oczy Lavinii zaokrągliły się jak spodki.

– Jest nawet ładniejszy niż na rycinach – szepnęła.

– Ładniejszy? – Willa zerknęła na mężczyznę, którego natychmiast otoczyły ciasnym kręgiem damy. Dla niej wyglądał jak tygrys, którego próbuje się ogrodzić krzakami róż. Bestia nic sobie z tego nie robiła.

– Nie, ładny to złe określenie – zgodziła się Lavinia, gapiąc się bezwstydnie na lorda Alarica. – Jest za wielki, żeby być ładnym. Ma zbyt kanciastą brodę.

Kanciasta, tak. Willa uznała, że jego broda świadczy o uporze. Tej cechy postanowiła unikać u przyszłego męża. Upór gwarantował trudne małżeństwa.

Lord Alaric budził fascynację w bardzo podobny sposób, jak tygrysy w Królewskiej Menażerii. Lubiła im się przyglądać, ale nie przyszłoby jej do głowy, żeby jednego zabrać do domu.

Pochyliła się i szepnęła Lavinii do ucha:

– Myślę, że gdyby pękły mu pantalony, byłoby to bardziej interesujące, niż jego broda. – Mięśnie ud lorda Alarica napinały jedwab w sposób, który zdecydowanie przyciągał wzrok.

W sposób niestosowny, ale zwracający uwagę.

– Wil-la! – pisnęła Lavinia, dusząc się ze śmiechu. Rozpostarła wachlarz i zza tej zasłony jej wzrok powędrował poniżej jego pasa. – Jeśli taka moda panuje w Rosji, to mnie się podoba – odszepnęła.

– Nigdy przedtem nie zwracałam uwagi na uda – zauważyła Willa – może poza tymi żabimi udkami, które twoja matka podała ostatnio na kolację.

– Żaba? – jęknęła Lavinia. – On nie jest żabą. Żaby są zielone i oślizłe.

– Z dużymi mięśniami ud – zauważyła Willa ze śmiechem.

– Nie mogę uwierzyć, że lord Alaric i ja jesteśmy pod tym samym dachem – powiedziała Lavinia zduszonym głosem. – Zaledwie w zeszłym tygodniu „Morning Post" donosił, że zaginął w rosyjskich stepach. Wiedziałam, że to nieprawda. To zbyt doświadczony podróżnik, żeby ulec złej pogodzie.

– Pamiętam twoją rycinę, na której walczy z arktyczną burzą lodową – powiedziała Willa.

– Zostawiłam ją w domu. Wzięłam tylko jeden rysunek, na którym stoi za sterem statku, a za nim płynie drugi statek, pod piracką banderą. To ilustracja *Szerokości geograficznych Wilde'a*.

Willa zmarszczyła nos.

– Tytuł dobrze tłumaczy, dlaczego nie czytałam żadnej z jego książek. Co to znaczy? On stanowi świat dla siebie, czy jak?

– Nie, tylko, że zbadał wyspy, gdzie gnieżdżą się piraci.

Willa roześmiała się.

– Powinnyśmy wziąć taką rycinę i dokonać ścisłego porównania. Może należałoby poprosić lorda Alarica, by ustawił się profilem, trzymając koło, żeby się upewnić, że nie wydałaś pieniędzy na próżno.

– Dobry pomysł – powiedziała Lavinia. – Ale będziemy musiały odpędzić wielbicielki.

– A to zbyt pracochłonne. – Willa wzięła Lavinię pod rękę i pociągnęła ją w kierunku przeciwnym do lorda Alarica i kółka dam skupionych wokół niego.

Nie podobał jej się wyraz tęsknego zachwytu, jaki pojawił się na twarzach obecnych pań, kiedy Alaric wkroczył do pokoju. Wiele dam wyraźnie ubrało się jak na polowanie: głębokie dekolty i grożące omdleniem ciasne gorsety, pieprzyki na policzkach poprzyczepiane tak obficie, jakby z nieba spadły skrawki czarnego jedwabiu.

Zdumiewające, ale lord Alaric nie wydawał się napawać tym uwielbieniem. W istocie, mogłaby raczej sądzić, że zupełnie mu ono nie odpowiada.

Nie chciała dać się owładnąć tej gorączce – i nie chciała, żeby podejrzewał o to Lavinię. Co, jeśli Lavinia postanowiła wyjść za niego? Willa nie uważała tego za dobry pomysł, zważywszy jej zadurzenie. Jej zdaniem, żadna kobieta nie powinna uwielbiać swojego męża, to prowadziło do rażącego nadużycia władzy.

– Dobry wieczór, panie Fumble – zwróciła się z uśmiechem do młodego człowieka, który znalazł się na ich drodze.

Skłonił się.

– Dobry wieczór, panno Ffynche. – I rzucił jej tęskne spojrzenie: – Panno Gray, mam nadzieję, że dobrze się pani miewa. – Kiedy poznali się poprzedniego dnia, natychmiast znalazł się pod jej urokiem.

– Za tobą jest lady Knowe, Willa – powiedziała Lavinia podnieconym głosem. – Jest z nią lord Alaric i chyba idą, żeby z nami porozmawiać!

– Proszę wybaczyć – zwróciła się Willa do pana Fumble'a i odwróciła się. Lady Knowe, siostra księcia, kobieta mocnej budowy, wyróżniała się żywą inteligencją i zaraźliwym śmiechem; jako że księżna spodziewała się w niedalekiej przyszłości dziecka, lady Knowe występowała jako gospodyni brata. Z cech rodzinnych miała mocno zarysowane, ukośne brwi i wysoki wzrost.

Wykorzystywała ów wzrost, żeby przedrzeć się przez tłum dam, usiłujących uczepić się lorda Alarica. To już nie był tygrys w otoczeniu krzaków róż; przypominał raczej matkę kaczkę, kierującą się ku lądowi ze stadem podążających za nią kaczątek.

Kiedy wszyscy dobrnęli do Willi, lady Knowe poczęstowała pannę Kennet i lady Ailesbury tak surowym spojrzeniem, że obie panie cofnęły się o krok. Lady Helena Biddle wydawała się ulepiona z twardszej gliny, ponieważ uporczywie trzymała się ramienia Alarica.

– Lady Biddle – odezwała się lady Knowe nieprzyjemnym tonem. – Mam nadzieję, że uwolnisz mojego bratanka. Czekam.

– Właśnie odnawiamy znajomość – odparła lady Biddle z nutką desperacji w głosie. – Tak długo nie widziałam lorda Wilde'a!

– Lord Wilde to postać z książki! – odparowała lady Knowe. – I w związku z tym możesz z nim odnowić znajomość w wyobraźni, gdzie z pewnością znajduje się źródło wielu takich podniecających spotkań. Pragnę przedstawić mojego bratanka, lorda Alarica, tym młodym damom.

Lady Knowe w tej odległości od Londynu ustępowała rangą tylko królowej, toteż lady Biddle uznała swoją porażkę i cofnęła się o parę kroków.

– Panna Willa Ffynche i panna Lavinia Gray – powiedziała lady Knowe. – Czy mogę wam przedstawić lorda Alarica? Alaricu, to są dwie spośród moich ulubionych młodych dam spoza rodziny.

– Dobry wieczór, lordzie Alaricu – powiedziała Willa, a zwracając się do ciotki, dodała: – Miałam już przyjemność poznać twojego bratanka podczas podwieczorku, lady Knowe.

– Ogromnie miło mi cię poznać, lordzie Alaricu – odezwała się Lavinia. – Twoje książki są niezwykle zajmujące.

Lord Alaric, wbrew temu, czego można się było spodziewać, nie przybrał wyrazu cielęcego zachwytu, jak większość mężczyzn, kiedy Lavinia przybierała swój najbardziej olśniewający uśmiech, ale może po prostu wolno reagował.

Może należało dać mu okazję, żeby w pełni docenił czar i urodę Lavinii.

– Pan Fumble opowiadał nam właśnie o porannym polowaniu – powiedziała Willa, odwracając się do lady Knowe i zostawiając Lavinię, żeby mogła olśnić podróżnika.

– Było nam wszystkim bardzo przykro. – Lady Knowe spojrzała na pana Fumble'a. – To była wyłącznie wina konia. Książę powinien pozbyć się ze stajni wszystkich koni, które nie dają sobą kierować.

Wydawało się, że pan Fumble wyrżnął o ziemię. Willa zdołała zachować to spostrzeżenie dla siebie. Z jakiegoś powodu walczyła z duchem buntu wobec mdłych konwersacji, jakie przystoją damie. Może to była po prostu reakcja na sezon.

Wraz z Lavinią miesiącami zachowywały się, jak damom przystało, dzieląc się wszelkimi komentarzami, sprośnymi, czy innymi, w domu. Albo, jeśli nie mogły czekać, wymieniały je szeptem podczas chwili oddechu w pokoju dla dam.

Teraz miała ochotę wzdychać, wzruszać ramionami, nie zgadzać się i łamać wszelkie narzucone sobie reguły, które przyniosły im taki wspaniały sukces w pierwszym sezonie. Ale poddanie się temu impulsowi doprowadziłoby do katastrofy. „Prawdziwa" Willa wywołałaby szok u większości jej admiratorów, którzy nie byliby w stanie przełknąć tego, że nosiła okulary do czytania albo że lubiła sprośne żarty.

Zerknąwszy na Lavinię, stwierdziła, że sprawy nie mają się tak pomyślnie, jak się spodziewały. Przyjaciółka wpatrywała się w lorda Alarica tak, jak zapewne Pigmalion mógł się wpatrywać w posąg, na chwilę przedtem, nim ten ożył.

W milczeniu.

Posągowi byłoby to obojętne, ale lord Alaric wydawał się niespokojny.

Lady Knowe doszła widocznie do tych samych wniosków.

– Twój brat, Roland, mówił mi, że podobno, jak twierdzisz, nie spotkałeś w życiu żadnego kanibala, Alaricu – powiedziała. – Muszę ci powiedzieć, że *Zakochany do szaleństwa* jest zachwycającą sztuką. Bawiłam się znakomicie przez cały czas.

Oczy lorda Alarica pociemniały.

– Przykro mi cię rozczarować, ciociu, ale istotnie, nigdy nie miałem do czynienia z kanibalami.

– Och, daj spokój – zawołała lady Knowe. – Znalazłbyś kanibala, gdybyś się bardziej postarał. Znalazłabym chociaż jednego, na twoim miejscu. *Zakochany do szaleństwa* spowodowała, że twoi czytelnicy tego się właśnie spodziewają. Badacze nowych lądów nie mogą być tchórzami.

Patrząc na twardy zarys szczęki lorda Alarica, Willa pomyślała, że to raczej niemożliwe, żeby strach przed czymkolwiek miał wpływ na jego decyzje albo też żeby jakiś kanibal zdołał go zaskoczyć.

Lavinia wciąż wpatrywała się w niego z rozmarzeniem, nie zwracając uwagi na rozmowę.

Willa uszczypnęła ją dyskretnie. Mężczyzna to tylko mężczyzna, niezależnie od tego, ile książek napisał.

Niezależnie od tego, jaki był przystojny, silny i bogaty.

Albo olśniewający.

Był tylko mężczyzną.

– Odbyłyśmy z Lavinią tego popołudnia zabawną rozmowę na ten właśnie temat – powiedziała. – Zastanawiałyśmy się, czy kanibale z różnych plemion mogą się żenić, jeśli jedno z nich zjadło przedtem członka rodziny drugiego.

– Jakie to okropne – zawołała lady Knowe. – Mogę tylko stwierdzić kategorycznie, że nie poślubiłabym w życiu nikogo, kto by przetrawił mojego krewnego.

– Jeśli wierzyć Hamletowi – odezwała się Lavinia, budząc się do życia niczym posąg Pigmaliona – prochy naszych przodków są wszędzie. Może pijemy je rozpuszczone w sherry.

– To mało prawdopodobne, zwłaszcza że nasi przodkowie nie byli Hiszpanami – zauważyła Willa. – Jestem przekonana, że to wino to amontillado.

– Mam hiszpańską babkę cioteczną – powiedziała lady Knowe, uśmiechając się. Uniosła kieliszek. – Będę musiała zmienić zdanie co do zjadania krewnych. Za ciotkę Margaridę!

– A co, jeśli krewni nie obróciliby się jeszcze w proch, a byli bardziej cieleśni? – zapytała Willa.

Oczy lorda Alarica rozbłysły pod ciężkimi powiekami. Willa nie miała pojęcia, o czym myśli.

– Lordzie Alaricu – zapytała ponownie – co sądzisz o możliwości związków między kanibalami, należącymi do plemion toczących ze sobą wojnę?

– Taka możliwość zależałaby od plemienia. Motywy uprawiania kanibalizmu są różne. Na przykład, w niektórych kulturach psie mięso uchodzi za smakołyk, podczas gdy w innych spożycie go jest nie do pomyślenia.

– Czy chcesz powiedzieć, że w niektórych kulturach kanibalizm może uchodzić za skuteczny sposób pozbycia się wroga, a jednocześnie zapewnienia sobie kolacji? – zapytała Lavinia. – Nie rozumiałam tego w ten sposób.

– Obie jesteście okropne! – zawołała lady Knowe. – Co się dzieje z młodymi damami? W moich czasach wiedziały mnóstwo na temat haftu i szycia i prawie nic więcej.

– W niektórych kulturach nie jada się świętych zwierząt, ponieważ uważa się je za boską inkarnację – zauważył lord Alaric. – W innych te same zwierzęta mogą codziennie trafiać na stół.

Willa miała ogromną ochotę udowodnić mu, że się myli – w czymkolwiek, jakkolwiek. Na nieszczęście nie miała bladego pojęcia o świętych zwierzętach.

– Mój ojciec traktował swoje psy myśliwskie jak święte – powiedziała Lavinia – ale moja matka nie mogła znieść tego, kiedy tłoczyły się wokół jego krzesła przy kolacji. A co do świętych przedmiotów, lordzie Alaricu, rozumiem, że ten medalion nie jest symbolem straconej miłości? Lady Knowe zechciała dać mi jeden. – Podniosła w górę medalion.

– Obawiam się, że ten przedmiot nie ma żadnego znaczenia, poza tym że może świadczyć o skłonności lady Knowe do szafowania pieniędzmi bez umiaru.

Lady Knowe westchnęła przesadnie.

– Twoje medaliony są pięknie zaprojektowane, ozdobione z prawdziwym artyzmem i takie ładne, drogi Alaricu. Wszyscy je podziwiają.

– Czy ty także masz taki medalion? – zapytał Willi surowym tonem.

Przypuszczała, że ludzie zwykle drżeli ze strachu przy najmniejszej oznace, że mogą się narazić na jego niezadowolenie. Jeśli tak, to akurat jej przypadło, żeby zapewnić mu nowe doświadczenie.

– Nie zasłużyłam. – Uśmiechnęła się promiennie.

Zmarszczył brwi.

– W jaki sposób można było zasłużyć?

– Oddaniem – odparła Willa. – Kiedy lady Knowe zdradziła damom, co kupiła, doszło niemal do walki.

– Jak między buldogami, walczącymi o terytorium – wtrąciła Lavinia ze śmiejącymi się oczami. – Zapewniam cię, lordzie Alaricu, że zdobycie tego medalionu wiele mnie kosztowało.

– Musiałam ustanowić zasady – wyjaśniła lady Knowe. – Medalion otrzymały tylko prawdziwe admiratorki. Choć niektóre zdążyły już kupić swój wcześniej. – Zakasłała delikatnie. – Helena Biddle ma replikę odlaną w złocie.

– Co to były za zasady? – Lord Alaric zgrzytał zębami.

Niemal… Willi zrobiło się go niemal żal. Ale jeśli tak bardzo nie lubił sławy, to po co pisał książki o sobie?

– Lady Knowe urządziła zawody – wyjaśniła Lavinia. – Pytania sporządzono na podstawie twoich książek. No, i sztuki, rzecz jasna.

– Zaskakujesz mnie, ciociu. Nie miałem pojęcia, że tak uważnie czytałaś moje książki.

– Och, nie wymyśliłam pytań – odparła beztrosko. – Udałam się po nie do pokoju dziecinnego. Dzieci na okrągło odgrywają twoje przygody. Książki znają na pamięć.

Wydawał się jeszcze bardziej zdumiony.

– Dzieci czytają moje książki? Odwiedziłem pokój dziecinny dziś rano i nikt nie wspomniał o tym słowem.

– Twój ojciec rozkazał, żeby zostawiono cię w spokoju pierwszego dnia w domu. Wierz mi, znają na pamięć każde zdanie. Ich nieszczęsne, cierpliwe guwernantki czytały im je wciąż i wciąż na dobranoc.

Willa stłumiła uśmiech. Lord Alaric sprawiał wrażenie kogoś, kto ma ochotę uciec natychmiast do najbliższego portu i wyruszyć w podróż morską, być może nawet do krainy kanibali.

– Dzieci nie widziały sztuki, ale Leonidas opisał im ją szczegółowo, kiedy ostatnio wrócił z Eton do domu – ciągnęła lady Knowe. – Betsy odgrywa nieźle, może zbyt teatralnie, córkę misjonarza, która wyznaje miłość tuż przed tym, jak chwytają ją kanibale.

Lord Alaric lekko przestąpił z nogi na nogę. Willa domyślała się, że rozmowa irytuje go w najwyższym stopniu, podobnie jak to, czego dowiedział się o rodzeństwie, medalionach, a przede wszystkim sztuce. Każda wzmianka o niej wywoływała głęboką bruzdę na jego czole.

Był jednak zbyt dobrze wychowany, żeby złościć się przy ciotce. Willi to się raczej spodobało.

– Czy bardziej irytuje cię *Zakochany do szaleństwa*, czy przedwczesna śmierć córki misjonarza? – zapytała.

– To jedno i to samo. Jedno i drugie rozpleniło się jak chwasty, kiedy byłem poza krajem.

– Ta sztuka wydaje się jak podbite oko – zauważyła, rozbawiona tym, w jaki sposób drga mu mięsień w szczęce. – Jakby zdarzyła się przez nieuwagę. Jakbyś wpadł na drzwi po ciemku, czy coś w tym rodzaju.

– To się zdarzyło, kiedy nie mogłem zwrócić na to uwagi, kiedy przebywałem za granicą. Brat twierdzi, że przeklęty autor nie miał nawet odwagi ujawnić swego nazwiska. Nikt nie wie, kto to jest.

– Czy zamierzasz uniemożliwić wystawianie sztuki? – zapytała Lavinia. – Prosiłabym o wcześniejszą wiadomość, bo mama nie pozwoliła nam jej jeszcze obejrzeć.

Spojrzał pytająco na Willę, więc uśmiechnęła się do niego radośnie.

– Twoja miłość do wybranki jest wyrażona namiętnymi słowami.

Lord Alaric się skrzywił.

– To niegodne, żeby wystawiać sztukę o żyjącej osobie, zwłaszcza jeśli to tylko kłamstwa i wymysły.

Lavinia spojrzała na Willę.

– Musimy nalegać, żeby pozwolono nam ją zobaczyć, jak tylko wrócimy do Londynu.

– Zapłacicie ponad dziesięć gwinei za bilet – ostrzegła lady Knowe.

– Możemy po prostu odwiedzić dzieci – stwierdziła Willa. – Poprosić o przedstawienie aktorów, którzy mają prawdziwą wiedzę o bohaterze.

– To niesprawiedliwe twierdzić, że wszystko w tej sztuce jest fałszywe – powiedziała lady Knowe. – Akt pierwszy zaczyna się sceną, w której dwaj chłopcy odgrywają pojedynek na miecze. Ty i North, udający jeden cesarza, a drugi generała. Pamiętam dobrze te zabawy.

– Rozumiem.

Spokojny głos, jak stwierdziła Willa, nie świadczył o tym, że mężczyzna, który się nim posłużył, był mniej niebezpieczny od tego, który by w tej sytuacji wrzeszczał.

Sądziła, że lorda Alarica irytuje, że wystawiono o nim sztukę, ale teraz – kiedy usłyszał, że na scenie pokazuje się prawdziwe szczegóły z jego życia – wyraz jego twarzy naprawdę mógł przestraszyć.

– Wydajesz się taki zagniewany! – powiedziała lady Knowe. – Nie powinieneś. – Książka *Wilde w Andach* została sprzedana na pniu pierwszego dnia i wszyscy mówią, że część sukcesu zawdzięcza *Zakochanemu do szaleństwa*. Auć.

– Przypuszczam, że to męczące mieć tylu wielbicieli – odezwała się Willa, chcąc zmienić temat.

W tym momencie dokonała niepokojącego odkrycia, że lord Alaric był nie tylko urzekająco przystojny, ale jego oczy... jego oczom nie można się było oprzeć.

Ta myśl przyprawiła ją o lekki zawrót głowy.

Ten człowiek cieszył się sławą i to niekoniecznie najlepszą sławą.

Był sławny. Podczas gdy ona niewzruszenie strzegła swojej prywatności.

A jednak stała tu oto, uśmiechając się do niego praktycznie z tym samym zapałem, który kazał wydać Lavinii wszystkie oszczędności na ryciny z jego podobizną.

– Spodziewam się, że lady Gray nas szuka – powiedziała pośpiesznie.

Lord Alaric nie rozejrzał się po pokoju, ale jego mina wskazywała, że jego zdaniem lady Gray zjawiłaby się przy nich, jeśli życzyłaby sobie przerwać ich rozmowę.

Wyraźnie nie przywykł do kobiet, które ucinają konwersację ni stąd, ni zowąd.

– Czy jesteś rozczarowana? – zapytała Lavinię, kiedy znalazły się poza zasięgiem słuchu lorda Alarica i jego ciotki. – Tak często bohater zawodzi oczekiwania, kiedy się go spotka osobiście. Pamiętasz, jakim szokiem okazał się pan Chasuble, filozof z Oksfordu.

– Zniechęciły cię bujne czarne włosy, wyrastające z jego uszu – zgodziła się Lavinia. – Ale czy zauważyłaś choć jeden zniechęcający szczegół ciała u lorda Alarica? Bo ja nie.

– Nie – przyznała Willa. W gruncie rzeczy wciąż nie mogła otrząsnąć się z jego czaru.

To nie było coś, czego mogłaby się spodziewać, ale – jak sobie uświadomiła – oznaczało jedynie, że należy do płci żeńskiej.

I gdyby powtórzyła to sobie parę razy, mogłaby w to uwierzyć.

– Niestety, sądzę, że jest dla mnie zbyt męski – oznajmiła Lavinia w zamyśleniu. – Zbyt doskonały.

– Nie jest doskonały – sprzeciwiła się Willa. – Ma bliznę na czole, a także na policzku. Nie zauważyłaś?

– Nie miałam na myśli jego wyglądu. Jest inteligentny, a jednocześnie ma w sobie coś niemal brutalnego. Straciłam chęć, żeby kochać się w nim do szaleństwa. – Sprawiała wrażenie rozczarowanej.

– Czy tak nie jest wygodniej? – zapytała Willa. – Chyba nie miałabyś ochoty zostać żoną odkrywcy, Lavinio. Pamiętasz, jak ciężko zniosłaś wiosłowanie na Tamizie?

– To prawda! – Jej wrodzony optymizm wydawał się wracać. – Muszę znaleźć kogoś, kto weźmie moją kolekcję rycin. Po spotkaniu z nim już ich nie chcę. – Zmarszczyła nos. – Byłoby dziwne widzieć jego podobiznę na ścianie sypialni.

Willa nigdy, przenigdy nie pomyślała, żeby kupić dla siebie rysunek przedstawiający lorda Wilde'a. Albo raczej Alarica.

Nie chciała, oczywiście, kolekcji Lavinii.

– Tak – powiedziała. – Powinno być łatwo się ich pozbyć. Poszukajmy matki.

– On wiedział, że to wymówka – powiedziała Lavinia. – Wiem, że nie cenisz jego książek, ale zapewniam cię, że opowieści lorda Wilde'a są ciekawsze, niż przypuszczasz.

– Mam taki sam stosunek do jego opowieści, jak Diana do lorda Rolanda.

– Tylko popatrz na Dianę – powiedziała Lavinia. – Ona cierpi.

Wyobraźnia Willi była bladym, marnym kwiatkiem w porównaniu z niezwykłą kreatywnością w tej dziedzinie Lavinii i w związku z tym Willa podchodziła ostrożnie do niektórych opinii przyjaciółki. Ale posłusznie odwróciła się, żeby spojrzeć przez pokój na Dianę, chcąc się dopatrzeć oznak rozpaczy.

Spędziły ze sobą dużo czasu podczas sezonu, jako że Diana była spokrewniona z Lavinią, ale Willa miała wrażenie, że nie zdołała Diany dobrze poznać. W tej chwili wydawała się blada, ale Diana w ogóle miała cerę jak porcelana. Po tym, jak lord Roland zakochał się w niej od pierwszego wejrzenia, powszechnie uznano, że jej cera musiała w tym odegrać poważną rolę.

– Może źle spała – zasugerowała Willa.

Lavinia potrząsnęła głową.

– To straszliwie niesprawiedliwe, że zwróciła uwagę lorda Rolanda, podczas gdy wyraźnie go nie chce. Wolałabym, żeby przyszły książę zakochał się w mojej cerze. To takie czyste uczucie. Podejrzewam, że większość mężczyzn, którzy starali się o moją rękę, miało dużo mniej niewinne intencje.

Willa nie mogła się z nią nie zgodzić. Wielbiciele Lavinii z trudem byli w stanie oderwać wzrok od jej biustu i nie bez powodu.

– Widziałam, jak lord Roland rozmawiał z Dianą przy śniadaniu i jego motywy z pewnością nie są czyste. Oczy mu błyszczały!

– Dziękuję! – Lavinia wzięła kieliszek sherry z tacy lokaja. – Nie możemy wykluczyć, że doświadczał pożądania wobec jej peruki, a nie osoby – zwróciła się do Willi, marszcząc nos. – Nie sądzę, żebym mogła znieść obok siebie człowieka, który z taką powagą traktuje własny ubiór.

Lord Roland był z pewnością pawiem, od złotych obcasów po czubek wysokiej peruki. Dziś wieczorem nosił srebrny kubrak przetykany wiśniową nicią. Takie połączenie u każdego innego mężczyzny wywołałoby wrażenie zniewieściałości, ale ratowały go gęste, czarne brwi. W istocie, w jakiś dziwny sposób, ta peruka z zaczesanymi do góry włosami czyniła go bardziej męskim.

– Mam wrażenie, że smaruje usta różem – powiedziała Lavinia.

Jego Lordowska Mość miał ciemnokarminowe wargi, ale to mogło być naturalne.

– Jest odważny – stwierdziła Willa. – Nigdy nie widziałam u mężczyzny tak wysokiej peruki.

– Musiał ją przywieźć z Paryża – stwierdziła Lavinia. – Matce się to nie podoba, choć gdyby się zakochał w mojej cerze, pewnie zmieniłaby zdanie, ale muszę przyznać, że mu w niej do twarzy.

Lord Roland był pięknym zwierzęciem i każda kobieta, znalazłszy się w jego pobliżu, patrzyła na niego z przyjemnością.

Jego brat był równie przystojny. Ale lord Alaric wydawał się twardszy, nieoswojony. Sądziła, że rysy twarzy mieli ujmujące w podobny sposób. Ale jednak szczęka lorda Alarica nadawała mu wyraz większej stanowczości, a nawet uporu.

To nie najlepiej wróżyło dla bliskich mu ludzi, na przykład żony. Świetnie się składało, że ona nie miała ochoty ubiegać się o tę rolę.

– Nie możemy podejść do matki, póki nie skończymy sherry, więc powinnyśmy porozmawiać z Dianą – powiedziała Lavinia. – Jest tam sama. Znowu.

Diana istotnie stała zwrócona bokiem do pokoju, wpatrując się z zachłannym zainteresowaniem w pogłębiający się mrok za oknem. Zupełnie jasno dając do zrozumienia, że nie zależy jej na towarzystwie.

– Przyłączę się do ciebie po wizycie w pokoju dla dam – oznajmiła Willa. – Tylko sobie wyobraź to zamieszanie, jeśli zdecyduje się zerwać zaręczyny, zwłaszcza że to całe przyjęcie jest na jej cześć.

– Możesz być urodzoną filozofką, Willa, nadal nie wiem, co to właściwie oznacza, ale ja potrafię czytać z wyrazu twarzy. Zbiłabym fortunę, gdybym otworzyła stoisko na jarmarku. Moja kuzynka jest zrozpaczona.

Diana miała rzeczywiście dziwnie tragiczną minę, jakby bardziej jej odpowiadał worek pokutny i popiół na głowie niż paryska suknia z falbanami i kokardami... nie wspominając już o wszystkich owocach przyczepionych do jej peruki.

– Jej oczy przypominają oczy basseta – stwierdziła Willa w zamyśleniu. – Basset wydaje się ponury, nawet jak dostanie kość tylko dla siebie.

– Lord Roland z pewnością ma wspaniałą kość – zauważyła Lavinia ze śmiertelną powagą.

Willa zakrztusiła się ze śmiechu.

– Tego nie możesz wiedzieć. Może ma patyczek.

– Powiadam ci, Willa, że jeśli Diana zerwie zaręczyny, zamierzam się przekonać, co ten człowiek ma do zaoferowania. Pod peruką, oczywiście.

– Ogoloną głowę. Łysą jak orzech. Pasującą do kości, oczywiście.

– Wil-la!

5

Co sądzisz o młodych damach, którym cię przedstawiłam? – szepnęła lady Knowe do Alarica, uśmiechając się filuternie.

Nie zdążył odpowiedzieć, ponieważ otoczyły go wielbicielki. Ciotka zaczęła je przedstawiać, jakby wywoływała konie na wyścigach Royal Ascot.

Dobrze, że im przerwano, bo nie był wcale pewien, jak odpowiedzieć na to pytanie.

Czuł się, jakby otrzymał potężny cios w żołądek.

Z jakiegoś powodu Willa Ffynche budziła żywe zainteresowanie, gwałtowną chęć, żeby dowiedzieć się o niej wszystkiego. Co myślała i dlaczego myślała tak, a nie inaczej. Willa wydawała się swoje myśli zachowywać dla siebie – a on chciał je znać. Wszystkie. Chciał poznać jej prywatny język.

Nie przypominał sobie, żeby kiedyś spotkał Angielkę, która potrafiła zachować się z tak nienaganną uprzejmością, przy tak widocznym sceptycyzmie. Dotyczącym nie tylko jego książek, ale jego samego. Nie lubiła go. Nawet patrząc na niego, marszczyła zadarty nos.

Doprawdy, mógłby tak samo machać czerwoną płachtą bykowi przed nosem. Niecywilizowany dzikus, który w nim siedział, ten, który nienawidził nosić peruki, miał chęć na polowanie.

Willa Ffynche nie zerkała uwodzicielsko spod rzęs. Nie chciała książki z autografem, oświadczyn ani dziecka.

Zupełnie nie była zainteresowana tym, żeby zostać lady Alaric Wilde.

Niczego od niego nie chciała.

W gruncie rzeczy miał wrażenie, że uważa go za kogoś podobnego do cyrkowego naganiacza, który próbuje oskubać gości z pieniędzy, przechwalając się, że ma w wozie dwugłowego olbrzyma.

Albo i gorzej. W pewnej chwili rzuciła mu spojrzenie, w którym wyczytał podejrzenie, że jego relacje z podróży to zwykłe kłamstwa.

Jeszcze jedno: miał wrażenie, że ona nie chichocze. Akurat teraz otaczały go rozchichotane kobiety, więc doceniał jej wstrzemięźliwość.

I do tego jej uroda. Nie tylko elegancki zarys policzków i szczęki. Ani wielkie oczy, o których, bez wątpienia, gromada samozwańczych poetów pisała wiersze.

Całość była zdecydowanie ciekawsza niż szczegóły. Rzęsy, blada cera, wygięte łuki brwi…

Długie nogi i zaskakująco głęboki dekolt. Nie taki, jak u jej przyjaciółki Lavinii, o której piersiach pisano prawdziwą poezję, a nie marne wersy o pięknych oczach.

Biust Lavinii jednak by mu nie odpowiadał. Piersi Willi były kremowymi wzgórkami, które świetnie mieściłyby się w jego dłoni.

Były doskonałe.

Uśmiechnął się mechanicznie w odpowiedzi na pochlebną uwagę, nawet jeśli poczuł w ciele napięcie na myśl o owych piersiach.

Willa trzymała się na osobności, co z pewnością doprowadzało mężczyzn do szaleństwa. Jej twarz i figura odbierała nieszczęśnikom z dobrego towarzystwa spokój.

Nawet całując dłonie i przyjmując komplementy, z których większość nie miała nic wspólnego z jego książkami, a wszystko z jego scenicznym portretem – usychającego z miłości głupca, zastanawiał się, co różni Willę od, powiedzmy, pirata. „Fascynacja" nie wyjaśniała wszystkiego.

Nigdy, na przykład, nie miał ochoty pocałować pirata.

Chciał pocałować zuchwałe usta Willi Ffynche, żeby zmusić ją do milczenia, a potem skłonić ją, żeby mówiła znowu.

Miał wrażenie, że Willa nie przywiązuje wagi do swojej urody ani do tego, co ludzie sądzą o jej wieku. W istocie wydawało się, że jest zupełnie inaczej.

Pochlebstwa mogłyby ją zniechęcić. Ci wszyscy biedacy, którzy zalecali się do niej w sezonie, pewnie pisali wiersze o jej oczach. Każdemu poecie była gotowa posłać miły uśmiech, żeby uznać go następnie za durnia, nie poświęcając mu więcej uwagi.

To jednak nie miało znaczenia. Nie zamierzał ścigać Willi Ffynche na drugim końcu pokoju.

To byłby absurd – do tego wniosku doszedł akurat w chwili, kiedy zauważył, jak Willa wymyka się za drzwi.

Willa pozostała w pokoju dla dam na tyle długo, żeby wygłosić samej sobie kazanie. Nie odrzuciła czternastu propozycji małżeństwa – jednej od przyszłego markiza – tylko po to, żeby pójść w ślady lady Biddle.

Uganiać się, innymi słowy, za lordem Alarickiem.

Rzecz w tym, że budził w niej najgorsze instynkty. Jednym z powodów, dla których ona i Lavinia ustaliły żelazne zasady dotyczące debiutu w towarzystwie, była świadomość, że stosowne zachowanie nie przychodziło żadnej z nich w sposób naturalny.

W przekonaniu Willi zauroczenie Lavinii książkami Wilde'a miało mniej wspólnego z ich autorem niż z wolnością, jaką te książki opisywały. Lord Wilde mógł i bywał wszędzie, gdzie tylko zechciał. Mógł rozmawiać z każdym.

Inaczej niż młoda dama.

Willa oparła się książkom, ale ten mężczyzna, który szedł przez bawialnię, jakby purytański świat arystokracji zupełnie się nie liczył? Czuła, jak ją pociąga niczym fala odpływu.

Nagle drgnęła silnie, odkrywając, że wpatruje się niewidzącym wzrokiem w lustro, zagryzając tak mocno wargę, że nabrała ciemnorubinowej barwy. Dość!

Otworzyła drzwi na korytarz.

Wyszła na zewnątrz – i zamarła.

Lord Alaric stał, opierając się swobodnie o ścianę, jakby sam zamierzał wejść do damskiej toalety.

Podniósł wzrok i cała ta surowa męskość, którą posługiwał się jak bronią, uderzyła w nią. Najwyższym wysiłkiem woli Willa zmusiła się, żeby powiedzieć:

– Dobry wieczór ponownie, lordzie Alaricu.

Wyprostował się i uśmiechnął lekko.

– Panno Ffynche.

– Czy mogę ci w czymś pomóc? – powiedziała Willa, dumna, że jej głos nie przeszedł w pisk. Willa Ffynche nigdy nie piszczała. Ani nie wzdychała… Ani…

Dodająca otuchy lista zasad wypadła jej z głowy, ponieważ drzwi za jej plecami zamknęły się i zostali sami w mrocznym korytarzu.

– Nie jestem pewien – odparł, patrząc na nią z ciekawością w oczach.

Willa czuła, jak gorąco oblewa jej policzki. Nigdy się nie czerwieniła. Nigdy nie piszczała. Nigdy nie wzdychała…

– Myślę, że powrót do Anglii dziwnie na mnie działa – powiedział jakby do siebie.

– Doskonale rozumiem, że możesz chcieć uciec z bawialni pełnej dam – odparła. – Ludzi – poprawiła się pośpiesznie. – Z bawialni pełnych ludzi, oczywiście, ponieważ, ponieważ, jak przypuszczam, można się czuć bardzo samotnym na pokładzie pirackiego statku.

Jęknęła w duchu. Statek piracki? Mówiła jak jedna z tych pustogłowych panien.

– Czy zaskoczyłoby cię, gdybym powiedział, że nigdy nie byłem na pokładzie pirackiego statku?

– Nie, w istocie – odparła nieco zmieszana. – Wiem, że piraci dokonują abordażu na angielskie okręty, nie odwrotnie.

Uśmiech w jego oczach się pogłębił.

– Przyznaję się do pirackich skłonności.

Czy chciał przez to powiedzieć, że postrzegał ją jak okręt angielski, gotów, żeby go zdobyć? Zdobyć? Willa poczuła, jak jej policzki stają w ogniu i do diabła z tą regułą, żeby się nie czerwienić. Co takiego pozwalało mu sądzić, że byłaby chętna przyjąć propozycję tej natury? Pomylił ją może z Heleną Biddle.

Posłała mu dumne spojrzenie i poruszyła się, żeby odejść, ale chwycił ją za ramię.

– Pozwoliłem sobie na żart, który był niezwykle niedelikatny z mojej strony. Zbyt długo przebywałem poza Anglią.

Willa milczała, przyznając mu rację.

– Nie miałem zamiaru podważać czystości twoich uczuć. – Mówił gwałtownym, głębokim głosem. – Nie mam zwyczaju powściągać języka i mam głupią słabość do żartów słownych. W ogóle do zabaw językowych.

Pod tym względem różnił się od dobrego towarzystwa, ponieważ jeśli było coś, co łączyło wszystkich przedstawicieli arystokracji, to właśnie powściągliwość w słowach.

Może dlatego latami wędrował po świecie – żeby nie myśleć bez przerwy o konsekwencjach każdego wypowiedzianego słowa. Ta myśl wprawiła ją w dziwny stan: czuła mieszaninę zawiści, potępienia i nieufności.

– Domyślam się, że uważność wobec języka ma podstawowe znaczenie dla pisarza – szepnęła, milcząco przyjmując przeprosiny lorda Alarica.

Zsunął palce z jej ramienia, zostawiając gorący ślad.

– Lubię przelewać swoje doświadczenia na papier, ale nigdy sobie nie wyobrażałem, że pozyskam tyle wielbicielek – powiedział beznamiętnym głosem.

– Czytelniczek?

– Damy, które spotkałem po powrocie do Anglii, w większości nie są czytelniczkami. Wydają się zadurzone w postaci ze sztuki, która nie ma nic wspólnego z moimi książkami.

Oczy miał smutne, ale spojrzenie szczere. – Zapewniam, nie sprawia mi to przyjemności.

Starała się nie myśleć o tym, jak blisko niej stoi w ciemnym korytarzu. Pachniał miętą.

– Przebywałem za granicą na tyle długo, żeby zapomnieć o wielu regułach, ale te najważniejsze pamiętam. Tę na przykład. – Wziął jej dłoń i ponownie podniósł jej palce do ust. – Lubię tę zasadę. Co za cudowny sposób, żeby powitać, pożegnać albo przeprosić kobietę.

Jego wargi dotknęły jej dłoni i poczuła dreszcz w całym ciele. A potem palący wstyd. Nie zamierzała poddać się urokowi tak publicznej osoby, czy bawiły go tłumy wielbicielek, czy nie.

Cofnęła rękę i skinęła chłodno głową.

– Proszę wybaczyć, lordzie Alaricu.

Przeszła obok niego, kierując się w stronę bezpiecznej bawialni i swoich chłopięcych zalotników – każdy z nich mógłby przywołać na poczekaniu z setkę reguł obowiązujących w towarzystwie, a trzy razy tyle, gdyby dano im trochę czasu do zastanowienia.

Wiedziała, że patrzy, jak odchodzi i nie odwróciła się.

6

Diana i Lavinia stały obok siebie, wyglądając przez okno. Willa zmusiła się, żeby podejść do nich powoli, udając, że jej serce nie bije jak szalone, a policzki nie są purpurowe.

– Na co patrzycie? – zapytała po chwili, wpatrując się w trawnik za oknem.

Diana wydała dźwięk, który bardzo przypominał szloch. Willa zauważyła nagle, że ramiona Diany drżą, a Lavinia stoi tak, żeby zasłaniać ją przed gośćmi w pokoju.

Sięgnęła pośpiesznie do torebki i wyjęła chusteczkę.

– Czy stało się coś złego?

– Och, nie – odparła Diana nieprzekonująco, ocierając oczy chusteczką. – Jestem tylko przemęczona. Wczoraj podróżowaliśmy nocą. Matka nie chciała urazić Jego Książęcej Mości, spóźniając się na przyjęcie.

To zdradzało całkowity brak zrozumienia, czym są przyjęcia domowe. Nikt nie martwił się, że się spóźni, czasami zjawiano się dwa tygodnie po rozpoczęciu zabawy.

Ale podczas gdy zmarły ojciec Diany był jednym z wujów Lavinii, jej dziadek ze strony matki pełnił urząd lorda burmistrza Londynu – wszyscy taktownie udawali, że to fakt bez znaczenia, a w istocie mówiono o tym bez przerwy.

Miłość od pierwszego wejrzenia jest bardziej romantyczna, kiedy w grę wchodzi nawet nieznaczny *mésalliance* i o dziadku Diany – bogatym kupcu warzywnym – rzadko zapominano przy okazji oświadczyn lorda Rolanda.

– Matka Lavinii spóźnia się okropnie przy każdej okazji – zauważyła Willa tonem pocieszenia.

– Powiedzieliśmy jej, że przyjęcie zaczyna się całe trzy dni wcześniej niż w rzeczywistości – powiedziała Lavinia, masując delikatnie, małymi kółkami, plecy Diany po prawej stronie. – Inaczej może pojawilibyśmy się tutaj tydzień później.

Diana uśmiechnęła się do nich blado.

– Matka jest przerażona, że do mojego narzeczonego dotrze, że nie należymy do najwyższych kręgów towarzyskich. Ciągle stara się mnie przebrać. – Wskazała swoją perukę.

– Peruka jest przebraniem? – zapytała Lavinia. – W jaki sposób? Sądziłabym raczej, że zwraca na ciebie większą uwagę.

– Wiem – powiedziała zgnębionym głosem Diana. – Mam wrażenie, że jestem eksponatem w konkursie na targu na największą dynię wyhodowaną w hrabstwie. Nie mogłam usiąść w tej piekielnej sukni, którą nosiłam dzisiaj po południu, bo czułam się tak, jakby mi przymocowano do bioder wannę. Stałam po prostu w jednym miejscu i zjadłam tyle muffinek, że o mało się nie rozchorowałam.

– Sądzę, że każdy strój jest swego rodzaju przebraniem – stwierdziła Willa, zastanawiając się. – Spójrz na Lavinię.

Diana spojrzała na błękitną suknię.

– Mój gors jest bardzo ciasny – powiedziała Lavinia, starając się ją naprowadzić.

– To pozwala ukryć jej twarz – dodała Willa. – Kiedy Lavinia ma tę suknię na sobie, panowie nie są w stanie patrzeć na nic innego.

– Mogłabym uciąć jedną bufę z tyłu mojej polskiej sukni, a materiału byłoby więcej niż w twoim gorsie. – Diana odrobinę poweselała.

– Matka nie była szczególnie zadowolona, kiedy zamówiłam tę suknię. – To było poważne niedomówienie Lavinii, wobec ataków histerii, jakie miały wówczas miejsce. – Ale zmieniła zdanie, kiedy przekonała się, jaki efekt wywiera na dżentelmenach.

– Chciałabym, żeby matka pozwalała mi wybierać suknie dla siebie – oznajmiła Diana.

– Wkrótce będziesz mężatką i będziesz się ubierać, jak ci się spodoba – zauważyła Willa. – Zamieszkasz w Londynie, czy tutaj, w Lindow?

– Nie mam zielonego pojęcia. – Ton głosu Diany nie zachęcał do zadawania dalszych pytań. – Rozmawiałyście wcześniej z lordem Wilde'em, albo raczej lordem Alarickiem, czyż nie? Odniosłam wrażenie, że nie bardzo mu się spodobałam.

– Jest szorstki w obejściu – powiedziała Willa. – Mogłaś się pomylić. Często marszczy brwi, ale nie sądzę, żeby mnie nie lubił.

W gruncie rzeczy żywiła niepokojące przekonanie, że lord Alaric lubi ją bardzo.

– Lord Roland twierdzi, że jego brat jest wściekły z powodu tej sztuki – powiedziała Diana. – Wydaje się, że *Zakochany do szaleństwa* ma wiele wspólnego z jego książkami, a mianowicie, wszystko w nich jest całkowicie zmyślone.

– Intryga mogła zostać upiększona przez dramaturga – zgodziła się ostrożnie Lavinia. – Jestem skłonna uznać, że córkę misjonarza dodano na rzecz melodramatu. Ale przygody lorda Alarica, tak jak je opisał w książkach, nie są przesadzone. Jestem tego pewna.

W drugim końcu pokoju lord Alaric siedział z pochyloną głową, słuchając Heleny Biddle, który przysunęła się do niego tak blisko, że praktycznie wsunęła mu biust pod pachę.

– Myślisz, że zdoła go skusić na tyle, żeby poszedł z nią do łóżka? – zapytała Diana. Zamknęła usta dłonią. – Tak mi przykro. Nie jestem przyzwyczajona…

– Wszystko w porządku – zapewniła Lavinia. – Obie zamierzamy pozostać wierne naszym mężom, jeśli to w ogóle możliwe, ale trudno udawać, że nie istnieją bardziej kreatywne rozwiązania. – Przyjrzała się obojgu uważnie, po czym dodała: – Mimo że wdowa, lady Biddle jest niezwykle pewna siebie.

Dama przywierała do ramienia lorda Alarica, przyciskając jedną dłoń do serca i otwierając szeroko oczy.

– Może opowiada jej o swoich przygodach – odezwała się Willa, przejęta nagłą, gwałtowną niechęcią wobec przedsiębiorczej damy.

– Albo opisuje, jak trafić do jego sypialni – dodała Diana.

Lavinia potrząsnęła głową.

– Jeśli rzeczywiście ma tak zły gust, to zdecydowanie przestanę go podziwiać.

Diana roześmiała się, ale w jej głosie brzmiał smutek.

– Sądzisz, że możesz nad tym panować?

– Tak – odparła Lavinia.

– Mam wrażenie, że lord Roland bardzo chciałby przestać podziwiać mnie – stwierdziła Diana.

Willę jej szczerość zdumiała do tego stopnia, że nie zdołała znaleźć żadnych słów w odpowiedzi.

Inaczej, rzecz jasna, niż Lavinia.

– Ze względu na ciebie, mam nadzieję, że nie. Mam nadzieję sprawić, że mój mąż będzie mnie uwielbiał. To pozwoli uniknąć wielu problemów.

– To niezręczne poślubiać kogoś, kto nie podziela naszych uczuć. Oboje czujemy się niezręcznie.

Wszystkie trzy instynktownie spojrzały na jej narzeczonego. Z tej odległości przypominał reklamę francuskiego krawca.

– Zapewne z czasem go pokochasz – powiedziała Lavinia. – Lord Roland jest bardzo przystojny. Jeśli już nic innego, to ładnie będzie się prezentował w jadalni przy śniadaniu.

– I w sypialni – dodała Willa.

– Wil-la – syknęła Lavinia.

Diana posłała im zagadkowe spojrzenie.

– Lavinia przypomina mi, żeby omijać niestosowne tematy w towarzystwie – wyjaśniła Willa. – Ale pomyśl tylko, jakie ładne będą twoje dzieci.

– Mama nosiła żałobę po ojcu ponad rok – powiedziała Lavinia. – A jednak w pierwszym roku małżeństwa nienawidziła go serdecznie. Nienawidziła.

– Dlaczego? – zapytała Diana.

Lavinia parsknęła śmiechem.

– Twierdzi, że śmierdział jak koń, bo cały czas spędzał w stajni. Nauczyła go kąpać się regularnie, potem on nauczył ją jeździć konno, a potem zakochali się w sobie.

– Nie sądzę, żeby to było takie proste – stwierdziła Diana.

– Czy kochasz kogoś innego? – zapytała Lavinia.

– Nie! – odparła Diana. A potem: – Czy obie zostaniecie w zamku Lindow przez całe sześć tygodni przyjęcia? – Jej głos zadrżał ledwie zauważalnie.

– Planujemy wypad do Manchesteru na parę dni w przyszłym tygodniu – powiedziała Willa. – A ty jesteś bardziej niż mile widziana, jeśli zechcesz się do nas przyłączyć. Lady Grey pragnie odwiedzić paru przyjaciół.

– Spójrzcie tylko! – szepnęła Diana. Lord Alaric zmierzał przez pokój w stronę brata niemal biegiem. – On ucieka!

Dwaj mężczyźni spotkali się na środku pokoju. Twarz lorda Alarica tryskała wesołością, kiedy objął brata ramieniem.

– Jest coś niewątpliwie pociągającego w tych wszystkich mięśniach – zauważyła Lavinia. – Twój przyszły mąż je ma, Diana, a nawet nie chodzi po górach. Masz szczęście.

– Postaram się o tym pamiętać – odparła Diana. – Życie lorda Alarica wydaje się takie niewygodne, prawda? Arktyczne lody, góry, piraci, kanibale i pewnie żadnego podwieczorku.

– Wiem – odparła Lavinia w nagłym przypływie zdrowego rozsądku. – Uwielbiam jego książki, ale z pewnością nie chciałabym nim być. Ani wyjść za niego. Co zrobisz, jeśli on się w tobie zakocha, Willo? Wszyscy inni to zrobili.

Razem z Willą przyjechały na książęce przyjęcia wprost po swoim pierwszym sezonie, podczas którego cieszyły się ogromnym powodzeniem i otrzymały wiele propozycji matrymonialnych.

Serce Willi zabiło żywiej, kiedy wyobraziła sobie lorda Alarica u swoich stóp.

– Żaden z tych mężczyzn nie kocha mnie naprawdę. Ani ciebie, Lavinio, mówiąc brutalnie, choć byłaś równie rozchwytywana, jak ja. Oni w ogóle nas nie znają.

– Byłby doskonałym mężem – stwierdziła Diana, dodając przyciszonym głosem: – Słyszałam, że jego posiadłość jest dwa razy większa od majątku jego ojca, z jednym z największych sadów jabłkowych w kraju.

Dwa razy większym od ziem przynależnych do zamku Lindow – które ciągnęły się na mile wokół – co oznaczało, że książki Wilde'a przynosiły większy dochód, niż Willa mogła się domyślać.

– Lavinia musi chyba być właścicielką co najmniej jednej z tych jabłoni, biorąc pod uwagę, ile jego podobizn kupiła – zauważyła Willa.

Odsunęła się ze śmiechem od Lavinii, która pogroziła jej wachlarzem. Książę pomógł wstać z fotela ciężarnej księżnej – dając sygnał, że wszyscy powinni się udać do holu na górnym piętrze, gdzie miano podać kolację.

– Usiądziesz z nami? – zapytała Lavinia Dianę. – Będziemy z tyłu, bo Willa poprosiła kamerdynera, żeby posadził ją przy mniejszym stole z uczonym, który transkrybuje egipskie hieroglify.

– Wiem, że to brzmi ponuro, ale to interesujący temat – zachęcała Willa.

– Nie sądzę, żeby matka mi na to pozwoliła – odparła Diana powątpiewająco. – Nie siedzicie przy stole księcia?

W tej właśnie chwili jej narzeczony odwrócił się i ruszył w ich stronę.

– Może matka nie zwróci uwagi. – Diana skierowała się szybkim krokiem ku drzwiom.

Niemal udało im się umknąć, kiedy lord Roland zastąpił im drogę.

– Czy mój brat i ja możemy mieć zaszczyt odprowadzić was na górę, na kolację?

Chrypka w jego głosie zdradziła więcej o jego uczuciach, niż człowiek z jego pozycją miałby ochotę ujawnić. Dianie niewątpliwie to się nie spodobało, całe jej ciało zesztywniało.

– Nie dzisiaj. – Lavinia uśmiechnęła się wesoło. – Mamy plany dotyczące naszej edukacji.

Lord Alaric nie spuszczał wzroku z Willi, co sprawiało jej przyjemność i wywoływało zarazem zakłopotanie.

– Zawsze odczuwam potrzebę kształcenia się – powiedział. – Kto dzisiaj udziela nauk?

– Mamy zamiar zjeść kolację w towarzystwie pana Robertsa, młodego dziekana z Oksfordu, który pracuje w bibliotece księcia – wyjaśniła Willa.

– Roberts, egiptolog? – zapytał lord Alaric.

Skinęła głową.

– Chcę go zapytać o jego pracę nad hieroglifami i alfabetem egipskim.

– Co to są hieroglify? – zapytała Diana, przeciskając się, żeby stanąć z drugiego boku Willi, dalej od narzeczonego.

– To pismo składające się z maleńkich obrazków. Razem z Lavinią oglądałyśmy wystawę starożytnych egipskich zwojów, pokrytych właśnie takim pismem.

– Zawsze interesowały mnie hieroglify – oświadczył lord Alaric. – Tak samo, jak Northa.

Stuknął łokciem lorda Rolanda, który wpatrywał się w Dianę.

– Oczywiście – stwierdził brat. – Jestem zafascynowany.

– O ile się nie mylę – ciągnął lord Alaric. – Roberts pracuje nad beczką papirusów, które przysłałem do domu. Zupełnie o tym zapomniałem. To bardzo podobne do naszego ojca: zaprosić kogoś, żeby przetłumaczył hieroglify.

– Nie da się przetłumaczyć hieroglifów – powiedziała Willa, zanim zdążyła się ugryźć w język. – Alfabet nie jest jeszcze zrozumiały.

– Tu cię ma. – Lord Roland przerwał studiowanie spuszczonych oczu Diany, żeby dać bratu łokciem kuksańca.

– Bardziej interesuje mnie teraźniejszość niż przeszłość – powiedział lord Alaric. – Ale ciekawe, co ten człowiek myśli o papirusach. Dostałem je od starego człowieka, który przysięgał, że znaleziono je we wnętrzu jednej z piramid.

– Może powinniśmy przejść do holu na kolację – ponagliła Willa. Lady Biddle nadciągała śladem lorda Alarica, tak jak chmura burzowa na horyzoncie, która po chwili zasnuwa czernią niebo nad głową.

Sądząc po jej krzywej minie, uznała Willę za *persona non grata*.

Willa uśmiechnęła się ponad ramieniem lorda Alarica.

Chmura burzowa jeszcze pociemniała.

Lord Alaric zmrużył oczy, ale się nie odwrócił.

– Moje panie, porozmawiam z Prismem i dowiem się, czy możemy wam towarzyszyć podczas posiłku. – Odwrócił się na pięcie i odszedł żwawym krokiem.

Lady Biddle spóźniła się odrobinę i zatrzymała gwałtownie, niczym koń, kiedy powóz wyjeżdża nagle z bocznej uliczki, blokując drogę.

Diana, Lavinia i Willa dygnęły.

– Wy we trójkę zachowujecie się, jakbyście się tak bardzo różniły od pozostałych – oznajmiła dama, wykazując się zdumiewającym brakiem dobrych manier. – Jakbyście go nie chciały. Prawda jest taka, że to przystojna bestia i wszystkie go pragniemy.

– Słucham? – powiedziała Diana lodowatym tonem, doskonale imitując kobietę, która pewnego dnia ma zostać księżną.

– W istocie zmieniłam zdanie – odezwała się swoim naturalnym, przyjaznym głosem Lavinia, choć oczy lady Biddle miotały błyskawice. – Teraz wydaje się prawdziwą osobą, że tak to ujmę.

– Lord Alaric nie jest bestią – oznajmiła stanowczo Willa, zastanawiając się, dlaczego w ogóle go broni.

Lady Biddle parsknęła śmiechem.

– Jest prymitywny. To jest podniecające. – Wykrzywiła usta. – Och, dlaczego próbuję wam to wytłumaczyć? Niedoświadczone młódki są takie nudne. Nie sądźcie, że go nie nudzicie, bo tak jest.

– Nie wątpię. – Willa starała się mówić obojętnym tonem. – Zechciej wybaczyć. Lady Gray może nas szukać.

Dama myliła się, nazywając lorda Alarica prymitywnym, ale miała rację co do tego, jakie budził pożądanie.

Nikt nie myślał pożądliwie o Sokratesie, uświadomiła sobie Willa po raz kolejny.

Portret filozofa, jaki posiadała, wskazywał dokładnie na typ mężczyzny, z jakim mogła być szczęśliwa.

7

Ledwie weszły do wielkiego holu, kiedy zjawiła się matka Diany i zabrała ją, żeby posadzić przy głównym stole. Wydawało się, że samo przypuszczenie, że Diana mogłaby nie siedzieć w pobliżu Jej Książęcej Mości, było nie do przyjęcia.

Matka Lavinii, lady Gray, miała naturalną swobodę kogoś, kto obracał się wśród królów.

– Jak coś takiego mogło ci przyjść do głowy? – Westchnęła, machnąwszy ręką Willi i Lavinii.

Prism odprowadził je do małego stołu na końcu holu, przy czym udało mu się – kamerdynerzy opanowują tę sztukę z latami – ukryć dezaprobatę wobec ich kaprysu pod maską obojętności, jednocześnie dając im, w jakiś sposób, odczuć, co o tym sądzi.

Na ich widok młody uczony, pan Roberts, zerwał się na równe nogi. Chudy jak kij do bilardu, miał na głowie staromodną perukę z kucykiem. Kosmyki jasnych włosów wymykały się spod brzegów peruki, nadając mu wygląd dojrzałego mlecza, który wiatr w każdej chwili może zdmuchnąć.

Ku zaskoczeniu Willi jego oczy rozszerzyły się jakby w podziwie, choć wcześniej, kiedy książę jej go przedstawił, młody człowiek doskonale nad sobą panował. Po chwili uświadomiła sobie, że Roberts reagował w ten sposób nie na nią, ale na lorda Alarica, który podążał tuż za nią.

– Dobry wieczór, łaskawe panie – odezwał się Jego Lordowska Mość, kłaniając się. – Obawiam się, że spożyjemy kolację bez towarzystwa mojego brata. Kiedy dowiedział się, że panna Belgrave będzie siedzieć gdzie indziej, uznał, że hieroglify nie interesują go aż tak bardzo, jak sądził.

– Lordzie Alaricu, pozwól, że ci przedstawię pana Robertsa – powiedziała Willa.

Oczy uczonego zaokrągliły się jak spodki. Widocznie książki lorda Wilde'a dobrze przyjęto na uniwersytecie.

– Jestem… jestem zaszczycony – wyjąkał.

Interesujące.

Willa sądziłaby raczej, że uczeni mają w pogardzie autorów popularnych opowieści podróżniczych. Ale nie tego autora: Roberts szybko ujawnił, że czytał wszystkie jego książki.

Willa zauważyła, że lord Alaric odpowiada uprzejmie na pochwały Robertsa, ale bezbarwnym głosem. W gruncie rzeczy miało się wrażenie, że jego twarz stężała w obojętną maskę.

Napisał te książki; dlaczego nie miał ochoty zdradzić panu Robertsowi, jaka „prawdziwa historia" kryła się za pewnym incydentem, który miał miejsce w Ameryce? Zamiast tego lord Alaric upierał się, uprzejmie, ale jakby z dystansem, że nie było żadnej „prawdziwej historii" poza tą, którą zapisał na papierze.

Pan Roberts usiadł na prawo od Willi, wyraźnie nieprzekonany. Tak jak ona uznała, że blizna lorda Alarica to skutek wypadku w toalecie, tak on widocznie doszedł do własnych wniosków w kwestii owego wydarzenia.

I cokolwiek by lord Alaric powiedział, pan Roberts nie zmieniłby zdania.

Ku swojemu zdumieniu Willa stwierdziła, że ufa lordowi Alaricowi. Mówił o opisywanych przez siebie wydarzeniach z takim spokojem i pewnością, że nie mogła mu nie uwierzyć.

Jakikolwiek by był denerwujący, wydawało się, że w książkach pisał prawdę. Nie upiększał, nie wymyślał postaci, żeby dodać opowieści dramatyzmu.

Żadnych kanibali. A tym samym córki misjonarza. Ulga, jaką odczuła na tę myśl, nie miała nic wspólnego z logiką.

Kiedy wszyscy czworo usiedli, lord Alaric spojrzał przez stół i powiedział:

– Bardzo się cieszę, że zaprosiłaś mnie, żebym się do ciebie przyłączył, panno Ffynche.

To była zwykła prowokacja, bo przecież go nie zaprosiła. Tak samo, jak szelmowski uśmiech, który jej posłał. Willę nauczono, że przez stół się nie rozmawia, więc tylko skinęła głową i zwróciła się do pana Robertsa:

– Niezwykle mnie zainteresował artykuł, który opublikowałeś w „The Gentleman's Magazine" o egipskich zwojach papirusu. Ciekawa jestem, czy dokonałeś postępów w tłumaczeniu hieroglifów.

Pan Roberts posłał jej nieufne spojrzenie.

– Czytałaś, panno Willo, mój artykuł w „The Gentleman's Magazine"?

– Tak. – Willa udzieliła prostej odpowiedzi, bo wydawało się, że nawet wybitni uczeni mają kłopot ze zrozumieniem języka angielskiego. – Czy udało się posunąć naprzód, jeśli chodzi o papirusy?

Zmarszczył brwi.

– Kwestie starożytnej filologii nie mogą chyba interesować młodej, szlachetnie urodzonej damy. Sądziłem, że pragniesz ze mną porozmawiać o moich podróżach po Egipcie. Zgodzisz się ze mną, Wasza Lordowska Mość? – zwrócił się do lorda Alarica.

– Pomyślałbym, że ucieszysz się z okazji do rozmowy z każdym, kto choć trochę zapoznał się z twoją pracą. – Lord Alaric zerknął na Willę roześmianymi oczami. – Dla mnie to o wiele łatwiejsze niż rozmowa z ludźmi, którzy chwalą się, że nigdy nie przeczytali ani jednej strony z moich książek.

Willa stłumiła uśmiech.

Po tej uwadze uczony stał się mniej niechętny co do dyskusji o hieroglifach z damami i przyznał, że sądzi, iż dokonał paru cennych odkryć.

– Najbardziej kontrowersyjnym pytaniem jest to, czy hieroglify przedstawiają pojęcia czy dźwięki.

– A jak jest twoim zdaniem? – zapytała Willa.

Wypiął pierś jak kogut bojowy i przemówił ponad jej głową do lorda Alarica.

– Doszedłem do wniosku, że każdy hieroglif odzwierciedla pojęcie.

– Czy możesz nam podać przykład hieroglifu? – zapytała Lavinia. – Przyznaję że nie poświęciłam dużo uwagi wystawie papirusów.

– Niestety, nie mam jak ich narysować – odparł pan Roberts. Wyraz jego twarzy sugerował, że w jego opinii młode damy i tak nie są w stanie zrozumieć tak skomplikowanych kwestii.

– To nie problem – stwierdził lord Alaric. Częścią pierwszego dania była zupa z zielonego groszku. Podniósł swoją miseczkę i wylał odrobinę zielonej mazi na biały talerz pod spodem. – Tutaj narysuj hieroglif.

Pan Roberts wziął nóż i wyskrobał jakiś kształt.

– Och, wiem, co to jest – zawołała Lavinia. – To złoty idol, taki, któremu oddawano cześć. Dziecko, to z pewnością dziecko. Z koroną!

Lord Alaric marszczył brwi, może dlatego, że patrzył na obrazek z boku.

– Czy to łabędź?

– Blisko – odparł pan Roberts. Spojrzał na Willę.

– To kaczka – powiedziała. – Muszę stwierdzić, że podczas gdy podziwiam twoje zdolności rysunkowe, oraz starożytnych Egipcjan, trudno mi sobie wyobrazić, jakie pojęcie może się kryć za tym obrazkiem.

– Pracuję nad hipotezą, że ponieważ kaczka kocha swoje dzieci, ten obrazek oznacza „syn".

– Jakie jest greckie słowo na „kaczka"? – zapytała Willa. – Czy mam rację, sądząc, że tym słowem jest „Penelope"?

Lord Alaric siedział wygodnie na krześle, patrząc na nią z lekkim uśmiechem, który wywoływał w niej absurdalny niepokój. W istocie, czuła w piersi i brzuchu ciepło, które…

To było nie do przyjęcia. Mężczyzna nie mógł na nią działać w ten sposób.

Pan Roberts, ze swej strony, wyraźnie usiłował poradzić sobie z faktem, że jego wnioski mogą być kwestionowane przez kobietę.

– W twojej szkole uczono greki? – zapytał lord Alaric.

Willa wahała się między niezbyt chrześcijańskim odruchem, żeby kopnąć lorda Alarica pod stołem, albo pozwolić mu wierzyć, że zna grekę.

Której nie znała.

– Nie czytam po grecku – przyznała. – Ale w mitologii greckiej Ikara rozgniewała płeć jego najstarszego dziecka, Penelopy i wrzucił swoją małą córeczkę do wody, żeby utonęła i wtedy uratowała ją rodzina kaczek. Sądzę więc, że imię „Penelope" oznacza kaczkę.

– To śliczna historia – powiedziała Lavinia. – Mogę sobie wyobrazić, jak rodzina kaczek troskliwie utrzymuje dziecko na powierzchni wody, nurkując i kwacząc.

– Lavinia jest chyba jedyną osobą, która, jak sądzę, byłaby zdolna napisać ową sztukę, której tak nie znosisz – zwróciła się Willa do lorda Alarica. – Ma niezwykłą wyobraźnię.

Lord Alaric uśmiechnął się.

– Panno Gray, czy jest pani autorką tej koszmarnej farsy, *Zakochany do szaleństwa*?

– Chciałabym, aby tak było – odparła Lavinia. – Ponieważ wtedy moja matka byłaby zmuszona pozwolić nam obejrzeć przedstawienie, nie sądzisz?

Pan Roberts gapił się w oszołomieniu to na jedną, to na drugą.

– Przypuszczam, że lady Gray byłaby pewna, że waszej dziewczęcej niewinności nie urazi namiętna poezja, którą sama byś napisała – zgodził się lord Alaric.

Zwracał się do Lavinii, ale patrzył na Willę.

Oderwała od niego spojrzenie – to było trudniejsze, niż powinno – i zwróciła się ponownie do uczonego.

– Proszę wybaczyć, panie Roberts, ale chcę zapytać, czy doświadczenie Penelopy z kaczkami wpłynęło na twoje myślenie o egipskich hieroglifach?

8

Alaric po raz kolejny doznawał tego nieprzyjemnego uczucia. Uczucia, któremu towarzyszyły nieprzyjemne reakcje fizyczne jak przy chorobie morskiej.

Albo po wypiciu nadmiernej ilości brandy.

Może dostał nagle gorączki.

Wyprostował się, zastanawiając się nad tym, podczas gdy młody głupiec z Oksfordu starał się pracowicie wytłumaczyć Willi związek między mitologiczną postacią Penelopy a rysunkiem kaczki w zupie z zielonego groszku.

Jego wysiłków nie wspomogła uwaga damy, która, w sposób niezwykle taktowny, zauważyła, że nie jest dla niej jasne, w jaki sposób cywilizacja grecka, która rozkwitła setki tysięcy lat po tym, jak Egipcjanie wymyślili hieroglify, mogła wpłynąć na starożytną sztukę pisania.

Roberts, niestety, nie potrafił udzielić na to jasnej odpowiedzi.

Jeśli w ogóle miałby coś logicznego do powiedzenia, w co Alaric wątpił.

– Sądzę, że rozumiem – odezwała się panna Gray, po tym, jak Roberts powtórzył to samo trzy czy cztery razy w próżnej nadziei, że jego teza zabrzmi lepiej, kiedy się ją wyrazi innymi słowami. – Uważasz, że mit Penelopy jest dużo starszy, niż sądzą uczeni.

Była prawie równie inteligentna, jak przyjaciółka i tak samo ładna.

Co się stało z angielskimi damami przez te lata, kiedy podróżował?

Helena Biddle była równie pożądliwa i głupia, jak pamiętał, ale panna Gray i panna Ffynche wydawały się do niej tak podobne… jak starożytny Egipcjanin do starożytnego Greka.

Kiedy Willę Ffynche coś intrygowało, jej oczy ciemniały, nabierając barwy indygo.

Roberts odkrył w końcu, że obie kobiety są równie inteligentne, jak on sam, jeśli nie bardziej. Pochylił się, żeby odpowiedzieć Lavinii, przypadkowo muskając obnażone ramię Willi rękawem.

Pierwotne instynkty niejeden raz uratowały Alaricowi życie. Instynkt ucieczki był niezwykle silny. I bardzo pożyteczny.

Uczucie, którego teraz doznawał?

Tak samo silne, ale nie tak pożyteczne.

Wpatrywał się w Robertsa, aż ten spojrzał na niego zmieszany… i cofnął się gwałtownie na krześle, odsuwając się od ramienia Willi, jakby Alaric machnął mu przed nosem płonącą pochodnią.

Może nie tak pożyteczne odczucie, ale pobudzające do skutecznego działania.

Problem polegał na tym, że Alaric przywykł, żeby oceniać sytuację i wyplątywać się z niej bez nadmiernego pośpiechu, jeśli groziło niebezpieczeństwo.

Zdarzało się – przypomniał sobie zaproszenie carycy Katarzyny – kiedy ostrożność zmusiła go do odrzucenia czegoś, co mogło okazać się interesującym doświadczeniem.

W innej sytuacji, niezależnie od tego, co opisywano w *Zakochanym do szaleństwa*, podróżując po Afryce, celowo unikał terytoriów zamieszkanych przez kanibali; nie sprawiali wrażenia ludzi, którzy ugościliby z radością w swoich wioskach podróżnych.

Zaprzyjaźnił się jednak z przyjaznymi ludźmi, których głowy ledwie sięgały mu do pasa. W ciągu ostatnich paru lat zobaczył wielkiego białego wieloryba, Mur Chiński i zorzę polarną.

A teraz zobaczył pannę Willę Ffynche.

Miała zadarty nosek, niewiarygodnie ogromne oczy i mnóstwo włosów. Dzisiaj nie miała na głowie peruki, ale wciąż nie miał pewności co do ich naturalnego koloru, ponieważ spowijał je welon śnieżnobiałego pudru.

Jej ciemne brwi stanowiły wskazówkę. Ciemne włosy musiały opadać jej na ramiona, kiedy się rozbierała.

Podobała mu się nawet jej sukienka, choć była zielona. Nigdy nie lubił zielonego, ale na niej… lubił zielony.

W tej właśnie chwili rozdzierała Robertsa na strzępy najsłodszym, najbardziej rzeczowym głosem na świecie. Współczującym głosem. Pytając go, czy istnieje jakaś możliwość, że hieroglif w kształcie kaczki oznacza literę „d".

Roberts zaczął paplać o alfabecie arabskim, koptyjskim i greckim, a Willa nie spuszczała z niego swoich niezwykłych oczu, jakby zapomniała, że Alaric siedzi naprzeciwko niej.

Alaric nie uważał się za próżnego, ale miał świadomość, że gdyby zechciał, mógłby przespać się z dowolną liczbą kobiet na tym przyjęciu, zamężnych i niezamężnych.

Willa Ffynche do nich nie należała, jako że była przyzwoitą młodą damą. Dziewicą.

To słowo rozpaliło ogień w jego lędźwiach. Dziewica, nietknięta przez innego mężczyznę. Pewnie nigdy niecałowana. Takie sprawiała wrażenie.

Nie spałby z nią, naturalnie, ponieważ nie był zainteresowany małżeństwem – w przeciwieństwie do niej.

Ale nie widział powodu, dlaczego nie miałby być pierwszym, który ją pocałuje.

Nagle służący zakręcili się wokół nich, niczym woda wokół kamienia, zabierając wszystko ze stołu, włącznie z talerzem ozdobionym niezgrabną egipską kaczką.

Willa, Lavinia i Roberts nie przerwali rozmowy. Damy nie należały do „błękitnych pończoch", jak przezywano uczone kobiety. Nie czuły palącej potrzeby, żeby studiować grekę czy wygłaszać wykłady na temat filozofii stoików.

W oczach Alarica były bardziej pociągające. Należały do ludzi, którzy kierowali się w życiu ciekawością i inteligencją. Uświadomiwszy to sobie, poczuł się, jakby zbliżał się do ruchomych piasków, milczał więc, ze smętną miną przysłuchując się rozmowie.

Każdy mężczyzna zgodziłby się, że Willa Ffynche jest prześliczna, od wąskich brwi do krzywizny policzka. Ale to jej niezależna natura sprawiała, że czuł się jak uczniak.

Miał ochotę dźgnąć ją palcem, pociągnąć za warkocz, ofiarować jabłko.

Wstał i wtrącił się do rozmowy.

– Panno Ffynche, panno Gray, panie Roberts, wybaczcie proszę. Nie mam dziś apetytu na słodycze.

Willa, zmieszana, podniosła głowę. Potem posłała mu czarujący uśmiech, skinęła głową i spojrzała ponownie na Robertsa.

I zupełnie wymazała go z pamięci.

W gruncie rzeczy nie obchodziło jej wcale, czy zostanie przy stole, czy nie. Zważywszy, jak szybko wróciła do potyczki słownej z Robertsem, byłaby dużo bardziej zaniepokojona, gdyby to uczony usiłował umknąć od stołu.

Brat stanął za nim, kiedy Alaric zdążył odejść ledwie na krok od stołu. Musiał pozbyć się tego niebezpiecznego poczucia, że powinien zabrać Willę Ffynche, wyjść z nią z pokoju i dać jej pierwszy pocałunek.

North objął go ramieniem.

– Chodź ze mną do pokoju bilardowego. Właśnie przyjechał Leonidas.

Wyszli; Alaric nie obejrzał się za siebie.

9

Późne popołudnie następnego dnia

Niech to. Przepraszam. – Alaric odstawił swój kieliszek brandy i ruszył za bratem, ku drzwiom wyjściowym pokoju bilardowego. – Nie bądź głupcem, North!

– To cecha rodzinna – odparł North. Stanął jednak, sztywno wyprostowany.

– Jestem durniem. Panna Belgrave jest z pewnością nieprzytomnie w tobie zakochana. W tej chwili opowiada swoim przyjaciółkom szeptem o twoich brwiach. Zapewne czuła się niezręcznie w mojej obecności.

– Dlaczego tak sądzisz? – zapytał brat oschłym tonem, odwracając się. – Ponieważ sławny lord Wilde wprawia damy w onieśmielenie? Czy wydawała się onieśmielona podczas lunchu?

Nie, nie wydawała się.

W istocie panna Belgrave była wobec niego równie obojętna, jak panna Willa Ffynche, kiedy oznajmiała przyjaciółkom, że nie jest nim zainteresowana.

– Jestem szczęśliwy, że twoja narzeczona nie należy do moich wielbicielek – powiedział Alaric, krzywiąc się. – To byłoby niezręczne.

Jego brat parsknął gniewnie.

– Czy zdajesz sobie sprawę, że gdyby król i królowa wiedzieli, że lord Wilde jest na tym przyjęciu, mogliby się do nas przyłączyć? *Zakochanego do szaleństwa* grano w zamku podczas ostatnich świąt Bożego Narodzenia.

– Nie znoszę, jak ludzie zasypują mnie pochlebstwami – oznajmił Alaric. – Z rodziny królewskiej czy inni.

North uśmiechnął się.

– Diana nie będzie ci pochlebiać, tak samo jak nie pochlebiała mnie, choć jestem dziedzicem księstwa.

Wilde już to zauważył. Kiedy zdarzało im się rozmawiać, Diana wyglądała, jakby ktoś jej włożył insekta do herbaty. Opuszczała rękę przy najlżejszym dotyku. Co bardziej niepokojące, tak samo zachowywała się wobec Northa.

– Podchodzi sceptycznie do twoich opowieści o Afryce – oznajmił teraz z kolei brat.

– Nie jest pierwszą, która sądzi, że jestem urodzonym kłamcą – powiedział Wilde. – Anglicy wolą wierzyć, że wszyscy uwielbiają spacerować tu i tam w perukach, nawet jeśli istnieją dowody że jest zupełnie inaczej.

North uśmiechnął się.

– Kiedyś zapytała mnie, czy w następnej książce opiszesz, jak ludzie chodzą, niosąc swoje głowy pod pachą. Albo jak latają na ogromnych ważkach. Krótko mówiąc, ona nie jest specjalnie łatwowierna.

Smutne, ale to była najlepsza rzecz, jaką, jak dotąd, Alaric usłyszał na temat swojej przyszłej bratowej.

– W jaki sposób ją poznałeś?

– Zobaczyłem ją w sali balowej, jak siedziała z boku.

To brzmiało sensownie. Panna Belgrave sprawiała wrażenie dziewczyny, która podpiera ściany podczas balu, przy całym swoim zamiłowaniu do mody.

– Jak zareagowała, kiedy was przedstawiono?

North odwrócił głowę, ich oczy się spotkały.

– Jestem dziedzicem księstwa – powiedział martwym głosem. – Jej dziadek był burmistrzem Londynu. Czy miała inny wybór, niż okazać radość i zachwyt? – Pochylił się nad stołem, wbił kolejną bilę do łuzy i wyprostował się.

Alaric potrząsnął głową.

– Nie.

– Śmiała się – powiedział North.

Zdaniem Alarica jego przyszła bratowa miała tak groźne spojrzenie, że trudno było sobie wyobrazić, żeby się śmiała.

– Ujrzałem ją i zapragnąłem jej dla siebie – oświadczył North.

Alaric otworzył i zaraz zamknął usta.

Niech to diabli.

Miłość, jak się wydaje, jest rodzajem infekcji. Choroby mózgu.

– Wiedziałem – powiedział North głosem człowieka pogrążonego w gorączkowych majakach. – Wiedziałem, że muszę ją mieć.

Gdyby Alaric wierzył w zaklęcia miłosne i podobne rzeczy, mógłby pomyśleć, że jego brat padł ofiarą czarów. Tylko że to by musiało oznaczać, że panna Belgrave rzuciła na niego urok, a to z kolei oznaczałoby, że chce poślubić jego brata.

– Czy czułeś kiedyś coś podobnego? – zapytał North.

– Absolutnie nie – odparł Alaric. – Wątpię, żebym był do tego zdolny.

Roland przekręcił znowu kij.

– Myślę, że to cecha rodzinna. Spójrz na ojca.

Alaric wzruszył ramionami.

– Co z nim? – Trzecia żona księcia, Ofelia, miała jaskraworude włosy, spiczasty podbródek i gwałtowny temperament. Alaric ją lubił. Wydawało się, że z ojcem łączy ją namiętne, choć burzliwe uczucie.

– Przed laty książę wszedł do pokoju i zobaczył naszą matkę, siedzącą na sofie; wachlowało ją trzech zalotników. Twierdzi, że zrozumiał w tamtej chwili, że się z nią ożeni. Pozbył się zalotników, odrzucił wachlarze i pocałował ją.

Alaric parsknął śmiechem.

Portret pierwszej księżnej wisiał na dole; Alaric nie zachował zbyt wielu wspomnień, ale był przekonany, że matka była niezwykle zmysłową osóbką, która przysparzała ojcu sporo kłopotów.

– Nie widzę powodu, żeby naśladować sposób, w jaki zalecał się ojciec.

– Pamiętaj, że druga księżna uciekła, zostawiając czworo swoich dzieci, nie wspominając o naszej trójce.

– Po śmierci matki ojciec podjął pragmatyczną decyzję, żeby dać matkę swoim trzem osieroconym synom. – North przerwał, a potem dodał bezbarwnym tonem: – Logika go zawiodła.

Alaric roześmiał się, brat mu zawtórował. Druga księżna nie miała żadnego instynktu macierzyńskiego. Odstawiła dzieci do pokoju dziecinnego jak porzucone kocięta, żadne z nich, włącznie z jej własnymi dziećmi, nigdy już jej nie zobaczyło.

Kiedy na świat przyszło czwarte dziecko, po sześciu latach małżeństwa, uciekła z pruskim księciem, a parlament przyjął specjalną ustawę, na mocy której jej dostojny małżonek mógł się rozwieść bez dalszych zabiegów.

– Zdaję sobie sprawę, że to podaje w wątpliwość zdrowy osąd księcia – podjął North. – Ale twierdzi, że na widok Ofelii poczuł tę samą pewność, jak w wypadku naszej matki i oba małżeństwa okazały się w pełni udane.

– Jeśli Bóg pozwoli, nigdy nie dotknie mnie „pewność" tego rodzaju – powiedział Alaric. – Jeśli to jest to, co miłość robi z człowiekiem – machnął ręką, wskazując strój

71

Northa – nie chcę mieć z tym nic wspólnego. Mam rację, prawda? To z jej powodu zamieniłeś się w takiego fircyka?

Po raz pierwszy Alaric dostrzegł cień zmieszania na twarzy brata.

– Diana jest modna. Dla niej te rzeczy mają znaczenie.

– Włożyłeś buty z żółtymi obcasami, żeby zdobyć serce damy.

– Nie miała wyboru, więc chciałem… chciałem, żeby było jej łatwiej, to wszystko.

– Diana Belgrave ma dużo szczęścia. – Alaric wstał i objął brata mocno jednym ramieniem. – Wściekle dużo szczęścia. Nawet jeśli nie zdaje sobie z tego sprawy.

Zatrzymał jednak tę myśl dla siebie.

– Nie sądzę, żebyś miał ochotę na trochę boksu? – zapytał Alaric. – Jeździłem wcześniej konno, ale z przyjemnością poćwiczyłbym jeszcze trochę.

– W żadnym razie. – North łypnął na niego sponad stołu. – Z pewnością miałbyś przewagę; zapewne utrzymywałeś się w formie na statku, wyzywając marynarzy.

– Pod tymi wszystkimi jedwabiami nadal musisz mieć parę mięśni. Gdzie jest Parth, tak przy okazji? O ile nie zmienił się tak bardzo jak ty, zawsze jest chętny do walki na pięści.

Parth Sterling, były podopieczny księcia, dorastał razem z nimi. Cała ich czwórka – Horatius, North, Alaric i Parth – latami wyczyniali najrozmaitsze psoty w majątku, przewodząc gromadzie chłopaków, wśród których znaleźli się między innymi synowie kowala i rzeźnika ze wsi. Parth był jak brat, wielki, niedźwiedziowaty brat, Wilde pod każdym względem, poza nazwiskiem.

– Miał dzisiaj przyjechać. Może jutro. – North znowu wstrzelił bilę do łuzy. – Poćwiczy z tobą.

– Czy mam się spodziewać peruki w kształcie jaja? – zapytał Alaric podejrzliwie.

North roześmiał się.

– Jest zbyt zajęty budowaniem swojego imperium, żeby dbać o modę. Czy nadal jesteś jednym z jego największych udziałowców?

– Oczywiście. Moja pierwotna inwestycja pozwoliła na zakup mojego majątku, o ile pamiętasz. Czym on się w tej chwili zajmuje? – Parth zaczynał od handlu z Chinami, ale miał sokoli wzrok, jeśli chodzi o wszystko, co przynosiło poważny zysk. Listy radcy prawnego ścigały Alarica po całym świecie, odnotowując wybitne sukcesy Partha.

– Krosnem mechanicznym. Och, wspominał też o założeniu banku.

– Mechaniczne krosno – powtórzył Alaric zainteresowany. – Widziałeś je?

North skinął głową.

– Kupił majątek na zachód stąd i umieścił krosno w stodole wraz z ludźmi, którzy na nim pracują. Zrównał z ziemią stary dwór i buduje dom z żeliwnymi balkonami według własnego projektu.

Alaric wyczuł nutkę zawiści.

– Nie masz nic przeciwko temu, że mieszkasz w zamku, prawda? – Rozejrzał się wokół. Nawet teraz, w pełni lata, na kamiennych ścianach osiadała wilgoć i wszędzie unosił się zapach podobny do tego, jaki wydzielają stare książki i psy.

– Nie więcej niż każdy, kto chciał zbudować własny dom – stwierdził cierpko North. Jako chłopiec North godzinami szkicował budynki, które chciałby kiedyś postawić naprawdę.

– To, że jesteś dziedzicem, nie znaczy, że nie możesz zaprojektować domu. Sprowadziłem dla ciebie książkę projektów autora o nazwisku Palladio.

– Andrea Palladio, jak się domyślam – powiedział North. – Dziękuję. Nie mam czasu, żeby zaprojektować dom, chociaż kiedy burza zniszczyła mleczarnię, zaprojektowałem nową. – Tłumiona wściekłość w jego głosie zaskoczyła Alarica.

Milczał, obserwując, jak brat gra w bilard – jakby to była wojna toczona przy udziale tylko jednej armii. Marzenia niekiedy muszą ustąpić przed obowiązkiem.

On sam spędził lata, wędrując po świecie.

Nadeszła pora, żeby wrócić do domu.

Przejąć obowiązki i pozwolić Northowi przeżyć następne dziesięć lat tak, jak pragnął. Może zdoła zbudować dwór z sufitami na tyle wysokimi, żeby pomieścić peruki swojej żony.

– Wróciłem – powiedział po prostu. Ale podjął już decyzję. – Przejmę zarząd nad majątkami i będę pracował z ojcem. Ty możesz robić, co chcesz. Choć twoja przyszła żona może się sprzeciwić, gdybyś zapragnął wyruszyć w podróż dookoła świata.

North spojrzał mu w oczy.

– Doceniam twoją propozycję, ale to moje zadanie. Pewnego dnia zostanę księciem. Ojciec nie jest w stanie panować nad wszystkim, nawet przy trzech zarządcach. Ostatnio spędza coraz więcej czasu w parlamencie. A ty uwielbiasz podróżować.

– Żaden z nas nie urodził się, żeby odgrywać tę rolę – odparł Alaric. – Horatius był do tego przeznaczony. Jemu sprawiałoby to przyjemność, ale ciebie nie zostawię samego. Podzielimy się odpowiedzialnością. Ja nacieszyłem się wolnością. Teraz twoja kolej. Później wyruszę w podróż.

Brat odwrócił się, odkładając ozdobny kij bilardowy na stojak bliżej drzwi. Alaric patrzył na jego szerokie ramiona i ogarniał go niepokój. Wyczuwał w nim coś kruchego, jakby mógł się załamać lada chwila.

Odczuł przypływ niechęci do swojej modnej, kapryśnej przyszłej bratowej, ale otrząsnął się. Stanowiła pewnie bardziej symptom niż przyczynę.

Angielscy dżentelmeni nie zwykli się obejmować. To nie była zasada, której by uczono w pokoju dziecinnym czy gdzie indziej. Dla dobrze urodzonych to było coś oczywistego; w stosunkach między mężczyznami nie dopuszczano serdeczności.

Ale jak Alaric miał okazję się przekonać, w innych częściach świata tę regułę uważano za absurdalną. Podszedł do brata i objął go mocno ramionami.

North stał sztywno przez chwilę, a potem, z wahaniem, odwzajemnił uścisk.

– Zamierzasz wprowadzić w domu obce obyczaje? – zapytał drwiąco.

– Obaj uścisnęlibyśmy Horatiusa, gdybyśmy mogli – powiedział Alaric.

Obaj wiedzieli, że to prawda. North objął brata mocniej, po czym odsunęli się od siebie.

10

Następnego dnia
Pawi Taras

Willa postanowiła, że będzie odnosić się do lorda Alarica z taką samą uprzejmą uwagą, jak do pozostałych mężczyzn na przyjęciu. Ani większą, ani mniejszą.

Z taką właśnie uwagą traktowała mężczyzn, z którymi za nic nie chciałaby się związać węzłem małżeńskim.

Na przykład, żonatych. Albo pozbawionych zębów, jeśli wyjawili jasno swoje intencje.

Lord Alaric poślubił swoją sławę, czytelników i podróże. To był odpowiedni sposób, żeby o nim myśleć. Nie wchodził w rachubę.

Niestety wydawało się, że nie pozostaje niewrażliwa na ciepłe, błękitne oczy. Wystarczyło, że na nią spojrzał, a czuła to w całym ciele, niczym obietnicę pozbawiającej tchu rozkoszy i szalonych uczuć.

Nikt rozsądny nie stawał przed ołtarzem z tych powodów.

Lavinia tańczyła z nim dwa razy poprzedniego wieczoru i doniosła, że raz zdarzyło mu się wykonać obrót w niewłaściwą stronę i zabawiał ją opowieściami o tańcach wokół ogniska. Trzy razy podchodził do Willi, ale dziewczyna albo twierdziła, że taniec już komuś obiecała, albo odczuwała nagłą potrzebę udania się do pokoju dla dam.

Ilekroć znajdowali się w tym samym pomieszczeniu, odczuwała jego obecność niczym turkot powozu, który zanadto zbliżył się do drogi dla pieszych, niosąc powiew wiatru i poczucie niebezpieczeństwa.

Ale nie mogła spędzić sześciu tygodni w Cheshire, uciekając przed mężczyzną jak spłoszony królik. Damy tak nie postępują. Willa tak nie postępuje.

Lavinia wsunęła głowę w drzwi jej sypialni.

– Ledwie mogę uwierzyć, że to mówię, ale tym razem to ty się spóźniasz, a ja nie! Pora na herbatę. Dżentelmeni podniosą lament, jeśli się nie zjawisz.

– Phi. Dużo bardziej prawdopodobne, że usychają z tęsknoty za tobą. Ostatecznie, *Poradnik dla pań z dobrego towarzystwa* podaje, że jasne włosy cieszą się największym powodzeniem.

Lavinia zachichotała.

– Twoje ciemne brwi podkreślają barwę twoich oczu, które, pozwól, że ci przypomnę, są chabrowe jak u samej Wenus.

– Nikt nie wie, jakiego koloru miała oczy mitologiczna bogini – zauważyła Willa, wychodząc obok Lavinii na korytarz. – A poza tym, dlaczego lord Noorland sądzi, że wiersz nastroi mnie bardziej życzliwie do jego zalotów? On mnie w ogóle nie zna. Czyż to nie on określił twoje oczy jako „bratki"?

– Powinien był dać ci kotka z niebieskimi oczkami, zamiast wiersza o twoich błękitnych oczach. Pamiętasz, jak bardzo tęskniłaś za kotkiem, kiedy u nas zamieszkałaś?

Willa spochmurniała. Wspomnienie roku, kiedy zamieszkała z rodziną Lavinii po śmierci rodziców, nie należało do szczęśliwych.

– Zawsze uważałam, że matka powinna pozwolić ci na kota – powiedziała Lavinia, kiedy schodziły po schodach.

– Nie było potrzeby. Nie mogłabym go zabrać do szkoły. – Po śmierci rodziców Willi dziewczęta wysłano do elitarnego seminarium przy Queen Square. Szlachetność i hojność lady Gray wobec wychowanki nie rozciągała się na dzieci i koty plączące się pod nogami.

– Wiem, że matka nie lubi zwierząt w domu, ale dla ciebie należało zrobić wyjątek – ciągnęła Lavinia. – Ale nigdy więcej o to nie poprosiłaś. Dlaczego?

Była na to bardzo praktyczna odpowiedź: dziewięcioletnia sierota potrzebuje zastępczej matki bardziej niż zwierzątka. Willa dokonała pospiesznego studium lady Gray i stała się doskonałą córką.

Pewna ironia losu sprawiała, że te same cechy, które spodobały się lady Gray, zapewniły Willy sukces na rynku matrymonialnym dziesięć lat później. Zdumiewające, jak szybko mężczyźni zapewniali o swoim oddaniu, jeśli dama chętnie rozmawiała o ich zainteresowaniach – czy chodziło o zawiłości heraldyki, czy obyczaje lęgowe czapli.

– Pewnego dnia będę miała psa albo kota – oznajmiła Willa. – A poza tym do moich zalotników czuję to samo, co twoja matka do kotów.

– Wszystkich zalotników? – W oczach Lavinii pojawił się figlarny błysk, kiedy wchodziły do biblioteki. – Również lorda Alarica?

– Czy to cię rani, Lavinio? – zapytała Willa, chwytając ją za rękę i zatrzymując. – Mogę mu nakazać, żeby trzymał się z daleka. Zupełnie nie interesuje mnie małżeństwo z człowiekiem, cieszącym się taką sławą.

– To straszliwie niesprawiedliwe – powiedziała Lavinia wesołym tonem. – Ostatecznie ja latami uwielbiałam lorda Wilde'a, podczas gdy ty krzywiłaś się na dźwięk jego imienia. Wyobrażałam sobie, jak wchodzi do pokoju i zakochuje się we mnie od pierwszego wejrzenia. A tymczasem spóźniłam się na podwieczorek i zobaczył ciebie.

Willa zagryzła wargę.

– Przepraszam.

– Nie bądź niemądra. – Przyjaciółka parsknęła śmiechem. – Gdybym się nie spóźniła i tak by na mnie dwa razy nie spojrzał. A co istotniejsze, on nie budzi we mnie żadnych tęsknot, podczas gdy zwykłam mdleć, patrząc na jego podobiznę na ścianie.

– Kochałaś go z wielkim oddaniem – zauważyła Willa.

– Tak, ale moje oddanie ulotniło się z alarmującą prędkością. Martwię się trochę, że skończę jako zatwardziała stara panna i zamieszkam w wiejskiej chacie z czterema kotami i bez męża.

Willa uśmiechnęła się.

– Czy możemy zająć także letni dom na wyspie Wright?

– Coś mi się wydaje, że nie zamieszkasz ze mną – stwierdziła sucho Lavinia.

Pociągnęła Willę przez wysokie drzwi prowadzące z biblioteki na Pawi Taras, rozległy pas ziemi wyłożonej kamiennymi płytkami od południowej strony pałacu. To był jeden z tych dni, kiedy jasnego, błękitnego nieba nie przesłaniało nic poza paroma poszarpanymi chmurkami.

Zastały tam około dziesięciu pań i tyluż dżentelmenów, stojących albo siedzących przy ogrodowych stolikach, porozstawianych po tarasie. Barwne suknie dam, pięknie haftowane, lśniły od cekinów, ich peruki ozdobiono kolorowym pudrem i piórami.

Lorda Alarica nie było nigdzie widać. Tym lepiej, powiedziała sobie Willa.

Lady Knowe rezydowała przy wielkim, srebrnym czajniku do herbaty, dwaj lokaje w liberii roznosili herbatę gościom.

Podniosła głowę, kiedy podeszły.

– Drogie dziewczęta! Zastanawiałam się, gdzie się podziewacie. Willa, co za śliczna suknia.

Rano, przy śniadaniu lady Knowe oświadczyła, że „panna"* to jedno z najokropniejszych słów w angielskim i że będzie się zwracać do Diany, Willi i Lavinii po imieniu.

Willa, mimo woli, uśmiechnęła się promiennie na komplement.

– Dziękuję! Jest mi szczególnie miło to słyszeć, ponieważ Lavinia radziła mi, żebym dodała jasną koronkę do gorsu, a ja się z tym nie zgodziłam.

– Masz doskonały gust, droga Lavinio, ale w tym wypadku nie miałaś racji – oznajmiła lady Knowe. – Jasna koronka przypomina mi ponure żony skąpych pedantów.

---

* Słowo „miss" oznacza także: tęsknić, brakować.

Podobnie jak wiele sądów wypowiadanych przez lady Knowe, ten także nie wydawał się w oczywisty sposób logiczny i nie spotkał się ze sprzeciwem.

– Chcę wam przedstawić kogoś, kto jest mi równie drogi, jak mój własny bratanek, pana Partha Sterlinga – powiedziała lady Knowe, podnosząc się. – Parth!

– Ciociu Knowe – odezwał się głęboki głos w odpowiedzi.

Pan Sterling miał silnie zarysowaną szczękę, arystokratyczny nos, starannie upudrowane włosy. Miał strój doskonałego dżentelmena.

A jednak sprawiał wrażenie pirata. Albo szmuglera.

To jego cera, pomyślała Willa, kiedy lady Knowe go przedstawiała. Miał ogorzałe od słońca policzki, które Willa kojarzyła z ludźmi morza albo chłopami pracującymi w polu. To było wyjątkowo…

Myśl się urwała, ponieważ dżentelmen właśnie skłaniał się przed nią z pełną wdzięku elegancją, jakiej oczekiwano od arystokraty.

Zatem to nie pirat.

– Miło mi cię poznać – powiedziała Willa. Obok niej Lavinia dygnęła, odrobinę niżej niż Willa, ponieważ już dawno temu odkryły, że dżentelmeni są wdzięczni i zachwyceni, mogąc zajrzeć w dekolt Lavinii…

Wzrok pana Sterlinga zatrzymał się na brodzie Lavinii.

– Parth, odprowadź te młode damy do krzeseł na skraju tarasu, skąd będą mogły patrzeć na Fitzy'ego – poleciła lady Knowe. – Został nam tylko jeden paw – wyjaśniła Willi i Lavinii. – Pióra Fitzy'ego przerzedziły się w ciągu ostatnich paru lat, ale on wciąż się uważa za ósmy cud świata.

Lord Peters zerwał się z krzesła, żeby towarzyszyć Lavinii, więc pan Sterling podał ramię Willi.

– Nie sądzę, żebyśmy się spotkali podczas sezonu – zauważyła Willa, kiedy przechodzili na drugą stronę tarasu.

Za nimi Lavinia wypytywała lorda Petersa, czy ma oswojone pawie w swojej wiejskiej posiadłości.

– Nie biorę udziału w tego typu wydarzeniach. Nie uważam się za dżentelmena, w każdym razie nie takiego, który należy do dobrego towarzystwa – odparł pan Sterling. – Dorastałem jako podopieczny księcia; mój ojciec był gubernatorem Madrasu i odesłał mnie do Anglii jako dziecko.

Willa była mocno zdumiona. Zwykle potrafiła bezbłędnie określić pochodzenie kogoś obcego. Sam strój pana Sterlinga wskazywałby na jego przynależność do drobnej szlachty, jeśli już nie arystokracji.

To nie była kwestia jedwabnych bryczesów, tylko tego, w jaki sposób je nosił.

– Czy twoi rodzice nadal mieszkają w Indiach? – Willa objęła palcami jego ramię. Było silne i muskularne.

Tak samo muskularne, jak ramię lorda Alarica, pomyślała z pewną nutką buntu. To dziwaczne… powinowactwo, jakie odczuwała wobec tego awanturnika, należało stłumić. Bezwzględnie zniszczyć.

– Nie – odparł pan Sterling. – Oboje zmarli na gorączkę, kiedy byłem dzieckiem. Nie pamiętam żadnego z nich.

– Bardzo mi przykro. Ja także zostałam osierocona. Moi rodzice zmarli, kiedy miałam dziewięć lat. – W głosie Willi brzmiało współczucie.

– Czasami myślę, że to może nie jest taka tragedia, jak się ludziom wydaje, dorastać bez rodziców – powiedział pan Sterling. – To dało mi swobodę układania sobie życia po swojemu. Ty, jednakże, znałaś swoich rodziców, a to zupełnie inna sytuacja.

– Tęsknię za nimi – przyznała. – Jednak dzięki temu zaczęłam dostrzegać rzeczy, na które inaczej nie zwracałabym uwagi. I patrzeć na nie po swojemu, podobnie jak ty.

Dotarli do stolika, który wskazała im lady Knowe. Lord Peters asystował Lavinii, natomiast pan Sterling podsunął krzesło Willi, mówiąc:

– Jako że nie otrzymałem dalszych instrukcji, pozwolę sobie usiąść koło ciebie, panno Ffynche, chyba że zarezerwowałaś to miejsce dla kogoś innego.

Powiedział to nieco dziwnym tonem, jakby nadawał temu pytaniu większe znaczenie niż zwykłej filiżance herbaty w letnie popołudnie.

– Będę szczęśliwa, jeśli zechcesz się do mnie przyłączyć – odparła z uśmiechem. A kiedy usiadł, dodała: – Skoro nie należysz do towarzystwa, panie Sterling, czy mogę przyjąć, że zajmujesz się czymś innym poza odbywaniem porannych wizyt?

Lokaj postawił przed nimi tacę z herbatą, ze srebrnymi łyżeczkami w kształcie pawich piór i cukiernicą.

– Prowadzę rozmaite interesy – odparł. – Herbata stojąca przed tobą przypynęła z Chin na jednym z moich statków.

Lavinia szybko pochyliła się nad najbliższą filiżanką i wciągnęła zapach herbaty.

– Pekoe! – zawołała i wyprostowała się, rozpromieniona.

Pan Sterling wydawał się nieporuszony dołeczkami w jej policzkach.

– Masz rację, panno Gray.

– Czy importujesz jedwabie, podobnie jak herbatę? – zapytała Willa. – Musisz być w doskonałych stosunkach z kupcami z Hongu.

Kącik ust pana Sterlinga uniósł się do góry.

– Proszę niczego nie psuć, traktując nas protekcjonalnie – powiedziała Willa. – Hongowie to jedyni chińscy kupcy, którym pozwolono na handel z cudzoziemcami; trudno to nazwać tajemnicą państwową. W gazetach wspominają Hongów za każdym razem, kiedy jest mowa o Chinach.

– Proszę wybaczyć. Nie zamierzałem nikogo traktować protekcjonalnie.

– Mężczyźni rzadko mają takie zamiary – zauważyła z lekką złością. – Po prostu nie mogą się powstrzymać, jeśli kobieta wykazuje się jakąś wiedzą wykraczającą poza pantofle i wachlarze.

– W takim razie przepraszam za swoją płeć – powiedział pan Sterling. – Jesteśmy okropną bandą durniów i, jak zapewne zdajesz sobie sprawę, panno Ffynche, w obecności pięknej młodej damy jesteśmy jeszcze bardziej skłonni do wygadywania głupstw.

Nagrodziła go uśmiechem za zgrabny komplement.

– Czy osobiście odbyłeś podróż do Chin?

Pan Sterling roześmiał się, zerkając ponad jej głową.

– Wydaje się, że siedzę obok jednej z nielicznych angielskich dam, które nie mają pojęcia o twoich książkach, Alaric.

Willa odwróciła się i stwierdziła, lekko przestraszona, że lord Alaric przyłączył się do nich i właśnie siadał po jej prawej stronie. Co gorsza, przysunął krzesło tak blisko, że czuła korzenny męski zapach, woń bardzo kosztownej wody kolońskiej.

Nie, lord Alaric nie używałby wody kolońskiej.

Ten zapach był nim. Albo nim i zapachem mydła.

– Nie czytałam jeszcze książek lorda Alarica, ale mam taki zamiar – powiedziała. Wrócił lokaj, niosąc więcej herbaty. Napiła się trochę, mając nadzieję, że rozjaśni jej się w głowie. Było dla niej czymś niezwykłym czuć, że traci grunt pod nogami… ale tak się właśnie czuła.

Ona i Lavinia nadawały ton towarzystwu podczas sezonu, zachowując się dokładnie tak, jak ich zdaniem, oczekiwali od nich dżentelmeni: jak młode damy z temperamentem, ale układne i niewinne.

Przygotowały ten plan oparty na pragnieniach chłopców. Lord Alaric i pan Sterling byli mężczyznami.

Spojrzała ponad ramieniem pana Sterlinga i odczytała tę samą świadomość w oczach Lavinii. Ale podczas gdy Willa miałaby ochotę wycofać się na górę i obmyślić jakieś nowe reguły, Lavinia zachowała buńczuczność.

– Nasza podróż stanowiła temat pierwszej książki lorda Alarica – mówił pan Sterling.

– O ile wiem, potrzeba roku, żeby dotrzeć do Chin – odezwał się lord Peters tonem dezaprobaty. – Wydaje się, że to przeraźliwa strata czasu, proszę wybaczyć impertynencję. Choć przypuszczam, że niektórzy mogą uznać, że zysk był tego wart.

Lavinia spojrzała na niego przymrużonymi oczami i policzki lorda Petersa zabarwiły się na różowo. Wybitnie nie znosiła nieuprzejmości.

– Rzeczywiście dotarcie do Chin zajęło około roku – odparł obojętnie pan Sterling. Nie mógł dać jaśniej do zrozumienia, że uważa lorda Petersa za bezczelnego kretyna.

Willa poczuła na sobie wzrok lorda Alarica. Podniecało ją to, budząc jednocześnie nieufność. Jego uwaga uderzała nieco do głowy i to nie tylko dlatego, że tyle dam o niej marzyło.

To nie jest stateczny człowiek, powiedziała sobie. Ponadto nie miał „wdowiego szpica"*, a jako młoda dziewczyna uważała tę cechę za niezbędny atrybut u przyszłego męża.

Teraz wydawało jej się to zupełnie błahe.

– Proszę nam opowiedzieć, co się zdarzyło, kiedy dotarliście do Chin, panie Sterling – powiedziała pośpiesznie.

– Okazaliśmy się dwoma młodymi durniami – odparł pan Sterling.

– Jestem pewna, że nie byliście durniami – sprzeciwiła się Lavinia.

---

* Wdowi szpic (ang. *widow's peak*) – przedłużenie owłosienia skóry głowy w linii środkowej w kształcie litery „V". Nazwa pochodzi z brytyjskiego folkloru – wierzono, że ta cecha u kobiety świadczy o tym, że wkrótce pochowa ona swojego męża.

– Mieliśmy pusto w głowach, ale na naszą obronę mogę stwierdzić, że nie mieliśmy jeszcze dziewiętnastu lat – ciągnął pan Sterling.

– Byliśmy przekonani, że zostaniemy zaproszeni na dwór cesarski, żeby spotkać się z władcą – powiedział lord Alaric, odchylając się na krześle, kiedy lokaj podawał talerz kanapek z ogórkiem. – Wyobraźcie sobie nasze zdumienie, kiedy dano nam jasno do zrozumienia, że z punktu widzenia Jego Cesarskiej Wysokości syn angielskiego księcia nie jest ani lepszy, ani gorszy niż chłopiec okrętowy.

– Przekupiliśmy miejscowego rządcę, żeby zaprosił nas do domu – wtrącił pan Sterling. – Poczęstowano nas filiżanką herbaty i kazano wracać do domu.

– Ta herbata – ciągnął lord Alaric zamyślonym tonem – to było pekoe. – Podniósł filiżankę w stronę Willi. – Dokładnie taka, jaką masz przed sobą, panno Ffynche.

– Byliśmy zdecydowani przedrzeć się do gór, gdzie uprawiano herbatę, ale ponieważ przewyższaliśmy miejscowych mężczyzn o głowę – przejął opowiadanie pan Sterling – nie mogliśmy się przebrać.

Lavinia roześmiała się.

– Pamiętam tę część książki.

– Jedyne, co mogliśmy zrobić, to stać się ludźmi, których wszyscy unikają.

– Żebrakami dotkniętymi trądem? – podsunęła Willa.

– Blisko. Ale nie, ludźmi sprzątającymi nieczystości – powiedział pan Sterling. – Najgorsza praca na świecie, ale doskonała dla takich intruzów, jak my.

– Staliście się śmierdzącymi końmi trojańskimi – roześmiała się Willa.

Twarz pana Sterlinga miała z natury surowy wyraz, więc jego uśmiech sprawiał niespodziewanie miłe wrażenie.

– Włóczenie się z wozem, tak żeby ludzie mogli wrzucać do niego przez okna ekskrementy, dawało ten efekt, że nikt nam się szczególnie nie przyglądał – wyjaśnił lord Alaric, rzucając przyjacielowi przenikliwe spojrzenie. – Całą pracę wykonuje się w nocy. I mieliśmy doskonały pretekst, żeby owinąć twarze chustami.

Willa uśmiechnęła się na to wyobrażenie – a potem uświadomiła sobie, że spojrzenie lorda Alarica przesunęło się na jej usta. Gwałtownie zacisnęła wargi.

Wydał niski dźwięk, który wydobył się głęboko z gardła, tak cichy, że tylko ona go usłyszała. Willa wciągnęła z drżeniem powietrze. Miała takie wrażenie, jakby obdarzył ją pieszczotą, jakby pocałował ją przeciągle – a on tylko zerknął na jej usta.

Nie potrafiła wyjaśnić fali gorąca w dole brzucha. Był absurdalnie przystojny, powiedziała sobie.

Każda kobieta czułaby to samo.

– Wędrowaliśmy po Chinach przez trzy czy cztery miesiące – ciągnął pan Sterling. – Od wioski do wioski po nocach, śmierdząc niemożebnie.

– Zdołaliśmy odnaleźć plantacje herbaty – dodał lord Alaric. – Pekoe to rodzaj herbaty bohea, którą miesza się z małymi, białymi kwiatkami, póki liście nie przejdą ich zapachem. W porównaniu z naszą wonią w tamtym czasie – skrzywił usta kpiąco – herbata była boska.

– Mogę to sobie wyobrazić – powiedziała Willa, krztusząc się ze śmiechu.

– Po powrocie do Kantonu wypełniliśmy ładownię statku pekoe i herbatą chmury, którą pewnego dnia dla was zaparzę. – Lord Alaric patrzył wprost na Willę. Wydawało jej się, że pochyla się do przodu, choć nie drgnął mu ani jeden mięsień.

– Wątpię, żebyśmy mieli na to czas – powiedziała Willa, podnosząc kanapkę z ogórkiem.

Akurat wtedy paw podszedł do nich przez trawnik. Choć lady Knowe uprzedzała, że jego ogon stracił z wiekiem na świetności i tak był najpiękniejszym ptakiem, jakiego Willa w życiu widziała, nawet kiedy ciągnął za sobą zwinięty tren. Jego szyja miała olśniewający, jaskrawoniebieski, kobaltowy kolor.

– Jaki piękny! – wykrzyknęła Lavinia. – Czy jest jakiś sposób, żeby skłonić go do rozłożenia ogona?

– Pawie rozkładają ogon, żeby przyciągnąć partnera – stwierdził pan Sterling przeciągłym głosem, jakby sugerował, że Lavinia ma coś wspólnego z pawiem.

Willa stłumiła uśmiech. Można by powiedzieć, że biust Lavinii stanowił odpowiednik pawiego ogona, lecz u płci przeciwnej. Nie nosiła niebieskiej sukni, ale jej dekolt był bardzo śmiały.

– Znowu cię uraziłem – odezwał się przy jej uchu głos szatana kusiciela. – Nie chciałem. Nie bardzo wiem, co można, a czego nie można mówić. A przy okazji, mogę zwracać się do ciebie po imieniu?

– Tak – odparła beznamiętnym tonem.

– Zatem nazywaj mnie Alarickiem.

– Nie, dziękuję.

– Sztywne maniery wydają mi się nudne.

– Ja uważam, że nuda oznacza brak uwagi – stwierdziła Willa spokojnym głosem, choć miała wrażenie, że cała drży. – Życie jest zawsze interesujące, jeśli zachowuje się przytomną uwagę.

– W tej chwili wcale się nie nudzę.

Jego wzrok palił ją wzdłuż kręgosłupa, poczuła, jak się rumieni.

– To nie ma nic do rzeczy – zdołała wykrztusić.

– Nie miałaś na myśli tego, że kobiety i mężczyźni powinni flirtować, żeby uniknąć nudy?

Lavinię pan Sterling wyraźnie irytował; wstała z krzesła i wzięła jakieś ziarno od lokaja. Teraz przechylała się przez balustradę, próbując przekupstwem nakłonić Fitzy'ego do rozłożenia ogona.

– Nie, nie miałam – odparła Willa. – Społeczeństwo jest interesujące, ponieważ ludzie są interesujący. Zawsze można się czegoś nauczyć. Wyciągnąć poprawne czy niepoprawne wnioski.

Patrzyli, jak lord Peters stanął obok Lavinii.

– Nie wiem, czy w Petersie jest coś interesującego – powiedział cicho lord Alaric. – Czy to może jest sposób, w jaki panna Gray rozkłada ogon?

Willa zmarszczyła brwi.

– To nie tylko niestosowne, ale po prostu niegrzeczne – szepnęła. – Nie mam pojęcia, o czym mówisz.

– O tym – powiedział Alaric, wcale niezmieszany jej uwagą. Dał jej lekkiego kuksańca łokciem.

Lavinia pochylała się w stronę Fitzy'ego, który wpatrywał się w nią oczkami jak czarne paciorki, ale wyraźnie nie miał ochoty rozkładać ogona.

Willa, nic nie rozumiejąc, spojrzała na Alarica.

– Popatrz na Sterlinga.

Pan Sterling nie wydawał się poddawać urokowi Lavinii – raczej przeciwnie – aż do tej chwili. Wpatrywał się w nią, kiedy przechylała się przez poręcz. Boczne pufy, które nosiła pod suknią, tylko podkreślały jej i tak obfite kształty.

Kiedy tak im się przyglądali, rozbawiony lord Peters w pewnej chwili objął Lavinię ramieniem w pasie, zapewne po to, żeby nie wypadła poza poręcz.

Pan Sterling wydał ciche warknięcie, chwycił kanapkę z ogórkiem i podniósł się na równe nogi.

– Czy kanapka z ogórkiem to skuteczniejsza łapówka niż ziarno zboża? – zapytała Willa lorda Alarica, nie mogąc ukryć rozbawienia.

– Fitzy uwielbia ogórki. Ale, co bardziej istotne, paw reaguje na innych samców, nawet ludzkiej rasy.

Tak więc, kiedy pan Sterling stanął na skraju tarasu i krzyknął: „Fitzy!", paw wydał dźwięk, wstrząsnął całym ciałem i rozłożył ogon, ukazując wspaniałe, mieniące się fioletem i zielenią, pióra.

Potem zaczął się dostojnie przechadzać w tę i z powrotem, najwyraźniej wyzywając pana Sterlinga, żeby pokazał własne upierzenie.

Zamiast tego pan Sterling rzucił kanapkę w stronę ptaka, powiedział coś do Lavinii i wrócił na swoje miejsce.

– Jestem pod wrażeniem – powiedziała Willa.

– Fitzy to gderliwe stare ptaszysko. – Potem uśmiechnął się do niej, co zdarzało mu się tak rzadko. – Czy to zbytnia śmiałość z mojej strony, jeśli powiem, że, jak sądzę, obie z panną Gray należycie do najwyższych sfer towarzystwa? Poczęstowała mnie przed chwilą spojrzeniem, którego nie powstydziłaby się sama królowa.

W tym momencie na tarasie ucichł gwar; pojawili się książę i księżna. Kiedy stanęli na kamiennej podłodze, gromada lokajów ruszyła między stoliki, oferując gościom kieliszki szampana. Szybko podano krzesło i księżna osunęła się na nie ostrożnie.

– Ostatni z naszych gości przyjechał dziś rano, tak więc jesteśmy w komplecie – oznajmił Jego Książęca Mość. – Chciałbym oficjalnie rozpocząć przyjęcie, które ma uczcić zaręczyny mojego syna z panną Dianą Belgrave, wznosząc toast za pomyślność młodej pary.

Zwrócił się do lorda Rolanda, który stanął obok Diany w odległym końcu tarasu.

– W ubiegłych wiekach musielibyśmy się upewnić, czy panna Belgrave nie została porwana przez mojego syna. Nie zdziwiłbym się, gdyby się okazało, że North musiał porwać taką piękną, inteligentną kobietę.

Goście parsknęli śmiechem; Lawina i Willa spojrzały sobie w oczy. Wobec widocznego braku entuzjazmu dla tego związku ze strony Diany, była to nietaktowna uwaga.

– Mój ojciec ma dziwne poczucie humoru – szepnął Alaric Willi do ucha.

Jego Książęca Mość wzniósł kieliszek.

– Wznoszę toast na cześć mojej przyszłej synowej, Diany, która, jak się przekonałem, jest łagodną i troskliwą istotą, choć niepozbawioną ducha walki; posiada znakomite wyczucie mody i jeszcze większe zdolności w grze w szachy.

– Pokonała go – wyjaśnił Alaric cichym głosem.

– Witaj w rodzinie – zakończył książę. Wszyscy wychylili kieliszki.

– Chciałbym coś dodać do słów Jego Książęcej Mości – odezwał się Alaric, wstając.

Wszystkie głowy zwróciły się w jego stronę, jak słoneczniki ku słońcu.

Utkwił wzrok w twarzy brata.

– Bardzo lubię czternastowiecznego perskiego poetę o imieniu Hafez. Wybaczcie proszę, marne tłumaczenie, ale on powiada, że wszyscy trzymamy się za ręce i wspinamy do góry. Jeśli się nie kocha, twierdzi Hafez, to tak, jakby się przerwało ten łańcuch.

Lord Roland skinął głową.

– Zatem nie poddawaj się. – Głęboki głos Alarica przykuwał uwagę. – Bo świat wokół jest zbyt niebezpieczny. Za moją szwagierkę, którą mamy zaszczyt powitać w rodzinie.

– Nigdy się nie poddam – powiedział brat w ciszy, jaka zapadła, kiedy pito toast na cześć zaręczonej pary.

Willa pomyślała, że to zabrzmiało jak przysięga. Diana zaróżowiła się w widoczny sposób.

– Czy twoje książki mówią równie wiele, jak to? – zapytała, gdy lord Alaric usiadł ponownie.

Wydawał się zdziwiony pytaniem.

– Jak poeta Hafez? Wcale nie. Nie powiedziałbym, że potrafię równie wiele przekazać.

– Świat wokół jest zbyt niebezpieczny – powtórzyła Willa. – Jestem beznadziejna, jeśli chodzi o zrozumienie poezji, ale on nie miał na myśli perskich gór, prawda?

Uśmiechnął się do niej tak porozumiewawczo, że Willa westchnęła gwałtownie. Dziewczęca część jej duszy, z której istnienia nie zdawała sobie sprawy, poczuła się doceniona.

– Nie – odparł. – Nie, te słowa odnoszą się do czegoś całkiem innego. Nie byłem w Persji.

– Ach.

– Ale mam nadzieję, że to nadrobię w bliskiej przyszłości.

„Dziecinada" nie była dość mocnym określeniem na to, co Willa czuła w tej chwili. „Oszołomiona" było bardziej adekwatnym określeniem. Nagle ogarnął ją chłód, pomimo ciepłego słońca.

Nawet jeśli lord Alaric miał uczciwe intencje – co teraz wydało jej się możliwe, choć dziwne – nie miała najmniejszej ochoty zostać żoną człowieka, którego rysunkową podobiznę młode damy ukrywały między kartami Biblii.

– Życzę powodzenia w poznawaniu nowych terytoriów – powiedziała chłodno. – Sama nie jestem zainteresowana podróżami dookoła świata, ale rozumiem, że można się od tego uzależnić.

– Owszem, wydaje się, że tak jest w istocie – zgodził się z szerokim uśmiechem. – W zaskakujący sposób.

Ten człowiek potrafił wszystkiemu nadać dwuznaczny sens.

Willa już dawno zdecydowała, czego chce u swojego męża. Miał być przyzwoitym człowiekiem, który używa trunków z umiarem. Miło, gdyby był majętny, ale ponieważ ona odziedziczyła majątek po ojcu, nie przyjmowała tego za warunek konieczny.

Musiał być opanowany; mieć wszystkie zęby i własne włosy. Wyobrażała sobie nawet jego głos: cichy, intymny.

Bardzo intymny.

W miarę możliwości wolałaby, żeby miał bladą cerę i sprawiał wrażenie mądrego. Nie był wychudzony, lecz szczupły i bez skłonności do tycia.

Lord Alaric nie tylko nie zachował prywatności, ale wszystko, co się z nim działo – i zapewne wiele rzeczy wyssanych z palca – było wystawione na widok publiczny.

Ryciny świetnie ilustrowały ten problem. Którakolwiek kobieta go poślubi, znajdzie swoją podobiznę w oknach wystawowych sklepów drukarskich. Przez całe życie będzie oglądać swoją podobiznę na półkach z książkami.

Albo – co za okropieństwo! – na scenie.

Z tą myślą ponownie zwróciła uwagę na pana Sterlinga. Teraz on był tym mężczyzną, którego powinna potraktować poważnie. Mógł myśleć, że nie nadaje się do tego, żeby należeć do dobrego towarzystwa – ze względu na pochodzenie, ale w oczach Willi to była zaleta. Jej mąż będzie przyjmowany wszędzie, o to się nie martwiła.

Był niezwykle przystojny i wydawało się, że Helena Biddle nie zagięła na niego parolu. Najpierw jednak musiała coś wyjaśnić.

– Panie Sterling – odezwała się – czy słusznie przypuszczam, że możesz mieć coś wspólnego z koronkami Sterlinga?

– To zaszczyt dla mnie, że słyszałaś o moich koronkach. – Podniósł jej dłoń i ucałował jej wierzch.

Do jej uszu doszedł gniewny pomruk, ale kiedy odwróciła się, żeby spojrzeć niedowierzająco na lorda Alarica, ten uśmiechał się słodko jak proboszcz.

– Przestań – rozkazała.

– Co przestać? – zapytał niewinnie.

– To – warknęła Willa.

Chwycił dłoń, którą pan Sterling przed chwilą pocałował.

– Wydaje mi się, że ubrudziłaś sobie rękę. – Zanim zdążyła go powstrzymać, podniósł ją do ust i pocałował. – Lepiej? – zapytał z roześmianymi oczami.

Willa zmarszczyła gniewnie brwi.

– Lordzie Alaricu, przestań, proszę. – Czuła, jak rumieniec pełznie jej po szyi. Zerknęła przez ramię – wielu gości bacznie ich obserwowało. Oczywiście, że ich obserwowali.

Zawsze będą się przyglądać, cokolwiek by robił.

W tej chwili dokładnie zrozumiała, co się dzieje. Ten mężczyzna był zupełnie nienawykły do tego, że kobiety nie ścielą mu się do stóp. Kobieta, która stoi prosto?

Nieodkryty ląd. *Terra incognita.*

Lord Alaric flirtował z nią, ponieważ należał do mężczyzn, którzy zawsze muszą wygrać. A ona nie była – i nigdy nie zamierzała się stać – łupem. Chciała wybrać męża po poważnym namyśle i nie zamierzała zostać „zdobyta".

– Nie mam ochoty robić z siebie widowiska. – Powiedziała to spokojnie, ale stanowczo i cofnęła dłoń.

Jego Lordowska Mość odwrócił głowę, żeby omieść wzrokiem taras. Goście spuścili wzrok; przy stolikach znowu podniósł się gwar. Alaric się skrzywił.

– Sława ogromnie sprzyja sprzedaży książek, mój panie. Co do tego nie mam wątpliwości.

Otworzył usta, ale podniosła dłoń, żeby go uciszyć.

– Nie jestem ziemią, którą się zdobywa tylko po to, żeby ją zdobyć. Będę wdzięczna, jeśli skierujesz swoją uwagę gdzie indziej.

Zacisnął szczęki, ale Willa wytrzymała jego spojrzenie. Musiała postawić sprawę jasno, ponieważ wyraźnie przywykł do tego, że podbija serca kobiet bez wysiłku i sukcesy dały mu nadmierną pewność siebie. Albo sprawiły, że stał się zarozumiały. Jakkolwiek by to nazwać.

Była podatna na jego czar jak każda inna kobieta. Ale nie chciała zostać zdobyta.

– Nie patrzę na ciebie w ten sposób – oznajmił lord Alaric. Gdyby Willa nie zauważyła, jak pociemniały mu oczu i zesztywniały ramiona, mogłaby sądzić, że jest jedynie uprzejmy.

– W pewnym sensie wszyscy stanowimy nieznane terytorium – nie dawała za wygraną. – Trzymając się tej analogii, twoje wybrzeża nawiedzają ambasadorowie w rodzaju Heleny Biddle.

Ponownie zacisnął szczęki.

– Kiedy ja zostanę obywatelką obcej krainy, zrobię to bez pompy – oznajmiła, wstając. – I bez ambasadorów.

Uśmiechnęła się do pana Bouchette'a siedzącego przy sąsiednim stoliku. Pan Bouchette zerwał się z krzesła. Kiedy poprosił ją z zapałem, żeby towarzyszyła mu na spacerze w ogrodzie różanym, usłyszała, jak lord Alaric mówi za jej plecami:

– Łowi drobnicę, którą trudno jest utrzymać – zwrócił się do pana Sterlinga; reszty uwagi nie usłyszała.

Miała wrażenie, że „drobnica" oznacza rybę. Czy chciał powiedzieć, że pan Bouchette jest dla niej za skromną rybką?

Lavinia posłała Willi spojrzenie, które w ułamku chwili przypomniała jej, że dama nie wylewa zawartości filiżanki na głowę lorda.

– Czy zechcesz towarzyszyć nam obu? – zapytała Lavinia rozpromienionego pana Bouchette'a.

Dama nie mogła wylewać herbaty, ale mogła odejść, przesadnie kołysząc biodrami.

Jak to zrobiła Willa.

11

Następnego dnia

Willa z powodzeniem unikała lorda Alarica tego wieczoru i następnego dnia przy lunchu, choć wydawał się zawsze znajdować w zasięgu słuchu. Na przykład, w chwili, gdy Lavinia wyraziła chęć przespacerowania się do pobliskiej wioski Mobberley, wyskoczył jak spod ziemi i oświadczył, że będzie im towarzyszyć.

Prawda była taka, że Jego Lordowska Mość nie raczył wziąć sobie do serca jej rozkazu, żeby przestał ją uwodzić. Za każdym razem, kiedy zerkała w jego stronę, wydawał się odwzajemniać spojrzenie, nawet w otoczeniu wielbicielek.

Musiała okazać stanowczość. A także przebywać w towarzystwie zalotników, równie wytrwałych, jak jego. Wywoływali u niego grymas niechęci, ale co ją to obchodziło? Może to i byli chłopcy w porównaniu z nim, ale dawali poczucie bezpieczeństwa i potulnie wypełniali wszelkie polecenia; jej dobre imię nigdy by z ich powodu nie ucierpiało.

Mobberley leżało o pół godziny spaceru od zamku, przy długiej polnej drodze po obu stronach obrośniętej krzewami, które właśnie zaczynały wydawać owoce; w rowach kwitły pierwiosnki i czerwieniły się gdzieniegdzie maki. Był to wymarzony dzień na przechadzkę i grupa dwunastu osób wyruszyła wkrótce po lunchu.

Obie z Lavinią miały po dwóch zalotników, za lordem Alarickiem ruszyły cztery wielbicielki pod wodzą, jak się wydawało, Heleny Biddle. Zabawna była ta matematyka. Willa zostawiła zalotników Lavinii, a sama cofnęła się, żeby spacerować w towarzystwie lady Knowe, ignorując lorda Alarica, który prowadził swoje stadko na tyłach.

Lady Biddle trzymała pod rękę pana Sterlinga, który nie krzywił się wprawdzie, ale nie sprawiał wrażenia uszczęśliwionego.

– Wieśniacy nazywają pierwiosnki „przebiśniegami" – wyjaśniła Willi lady Knowe, wskazując brodą polne kwiatki. – Robią tu w okolicy znakomite wino, od którego zakręciłoby ci się porządnie w głowie po jednej szklaneczce czy dwóch. A przy okazji, chciałam cię zapytać, czy Prism wygłosił ci już wykład na temat bagien Lindow?

Willa skinęła głową.

– Ostrzegał, żebyśmy się od nich trzymali z daleka, wydaje mi się, że rozmawiał także z pokojówkami i lokajami. Czy nie jest czymś trudnym żyć na skraju tak niebezpiecznej dziczy?

– „Niebezpieczna dzicz" to pewna przesada – stwierdziła lady Knowe. – To tylko grzęzawisko i do tego nawet piękne przy odpowiedniej pogodzie.

Willa zawahała się, myśląc o tym, że, jak opowiadał Prism, najstarszy z bratanków lady Knowe zginął w tym bagnie. Jak dla niej, to zupełnie wystarczyło, żeby określać to miejsce mianem „niebezpiecznej dziczy".

Zanim zdążyła się odezwać, ich oczom ukazało się Mobberley – po drugiej stronie starego mostu. Wieś składała się z niewielu chat usytuowanych wzdłuż drogi. Ich dachy zdawały się pochylać ku sobie, jakby domy po obu stronach prowadziły ze sobą towarzyską pogawędkę.

Lady Knowe wydała radosny okrzyk.

– A niech mnie! Jest tutaj pan Calico!

– Kto?

– Handlarz! – zapiszczała z zachwytem Jej Lordowska Mość. – Pan Calico to najpewniejsze źródło przyjemności i rozrywki w tych okolicach. Jestem na liście subskrybentów różnych powieści i dostaję je pocztą. Po wsiach wędrują wędrowne trupy teatralne. Ale pan Calico? To czarodziej.

– Nie wierzę, że on jest wciąż w drodze – powiedział lord Alaric, zrównując się z nimi. – Już wtedy sądziłem, że to staruszek. Dzień dobry, ciociu Knowe. – Zniżył głos. – Willa.

– Zwracam się do panny Ffynche po imieniu, bratanku, ale co wolno wojewodzie… – Spojrzenie lady Knowe przypomniało Willi lśniące oczka Fitzy'ego.

– Oczywiście! – wykrzyknęła Willa. – Lord Alaric się przejęzyczył.

Poczuła jego oddech na karku i o mało nie drgnęła. Ale opanowała się. Postanowiła, że dzisiaj będzie doskonałą damą. Nie miała z tym żadnych problemów przez cały sezon i nie było powodu, żeby pojawienie się jakiegoś zarozumiałego poszukiwacza przygód zmieniło jej zachowanie.

Lady Knowe zaczęła wymieniać z bratankiem różne historyjki o wędrownym kramie pana Calico, w miarę jak się do niego zbliżali. Słuchając ich, można by pomyśleć, że pan Calico często miał tę jedną rzecz, której się pragnęło najbardziej, nawet jeśli człowiek nie zdawał sobie sprawy, że tego chce.

– Domyślam się, że nie wierzysz w magię – zwrócił się lord Alaric do Willi.

– Ja wierzę! – Lavinia wysunęła się naprzód. – Nie mogę się doczekać, co znajdę w jego wozie.

– Co byś chciała znaleźć dla siebie u pana Calico? – lady Knowe zapytała Willi.

– Otóż, nie spodziewam się niczego – odparła Willa lekko przepraszającym tonem, jakby miała sprawić handlarzowi zawód. – Mam wszelkie wstążki, jakich potrzebuję.

– Wstążki to drobiazg – odparła lady Knowe z szerokim uśmiechem.

Wóz handlarza pomalowano na żywy zielony kolor. Boki podniesiono, tak że opierały się na żółtym dachu. Półki także pomalowano na żółto, podobnie wesołą barwą jak koła.

Pan Calico był chudym, siwowłosym mężczyzną o bujnym wąsie, w zniszczonym płaszczu, który błyszczał w letnim słońcu. Wyskoczył przez czerwone drzwiczki wozu, kiedy gromadka rozproszyła się wokół.

– Czyż to nie moja ulubiona dama na całej północy? – zawołał, kłaniając się. – Najlepszego popołudnia, lady Knowe!

Lady Knowe dygnęła głęboko, jakby był dżentelmenem na balu.

– Powiedz, proszę, że przywiozłeś coś cudownego z Londynu!

– Wiele rzeczy – zapewnił pogodnie. Oczy mu lśniły jak czarne paciorki. – Zamierzałem pojechać do zamku późniejszym popołudniem, ale oto jesteście, sami mnie znaleźliście. Macie wybór moich towarów, tych, których dobrzy ludzie z Mobberley nie zdążyli jeszcze kupić.

– Panno Ffynche i panno Gray – lord Alaric mówił z taką powagą, jakby przedstawiał głowę koronowaną – pozwólcie, że przedstawię wam pana Calico, właściciela tego świetnego wozu. Jako dzieci czulibyśmy się osieroceni bez jego wizyt.

– Myślę, że pan Calico ma udział w tym, że stałeś się takim podróżnikiem, jakim jesteś – stwierdził pan Sterling, podchodząc do nich. – Ostatecznie, to ty przywoziłeś Alaricowi przez lata mnóstwo rzeczy z dalekich krajów i oto Alaric nie może żyć, nie odkrywając nieznanych sobie lądów.

– Pan Calico sprowadził dla mnie niezwykłą szkatułkę pełną egzotycznych przedmiotów – przyznał Alaric.

– Jak je zdobyłeś? – zapytała Willa pana Calico.

– Podróżuję tu i tam – oznajmił z uśmiechem, dzięki któremu jego wąsy wydały się jeszcze bujniejsze i weselsze. – Kupuję coś w jednym miejscu i sprzedaję w innym. O ile dobrze pamiętam, ta szkatułka pochodziła ze strychu z rezydencji Rumpole, w Sussex. Nie kupiłem jej, wymieniłem na… – Zmarszczył brwi. – Wymieniłem ją na parę pięknych pantofelków, które okazały się akurat odpowiednie rozmiarem dla młodej damy.

– Ta szkatułka z egzotycznymi skarbami mogła być tym, co pchnęło cię na drogę, jaką obrałeś – powiedział pan Sterling – ale kluczem była mała, zasuszona głowa.

– Nie! – sapnęła Lavinia i mocno zadrżała.

– To było tylko zasuszone jabłko, w którym zobaczyłem co innego – wyjaśnił smętnie Alaric. – Póki pan Calico nie wrócił i nie powiedział mi prawdy. Do tego momentu wymyśliłem mnóstwo historii o amazońskim wodzu, który zmniejszył głowę swojego największego wroga.

– Geneza lorda Wilde'a – stwierdził pan Sterling. – Przyprawiał o dreszcze śmiertelnego przerażenia mnie, Horatiusa i Northa każdej nocy.

– Panie Calico – odezwała się Willa. – Czy pozwolisz, że zapytam cię o twój błyszczący płaszcz?

– Szpilki, moja droga. Szpilki wszelkich kształtów i rozmiarów, z główkami z perełek i brylancików i te nowe, specjalne, całe lśniące, pochodzące z Portugalii. Szpilki przeznaczone do różnych celów: do włosów, do kapeluszy, do prucia albo darcia, do podpięcia opadającej koszuli.

Lavinia klasnęła w dłonie.

– Chciałabym szpilkę! – Okrążyła go. – Czy mogę kupić jedną z tych błyszczących, niebieskich?

– Te szpilki przychodzą do mnie, nie odwrotnie. – Pan Calico potrząsnął głowę. – Mam śliczne szpilki w wozie, jeśli chcesz jedną nabyć.

Lavinia odeszła w poszukiwaniu koszyka ze szpilkami, a pan Calico pochylił się, żeby przywitać się z tłustym kotem rzeźnika, który starannie obwąchiwał jego buty.

– Ty jesteś Peters, nieprawdaż? Wiem, co wąchasz.

Willa przykucnęła i podrapała koci łepek. Pan Calico miał niewątpliwie ładne rzeczy na sprzedaż, od pięknie inkrustowanych grzebieni po zwykłe garnki, ale ona niczego nie potrzebowała. Ani niczego nie chciała.

Za nimi Lavinia popiskiwała z zachwytu nad książką, którą znalazła w stosie ozdobnych talerzy.

– To mój amerykański soból tak pachnie – wyjaśnił kotu pan Calico. – Pewnie jej nie spotkałeś, bo jej krewniacy żyją daleko stąd, za oceanem, a nawet dalej.

Willa wyprostowała się.

– Co to jest amerykański soból? Czytałam książkę o zwierzętach w Ameryce, ale sobola nie wspomniano. Chyba że zapomniałam.

– Jakoś w to wątpię. – Pan Calico uśmiechnął się promiennie.

– Może i wspomniano – zgodziła się Willa. Zapominała bardzo niewiele z tego, co czytała.

Czyjaś ręka dotknęła jej ramienia i jej ciało przebiegł dreszcz. Zesztywniała, zmieszana, ale Alaric wydawał się niczego nie zauważyć. Rozłożył nagie palce na jej łopatce w geście, który niebezpiecznie przypominał pieszczotę.

Kiedy zaczęła o nim myśleć po prostu jako o Alaricu, a nie lordzie Alaricu?

Ponownie skupiła się na rozmowie.

– Amerykański soból! – parsknął Alaric. – To skunks, najzwyczajniejszy skunks, panie Calico. Wiesz to równie dobrze, jak ja.

Handlarz wzruszył ramionami, oczy mu lśniły i nie wydawał się ani trochę skruszony.

– Kupiłem go jako amerykańskiego sobola, Wasza Lordowska Mość, i takim pozostanie. – Zwrócił spojrzenie na Willę. – Póki nie znajdę dla niego, a właściwie dla niej, dobrego domu.

– Obawiam się, że nie mogę się zaopiekować zwierzęciem – powiedziała Willa uprzejmie. – Mieszkam z ciotką, która nie znosi zwierząt domowych, a co dopiero egzotycznych.

– Mój soból jest maleńkim szczeniaczkiem – oznajmił pan Calico. – Kiedy podrośnie, nada się na ładną etolę. Lepszą od lisiej. Bardziej egzotyczną. Wszyscy będą pytać, skąd pani ją wzięła.

Willa wzdrygnęła się. Nie nosiła żadnych futer i myśl, że mogłaby hodować zwierzę tylko po to, żeby zrobić z niego część stroju, wydawała się odpychająca.

– Panie Calico, nie zmieniłeś się ani trochę – powiedział Alaric. – Czy pamiętasz, jak mnie namówiłeś do kupienia tego zwiędłego jabłka?

Handlarz przechylił na bok głowę, marszcząc brwi. Jego płaszcz roziskrzył się w słońcu.

– Nie – przyznał.

– Powiedziałeś, że nie jest na sprzedaż, ponieważ wieziesz je na plebanię, gdzie duchowny pochowa je na kościelnym dziedzińcu.

– Zrobiłby to – potwierdził pośpiesznie pan Calico. – Wyrosłaby z niego piękna jabłoń.

Alaric uśmiechnął się.

– Krótko mówiąc, panna Ffynche jest bardzo zaciekawiona i musi koniecznie zobaczyć amerykańskiego sobola, podobnie jak ja wówczas zasuszone jabłko.

– Wcale nie – oświadczyła Willa. Sama wzmianka o maleńkim stworzonku, którego futro miałoby w przyszłości ozdobić jej szyję, budziła w niej mdłości.

Alaric ponownie położył dłoń na jej plecach, jakby sam nie zdawał sobie sprawy z tego, co robi. Ani z niestosowności tego gestu.

– Życzę większego szczęścia gdzie indziej – zwrócił się do pana Calico.

– Wszystko z czasem trafi na swoje miejsce – odparł handlarz, wcale niezrażony. – Z pewnością trafię do jakiegoś domu, gdzie gospodyni ucieszy się na myśl o etoli pasującej dokładnie na jej szyję.

Kiedy się odwrócił, Willa odczuła wyraźniej dotyk palców Alarica na swoich plecach.

– Przestań! – szepnęła gniewnie.

– Co takiego?

Wydawał się zdumiony. Odchrząknęła i odsunęła się.

– Dotykasz mnie – powiedziała, podchodząc do wozu. Na półce przed nią leżały dwa pawie pióra, lniana ściereczka z wyhaftowaną modlitwą, kamień dziwnego kształtu i srebrna miseczka wypełniona naparstkami.

Alaric poszedł za nią i dotknął jej pleców jednym palcem. Spojrzał na nią niewinnymi oczami.

– W ten sposób? Prowadziłem cię jedynie w stronę wozu.

Willa zauważyła – kątem oka – że pan Calico otwiera tylne drzwi i pomaga Lavinii wejść do środka po wąskich, drewnianych schodkach.

Zanim zdołała wymyślić stosowną odpowiedź, zobaczyła, że Lavinia wycofuje się, zakrywając twarz chusteczką i wyskakuje z wozu z cichym okrzykiem.

Mogłaby wylądować na własnych nogach, ale pan Sterling rzucił się z zadziwiającą prędkością i chwycił ją w ramiona.

– Panie Calico, boję się o twoje zdrowie! – zawołała Lavinia. – Nie jest zdrowo przebywać w twoim wozie.

– Moja współlokatorka wydziela raczej mocną woń – zgodził się pan Calico. – Przyznaję, że wynająłem na wieczór pokój w gospodzie. Zapewniano mnie, że jej gruczoły zapachowe zostały usunięte, ale zaczynam podejrzewać, że to nieprawda.

Willa złapała się na tym, że się krzywi i do diabła z tym, że dama powinna zachować spokój i pogodę przez cały czas.

– Jej gruczoły zapachowe usunięto? Zatem biedne stworzenie nie czuje żadnych zapachów?

– Na odwrót – powiedział pan Calico. – Teraz może sprawić, że to my ją czujemy, choć robi to tylko, kiedy czuje się zagrożona.

– Czy mogę? – Alaric wystąpił naprzód, wskazując na schody.

– Bardzo proszę, Wasza Lordowska Mość! Mój dom jest twoim domem – zawołał pan Calico.

Jednym skokiem Alaric znalazł się w wozie.

– Czy znalazłaś coś, co chciałabyś kupić, Lavinio? – zapytała Willa.

– To młoda dama – wtrącił kpiąco pan Sterling. – Oczywiście, że znalazła.

– Z pewnością nie chciałeś, żeby ta uwaga była tak nieuprzejma, jak zabrzmiała. – Lavinia okazała godne pochwały opanowanie.

Wzruszył ramionami.

– Z mojego doświadczenia wynika, że kobiety są nienasycone, jeśli chodzi o głupstwa, a proszę wybaczyć, panno Gray, ale o mało nie wyrwałaś szpilki z płaszcza pana Calico.

Lavinia zmrużyła oczy.

– Zastanawiam się, czy lepiej jest być nienasyconym, jeśli chodzi o pieniądze, czy jeśli chodzi o szpilki – odparowała. – Lepiej poprosić o szpilkę, czy o dom i spotkawszy się z odmową, spalić go?

Willa zamrugała. Lavinia musiała wiedzieć coś o panu Sterlingu, czego jej nie powiedziała.

Z tymi słowami Lavinia podniosła nos do góry i okręciła się na pięcie, aż spódnica zafurkotała jej wokół kostek. Pomaszerowała do drugiego końca wozu, gdzie przyłączyła się do lady Biddle.

Pan Sterling zachował obojętny wyraz twarzy.

– Wygląda na to, że moja sława mnie wyprzedza.

– Czy w istocie spaliłeś jakiś dom?

– Próbowałem bez powodzenia kupić majątek w pobliżu. Dwa lata później, kiedy dwór obrócił się w popiół na skutek pożaru, oferowano mi ziemię. Ale ja z tym pożarem nie miałem nic wspólnego.

– Skąd więc wzięła się plotka?

– North i ja nie byliśmy grzecznymi chłopcami – powiedział pan Sterling z błyskiem rozbawienia w oczach. – Miejscowi nie myśleli długo, żeby uznać mnie za winnego.

– Lord Alaric nie należał do waszego plemienia urwisów? – W głosie Willi zabrzmiało niedowierzanie.

– Byliśmy dużo bardziej trzpiotowaci niż on kiedykolwiek. – Zawahał się. – Jestem zaskoczony, że panna Gray przypomniała tę plotkę. Ta uwaga raczej nie pasowała do damy, czyż nie?

– Damę charakteryzuje raczej ton głosu – powiedziała Willa. – Gdybyś mnie obraził, mogłabym wspomnieć fakt, który, jak pamiętam, przeczytałam w „Timesie": manufaktura koronek Sterlinga zatrudnia dzieci. – Spojrzała mu w oczy, nie pozwalając, aby w jej głosie pojawiła się nuta oskarżenia. – To znaczy, gdybyś wypowiedział jakąś niegrzeczną uwagę o upodobaniu dam do szpilek.

– Niech to diabli, to jest… – Nie dokończył. – Bardzo uprzejme z twojej strony, że mnie ostrzegasz.

– Miejmy nadzieję, że nie będziemy mieli okazji o tym mówić – powiedziała Willa. Posłała mu serdeczny – godny prawdziwej damy – uśmiech i stanęła obok Lavinii.

– Dziękuję – szepnęła Lavinia, pochylając się naprzód. – Spójrz na te śliczne laleczki, Willo! Może powinnyśmy je kupić. Czasami chciałabym mieć znowu pięć lat.

Za nimi rozległ się cichy dźwięk, jakby ktoś stłumił wybuch śmiechu.

Alaric pojawił się w drzwiach wozu.

– Masz rację – zwrócił się do pana Calico.

– Że ją wziąłem, hę? Przywiązałem się do niej, ale z przyjemnością odzyskałbym wóz dla siebie.

– Wyobrażam sobie. – Alaric zeskoczył na ziemię. Ręce miał puste.

– „Ona" to ta pachnąca towarzyszka, tak? – zapytała Willa. Lavinia zadrżała.

– Cały zamek nie jest dość duży, żeby pomieścić ten smród.

– Jesteś zbyt surowa – sprzeciwił się Alaric. – Sądzę, że po prostu przydałaby jej się kąpiel i większe pudełko.

Sięgnął do kieszeni i wyciągnął maleńkie stworzonko, wielkości połowy jego dłoni. Miało biały puszysty ogonek i czarną główkę z paskiem między oczami.

Podniosło łepek i spojrzało wprost na Willę czarnymi, błyszczącymi oczkami.

– Tak, wezmę ją – oznajmił panu Calico Alaric. – Nie pozwolę, żeby zrobiono z niej etolę, o czym wiesz doskonale, stary draniu.

– Nie wiem dlaczego – odezwała się lady Biddle, podchodząc bliżej. – Ten ogon będzie ładnym obramowaniem damskiej twarzy, jeśli trochę urośnie. Ile czasu to zajmie?

– Możesz ją kupić jako prezent – zasugerował pan Calico Alaricowi, zupełnie ignorując lady Biddle.

Willa oderwała wzrok od zwierzątka.

– Nie mogę mieć żadnego stworzenia... ale czy mogę ją potrzymać?

Alaric umieścił zwierzaczka w wyciągniętym dłoniach Willi; towarzyszka pana Calico natychmiast objęła pazurkami palec wskazujący Willi, żeby zachować równowagę.

– Fe! – parsknęła Lavinia, cofając się. – To śmierdzi, Willo.

Lady Biddle zakryła twarz chusteczką i cofnęła się, dając do zrozumienia, że może zemdleć. Willa miała nadzieję, że tak się stanie, ale takie życzenia wydawały się nigdy nie spełniać.

Przysunęła dłonie bliżej do twarzy i małe zwierzątko spojrzało na nią bez strachu. Po chwili wyciągnęło się i przytknęło nosek do nosa Willi.

– Jesteś słodka – szepnęła Willa.

– To prezent – powiedział lord Alaric za jej plecami.

Willa i szczeniaczek spojrzeli sobie w oczy. Po czym stworzenie obróciło się z wdziękiem i zwinęło w kłębuszek. Puszysty ogonek owinęło wokół nadgarstka Willi, a głowę oparło na jej palcu. Zamknęło oczka.

– Matka dostanie spazmów – jęknęła Lavinia.

– Nigdy o nic nie prosiłam – powiedziała Willa, patrząc na przyjaciółkę. – Jeśli lady Gray nie pozwoli mi trzymać amerykańskiego sobola, przeniosę się do własnego domu.

– Nie zrobisz tego. – Przesunęła palcem po grzbiecie zwierzątka. – Może lord Alaric ma rację i kąpiel pomoże. Jest bardzo miękka.

– Co mam teraz zrobić? – Willa nie śmiała poruszyć dłońmi.

Nie zauważyła, jak pan Calico wrócił do wozu, ale teraz zeskoczył na ziemię, niosąc koszyk.

– To jest jej legowisko – powiedział. – Ulubiony kocyk, lista rzeczy, które lubi jeść i co istotne, jej mydło, panno Ffynche. Kąp ją raz w tygodniu, a będzie pachnieć jak stokrotka. Jeśli chcesz, możesz ją od czasu do czasu wykąpać w rumianku.

– Czy wiesz, w jakim jest wieku?

– Trochę ponad cztery tygodnie – odparł pan Calico.

– Nazwę ją Groszkiem – postanowiła Willa.

Groszek otworzyła jedno oczko i spojrzała na nią. Potem sapnęła, zamknęła oczko i ponownie zapadła w sen.

– To z natury nocne stworzenie – powiedział pan Calico. A potem, zwracając się do Alarica: – Zachciej, proszę, zawiadomić pana Prisma, że przyjadę do zamku Lindow późnym popołudniem; będę zobowiązany.

Lavinia trzymała całą naręcz rzeczy, które chciała kupić: francuskie talerze, dwie książki, parę długości wzorzystego muślinu i małą lalkę. Jej dwaj towarzysze kłócili się o to, który z nich zapłaci rachunek.

– Niech to – odezwał się pan Sterling, wręczając panu Calico banknot. – To powinno pokryć wszystko. Czy możesz dostarczyć zakupy dam do zamku razem z tymi rycinami?

Pan Calico skłonił się, a Lavinia zdała sobie w tym momencie sprawę z tego, co się stało.

– Oddam ci pieniądze – oznajmiła.

– Jak sobie życzysz – odparł, dając jasno do zrozumienia, że nic go to nie obchodzi.

Lavinia parsknęła gniewnie i minęła ich, trzymając z obu stron pod rękę jednego z zalotników, kierując się do drogi wiodącej do zamku.

Alaric wziął Groszka od Willi i włożył do koszyka; zrobił to tak delikatnie, że zwierzątko prawie się nie poruszyło.

– Jeśli pozwolisz, będę nieść Groszka, ale wpierw muszę oderwać ciotkę od pokus wozu pana Calico.

Lady Knowe dodawała właśnie parę książek do stosu na schodkach powozu.

Wsunął sobie koszyk z Groszkiem na ramię – i wbrew wszelkim prawom natury wyglądał teraz jeszcze bardziej męsko. Willa nie mogła się powstrzymać, żeby nie przyjrzeć mu się od stóp do głów, zwracając uwagę na rozczochrane, nieupudrowane włosy – żadnej peruki, żadnego kapelusza – szerokie ramiona, ciało stworzone do działania.

Nie tylko do tańca.

Pan Sterling zrównał się z Willą, w milczeniu pięli się drogą pod górę. Zazwyczaj Willa nie miała problemu z prowadzeniem obojętnej, uprzejmej rozmowy, ale teraz czuła się zagubiona. Szła obok słynnego pana Sterlinga, który zatrudniał dzieci w swojej manufakturze koronek. Nawet nie zadał sobie trudu, żeby temu zaprzeczyć.

Jedno dziecko znaleziono martwe w jego fabryce, ale zapewne były też inne.

Milczała zatem, póki nie powiedział:

– Raport był nieprawdziwy.

Willa zastanawiała się, czy codzienne kąpiele w rumianku nie zaszkodziłyby Groszkowi. Rumianek był na tyle delikatny, że nie powinien szczypać jej w oczka.

– Ach – powiedziała, ponownie skupiając uwagę na towarzyszu. – Mówisz o tym artykule w „Timesie"?

– Gazeta twierdzi, że zatrudniam dzieci, z których jedno zmarło na terenie zakładu. Nie zatrudniałem i nie zatrudniam. Zerwałem z tą praktyką natychmiast po tym, jak kupiłem manufakturę i wszystkie dzieci znalazły bezpieczne miejsce na wsi.

Parth Sterling wyglądał jak żołnierz: niebezpieczny, o nieco dzikim, wilczym spojrzeniu. Człowiek, który nie zawracałby sobie głowy kłamstwami.

– W porządku – powiedziała.

Cisza.

– Nie pytasz o szczegóły? Dowody?

Potrząsnęła głową.

– Wierzę ci. Lavinię trudniej by było przekonać.

Pan Sterling spojrzał na postać jej najlepszej przyjaciółki przed nimi.

– Nie jestem zainteresowany przekonywaniem jej.

No, dobrze.

Alaric miał w sobie dzikość zwierzęcia. Czuło się w nim potrzebę otwartych okien i szerokich przestrzeni. W przeciwieństwie do niego pan Sterling był niebezpieczny jak uwięzione zwierzę, wielki drapieżnik.

Ciekawe byłoby wiedzieć, skąd się wziął ten twardy zarys szczęki i oczy o srogim wyrazie. A także to, że ciszy potrafił używać w charakterze broni.

Może pragnął władzy, choć artykuł w „Timesie" przedstawił właściciela Koronek Sterlinga jako jednego z najbardziej wpływowych plebejuszy w Anglii.

A może chciał więcej pieniędzy, choć wydawało się, że już zgromadził ich więcej, niż jeden człowiek mógł wydać.

– Mam nadzieję, że to znajdziesz – powiedziała, odwracając głowę i uśmiechając się do niego.

Jego oczy w świetle słońca były błękitne jak kobalt.

– Co takiego?

– To, czego szukasz – powiedziała Willa. – Odkąd usiłowałeś to znaleźć w wozach z odpadkami w Chinach i w angielskich fabrykach koronek w Anglii.

Patrzył na nią szeroko otwartymi oczami.

– Mam nadzieję, że to znajdziesz.

12

$\mathcal{P}$o tym, jak ciotka Knowe postawiła udać się do proboszcza na herbatę, Alaric ruszył sam drogą do zamku, szybkim krokiem. Niezbyt pięknie woniejący Groszek sprawdzał się jako zbroja – wielbicielki Alarica uznały, że wolą wracać do zamku same.

Parę minut później dogonił Sterlinga, który podążał za Willą i Lavinią. Głowy dziewcząt nachylały się ku sobie; były pogrążone w rozmowie.

– To skunks – zauważył Sterling, machnąwszy ręką w stronę koszyka. – Amerykański soból, dobre sobie! To skunks.

Alaric skinął głową w roztargnieniu, obserwując, jak Willa pochyla się bliżej Lavinii.

Willa nie miała o tym pojęcia, ale przypieczętowała swój los, kiedy pocałowała małego skunksa w nos. Była ciekawska, żądna przygód i nie zrażały ją brzydko pachnące stworzenia. Do tego była niezwykle piękna, ale czy to ważne? Katarzyna rosyjska była piękna i... cóż, chęć eksperymentowania w dziedzinie miłości cielesnej to nie jest coś, na czym mężczyzna chciałby budować sobie życie.

Budować sobie życie?

To zdanie pojawiło się w jego głowie bez ostrzeżenia. I teraz nie mógł już tego zignorować. Pragnął jej.

Zbudować sobie z nią życie: z obdarzoną ostrym języczkiem, opanowaną, elegancką panienką, która – jeśli wierzyć ciotce – rządziła londyńską socjetą. Nienawidził socjety.

Małżeństwo, dzieci, śmierć. Zostanie pochowany w rodzinnej kaplicy obok innych Wilde'ów. Jeśli Bóg pozwoli, wyda ostatnie tchnienie jako starzec, otoczony tymi, których kocha.

Nie zaginiony w śnieżnym stepie ani zjedzony przez kanibali, których nigdy nie spotkał na swojej drodze.

– Nie wierzę, że podarowałeś pannie Ffynche skunksa – powiedział Sterling. – Rozum ci odjęło, podobnie jak jej.

– Ma usunięte gruczoły zapachowe – przypomniał mu Alaric. – Być może.

– Damom daje się kwiaty. Rękawiczki. Koronki. Piękne rzeczy dla pięknych ludzi – mówił z naganą w głosie.

– Willa pachnie jak kwiaty pomarańczy – zauważył Alaric.

Sterling mruknął lekceważąco.

– Pewnie ma kostkę mydła, które kosztowało gwineę.

– Jeśli kupiła je od ciebie, to nieźle na tym zarobiłeś, więc przestań marudzić. Chcę tylko powiedzieć, że Willa też wydziela zapach. W dobrym sensie, ale też pachnie.

– Dziwny z ciebie człowiek.

– Pachnące zwierzątko dla pachnącej osoby.

Lavinia odwróciła się i spojrzała na nich. Pomachał do niej ręką.

– Bierzesz tę jedną, która się do czegoś nadaje – stwierdził smętnie Sterling. – Rozumiem, że chcesz ją?

– Tak. – To słowo odezwało się w jego głowie przyjemnym echem. Obudziło dobre uczucia.

– Powodzenia – powiedział przyjaciel. – To dziwna kobieta.

– Willa jest piękna. Inteligentna. Niezbyt próżna. Nie tak, jak, na przykład, narzeczona Northa, Diana.

– Piękniejsza niż rosyjska Katarzyna?

Alaric zerknął w bok; przyjaciel uśmiechał się szelmowsko.

– Kupiłem bardzo interesującą rycinę, która każe się domyślać, że znasz carycę bardzo dobrze. Powiedziałbym nawet, intymnie. *Anglia bierze Rosję szturmem*.

– North opowiadał mi o tym rysunku. To nieprawda.

Parth potrząsnął głową.

– Nie wierzę. Słynny lord Wilde nie spoczął w łożu z carycą?

– Mogę tylko powiedzieć, że była okazja – odparł suchym tonem Alaric. – Wystosowała publiczne zaproszenie, żeby podnieść morale Rosjan.

Parth wybuchnął śmiechem.

– Zadanie podniesienia narodowego morale musi, jak sądzę, stanowić poważne obciążenie dla mężczyzny.

– Uchyliłem się przed tą próbą i wsiadłem na pierwszy statek opuszczający Sankt Petersburg.

– Nieustraszony wobec stada słoni, ucieka przed pożądliwą carycą – śmiał się Parth. – Smutny obraz największego angielskiego poszukiwacza przygód od czasów sir Waltera Raleigha.

– Unikam także tygrysów ludojadów – zapewnił Alaric.

– Odrobina Casanovy w twoich dziełach na pewno by nie zaszkodziła – odparował Parth. – Dość straszliwych trudów, rozpaczy, pojedynków z mężczyznami o dwóch głowach. Zamiast tego randka z namiętną królową. Na twoim miejscy poszedłbym z carycą do łóżka i nazwał to badaniem naukowym.

– Jak tylko ruszysz w drogę i skierujesz się do Rosji, przedstawię cię, komu trzeba. Z pewnością chciałbyś spać z kobietą, która nazywa cię borsukiem rozkoszy.

Parth zachichotał.

– Borsuk? Jesteś pewien, że nie chodziło jej o ogiera? Wyobraź sobie sprzedaż książek o tytule *Wilde ogier rozkoszy*. Nie wspominając już o rycinach.

13

W salonie tego wieczoru cud, jakim był wóz pana Calico, stanowił główny przedmiot rozmowy. Zajechał pod zamek w wielkim stylu i zaczął sprzedawać swoje skarby tym spośród gości księcia, którzy nie wybrali się wcześniej na przechadzkę do Mobberley.

– Opowiedz mi o swoim sobolu amerykańskim – poprosiła lady Knowe. – Ledwie zdążyłam na nią zerknąć.

Groszek siedziała na górze, po kąpieli z mydłem od pana Calico i drugiej, w wodzie z rumiankiem. Okazała się szybko małym, ciekawskim zwierzątkiem, które chętnie stawało na tylnych łapkach, żeby wyjąć smakołyk z palców Willi.

– Lord Alaric uważa, że nazwa „amerykański soból" to pomyłka – odparła Willa. – „Skunks" brzmi gorzej, ale jest bardziej dokładnym określeniem.

– Jak sobie radzisz z opieką? – zapytała lady Knowe.

– Postawiliśmy pudło z ziemią na balkonie – wyjaśniła Willa. – Odkąd Groszek zrozumiała, do czego ma służyć, korzysta z niego z zapałem. To najinteligentniejsze zwierzątko, jakie widziałam.

Lady Knowe położyła dłoń na policzku Willi.

– Kochana z ciebie dziewczyna. Tak się cieszę, że mój bratanek podarował ci Groszka. – Miała dużą i szorstką dłoń, zapewne od jazdy konnej. Ale uśmiechała się pięknie.

– Dziękuję. A co przywiózł dla ciebie pan Calico?

– Kapelusz z przyczepionym skrzydłem. Albo może skrzydło z przyczepionym kapeluszem? Do jazdy konnej, bo gdy nie ma wiatru, efekt jest znacznie słabszy.

– Och, jakie to ciekawe!

– Mówicie o niezwykłym, nowym kapeluszu lady Knowe? – zapytała Lavinia, podchodząc do nich. – Chcę sobie taki kupić, jak tylko wrócimy do Londynu. Jest cudowny, Willo. Nadaje awanturniczy wygląd.

– Chcę mieć pasujący do niego strój – powiedziała lady Knowe.

– Czy pan Calico miał odpowiedni materiał?

Lady Knowe się uśmiechnęła.

– Oczywiście. Nie wiem, dlaczego ten człowiek nie zaprzestał handlu, zarobiwszy na mnie w ciągu tych wszystkich lat setki funtów.

Lavinia spojrzała filuternie.

– Mogę wam powiedzieć, kto dzisiaj po południu wydał najwięcej pieniędzy.

– Kto? – zapytała lady Knowe. – Tak się podnieciłam kapeluszem, że siedziałam godzinami w pokoju, obmyślając nowy strój do konnej jazdy i nie zastanawiałam się nad cudzymi zakupami.

– Pan Sterling wykupił wszystkie ryciny z lordem Wilde'em! – powiedziała Lavinia. – Twierdził, że posłużą do ćwiczeń w rzutki, co mnie wcale nie dziwi. Najbardziej nieprzyjemny człowiek, jakiego poznałam.

– Ranisz mnie – odezwał się ironiczny głos. Pan Sterling stał tuż za nią.

– Naprawdę zamierzasz używać wyobrażeń lorda Wilde'a jako tarczy? – zapytała Willa.

– Jeśli to zrobi, będę strzelał do jego tyłka, ćwicząc strzelanie z łuku – mruknął Alaric, dołączając do grupy.

Willa czuła jego wielkie, ciepłe ciało, choć salon był na tyle duży, że nikt nie musiał nikogo dotykać. Serce tłukło jej się gwałtownie w piersi, ale starała się panować nad głosem.

– Co wolałbyś, żeby pan Sterling zrobił z tymi rysunkami? – zapytała, odsuwając się na bok.

– Spal je – powiedział Alaric bez wahania. – Gdybym pamiętał, że pan Calico ma je w wozie, sam bym je kupił.

– W ciągu ostatnich lat sprzedał ich setki – stwierdził pan Sterling z nutką czarnego humoru.

– A więc jest coś, co sprawia, że się uśmiechasz – odezwała się Lavinia. – Jestem poruszona.

Co takiego było w tych dwóch mężczyznach, że Willa i Lavinia zapominały o znakomitych manierach, które służyły im tak dobrze podczas sezonu? O słodkich uśmiechach i rozsądnych odpowiedziach?

– To i szalone kobiety – odparował pan Sterling.

Alaric jęknął.

– Zaniosłem ryciny do pokoju dziecinnego – ciągnął pan Sterling. – Moja ulubiona przedstawia cię na łodzi, kiedy ogromna macka opasuje rufę. Jak ci sięudało wydostać z tej pułapki, Alaricu?

– Nie mam tego! – zawołała Lavinia.

– Należysz do grona mażących się adoratorek? – W głosie pana Sterlinga słychać było głęboką odrazę.

– Mażących się adoratorek? – powtórzyła Lavinia, mrużąc oczy.

– Damy, które szlochają za każdym razem, kiedy gazety obwieszczają, że lord Alaric zaginął na morzu, to znaczy mniej więcej co trzy tygodnie, częściej, kiedy parlament nie obraduje i nie ma o czym pisać.

– Kto by go nie podziwiał? – zapytała Lavinia. – Lord Wilde jest takim dżentelmenem; wybacz, lordzie Alaricu, że mówię o tobie, używając pseudonimu. Gdziekolwiek się pojawi, ratuje ludzi. Jest taki rycerski.

Uśmiechnęła się z podziwem, całą mocą swego uroku próbując porazić pana Sterlinga.

Twarz mu pociemniała, w szczęce drgnął mięsień.

– Może powinienem wyjaśnić… – burknął.

– Lord Wilde przynosi chlubę narodowi angielskiemu – oznajmiła Lavinia, przerywając mu. – Nie gromadzi pieniędzy ani nie depcze nikogo, włącznie z dziećmi, kto stanie mu na drodze.

– Wielki Boże – szepnął Alaric Willi do ucha. Miał ciepły, pachnący miętą oddech. – Nie pamiętam, żeby ktoś atakował Sterlinga, odkąd chodziliśmy o szkoły.

– A ja to robię?

Lavinia uśmiechnęła się do niego, tak jak tygrys mógłby uśmiechnąć się do królika.

– Czy to nie jest zręczne podsumowanie twojej filozofii życia?

W tej chwili pan Sterling – Parth – i Lavinia wdali się we wściekłą kłótnię; on wrzeszczał, a ona stawała się coraz słodsza, w miarę jak rosła jej furia.

– Trochę obawiam się Lavinii – powiedział Alaric, wykazując instynkt samozachowawczy.

– Zwykle nie traci panowania nad sobą – zauważyła Willa.

Wielka dłoń objęła ją w pasie.

– Powinniśmy zostawić ich samych. – Pociągnął ją do tyłu. – To tak jak przyglądać się kłótni męża i żony: intrygujące, ale niestosowne. Czy napiłabyś się sherry?

Skinęła głową, wdzięczna za to, że ignorował zasady obowiązujące w towarzystwie i nie wiedział, że powinna pić ratafię. Położył jej rękę na plecach i skierował ku lokajowi z tacą i kryształowymi kieliszkami.

Willa postanowiła, że koniecznie musi zakazać Alaricowi, żeby jej dotykał, ponieważ to jej uderzało do głowy. Pozwoliła się jednak poprowadzić.

– Czy zauważyłaś, że zwróciłem się do panny Gray po imieniu?

– Owszem, tak.

– To znaczy, że powinnaś nazywać mnie Alarickiem. Ostatecznie to on dał jej Groszka. Poddała się.

– Dobrze – zgodziła się. Spojrzał na nią uważnie, więc dodała: – Tylko na osobności, Alaricu.

– Mam prywatne pytanie: czy masz taki sam temperament jak Lavinia, tylko trzymasz go na wodzy?

– Nie – odparła Willa. – Jestem bardzo porządną, nudną osobą.

– Nie jesteś nudna. Jakakolwiek jesteś, nudna na pewno nie.

Komplement zapadł Willi głęboko w duszę, ale nie pozwoliła, absolutnie nie pozwoliła, żeby jej twarz zdradziła zadowolenie. Ten człowiek był stanowczo zbyt pewny siebie.

– Czy widziałaś którąś z tych rycin, o której mówili? – zapytał. – Parth kupił je, zanim zdążyłem się przyjrzeć.

– Lavinia ma kilka na ścianie sypialni – przyznała Willa.

Drgnął lekko, ale w zauważalny sposób.

– Trzymała swój ulubiony rysunek w Biblii – dodała, rozbawiona wyrazem oczu Alarica. Wręczył jej kieliszek sherry i pociągnął spory łyk ze swojego.

– Nie wyobrażałem sobie tego szaleństwa, opuszczając Anglię.

– To jak ryciny są sprzedawane, to coś nowego – wyjaśniła. – Ta mania zaczęła się jakieś trzy lata temu, ale sztuka, oczywiście, jeszcze bardziej skupiła na tobie uwagę.

Skrzywił usta w grymasie niechęci.

Willa poczuła niepokojącą chęć, żeby go pocieszyć, choć miała wrażenie, że nawet gdyby nie napisał już więcej ani jednej książki, wielu ludzi i tak będzie go wielbić do końca swoich dni.

– Z pewnością wkrótce o mnie zapomną.

Potrząsnęła głową.

– Czy widziałeś kiedyś, jak łosoś płynie pod prąd podczas wiosennej gorączki? Albo gęsi odlatujące przed zimą?

– Tak źle?

– Pomyśl o odlatujących gęsiach. Pierwsza gęś leci na szczycie V, ale wszystkie są skupione na jednym celu.

Uśmiechnął się z wahaniem.

– Jesteś ziemią obiecaną – powiedziała Willa. – I, Alaricu, nie zapomnij o zgiełku, jaki robią, przelatując nad głową.

– A niech to. – Oczy mu się rozjaśniły. – To wszystko było warte tego, żeby usłyszeć, jak zwracasz się do mnie: „Alaricu".

Potrząsnęła głową.

– To nic nie znaczy.

– A zatem Lavinia jest jedną z tych gęsi?

Willa otworzyła usta i ponownie je zamknęła.

– Niech zgadnę – powiedział Alaric z kpiącą rezygnacją. – Po spotkaniu ze mną jej uwielbienie zmalało.

– Nie chciałabym tak tego ująć. – Willa uśmiechnęła się mimo woli. – Może być mniej skłonna sądzić, że twój nos jest doskonały.

Potarł ów nos w zamyśleniu, nie spuszczając z niej oczu. Willa przekonywała się właśnie, że jego uwaga była jak brandy: paląca, podniecająca... uzależniająca. Nie obchodziło go w najmniejszym stopniu, co kobiety myślą o jego nosie czy jakiejkolwiek innej części ciała.

– Powinnam uratować Lavinię.

– Twoja przyjaciółka nie potrzebuje ratunku. Jeśli już, to potrzebuje go mój przyjaciel.

Kiedy spojrzeli w tamtą stronę, Lavinia właśnie udzielała ostatniej riposty, po czym odwróciła się na pięcie z nosem wycelowanym w sufit.

Sterling ruszył w ich stronę, niespeszony i wściekły.

– Ta kobieta to istna plaga i... – Ugryzł się w język, patrząc na Willę.

– Gratuluję – powiedziała z uśmiechem. – Jesteś pierwszym dżentelmenem na rynku matrymonialnym w tym roku, który zobaczył prawdziwą Lavinię.

– A kto by chciał? – warknął. – Współczuję mężczyź-nie, który poślubi tę wiedźmę. Bez wątpienia odkryje to już w noc poślubną. Biedaczysko.

Eliza Kennet, wyraźnie podekscytowana, posuwała się w ich stronę. Nie mając najmniejszej ochoty oglądać, jak adoruje Alarica, Willa oddała pole.

– Wybaczcie, proszę, panowie. Przyłączę się do mojej ulubionej wiedźmy.

– Nie chcę o nim rozmawiać – parsknęła Lavinia, kie-dy podeszła Willa. – Ten człowiek jest okropny... obraża swoim istnieniem. Nie rozumiem, jak ktoś może uważać za właściwe podejmować go w swoim domu. On jest nie-udomowiony.

– Gorzej niż Groszek?

– Dużo gorzej. Groszek się uczy. Ten człowiek to kundel, któremu zbyt wiele razy pozwalano postawić na swoim.

– To pewnie ta jego władcza postawa – powiedziała Willa. – Jak u admirała.

– Jak u zepsutego chłopca, którego rozpuszczono ponad miarę – odparowała Lavinia.

– Jakoś mi się nie wydaje, żeby pana Sterlinga rozpiesz-czano – powiedziała Willa. – Ale podejdźmy do Diany, dobrze? Ciekawa jestem, co kupiła u pana Calico dzisiaj po południu.

Odpowiedź okazała się zaskakująca.

– Nie znalazłam niczego, co bym chciała dla siebie, ale kupiłam prezenty dla was obu. Tak bardzo się cieszę, że przyjechałyście na moje zaręczynowe przyjęcie.

Otworzywszy torebkę, Diana wręczyła każdej z nich złoty medalion, owalnego kształtu, ozdobiony perełkami i ornamentem w kształcie zawijasów.

– Śliczne – powiedziała Willa, otwierając go; w środku można by łatwo pomieścić igłę i nici.

– Nie powinnaś była – zawołała Lavinia – ale ogromnie mi się podoba, Diano. Dziękuję!

– Moja matka uwielbia francuską biżuterię – odparła niepewnie.

– Twoja matka ma wyśmienity gust – stwierdziła Lavinia.

Diana kiwnęła głową.

– Wybrałam je dla was, bo tak bardzo, bardzo was lubię. Ale… – W istocie te przedmioty były zbyt kosztowne, jak na prezent dla przyjaciółek i Diana zdawała sobie z tego sprawę.

Urwała bezradnie.

– Uwielbiam ten medalion – powiedziała Willa. – Jest pożyteczny tak samo jak piękny, a w moim pojęciu to szczególna pochwala tak dla medalionu, jak i człowieka.

– Oddam swój medalion z Wilde'em innej wielbicielce, a zacznę nosić ten! – zawołała Lavinia.

– Wszyscy mówią o tobie i lordzie Alaricu – powiedziała Diana, zwracając się do Willi i ściszając głos. – Nigdy nie okazywał damie tak szczególnej uwagi. Mówią także o tobie i panu Sterlingu – dodała, zwracając się do Lavinii.

Lavinia prychnęła, rozgniewana.

– Nie zwracałabym na niego uwagi, ale to jak nie zwracać uwagi na wielkiego, złego psa, który warczy na ciebie z kąta.

– Czy lord Alaric także jest warczącym psem? – zapytała Diana.

– Nie – odparła Willa. – Traktuje mnie jak wyzwanie.

– Dlaczego to ma znaczenie, że traktuje cię jak wyzwanie? – zapytała Lavinia.

– To człowiek, który wdrapałby się na górę tylko dlatego, że znalazła się na jego drodze – wyjaśniła Willa. – Nie widzi mnie jako osoby.

– Jest bajecznie bogaty, dobrze urodzony i przystojny – zauważyła Diana, ignorując to ostatnie.

– Jego twarz widnieje na ścianach wszystkich sypialni w Anglii – powiedziała Willa bezbarwnym głosem.

– To jest pewien minus – zgodziła się Lavinia. – Przez cały rok, przed pójściem na lekcję francuskiego, całowałam rycinę, na której walczy z niedźwiedziem polarnym.

Diana zamrugała.

– Na szczęście – wyjaśniła Lavinia.

– Nie chcę zostać zdobyta przez kogoś, kto uważa mnie za niedźwiedzia polarnego, którego trzeba powalić na ziemię – powiedziała Willa. – Nie chcę też, żeby mój mąż był czymś w rodzaju talizmanu przynoszącego szczęście panienkom w wieku szkolnym.

– Całowanie rysunku to nie to samo co całowanie żywego mężczyzny – zauważyła Diana, ale jej głos brzmiał niepewnie.

– Ciekawa jestem, co się stanie z rycinami, które kupił pan Sterling – powiedziała Lavinia. – Gdyby nie był taki niegrzeczny, dodałabym mu swoje do kolekcji.

Książę i księżna zmierzali powoli w stronę drzwi; to był sygnał, że należy udać się na górę, na kolację.

Willa nie musiała się rozglądać, żeby wiedzieć, że North śpieszy w stronę Diany, a lord Alaric zbliża się do niej. Podniosła się, nagle straszliwie zmęczona.

– Myślę, że zjem kolację w swoim pokoju. Boli mnie głowa.

– Jesteś chora? – odezwał się głęboki głos, podczas gdy czyjaś dłoń spoczęła pośrodku jej pleców.

Lavinia i Diana wstały.

– Dobry wieczór, lordzie Alaricu – powiedziała Diana.

Lavinia także go pozdrowiła, dodając:

– Czy nauczyłeś się tak skradać w dżungli?

– Nie mów, proszę, że masz rysunek, na którym kołyszę się na lianie? – jęknął Alaric.

– Mam, w istocie – odparła Lavinia z szerokim uśmiechem.

Otrząsnąwszy się z zadurzenia, Lavinia wydawała się dochodzić do wniosku, że lubi Alarica.

Nie uśmiechała się z wymuszoną uprzejmością, to był uśmiech przeznaczony dla przyjaciół.

– Wybaczcie, proszę – szepnęła Willa; koniecznie chciała uwolnić się od towarzystwa Alarica. Prześladował ją, korzystając z całej broni w swoim arsenale. Ale w jakim celu? Był łowcą przygód, człowiekiem, który nie zatrzymywał się w jednym miejscu. Akurat teraz była dla niego wyzwaniem – górą, która znajdowała się w tym miejscu – ale gdyby uległa, zwróciłby swoją uwagę gdzie indziej.

Ta myśl wzburzyła ją; tak poruszona nie czuła się od lat. Zakręciło jej się w głowie.

Bez słowa dygnęła i skierowała się do drzwi.

14

Alaric, z rosnącym niedowierzaniem, patrzył, jak Willa odchodzi.

Nie bolała ją głowa. Unikała go.

Badał ostrożnie tę myśl, tak jak czubek języka dotyka bolącego zęba. Otaczały go kobiety, marzące o tym, żeby spędzać z nim czas, więc nie powinno mieć znaczenia, że jedna młoda dama nie podziela tych chęci.

Willa była niezwykle piękna, ale na świecie nie brakowało zachwycających urodą kobiet.

Jego rozmyślania przerwała Eliza Kennet, czepiając się jego ramienia. Próbując uprzejmie się od niej opędzić, zdał sobie po raz kolejny sprawę z tego, że jego wielbicielki to prawdziwy problem. Nie mógł wciąż nosić Groszka w koszyku, żeby je odstraszyć.

Jedyną rzeczą, jakiej pragnął, to pójść za Willą. Chwycić ten kusząco wypięty tyłeczek i zarzucić ją sobie na ramię.

Pójść z nią do łóżka.

Pójść do łóżka i nigdy z niego nie wychodzić. Przynajmniej przez tydzień, póki nie nauczy się na pamięć konturów jej ciała. I kolorów. Fascynowały go jej ciemne brwi przy perłowej cerze. Grube, gęste rzęsy o ciemnych końcówkach. Ani jednego piega.

Może miała włosy jak skrzydło kruka, włosy, które opadłyby na pierś mężczyzny, kiedy by na nim usiadła, czerpiąc rozkosz z jego ciała.

Albo może to był mahoń, kolor pni drzew o zmroku.

Niech to diabli.

Naprawdę tracił rozum.

Willa nie dała znaku życia następnego dnia przy śniadaniu. Nie pojawiła się też podczas lunchu.

Ciotka Knowe zaczepiła go po drugim posiłku, oznajmiając, że musi dołączyć do gości strzelających z łuku, żeby wyrównać liczebność drużyn. Dwie drużyny miały się zmierzyć w celności strzelania do tarczy.

– To ulubiony sport Diany – wyjaśniła. – North kazał dla niej zrobić zestaw strzał z mosiężnymi ozdobami.

Oboje zgodzili się milcząco, że wspaniałe prezenty nie pomogą Northowi zdobyć serca narzeczonej. Alaricowi przyszło do głowy, że Diana może przypadkiem ustrzelić z łuku jego brata, ale odsunął tę myśl od siebie.

Były lepsze sposoby uniknięcia małżeństwa niż morderstwo.

Willa miała szczupłe, ale silne ramiona. Może była także łuczniczką. Nie mogła się wiecznie ukrywać w swoim pokoju.

– Z przyjemnością – zapewnił ciotkę.

Prychnęła cicho, patrząc na niego sprytnymi oczami, ale nie powiedziała ani słowa, za co był jej wdzięczny.

Książę kazał wznieść namiot na trawniku, gdzie goście mogli się czegoś napić, a także schronić przed zbłąkanymi strzałami i słońcem późnego lata. Gdy tylko się pojawił, lady Biddle zacisnęła palce na jego ramieniu, oznajmiając, że będzie jej partnerem. Willi nigdzie nie było, więc poszedł z Heleną na pole strzelnicze.

Strzelała jako pierwsza, piszcząc, kiedy jej strzały omijały tarczę. Po trzeciej nieudanej próbie zażądała, żeby stanął za nią i pokazał, jak się trzyma łuk. Kiedy posłuchał, szybko wcisnęła w niego siedzenie.

– Co ja takiego czuję? – zachichotała, ocierając się o niego jak kotka w rui.

– Nic – stwierdził zgodnie z prawdą. Zerknął w stronę namiotu, gdzie goście popijali lemoniadę. Niektórzy przyglądali się im, ale nie mogli niczego usłyszeć.

Obrócił ją i spojrzał jej w oczy.

– Będę szczery, Heleno. Nie jestem zainteresowany romansem z tobą.

Jej twarz poczerwieniała.

– To ta dziewczyna, tak? Willa Ffynche. Chcesz się z nią ożenić. To małżeństwo się nie uda.

– Och? – Podniósł łuk, starannie wymierzył i zwolnił cięciwę. Strzała pomknęła ze świstem i utkwiła w środku tarczy. Opuścił łuk. – Rezygnuję z zawodów.

– Będziesz musiał zrezygnować z nadziei na to małżeństwo – powiedziała lady Biddle ostrym tonem. – Pozwolę sobie zauważyć, że twoja podobizna zdobi ściany sypialni w całej Anglii, właśnie po to, żeby damy mogły się przy niej ślinić w zaciszu własnych pokoi.

Słowa raniły jak ostrze noża.

– Willa Ffynche jest damą. Nie będzie chciała życia na widoku jak na targu miejskim. Myślisz, że nie będą sprzedawać rycin z waszego ślubu? Przedstawiających wasze pierwsze dziecko?

Nigdy mu to nie przyszło do głowy.

– Nie mogłeś gorzej wybrać – ciągnęła, budząc w nim mroczne uczucia. – Willa Ffynche to prywatna osoba. Bardzo prywatna. W istocie ona…

Alaric odwrócił się na pięcie i opuścił ją w połowie zdania. Jeśli dali asumpt do plotek, nie można było temu zaradzić.

Niech to… Niech to.

Willa była prywatną osobą. To tworzyło część jej uroku. Cała składała się z ukrytych głębi i tajemnych myśli. Nie wystawiała ich na widok publiczny.

Dla człowieka, który uwielbiał nieodkryte lądy, stanowiła pokusę nie do pokonania. Na myśl o niej jego ciało stawało w ogniu.

Przypomniał sobie słowa Northa: „Zobaczyłem Dianę i musiałem ją mieć". Alaric nie chciał zaręczyn – ani, Boże broń, ślubu – takich, jak u brata, gdzie jedna strona tęskniła, a druga okazywała wahanie, jeśli nie niechęć.

Zapuścił się na pirackie wody w *Szerokościach Wilde'a*. Wpływał w osłonięte zatoczki na łódce tak małej, że mogła pomieścić tylko jedną osobę. Przekonał do siebie piratów, grając z nimi w kości, snując pikantne opowieści, nie okazując żadnej chęci, żeby ukraść im ich skarby.

Musiał zdobyć jej przyjaźń. Na tym, jego zdaniem, polegał błąd Northa. Brat zalecał się do Diany, posunął się nawet do tego, żeby włożyć ogromną perukę, chcąc się jej przypodobać. Ale aż do tej chwili nie wiedział, jaką balladę jego narzeczona lubi najbardziej albo której książki nie znosi.

Upuścił strzały, które niósł i wyprostował się. Helena Biddle szła za nim, ze sztywnymi ramionami, wściekła.

North podszedł do niego. Wyglądał wspanialej niż Fitzy, zdobny we frędzle i koronki – klejnot pośród zieleni trawnika.

– Szczerze mówiąc – zauważył Alaric, nie mogąc się powstrzymać – gdybym miał się tak ubierać, żeby zdobyć rękę Willi, już byłbym w drodze do Afryki.

– Zły kierunek – stwierdził brat. – Wiesz, że w sztuce twoja ukochana: niewinna, słodka córka misjonarza, śliczna Angelica, kończy w garze z zupą?

– Angelica? – To było mniej pytanie niż jęk.

Ten bzdurny szczegół potwierdzał jednak, ku zadowoleniu Alarica, brak informacji o Prudence, prawdziwej córce misjonarza. Dramatopisarz najwyraźniej zgadywał.

– To rozdzierająca serce scena, szczególnie ulubiona przez młodzież na parterze. Obrzucają gar ogryzkami jabłek, ale autor sprytnie nie wprowadza żadnych kanibali na scenę. – Objął brata ramieniem. – Będziemy musieli zgromadzić jabłka, żeby bronić twojej przyszłej żony.

– Nigdy nie zabrałbym żony do Afryki. Może do Paryża.

– Nie, żeby bronić jej przed kanibalami – powiedział North, kiedy kilka kobiet odwróciło się, posyłając im promienne uśmiechy. – Przed angielskimi damami.

Alaric jęknął.

15

Willa spędziła urocze popołudnie, bawiąc się z Groszkiem. Jak małe dziecko, maleńki skunksik wydawał się wymagać codziennej kąpieli. Na szczęście uwielbiała wodę, pływała dokoła miski, z zapałem nurkując po suche groszki.

W pewnej chwili Willa zauważyła Alarica na trawniku, strzelającego z łuku w towarzystwie Heleny Biddle. Powiedziała sobie, że jej to nie obchodzi.

Później w ciągu dnia, kiedy łucznicy odeszli, Willa uznała, że pora zacząć przyzwyczajać Groszka do smyczy. Lavinia sporządziła małą uprząż ze złotej wstążki ozdobionej cekinami, która lśniła przy ciemnym futerku zwierzaczka.

– Proszę – powiedziała Lavinia, kiedy w końcu zdołały ją szczęśliwie zapiąć wokół okrągłego brzuszka Groszka. – Wygląda jak księżniczka, gotowa na przegląd swojego królestwa.

Groszek podniosła ogonek, przechyliła się i przewróciła na nos.

– Och, nie! – zawołała Lavinia, osuwając się na kolana.

– Bez smyczy też to robi – powiedziała Willa, krztusząc się ze śmiechu. – Chyba nie nauczyła się, jak posługiwać się ogonem.

– Jest dłuższy od niej samej – zauważyła Lavinia, mierząc go dłońmi.

– Przewraca się za każdym razem, kiedy go podnosi. – Willa podniosła Groszka i włożyła do koszyka. – Przyłączysz się do nas? Myślałam, że przejdziemy się po ogrodzie różanym.

– Nie, dziękuję. – Lavinia ziewnęła. – Pora na drzemkę. Strzelanie z łuku było bardzo męczące, w powietrzu śmigały strzały i uczucia niczym strzały.

– Diany?

– Nie, to dużo zabawniejsze! Alaric powiedział coś Helenie Biddle, co ją rozłościło. Odmaszerowała z pola głęboko urażona i podobno kazała spakować swoje kufry.

Willa wciągnęła powietrze w milczeniu.

– Czy to nie fascynujące? – ciągnęła Lavinia. – Porzuciła swój cel, jakim było wciągnięcie do łóżka angielskich podróżników i przez ostatnich parę godzin mówiła każdemu, kto chciał słuchać, że mężczyźni tylko wtedy udają się do obcych krajów, kiedy nie potrafią zaspokoić kobiet w swoim własnym.

– Wulgarna jak zwykle – stwierdziła Willa.

Ogród różany rozciągał się w cieniu wysokiego kamiennego muru; dzięki temu kwiaty cieszyły się porannym słońcem, ale unikały najgorszych burz, które szalały na bagniskach Lindow, po drugiej stronie muru. Intrygujący, dymny zapach, zapewne pochodzący od torfu, mieszał się z zapachem róż.

Willa wciągnęła zapach powietrza. Była bardzo ciekawa, jak wygląda torf, ale, oczywiście, nie miała zamiaru łamać zakazu zapuszczania się na bagna. Męczyła ją tylko niezmożona ciekawość i miałaby ochotę chociaż zerknąć przez mur.

Postawiła Groszka na ścieżce, ale stworzonko pobiegło prosto do klombu. Biegało tu i tam, wokół krzaków róż, czekając grzecznie, aż Willa oswobodzi spódnicę z kolców.

– Pozwalasz się ciągnąć temu zwierzakowi, jakby to był szczeniak. Albo małe dziecko.

Willa odwróciła się.

– Zobaczyłem cię z wieży. – Alaric wskazał głową za siebie. – Moja sypialnia jest tam.

– Ach.

– Ale to tajemnica – dodał.

Willi nie przeszłoby przez myśl, żeby się dowiadywać, gdzie kto śpi, więc tylko skinęła głową. Domyślała się powodu, dla którego nie chciał ujawniać, gdzie znajduje się jego sypialnia.

– Zapewniam cię, że nie zdradzę nikomu twojej tajemnicy. – Willa próbowała bez powodzenia stłumić niechęć w głosie.

– To nie był mój wybór, żeby stać się przedmiotem ludzkiego…

Wydawał się nie znajdować słowa, więc dokończyła za niego:

– Uwielbienia?

– To nie całkiem to. – Groszek rzuciła się na jego but, drapiąc go pazurkami. – Uwielbienie oznacza oddanie, nawet cześć. Widzowie sztuki i czytelnicy moich książek wydają się traktować mnie, jakbym stanowił ich własność, a to nie ma nic wspólnego z oddaniem.

– Jakie to nieprzyjemne – powiedziała Willa zupełnie szczerze. Mogła sobie wyobrazić niewiele gorszych rzeczy od tego, że ktoś obcy rości sobie pretensje do jej czasu czy osoby. Postanowiła zmienić temat. – Groszek zjadła dżdżownicę, trzy liście i małego grzybka. Próbowała zjeść muchę, ale ta odleciała. Zastanawiała się nad pszczołą, ale złapałam ją w porę.

– Krótko mówiąc, jest gotowa zjeść wszystko – stwierdził Alaric.

– Tak. Dziś rano zjadła kawałek jajka, a wczoraj wieczorem czternaście jagód.

– Nic dziwnego, że jest taka pulchna. – Ukucnął i pogłaskał uszy skunksa. Groszek podniosła ogon, straciła równowagę i wyrżnęła nosem w ziemię.

Alaric podniósł ją do góry. W jego wielkiej dłoni wydawała się jeszcze mniejsza.

– Nie jesteś dobrym piechurem. – Mówił pieszczotliwym, ciepłym głosem.

Groszek dotknęła noskiem jego nosa.

– Ona cię całuje – powiedziała Willa z uśmiechem.

– Spróbujmy jeszcze raz. – Alaric posadził zwierzątko ponownie na ścieżce. Willi gardło się ścisnęło na widok potężnego mężczyzny, wojownika, jeśli tacy jeszcze w ogóle istnieli, pochylającego się nad jej pieszczochą.

I tym razem Alaric nie kłopotał się, żeby nałożyć perukę czy upudrować włosy. Ciemne loki opadały mu na czoło i wokół szyi, kiedy gładził delikatnie biały pasek, który zaczynał się przy nosku Groszka i kończył przy jej puszystym ogonku.

– Prawdziwa piękność – powiedział, prostując się.

– Co jeszcze ważniejsze, jest bardzo grzeczna, a także ciekawska – oznajmiła Willa. – Dziś rano wyciągnęła moje pantofelki domowe spod łóżka i podała mi je.

– Człowiek z plemienia Meskwaki powiedział mi kiedyś, że skunksy są mądrzejsze od kotów i wierniejsze od psów.

– Czy amerykańskie sobole w ogóle istnieją?

– Nie. Groszek jest skunksem. Nikt nie zrobiłby ze skunksa etoli, bo słyną ze swojego odoru. Stąd ta fantazyjna nazwa.

– Groszek wcale brzydko nie pachnie – sprzeciwiła się Willa. A potem roześmiała się razem z Alarickiem. – W każdym razie, nie bardzo. Po kąpieli pachnie jak drzewo, jak las jesienią. Nie miałam okazji, żeby ci podziękować – powiedziała z niekłamaną wdzięcznością. – Uwielbiam ją. Zawsze chciałam mieć kota, ale zgadzam się z twoim egzotycznym mędrcem. Groszek jest lepsza od kota.

– Koty nie dbają o swoich właścicieli. – Oczy mu zalśniły, kiedy się uśmiechnął.

– Powiesiłam wieczorem torebkę na krześle – mówiła Willa, nie panując nad potokiem słów. – Ściągnęła ją i wyrzuciła wszystko. Nie zniszczyła niczego, chociaż medalion ucierpiał.

– W jaki sposób?

– Ostre zęby zostawiają ślady na złocie.

W okolicy serca zawsze coś w Willi drżało, kiedy Alaric się śmiał. To narażało na niebezpieczeństwo kokon, jakim otoczyła swoje wewnętrzne ja. Kokon, który zbudowała po śmierci rodziców, kiedy zamieniła się w doskonałą córkę lady Gray.

– Jak to jest żyć w podróży? – zapytała nagle.

– Bywają długie dni, kiedy nic się nie dzieje – odparł Alaric. – Tygodnie na pokładzie statku, kiedy nie widać żadnej wyspy na horyzoncie i ma się tylko kufer książek i burkliwych marynarzy za towarzystwo.

– Czytasz cały dzień?

Kiwnął głową.

– Czyta się, łowi ryby, słucha różnych opowieści. Uważa na wieloryby i złą pogodę. W końcu pokazuje się brzeg. Inaczej niż przedstawiają to ryciny, nie szukam niebezpieczeństwa, ale fascynuje mnie to, w jak różny sposób ludzie żyją.

To brzmiało cudownie. Groszek wdrapała się do koszyka i zwinęła w kłębek przy jedwabnej podszewce.

– Czy lubisz róże?

Ku jej zdumieniu wyciągnął nóż zza cholewy i zaczął zbierać bukiet. Jego twarz wydawała się jeszcze przystojniejsza przy surowym, czarnym płaszczu. Był pewny siebie, ale nie zarozumiały i ta cecha zapewne pozwoliła mu poruszać się swobodnie wśród plemienia Meskwaki. Słuchać ich opowieści, jeść z nimi, odchodzić bez przeszkód.

– Meskwaki? – powtórzyła Willa. – Co za dziwna nazwa. Nie wymyślasz historii, które opisujesz w książkach, prawda?

Odwrócił się do niej z pękiem białych róż w ramionach.

– Świat jest dziwnym miejscem. Nigdy nie musiałem upiększać prawdy. Przyślę po nie lokaja, tak żebym mógł nieść koszyk z Groszkiem. – Położył róże z boku dróżki.

Willa zdała sobie nagle sprawę z tego, że już zawsze będzie kojarzyć zapach tych róż z Alarickiem. Białe róże będą jej przypominać niebieskie, roześmiane oczy, ramiona zbyt szerokie do płaszcza, miodową cerę naznaczoną blizną.

Ta blizna nadawała mu niepokojąco szelmowski wygląd.

Czuła, jak jej szyję oblewa rumieniec.

– Lordzie Alaricu…

– Nie: lordzie Alaricu – powiedział stanowczo. – Już doszliśmy co do tego do porozumienia. Ja jestem Alaric, ty jesteś Willa. Otóż, dowiedziałem się od lady Knowe, że nazywasz się Wilhelmina Everett Ffynche. Podoba mi się Everett. Czy to imię twojej matki?

Wysoce niestosownym gestem Alaric pogładził włosy Willi.

– Byłem ciekaw, jakiego są koloru i teraz wiem: czarne jak bezksiężycowa noc o północy.

– Wolę ich nie pudrować – wyznała Willa. – Tak trudno się je zmywa.

– Najwyraźniej jestem taki sam. – Uśmiechał się nieznacznie. – Mój brat mówi, że przypominam kowala.

– To raczej nie odstrasza twoich wielbicielek – powiedziała Willa, zanim zdążyła się zastanowić.

– Czy odstrasza krytyków, takich jak ty?

– Nie jestem krytykiem – powiedziała wyniośle. – Teraz przyjmuję, że historie, które opowiadasz, są prawdziwe.

Alaric powstrzymał uśmiech.

Willa Everett udawała wyniosłą, ale on ją przejrzał. Lubiła przygodę, ale nie była lekkomyślna. Była inteligentna i logiczna. Interesująca i zabawna. Zabawna. Pod tą maską spokoju była zabawna.

– Dziękuję za róże – powiedziała. – Nigdy nie miałam tylu naraz.

– To gorączka okresu godowego – powiedział w zamyśleniu.

Ściągnęła brwi.

– Gorączka okresu godowego?

Zbyt późno przypomniał sobie, że dżentelmen nie powinien dyskutować o „godach" z dobrze urodzonymi młodymi damami. Wzruszył w duchu ramionami.

– Czy nie zauważyłaś, że z nadejściem wiosny wszystkie samce stają się bardzo aktywne, próbując wywrzeć wrażenie na wybranych samicach?

– Jak paw Fitzy?

– I mój brat North – stwierdził drwiąco.

Zanim zdążyła to ukryć, zauważył, że się z nim zgadza.

– Bardziej niż partnerki potrzebuję przyjaciółki. Takiej, która nie pozostaje pod urokiem lorda Wilde'a – dodał.

– Lavinia byłaby doskonałym wyborem. – Patrzyła na niego podniecona, a on znowu miał ochotę się roześmiać. – Świetnie powstrzymywałaby twoją brawurę.

Potrząsnął głową.

– Jej kolekcja rycin sprawia, że nie mogę brać jej pod uwagę.

– A co, jeśli przeczytam twoje książki i poddam się urokowi lorda Wilde'a? – Wyraz jej twarzy wskazywał, że to raczej mało prawdopodobne.

– Nie zniechęcałbym cię. – Nie mógł się przestać uśmiechać na tę myśl.

– To się nie zdarzy.

Pewność siebie Willi sprawiała, że Alaric koniecznie musiał jej udowodnić, że nie ma racji. Ta potrzeba była tak silna, że opadł z niego cały polor cywilizacji, nawyki dobrego wychowania wpajane od dzieciństwa.

– Odprowadzisz mnie do domu? – zapytała, wyraźnie nie zauważając jego głodnego spojrzenia. Jak gazela bawiąca się na oczach tygrysa, pomyślał.

– Czy jesteśmy przyjaciółmi?

Żadna gazela nie miała tak bezpośredniego, pewnego i poważnego spojrzenia, jak Wilhelmina Everett Ffynche.

– Zostaniemy przyjaciółmi – powiedziała, kiwając głową – ale tylko wtedy, jeśli nie będziesz próbować żadnych głupstw.

– To znaczy?

– Wiesz, co mam na myśli. Galanteria.

– Nie słynę z galanterii.

– To, jak schylasz głowę, słuchając lady Biddle – powiedziała. – I to spojrzenie. Teraz patrzysz w ten sposób!

– Tak, kiedy tłumię uśmiech, ponieważ zupełnie nie rozumiem, o co w rozmowie chodzi? Nawiasem mówiąc, Helena Biddle wyjechała do Londynu. Poinformowałem także pannę Kennet o mojej słabości do ciemnowłosych kobiet.

– Zdajesz sobie sprawę, że damy często farbują włosy? – zapytała z tym lekkim uśmiechem, który doprowadzał go do szaleństwa. – Biedna Eliza zapewne pojawi się jutro na śniadaniu z włosami jak futro Groszka.

– Ile miałaś lat, kiedy zmarli twoi rodzice? – zapytał, podnosząc koszyk z Groszkiem i kierując się w stronę zamku.

– Dziewięć.

– Trudny wiek dla dziewczynki.

– Skąd możesz wiedzieć?

– Mam siostry. Kiedy Boadicea miała dziewięć lat, była straszna.

– Nie poznałam twojego młodszego rodzeństwa. Czy powiedziałeś: „Boadicea"?

Alaric skinął głową.

– Wszyscy nosimy imiona wojowników. Boadicea woli Betsy, a Spartakus nalega, żeby nazywać go Wilder, po tym, jak w dzieciństwie wołano na niego Sparky.

– Wilder?

– Sądzę, że to rodzaj żartu; rodzeństwo oskarża mnie, że zrujnowałem nasze nazwisko swoimi książkami – przyznał Alaric.

– Mają intrygujące tytuły – powiedziała ostrożnie Willa.

Teraz znał ją lepiej. Największą uprzejmość okazywała, kiedy coś jej się wyjątkowo nie podobało.

– Nie podoba ci się *Dzikie Morze Sargassowe*? – zapytał, przyglądając się jej. – To jeden z moich ulubionych tytułów.

– Wolę *Szerokości Wilde'a*, już choćby ze względu na śmiałość nazwania całej połaci świata swoim nazwiskiem.

– Auć. – Alaric się uśmiechnął. – Tak na wszelki wypadek: sądzę, że czasy pisania mam już za sobą.

– Za sobą? – pisnęła, budząc Groszek, która rozejrzała się wokół nieprzytomnymi ślepkami.

Alaric zakołysał koszykiem w tył i w przód; Groszek wsunęła nosek pod ogon i ponownie zapadła w sen.

– Lubię nowe wyzwania. Mam majątek niedaleko stąd, którym zarządzał dla mnie mój brat.

Podniósł głowę; jej niebieskie oczy przyglądały mu się badawczo. Zgadza się, myślał, zachowując obojętny, przyjazny wyraz twarzy, jestem miłym człowiekiem. Zostanę w Anglii i spędzę życie, spokojnie zajmując się majątkiem. Jestem świetnym kandydatem na męża.

– Rozumiem – powiedziała. – Zamiast walczyć z piratami, będziesz teraz wypełniać czas, składając poranne wizyty?

– Uwierzysz mi, jeśli powiem, że tak?

– Nie.

Willa odczuła ogromną ulgę, kiedy dotarli do murów zamku. Prowadzili jednocześnie dwie rozmowy i nie była pewna, czy rozumie tę drugą.

Twarz Alarica miała zdecydowane, twarde rysy: kształt brwi, zarys szczęki, nos. To była twarz człowieka, który wkraczał do jaskini piratów i zjednywał sobie przyjaciół.

Zapewne patrzył na piratów tak, jak teraz na nią: z intensywną ciekawością i pewnością siebie, jaką dawała męska siła. Chciała, żeby znowu na nią spojrzał. Żeby jej słuchał. Żeby zadawał pytania.

Żeby objął ją ramionami.

Serce Willi biło w rytmie, jakiego dotąd nie znała. Część jej umysłu – ta logiczna część – wołała: uciekaj. Uciekaj.

Uciekaj, zanim wejdzie, usiądzie przy kominku, zabierze ci twoje historie i zapewne twoje serce i po prostu sobie pójdzie.

A jednak… był duży i silny. Potrafiłby sprawić, żeby świat stał się mniejszym, bezpiecznym miejscem.

– Dziękuję za spacer – powiedziała; nie na próżno wpajano jej latami zasady dobrego wychowania.

Postąpił krok w jej stronę. Plecami dotykała ściany zamku.

– W czym rzecz? – zapytał Alaric.

– Nieważne. – Pchnęła go lekko w pierś.

– Willa.

Patrzył na nią tak, że ku własnemu zaskoczeniu powiedziała prawdę:

– Nie wierzę, że wróciłeś do Anglii na dobre.

– Dlaczego?

– Jesteś odkrywcą… – głos jej zamarł, ponieważ jednym palcem obrysowywał jej policzek.

– Jestem coraz starszy. – Stał tak blisko, że jego oddech o miętowym zapachu owiewał jej twarz.

– Nie jesteś stary. – Po wyrazie jego oczu domyśliła się, że zaraz ją pocałuje.

Całowano ją już wcześniej. Razem z Lavinią uznały, że o mężczyźnie można się bardzo wiele dowiedzieć, pozwalając na drobną niedyskrecję. Obie pocałowała rozsądna liczba mężczyzn – ośmiu w wypadku Lavinii, dwóch w wypadku Willi.

Usta Alarica zbliżyły się do jej ust, pozostały tam, czekając. To była część jego uroku. Nie brał niczego siłą, ani od piratów, ani od nikogo innego.

Czekał na zaproszenie. Jego bliskość rozpalała, wywołując iskierki pożądania w jej ciele.

Willa poczuła ciężar własnych rzęs, które opadły, kiedy zamknęła oczy. To była zgoda. Radosna akceptacja. Wsunął dłoń pod jej włosy, otoczył szyję, przyciągnął bliżej. W końcu ustami musnął jej wargi, zadając milczące pytanie.

Willa powitała go, rozchylając wargi. Jego język wziął w posiadanie jej usta powoli i pewnie, sprawiając, że przejął ją ból pożądania, choć jego dotyk wciąż był lekki. Jego dłoń przywierała do jej szyi, ale ich ciała się nie dotykały.

Dość, pomyślała. Jednak powstrzymanie pożądania było jak powstrzymywanie zmroku. Albo deszczu. To było coś prawdziwego, naturalnego, niepoddającego się kontroli.

Ta myśl była na tyle niedorzeczna, że otworzyła oczy. Alaric patrzył na nią sennymi, niebieskimi oczami.

Popchnęła go znowu, kładąc dłoń płasko na jego piersi. Nie nosił kamizelki. Pod cienką, batystową koszulą wyczuwało się twarde mięśnie.

– Zaskakujesz mnie, Willo. – Jego chropawy głos sprawił, że zadrżała, pragnąc, żeby znowu ją pocałował.

Podniósł jej brodę i polizał wargi, skłaniając usta, żeby się otworzyły, pieszcząc je w środku. Ich usta przywierały do siebie a serce Willi biło żywiej. Smakował oszałamiająco jak brandy podgrzana nad otwartym płomieniem.

– Willa – powiedział. A potem znowu, poważnie: – Willa. – Potrząsnął głową. – To imię do ciebie nie pasuje.

– C-co? – wykrztusiła.

– Willa jest chłodne i pozbawione pasji. Willa całuje mężczyzn, żeby się przekonać, czy zniesie ich widok przy śniadaniu.

Szokujące, jak trafnie podsumował powody, dla których dopuszczała całowanie się z zalotnikami.

– Chciałbym nazywać cię imieniem, które znamy tylko my dwoje – powiedział, znowu muskając jej usta wargami.

Odsunęła się.

– Nie potrzeba.

W koszyku Groszek przeciągnęła się i ziewnęła, jej białe ząbki przez chwilę błysnęły w słońcu.

– Pora wracać – powiedziała Willa, zastanawiając się, co takiego w nią wstąpiło. Schyliła się i podniosła koszyk, przyciskając go do piersi.

– Everett. – Patrzył jej w oczy.

Tak nazywała się jej matka i sam dźwięk tego słowa skłaniał ją do uśmiechu.

– To nie jest odpowiednie imię, żeby zwracać się do kogokolwiek. To panieńskie nazwisko mojej matki.

– Ach, ale pasuje do ciebie. W innym świecie byłabyś mężczyzną.

Zmrużyła oczy.

– Ale, dzięki Bogu, jesteś kobietą – dodał z oczami błyszczącymi rozbawieniem. I pożądaniem. – Everett – powtórzył.

Willa potrząsnęła głową i obeszła go, kierując się w stronę drzwi. Skończyła ten flirt. Mogła dodać kolejny pocałunek do listy.

Dobrze, doświadczenie było cenne. Zanim wybierze mężczyznę, którego poślubi. Czuła się dziwnie zamroczona, ale jednocześnie jej zmysły ożywiły się jak nigdy.

Alaric szedł tuż za nią, przy jej ramieniu. Czuła ciepło jego ciała i lekki zapach mięty.

– Dlaczego smakujesz i pachniesz miętą? – zapytała nagle.

Otoczył ją od tyłu ramionami i szepnął do ucha:

– Lubisz to, jak smakuję, Everett? Bo ja uwielbiam twój smak. – Pocałował ją w szyję.

Willa otrząsnęła się.

– Przyjaciele nie zachowują się w ten sposób. – Zawahała się, ale potem powiedziała mu prawdę: – Nie chcę wyjść za mąż za kogoś takiego jak ty.

Twarz mu stężała.

– Mój ojciec był nieostrożny i impulsywny. Matka tak samo. Umarli, bo przyjął zakład, że przejedzie powozem z czwórką koni z Brighton do Croydon w ciągu mniej niż dwóch godzin.

– Niemożliwy cel – zauważył.

– Nigdy nie czułabym się bezpieczna i szczęśliwa z kimś o tak awanturniczej naturze. Zostaw mnie, proszę, w spokoju.

Milczał, kiedy szli wzdłuż muru. W holu zatrzymał się, żeby powiedzieć Prismowi o kwiatach.

– Pokojówka czeka w pokoju, panno Ffynche – powiedział kamerdyner.

– Co to jest? – zapytał Alaric, wpatrując się w rysunek wiszący na ścianie za plecami Prisma.

Willa tego akurat nie znała, ale temat był oczywisty: linia szczęki i brwi wyglądały znajomo.

– Nosi tytuł: *Coś dzikiego** – powiedziała, uśmiechając się, kiedy przyjrzała się bliżej. – Mój Boże, popatrz tylko na tego byka, którego ujeżdżasz. Co za hultajski kapelusz.

– Co ten rysunek robi na ścianie? – zapytał Alaric.

– Wiszą w całym domu, Wasza Lordowska Mość – oparł kamerdyner, pośpiesznie zrywając rysunek. – Jak tylko jakiś zdejmę, pańscy bracia wieszają kolejne.

– Moi bracia?

– Panicz Leonidas wrócił do domu z mnóstwem rycin w kufrach – powiedział Prism. – Jak pan wie, pan Sterling kupił wczoraj całą kolekcję pana Calico. Pokój dziecinny jest obwieszony rysunkami i teraz mnożą się w zamku jak myszy.

Willi groziło niebezpieczeństwo, że zapomni, dlaczego nie należy całować Alarica, ale świat przypomniał jej powód akurat wtedy, kiedy tego potrzebowała.

---

* Gra słów; ang.: *Something Wilde.*

– Mój panie – powiedziała, dygając. Odwróciła się bez dalszej zwłoki, żeby wejść po schodach.

Czyjaś dłoń chwyciła ją za łokieć.

– Everett – szepnął Alaric.

Otoczyła serce stalowym pancerzem, broniąc się przed tymi niebieskimi oczami.

– Miłego popołudnia.

16

Gdziekolwiek Alaric spojrzał, wszędzie jego wzrok padał na piekielne ryciny. Na herbie, na stole stojącym z boku jadalni, umieszczono dwie, kandelabr w bawialni służył jako wieszak na obrazki, a kominek w pokoju porannym ozdobiono trzema wersjami jego portretu w towarzystwie carycy Katarzyny.

Zerwał wszystkie. Kiedy wszedł do pokoju śniadaniowego – usłyszał chichot dobiegający zza drzwi – i znalazł dwie kolejne kopie (*Wilde obnażony*), poddał się.

To nie ryciny wywoływały burzę uczuć w jego sercu, tylko wyraz oczu Willi.

Przez chwilę wydawała się straszliwie przygnębiona, a potem jej oczy stały się nieodgadnione. Uprzejme, ale nieprzeniknione. To była pusta twarz, która pokazywała światu: opanowanej, doskonałej damy.

Jego pocałunek tylko na chwilę rozbił tę fasadę.

Ale zaczynał sobie zdawać sprawę, że przełamał nie tylko jej rezerwę.

Coś w nim także się zmieniło. Poczuł nagłą, rozpaczliwą potrzebę, żeby cofnąć zegar. Zmusić ją, żeby ujrzała Alarica, a nie lorda Wilde'a.

Nie lubiła lorda Wilde'a. Nie, nie tak: Willa nie czuła niechęci do nikogo. Obserwowała wszystkich z taką samą przyjazną ciekawością, jak on obserwował ludzi w innych krainach.

Współrodacy, Anglicy, budzili jej ciekawość.

Ale... i to było ogromne „ale" – sądził, że tylko swojej przyjaciółce Lavinii okazywała oszałamiające poczucie humoru. Przypomniał sobie, jak patrzyła na małego skunksa – śmierdzącego zwierzaka hodowanego na futro – i serce mu się ścisnęło rozpaczliwie.

Willa zasługiwała na spokojne życie, mężczyznę, który ochroni ją przed wulgarnymi spojrzeniami i plotkującymi językami. Mężczyzna, którego rysunkowa podobizna wisiała w połowie domów w Anglii, był nie do przyjęcia. Jego sława oznaczała, że kobieta, którą poślubi, zawsze będzie na widoku publicznym.

Większość gości przebywała w swoich pokojach na górze, zaangażowana w skomplikowany proces dobierania toalety przed kolacją, proces, z którego jego brat wyjdzie wypolerowany jak muszelka. Gdyby teraz spotkał któregoś z tych gości, zwłaszcza damę, najprawdopodobniej zostałby przywitany mieszaniną wulgarnej ciekawości i podziwu.

Patrząc na rysunki, jakie trzymał w ręce, ruszył na poszukiwanie młodszych braci. Chichotali za drzwiami przed chwilą, ale teraz zniknęli.

Zastał swoją siostrę, Betsy, w pokoju dziecinnym, gdzie wydawała się pracować nad obszernym rysunkiem.

– Gdzie oni są? – zapytał, rzucając rysunki na bok.

– Chłopcy? Nie ma pojęcia. – Zagryzła dolną wargę w skupieniu.

Alarica ogarnęła fala ciepłych uczuć. Betsy była małą dziewczynką, kiedy opuszczał Anglię, a teraz, w wieku szesnastu lat, była niemal dorosła.

– Co rysujesz? – zapytał, podchodząc bliżej.

Skrzywiła się i zakryła rysunek rękami.

– Nie patrz!

– Nic dziwnego, że jest ich tak dużo w domu – jęknął, zdążywszy zerknąć na obrazek. – Ty je tworzysz.

Betsy uśmiechnęła się szelmowsko, nieodrodna córka i siostra Wilde'ów.

– Tak jest sprawiedliwie! – zawołała. – Masz pojęcie, ile mi dokuczano z twojego powodu?

Alaric zmarszczył brwi.

– Dokuczano ci?

– Wiesz, że chodziłam do seminarium, czyż nie?

Potrząsnął głową.

– Kiedy wyjeżdżałem, byłaś tutaj, z guwernantką. – Rozejrzał się. – Wysoka, chuda kobieta?

– Pan Calico przywoził jej ciągle listy od dżentelmena, którego poznała w Kent. Pewnego dnia usadowiła się na tyle jego wozu i wyjechała, nie uprzedzając ani słowem. Papa był bardzo niezadowolony.

– Wyobrażam sobie – powiedział Alaric.

– Ale to nam wyszło na dobre, bo mnie i Joan wysłano do szkoły, którą uwielbiamy, tyle że wszystkie dziewczyny mają twoje podobizny na ścianach swoich sypialni. – Zmarszczyła nos.

– Wybacz – powiedział Alaric.

– Powinieneś o to błagać! – Jej oczy ciskały pioruny. – Nie potrafię powiedzieć, ile dziewcząt zaprzyjaźniło się ze mną, jedynie mając nadzieję, że zaproszę je do domu i będą mogły cię poznać. Albo przedstawię cię później, po naszym debiucie.

– To nieprzyjemne.

– Zgadzam się – odparła Betsy, wracając do rysunku. Przesunęła rękę, pozwalając, żeby Alaric przyjrzał się temu, co robi. To nie był ten nos, który co rano oglądał w lustrze, ale podobieństwo było całkiem trafnie oddane.

– Co robię z mieczem nad głową? – zapytał.

– Walczysz z niedźwiedziem polarnym. Narysuję go w tym pustym miejscu, kiedy znajdę obrazek do skopiowania, bo nie pamiętam, jak one wyglądają. Teraz staram się oddać właściwie twój nos. Wychodzi mi ciągle za długi, jeśli wiesz, co mam na myśli.

– Owszem. – Alaric kiwnął głową. – Gdybym wyglądał tak, jak na twoim portrecie, straciłbym większość damskich wielbicielek, a to by było błogosławieństwo.

Betsy westchnęła.

– Próbowałam mówić dziewczynom paskudne rzeczy o tobie, ale bez żadnego skutku.

– Jakie paskudne rzeczy? – zapytał Alaric.

– Och, że twoją kochankę zjedli kanibale na śniadanie i tym podobne.

– Nie powiesz mi, że pozwolono ci obejrzeć tę przeklętą sztukę?

– Jeszcze nie, ale wszystko o niej słyszałam. Papa mówi, że wszyscy ją obejrzymy następnym razem, kiedy pojedziemy do Londynu. Mógłbyś przestać je zrywać – powiedziała niemal współczująco, wskazując na pogniecione rysunki, które ze sobą przyniósł. – Leonidas ma ich dużo więcej. Kupił wszystko, co mógł znaleźć w Oksfordzie. Trochę je upiększa i zamierza porozwieszać jutro.

– Upiększa – powtórzył Alaric bezbarwnym głosem. – W jaki sposób?

– Och, dodaje wąsy i takie tam – wyjaśniła Betsy. – Diabelskie rogi. Kupił czerwony atrament, żeby narysować piękny diabelski ogon…

To mu z pewnością ogromnie pomoże w uwodzeniu panny Wilhelminy Everett Ffynche.

– Czy sądzisz, że jest coś, co mógłbym zrobić, żeby go od tego odwieść?

– Nie – odparła Betsy. Rysowała teraz pośpiesznie. Alaric na rysunku trzymał miecz nad głową w taki sposób, że nie byłby w stanie odgonić wróbla, a co dopiero pokonać niedźwiedzia.

– Płazem wiele się w walce nie zdziała – zauważył.

Zerknęła na niego.

– Myślisz, że mnie to obchodzi?

– Przypuszczam, że nie. – Prawda jest względna, wiedział o tym równie dobrze, jak siostra. Miał jednak wrażenie, że Willa widzi świat w sposób mniej niejednoznaczny. Dla niej strumień tandetnych rysunków, zalewający zamek w coraz większym stopniu z dnia na dzień, będzie dowodem, że Alaric nie jest mężczyzną dla niej, niezależnie od tego, jak bardzo męczyła i odstręczała go własna sława.

Wyszedł z pokoju dziecinnego, zastanawiając się, jak okiełznać huragan publicznej uwagi, tak żeby sytuacja stała się znośna dla kochającej prywatność dziewicy. Nic mu nie przyszło do głowy.

W gruncie rzeczy można by powiedzieć, że stanowił dokładne przeciwieństwo tego, co Willa chciałaby widzieć w swoim mężu.

Uśmiechnął się mimo woli. Jedno można było o nim powiedzieć – o wszystkich Wilde'ach, jak się wydawało.

Jeśli spadali, to na łeb, na szyję.

17

Lavinia, z błyszczącymi oczami, wpadła do pokoju Willi.

– Chodźmy! Dzisiaj wieczorem gramy w pikietę!

Lavinia uwielbiała grę w karty; Willa nieco mniej, ponieważ nie lubiła elementu zaskoczenia.

Grając w karty, ludzie zachowywali się nieracjonalnie. Stawiali wysoko, mając słabe karty. Zaczynali się bać, kiedy karty wskazywały, że mają szansę wygrać.

– Musimy zjawić się pierwsze – oznajmiła Lavinia, trzymając drzwi otwarte. – Pan Głupek Sterling twierdzi, że damy nigdy nie są punktualne. Tak nawiasem mówiąc, wyglądasz ślicznie.

Suknia Willi w głębokim bursztynowym kolorze podkreślała jej szczupłą figurę; rozdzielała się, ukazując szafranową halkę, która falowała wokół jej stóp.

Odsłaniała także większość jej biustu. Nie miała bujnych kształtów Lavinii, ale to, co miała, zostało udostępnione do podziwiania. Zerknęła po raz ostatni w lustro, wsunęła stopy w prążkowane, jedwabne pantofelki pasujące do sukni i ruszyła za Lavinią po schodach.

Gorące pragnienie Lavinii, żeby uczestniczyć we wszystkim od początku, sprawiło, że jako pierwsze pojawiły się w zielonym salonie, gdzie ustawiono kilka stolików na cztery lub sześć osób, dość, żeby zapewnić ożywioną grę w pikietę. Jak tylko weszły do pustego pokoju, zjawił się Alaric, a za nim Parth Sterling.

– Czy to możliwe, żeby ten człowiek miał jeszcze bardziej gniewny wyraz twarzy? – szepnęła Lavinia, kiedy się zbliżali. Tak czy inaczej, powitała obu szerokim uśmiechem. Zwykle stawała się jeszcze bardziej czarująca wobec czyjegoś złego humoru.

Willa pomyślała, że to nawyk, jaki wyrobiła sobie w dzieciństwie, ponieważ lady Gray miała tak delikatne nerwy.

– Dobry wieczór, lordzie Alaricu, panie Sterling – odezwała się, nie zwracając uwagi na zrzędliwą minę pana Sterlinga. Wsunęła mu, nieproszona, rękę pod ramię. – Oprowadź mnie, proszę, po pokoju – zaszczebiotała. – Wydaje się, że wszyscy przyszliśmy trochę za wcześnie.

Willa potrząsnęła głową. Z jakiegoś powodu Lavinia lubiła znęcać się nad nieszczęśnikiem.

Alaric podszedł bliżej, kiedy Lavinia odciągnęła jego przyjaciela w drugi koniec salonu.

– Twoja przyjaciółka jest niebezpieczna – powiedział lord Alaric, podchodząc bliżej.

– A twój przyjaciel jest ciągle w złym humorze – odparowała.

– Lubi się trzymać na uboczu, a Lavinia stale go prowokuje.

– To prawda – przyznała Willa.

– Pewnie dlatego, że obie przywykłyście, że wszystkich mężczyzn w okolicy macie u swoich stóp – stwierdził Alaric.

Potrząsnęła głową.

– To zupełnie co innego niż twoje wielbicielki, lordzie Wilde. W każdej chwili odurzona uwielbieniem horda może się wedrzeć przez te drzwi.

Spojrzał na nią poważnymi oczami.

– Gdybym miał jakieś pojęcie, że ktoś napisze farsę na mój temat, stawiając mnie w tak bezsensownej sytuacji, w życiu nie tknąłbym piórem papieru.

Willa położyła mu rękę na ramieniu, dotyk twardych mięśni sprawił jej przyjemność.

– Przykro mi – powiedziała szczerze. – To niesprawiedliwe. Nigdy nie zastanawiałam się nad przyczyną twojej sławy, ale widzę teraz, że to niesprawiedliwe.

Oczy mu się rozjaśniły.

– Czy wiesz, co jest naprawdę niesprawiedliwe?

Serce Willi zabiło gwałtownie. Kiedy miał ten wyraz twarzy…

– Co?

– Wszystkie te damy pielgrzymują do mojego domu i wielbią mnie z daleka, a jednak nie mogę zdobyć jedynej kobiety, na której uwadze mi zależy.

– Poświęcam ci uwagę! Jesteśmy przecież przyjaciółmi, chyba pamiętasz? – Jego spojrzenie wywołało falę gorąca w jej ciele.

Nachylił się bliżej.

– Wyłączną uwagę, Everett. Bardzo wyłączną uwagę.

Willa przełknęła ślinę.

– Jest mnóstwo kobiet, które dałyby ci, cokolwiek byś zechciał.

– Lady Biddle i jej podobne nie stanowią dla ciebie żadnej konkurencji. – Głos Alarica brzmiał spokojnie. Spojrzał jej w oczy, a potem schylił głowę i musnął jej usta wargami. Willa sapnęła, a jego język wsunął się do środka, posyłając płomień w dół jej ciała.

Powinna go odepchnąć. Goście w każdej chwili mogli zacząć napływać do salonu. Jednak zerknęła tylko przez ramię. Lavinia i pan Sterling stali w odległym końcu pokoju i wyglądało na to, że ponownie toczą ze sobą zaciętą bitwę.

Alaric uśmiechał się z szelmowskim, szczerym rozbawieniem.

– Nikt nas tu nie zobaczy. Czy mówiłem ci, że od bardzo dawna nie otaczałem serdeczną atencją żadnej damy? Mogłem wyjść z wprawy.

Kącik ust Willi, wbrew jej woli, uniósł się do góry.

- Czy spodziewasz się, że udzielę ci rad?

Ponownie przysunął głowę do jej głowy. Szerokie, silne palce ujęły jej twarz, unosząc ją nieznacznie. Miał stwardniałe dłonie, takie, które wiedzą, jak rozwinąć żagle, jak wdrapać się na drzewo albo zdobyć górę.

Willa podwinęła palce stóp. Nie poruszyła się, po prostu patrzyła w te piękne oczy, póki jego usta nie zbliżyły do jej własnych i nie zaczął jej całować.

Przez chwilę trwała w rozkoszy, otoczywszy jego szyję ramionami, a potem oddała pocałunek, wdając się w pojedynek z jego językiem. Przy każdym dotyku jej ciało spinało się jak zegar, który zbyt mocno nakręcono. Z jej gardła wydobył się jęk, podobny dźwięk wydał Alaric.

Jakby ten dźwięk wrócił mu przytomność, Alaric odsunął się na tyle, żeby pocałować ją w nos.

- Jesteś moja – stwierdził.

- Nie – odparła, ale nie była tego taka pewna, jak poprzedniego popołudnia. – Ja nie…

- Pragnę cię dostatecznie mocno za nas oboje – szepnął jej cicho do ucha. Drzwi salonu otworzyły się i grupa gości weszła do pokoju; Willa odsunęła się. – I z całym szacunkiem dla twojego ojca, Everett, nigdy nie byłbym nieostrożny, jeśli chodzi o twoje bezpieczeństwo i nie przyjmuję zakładów, których nie mogę wygrać. W gruncie rzeczy, w ogóle się nie zakładam.

Willa otworzyła wachlarz, mając nadzieję, że jej policzki nie są tak zaróżowione, jak jej się wydawało.

Wszedł książę z siostrą; skierowali się prosto do nich.

- Alaricu, cóż ja słyszę? – powiedziała lady Knowe z błyskiem w oku. – Książę zawiadomił mnie właśnie, że lady Biddle wyjechała.

- Udała się na inne przyjęcie – odparł Alaric bezbarwnym tonem.

– Czy mamy się spodziewać, że pozostałe wielbicielki także uciekną? – zapytała lady Knowe. – Mój Boże, dom opustoszeje.

– Po pierwszej fali ekscytacji może nasi goście zaczynają zdawać sobie sprawę, że sława Alarica jest nieco przesadna – powiedział Jego Książęca Mość.

– Nie, jeśli moje rodzeństwo się nie uspokoi – stwierdził Alaric. – Te wstrętne rysunki są rozwieszane wszędzie, cały czas dostarczane przez artystów z pokoju dziecinnego.

– Rysują nowe obrazki? – zapytała zaintrygowana Willa.

– Obrazy i szkice. – Książę wskazał kominek, ozdobiony kartą pergaminu, niepasującą do eleganckiego wnętrza.

Jego Książęca Mość podszedł do kominka, zerwał rysunek i wrócił. Figlarny błysk w jego oczach powodował, że nie wyglądał na swoje pięćdziesiąt parę lat. Trzymał rysunek, na którym schematyczną, kreskową postać otaczały plamki przedstawiające zapewne, sądząc po czterech nogach i mnóstwie ostrych zębów, zwierzęta.

– Zaskoczyło mnie odkrycie takiego artystycznego talentu w rodzinie – oznajmił książę. – Tutaj oto Erik przedstawia Alarica, albo raczej lorda Wilde'a, w dżungli. Pozwolę sobie dodać, że Erik ma sześć lat.

– Zapał ogromny, ale brak ćwiczenia – zauważył Alaric, przyjrzawszy się dziełu.

– Podoba mi się to, jak rysuje twoje zęby sięgające poniżej brody – stwierdziła Willa z podziwem. – Kiedy podrośnie, będzie w stanie rysować twój profil i sprzedawać go po pięć szylingów.

– Do tego czasu podaż na tego typu artykuły dawno się skończy. – Alaric wydawał się bardzo tego pewien.

– Ktoś będzie musiał przedstawić następne dziesięciolecie twoich przygód – powiedziała lady Knowe. – Dlaczego nie członek rodziny? Mogłabym ustawić własną budkę przed teatrem. Medaliony już może nie pójdą, ale oryginalne portrety będą się dobrze sprzedawać.

Alaric cmoknął ją w policzek.

– Zaskakujesz mnie, droga ciociu. Kto by pomyślał, że tak świetnie sobie radzisz z akwarelami? Nigdy nie widziałem, żebyś zrobiła prosty ścieg. Może poproszę pana Calico, żeby ci przywiózł tamborek do haftowania.

Do salonu wszedł Prism.

– Lordzie Alaricu, proszę wybaczyć, że przeszkadzam, ale młoda dama domaga się, raczej natrętnie, spotkania z tobą. Zaprowadziłem ją do biblioteki.

Willa stwierdziła, ku swojemu zdumieniu, że nie podoba jej się, że jakaś dama zjawia się z wizytą o tej porze. To się normalnie nie zdarzało. Damy składały wizyty rano, w towarzystwie przyzwoitek i rodziny.

– Jeszcze jedna – jęknęła lady Knowe.

Alaric zmarszczył brwi.

– Co masz na myśli?

– Pielgrzymki – wyjaśnił ojciec z westchnieniem. – Chcą zobaczyć miejsce, gdzie się urodziłeś. Nieodmiennie proszą, żeby je zabrać do pokoju dziecinnego, żeby mogły zerknąć na twojego konika na biegunach.

Willa odprężyła się nieco, ale Alaric zesztywniał.

– Co za nonsens.

– Nie przy damach – upomniała go ciotka, nie przejmując się tym, że sama często klęła. – Twój ojciec i ja wypracowaliśmy znakomitą taktykę pozbywania się takich niechcianych gości. Jeślibyś się pojawił, to mogłoby być za wiele dla jej wrażliwości. W istocie lepiej, żebym posłała Prisma po amoniak. Albo sole trzeźwiące.

– Na wypadek, gdyby straciła przytomność? – zapytała Willa z niechętną fascynacją.

– Wielbicielki lorda Wilde'a robią to czasami, spotykając członków naszej rodziny – wyjaśnił suchym tonem książę. – Bogu wiadomo, co by się stało, gdyby znalazły się twarzą w twarz z lordem Wilde'em.

– Wybaczcie – powiedział głuchym tonem Alaric.

– Czy mogę zapytać o tę taktykę? – Willa bardzo pragnęła położyć dłoń na ramieniu Alarica... tak po prostu.

– Staramy się je odstraszyć – odparła lady Knowe z aż nadto widocznym rozbawieniem. – Mojemu bratu to przychodzi w sposób naturalny, a ja też odkryłam w sobie talent w tym względzie. – Wyprostowała się, niemal dorównując wzrostem księciu i spojrzała na nich władczo z góry.

– O mój Boże! – zawołała Willa, pod wrażeniem.

– Czy podwijają ogon i uciekają? – zapytał Alaric.

– Pielgrzymi mają odwagę bronić swoich przekonań – oznajmiła lady Knowe. – Niektóre z nich czytały nawet twoje książki. Ale obejrzawszy *Zakochany do szaleństwa* dwanaście razy...

– Dwanaście?! – wykrzyknął Alaric.

– Albo dwadzieścia – potwierdził jego ojciec.

– Biedny lord Wilde. Prześladowany nadmiarem miłości. – Willa chciała, żeby twarz Alarica trochę się rozpogodziła.

Posłał jej spojrzenie, które przypomniało jej o ich pocałunku, bez potrzeby słów. Poczuła gorąco na twarzy i szybko podniosła wachlarz.

Książę zachichotał.

– Jeśli chcesz się do nas przyłączyć, żeby powitać młodą damę, Alaricu, jesteś bardziej niż mile widziany.

Odszedł z lady Knowe.

– To wszystko jest takie niesmaczne. – Alaric zacisnął gniewnie szczęki.

Willa poddała się odruchowi i położyła mu rękę na ramieniu, zaciskając palce.

– Myślę, że twój ojciec i ciotka świetnie się bawią.

– Czy ty… – przerwał.

– Czy ja co?

– Czy odczekasz parę minut, a potem wejdziesz do biblioteki pod jakimś pretekstem? – Poszukał jej oczu i Willa pomyślała, że w jego słowach kryje się więcej niż jedno pytanie.

Jakże by mogła odmówić? Pocałował ją, ale co ważniejsze, w jakiś sposób stał się jej przyjacielem.

Bardzo dziwne określenie dla mężczyzny. Ona i Lavinia miały wielu zalotników, którym pochlebiały i z którymi się przekomarzały. Ale Alaric jakoś przełamał ten schemat.

– Willa? – wychrypiał raczej, niż powiedział.

– Tak, przyjdę. – Zmarszczyła brwi. – Zgadzam się tylko uratować cię przed niechcianą admiratorką. Nic więcej.

Ten uśmiech?

Ten, który jej teraz posłał?

To był ten zarozumiały uśmiech widniejący na rycinach. Uśmiech człowieka, który pokonał niebotyczne góry.

– Dziękuję. – Skłonił się i ucałował jej dłoń. Jego usta przywarły do jej palców, a jego język…

Wyrwała rękę.

– Alaricu!

18

Alaric ruszył w stronę biblioteki, czując szlachetną życzliwość wobec damy, która odbyła pielgrzymkę aż do Cheshire. Kimkolwiek była.

Kiedy kamerdyner oznajmił, że ma gościa, zauważył w oczach Willi błysk czegoś, co uznał za zazdrość. Przyjemnie było dostrzec choć ślad zaborczości.

Otworzył drzwi biblioteki, spodziewając się zastać ojca roztaczającego cały swój książęcy majestat. Sądził, że Jego Książęca Mość i lady Knowe będą patrzeć z góry na gościa.

Jednak wszyscy troje siedzieli. Zbliżył się; jego buty nie hałasowały ma grubym dywanie z Aubusson. Gość mówił cichym głosem, tyłem do drzwi.

Miękkie brązowe loki, nieupudrowane i bez żadnych ozdób, opadały jej na ramiona. Nosiła szarą suknię, zapiętą wysoko pod szyją, uszytą z materiału, który nie układał się powabnie, podkreślając wdzięki ciała. Tworzył raczej worek, który zwieszał się z ramion.

Suknia wiele mówiła o właścicielce. Taką suknię mogłaby nosić córka misjonarza.

Ta myśl i uważne spojrzenie sprawiły, że przeszedł go zimny dreszcz.

O ile się nie mylił, kobietą, siedzącą w bibliotece ojca, była panna Prudence Larkin, która ani nie dostała medalionu, ani – rzecz oczywista – nie została zjedzona przez kanibali.

Ostatnio widział ją przed laty, kiedy miała czternaście lat i chociaż cera, wówczas pokryta krostami, teraz była mlecznobiała, zadarty nos i lekko wystające zęby nic się nie zmieniły.

Prudence odwróciła głowę.

– Alaricu, najdroższy! – zawołała, zrywając się na równe nogi; jej oczy lśniły. Dygnęła głęboko, pochylając głowę, jakby witała członka rodziny królewskiej.

Dlaczego, u czorta, zwracała się do niego tak poufale?

– Dobry wieczór, panno Larkin. – Ukłonił się. – Widzę, że poznałaś już mojego ojca i ciotkę.

Oni także wstali. Zwróciła się do nich z uśmiechem:

– Właśnie opowiadałam im o wszystkim, co zaszło między nami w Afryce.

– Czy tak? – Alaric nie wiedział, co o tym myśleć. Jego zdaniem kobieta powinna być głęboko upokorzona wspomnieniem ich ostatniego, wyjątkowo niefortunnego spotkania – kiedy zakradła się do jego łóżka i została z niego bezceremonialnie wyrzucona. A jednak była tu i uśmiechała się promiennie do księcia.

– Czasami serce może się uleczyć tylko w milczeniu.

Książę zmarszczył brwi. Jeśli był na świecie ktoś, na kim niejasne, metafizyczne teorie nie robiły wrażenia, to był nim Jego Książęca Mość.

– Słucham?

– Ja umarłam. – Zrobiła krok w stronę Alarica. – Doprawdy, wiem, że musisz być wstrząśnięty. Ale ja żyję... Żyję!

Po chwili milczenia, kiedy wszyscy oswajali się z faktem, że dama istotnie wydawała się całkiem żywa, odezwał się książę:

– Alaricu. – To nie było pytanie.

– Panna Larkin jest córką Charlesa Pearsona Larkina, misjonarza, z którym mieszkałem parę lat temu w Afryce. Sądzę, że miała wówczas czternaście lat. Nic nie wiem o jej śmierci ani też o jej zmartwychwstaniu.

Prudence posłała mu anielski uśmiech.

– Alarica i mnie łączyła szczególna więź. – Głos jej zamarł. – Szczególna więź.

Do wszystkich diabłów.

– Nie, nie łączyła – stwierdził Alaric.

– Przypuszczam, że próbowałeś wymazać mnie z tablicy swego serca, kiedy uwierzyłeś, że odeszłam z tej ziemi.

Ponownie zapadła cisza, wszyscy byli pod wrażeniem jej specyficznego sposobu wypowiadania się.

– Kiedy wyjeżdżałem z Afryki, byłaś w doskonałym zdrowiu – zauważył Alaric.

Z kolei przemówił książę:

– Pozwolę sobie powiedzieć, że jak na kogoś, kto umarł, a następnie wrócił między żywych, wyglądasz zaskakująco dobrze.

– To był cud – oznajmiła Prudence. Alaricowi zaczął działać na nerwy jej promienny uśmiech. – Przybyłam tutaj, między namioty niewiernych, z jasnym umysłem i pokorą w sercu, nie czerpiąc dumy z mojej miłości do lorda Wilde'a, ale jej pewna.

– Purytanka, jak rozumiem – powiedziała ciotka.

Prudence odwróciła głowę i zmrużyła oczy, patrząc uważnie na lady Knowe.

– Nie pozwól, Prudence, aby twoje oczy z próżności spoglądały w bok, a twoich uszu niech nie poraża niegodny hałas.

– Wybacz, ale czy właśnie odezwałaś się sama do siebie? – Lady Knowe wydawała się zastanawiać, jak najlepiej poradzić sobie z ekscentrycznym gościem.

Podczas gdy ciotka wydawała się stosunkowo obojętna wobec braku manier Prudence, Alaric był przerażony. Co, do diabła, robiła tu Prudence, obrażając jego ciotkę i plotąc o „szczególnej więzi"?

Pamiętał ją doskonale jako krostowatą dzierlatkę, która modliła się głośniej i z większym zapałem niż jej rodzice. A jednak zawsze wydawała się trwać w jakimś niezrozumiałym gniewie, jakby w każdej chwili mogła wybuchnąć głośnym szlochem.

Potem nadeszła noc, kiedy odkrył ją w swoim łóżku – wbrew jej pretensjom do świętości. Wyciągnął ją z łóżka, odprowadził do drzwi, wypchnął z sypialni i następnego rana wyjechał bez wyjaśnienia.

– Po co tutaj przyjechałaś, panno Larkin?

– Przyjechałam do ciebie, najdroższy.

– Nie jestem twoim najdroższym i nic między nami nie ma.

– To grzech uporu, wielkiego, okropnego uporu – opierać się prawdzie.

– Nie ma prawdy w tym, co mówisz. – Usłyszał dość. Prudence była więcej niż ekscentryczna; była szalona.

– To, co ja chciałbym wiedzieć – odezwał się ojciec Alarica – to czy istnieje związek między tobą, panno Larkin, a sztuką opisującą córkę misjonarza.

Prudence odwróciła się do Alarica z łagodnym uśmiechem. Jeśli to była maska, to doskonała, taka, w którą kobieta wierzyła.

– Istnieje, w rzeczy samej – powiedziała. – Ja napisałam *Zakochanego do szaleństwa*.

– Ty napisałaś tę sztukę? – Te słowa z trudem przeszły Alaricowi przez gardło, wywołując ból.

Spuściła wzrok.

– Masz rację, upominając mnie, mężu.

– Mężu?

– Myślę o tobie jako o swoim mężu, choć wiem, że to określenie jest oznaką dumy, chorągwią, za którą kroczy duma – powiedziała, po raz pierwszy w widoczny sposób szukając odpowiednich słów. Wyprostowała się i anielska słodycz znowu pojawiła się na jej twarzy.

W oczach Alarica wyglądała raczej jak kobieta uśmiechająca się do dziecka, a nie do grupki wrogo nastawionych arystokratów.

– Mój ojciec nazywa teatr dymem próżności, dziełem szatana, stworzonym, żeby nas popychać do błędów, rzeczy przyziemnych, diabelskich i żądzy cielesnej.

– Czy tak? Ja nazwałbym twoją sztukę stekiem kłamstw. – Alaric skrzyżował ramiona na piersi. – Sądzę, że mam prawo wezwać szeryfa.

– Nie gniewaj się na mnie – powiedziała błagalnym tonem Prudence. – Wszystko, co zrobiłam, to tylko z czystej miłości do ciebie.

To była prawdziwa katastrofa.

– Gdzie jest twój ojciec?

– Po twoim wyjeździe ogarnęła mnie taka tęsknota, że sądzono, że nie przeżyję. – Jej oczy napełniły się łzami. – Umarłam, w istocie umarłam. Kiedy się obudziłam, wiedziałam, że muszę iść za tobą, choć udałeś się w miejsce nieczyste, o tak, nawet w ogień piekielny.

– Jest szalona – stwierdziła lady Knowe otwarcie, ale bez złości. – Głupia jak miotła, taka jest prawda. Zawsze twierdziłam, że ci purytanie za dużo się modlą. Post nie jest także dobry dla ciała.

– Ty nie powinnaś się do mnie zwracać – stwierdziła Prudence, dumnie unosząc brodę. – Nosisz na sobie znaki szatana. Pachniesz smołą. Ty…

– Nie mów do lady Knowe tym tonem – ostrzegł Jego Książęca Mość.

Nie podniósł głosu, ale było w nim coś takiego, co wymuszało respekt i Prudence zamilkła.

– Gdzie jest twój ojciec? – powtórzył Alaric.

– Uciekłam. Przybyłam tu nie po to, żeby uczestniczyć w grzechu, ale żeby cię z niego oczyścić. – Po chwili milczenia dodała całkiem trzeźwo: – Nie było cię w Londynie, kiedy przyjechałam.

– Więc napisałaś sztukę?

Przybrała minę, która wskazywała, że jest z tego dumna.

– Wymyśliłam ją w podróży. Mężczyźni na statku byli dość nieuprzejmi i zmusili mnie, żebym nie wychodziła z kajuty.

– Nie miałaś prawa pisać sztuki o życiu mojego bratanka – oświadczyła lady Knowe.

– Miałam pełne prawo – odparowała Prudence. – Jestem jego żoną.

– Nie mam żony. – Alaric nie pozwolił sobie ruszyć nawet palcem.

– Owszem, masz – upierała się Prudence. – Mogliśmy nie wymieniać przysiąg w obecności pastora, ale Duch nas połączył, nagradzając nasz zapał i wiarę.

Alaric potrząsnął głową.

– Nie mam pojęcia, o czym mówisz. Kiedy zakradłaś się do mojego łóżka, wyrzuciłem cię natychmiast. Nie powiedziałem twojemu ojcu o twoim postępku, choć teraz widzę, że popełniłem błąd.

– Zabrałeś moje serce, kiedy wyjechałeś... Umarłam. Ale żyję i umieram każdej nocy w sztuce, którą dla ciebie napisałam. Pozostaje nam tylko wypowiedzieć słowa w sercu pod poświęconym dachem.

– Nie możesz chyba sądzić, że Alaric się z tobą ożeni. – Lady Knowe była szczerze zdziwiona.

– Poślubi mnie, ponieważ mnie kocha.

Cisza.

Co miał takiego powiedzieć, żeby ją przekonać? Co można powiedzieć kobiecie, która wydaje się wierzyć, że wstała z martwych?

– Nigdy się z tobą nie ożenię.

– Poczekam na ciebie – zawołała Prudence drżącym głosem. – Będę czekać, aż zmienisz zdanie. Będę czekać całe życie.

Książę postąpił do przodu.

– Panno Larkin...

– Nie możesz rozkazywać memu językowi – powiedziała z rozpaczą. – Mój język należy do mnie, podobnie jak moje pióro i nimi kochać cię będę, choćbyś nie wiem, jak często chciał mnie zgładzić, odwracał się ode mnie i nienawidził.

– To się zamienia w szekspirowski dramat – zauważyła lady Knowe. – Ona chyba grozi, że napisze więcej sztuk o tobie, Alaricu.

– Cierpienie daje mi radość – oznajmiła Prudence. Skrzywiła się, patrząc na ciotkę Alarica. – Ty zaś, ty jesteś ohydą!

Książę westchnął.

– Panno Larkin, obawiam się, że teraz musisz się udać swoją drogą. Powiedziałaś już dość.

– Zapłacę za twoją podróż powrotną do ojca – powiedział Alaric. – Domyślam się, że się o ciebie martwi.

– Nie, nie martwi się – powiedziała Prudence urywanym głosem. – Wie, że weźmiemy ślub, bo łączy nas miłość. Ponieważ przyszłam do ciebie, spędziłam z tobą noc i poślubiłam cię w swoim sercu.

– Nie spędziliśmy razem nocy. – Za plecami panny Larkin książę potrząsnął głową i Alaric zrozumiał, że jego ojciec ma rację. Nie było sensu odwoływać się do jej rozumu. – Znajdę ci statek płynący do Afryki – powiedział, starając się nadać głosowi ton przekonujący.

– Przerażała mnie myśl w moim wewnętrznym sercu, że znalazłeś kogoś innego, ale teraz widzę, że moje modlitwy zostały wysłuchane. Jesteś mój i choć być może…

– Nie – odparł. – Nie jestem twój. Znalazłem kogoś.

Zmrużyła oczy, ale po chwili wyraz słodyczy, niczym welon, znowu pojawił się na jej twarzy.

– Przekomarzasz się ze mną, najdroższy. To niedobre. Nie po cierpieniach, jakie znosiłam z twojego powodu.

– Odpoczynek powinien pomóc – poradziła lady Knowe, niezbyt przekonana.

Za nimi drzwi się otworzyły i weszła Willa. Serce Alarica zadrżało na jej widok. Była taka szczera i uczciwa w porównaniu z tą dziwaczną, obcą, szaloną kobietą.

– Proszę wybaczyć, że przeszkadzam – powiedziała z wahaniem. – Przyszłam tylko po książkę, którą lady Gray zostawiła tutaj wcześniej.

Alaric wyciągnął rękę.

– Panno Ffynche, przyłącz się, proszę, do nas. – Wciągnął powietrze. Willa, jak dotąd, w sposób niepozostawiający wątpliwości, odrzucała jego zaloty. Ale coś było między nimi… niewidzialna więź, mocna jak stal.

Potrzebował jej pomocy.

19

Willa miała wrażenie, że weszła do teatru, opuściwszy dwa pierwsze akty melodramatu. Przed nią stała dzielna heroina, otoczona niechętnymi arystokratami. To powinna być scena, w której nieszczęśliwa, uwiedziona pokojówka demaskuje złego hrabiego, który odebrał jej dziewictwo i porzucił z dzieckiem.

Na koniec sceny winowajca wypierał się wszystkiego, co prowadziło tego, że w akcie piątym bohaterka skakała z wysokiej wieży, klifu albo dachu kościoła, ginąc tragicznie.

Ale w tej sztuce czarnym charakterem był Alaric, który wyciągał do niej rękę. Potrzebował jej. Serce biło jej mocno w piersi, choć nie było logicznej przyczyny, dla której wyraz jego oczu miałby wywoływać takie wrażenie.

– Lady Knowe, Wasza Wysokość – powiedziała, dygając. Potem podeszła parę kroków i szepnęła: – Lordzie Alaricu. – Szybko wyciągnął rękę, chwycił jej dłoń i podniósł ją do ust.

Willa poczuła, że się różowi. Książę patrzył na nią zamyślony, ale nie zaskoczony. Lady Knowe puściła do niej oko.

– Nie mogę i nie poślubię cię panno Larkin – oświadczył Alaric. – Nie uwiodłem cię, ani nawet nie spędzałem z tobą czasu. Nie znam cię, a ty jesteś wyraźnie chora.

Małżeństwo? Domysł Willi co do melodramatu wydawał się słuszny; sprawa nie wydawała się taka prosta jak pielgrzymka entuzjastki do miejsca urodzenia lorda Wilde'a.

Ale Alaric nigdy nie zachowałby się niegodziwie wobec kobiety. Przez krótką chwilę Willa zastanowiła się, jak bardzo jej opinia o nim zmieniła się, odkąd się poznali. Nie był już lordem Wilde'em, niestrudzonym wędrowcem.

Był Alarickiem. Alarickiem o szczerym spojrzeniu i głodnych pocałunkach.

– Nawet jak tak mówisz, kocham cię jeszcze bardziej – szepnęła dziewczyna, robiąc krok w jego stronę. Potem jeszcze ciszej: – Myśl o mnie, jak o swoim spanielu.

Dobry Boże.

Czy panna Larkin nie zauważała, że obiekt jej uczuć wyciskał pocałunek za pocałunkiem na palcach innej kobiety?

Wydawało się, że nie. Willa cofnęła rękę; czuła się niezręcznie, stojąc tam i pozwalając się całować teatralnie, podczas gdy publiczność nie zwracała na to najmniejszej uwagi.

– Im więcej będziesz mnie bić, tym bardziej będę się do ciebie przymilać – powiedziała panna Larkin, zdyszanym głosem.

Uff.

Willa instynktownie podeszła bliżej do Alarica, muskając ramieniem jego ramię. Spojrzała pannie Larkin w oczy, dając jej, miała nadzieję, jasno do zrozumienia, że żadnego „bicia" w obecności Willi nie będzie.

Ani żadnego przymilania się, szczerze mówiąc.

– Lordzie Alaricu, czy nie przedstawisz mnie?

– Wybacz, proszę – powiedział Alaric. – Willo, ukochana, to jest panna Prudence Larkin, którą znałem bardzo krótko, kiedy była dziewczynką w Afryce, a jej ojciec, misjonarz, udzielił mi gościny. Właśnie się dowiedzieliśmy, że w niedawnym czasie wybrała się w podróż do Londynu i jest autorką tej koszmarnej sztuki.

Wszelkie oznaki przymilnej miłości zniknęły z twarzy dramatopisarki.

– Moja sztuka nie jest koszmarna! – warknęła. – Powszechnie uznano ją za genialną!

Określenie użyte przez Alarica było z pewnością mniej niż taktowne, choć większość ludzi zgodziłaby się z pewnością, że miał powód do zdenerwowania.

– Muszę ci pogratulować niezwykłego sukcesu, panno Larkin – powiedziała Willa. – Sama nie miałam szczęścia obejrzeć spektaklu, ale niewątpliwie cieszy się on ogromną popularnością.

Panna Larkin zerknęła w jej stronę.

– Tak, cóż, bilety wyprzedano parę miesięcy naprzód. Przypuszczam, że mogłabym ci załatwić jeden czy dwa, jeśli będziesz w Londynie.

To było tak zdumiewająco nieuprzejme, że Willa zagryzła wargę, żeby się nie roześmiać, a lady Knowe zachichotała głośno.

Nie zwracając na niego uwagi, dramatopisarka podeszła bliżej do Alarica, z rękami założonymi na plecach.

– Jak twoim wyżłem gardź mną, bij mnie, zgub mnie – odezwała się cichym, pełnym rozpaczy głosem. – Pozwól mi tylko, jakkolwiek niegodnej, gdzie się obrócisz, iść za twoim tropem*.

---

* William Szekspir *Sen nocy letniej*, akt 2, scena 2, przeł. Leon Ulrich.

Och, wielkie nieba.

– To brzmi bardzo znajomo – mruknęła lady Knowe.

– Bo te słowa napisał Szekspir – zauważyła Willa. – Podobnie jak większość jej wypowiedzi, odkąd weszłam do pokoju.

– Powiedz, o gorsze w twej miłości miejsce mogęż cię błagać, jak psem twoim zostać? A i to miejsce drogie jest w mych oczach – zawołała panna Larkin, wznosząc histerycznie głos. Zachwiała się i Willa pomyślała z przerażeniem, że może paść na kolana. – Jestem chora, kiedy…

– Jestem zaręczony z panną Wilhelminą Everett Ffynche – przerwał jej Alaric.

Willa sapnęła mimowolnie. Lady Knowe ponownie parsknęła śmiechem i nawet książę się uśmiechnął.

– Panno Larkin, nie jesteś na scenie i nie występujesz w sztuce Szekspira – powiedział Alaric. – Obawiam się, że muszę cię prosić, abyś sobie poszła.

Oczy dziewczyny zaokrągliły się. Pacnęła się dłońmi w policzki, cofając o krok.

Przesadza, pomyślała Willa bez współczucia. Czego można się spodziewać po kimś, kto przyjmuje najbardziej szalone wersy Szekspira za swoje? O ile dobrze pamiętała, ta akurat postać w sztuce, Helena, wypowiadając te głupstwa, była pod wpływem miłosnego eliksiru.

Szekspir był przykładem tego, czego Willa nie lubiła w fikcji. Helena biegała po scenie, poniżając się. Dość tego widziała w prawdziwym życiu.

– To musi być szok – powiedziała.

Wielka łza spłynęła po policzku panny Larkin.

– Zaiste, jestem złamana. Myślę, że znowu umrę.

Była okropną aktorką. Może pisała genialne dramaty, ale Willa co do tego także zaczynała mieć poważne wątpliwości.

Gar z zupą u kanibali budził wątpliwości i możliwe, że *Zakochany do szaleństwa* był zupełną bzdurą.

Może nawet plagiatem jakiejś bzdury.

– W zamku nie pozwala się umierać. – Lady Knowe nie śmiała się już, wydawała się przejęta współczuciem.

Ciotka Alarica była ekscentryczna, bezpośrednia i zabawna; Willa zaczynała podejrzewać, że jest także jedną z najlepszych osób, jakie zna.

– Oświadczyłeś się tej kobiecie, nie wiedząc, że ja żyję – jęknęła panna Larkin. – Zmienisz zdanie, ponieważ mnie pierwszą pokochałeś i nadal mnie kochasz. Widziałem, ile razy zerkałeś na mnie przy stole. Przeczytałam wszystkie twoje książki!

– Co to ma wspólnego z czymkolwiek? – zapytała lady Knowe.

Alaric miał wrażenie, że tkwi w jakimś koszmarze. Willa była jedynym stałym odniesieniem w jego świecie.

– Alaric zostawił dla mnie wskazówki w swoich książkach! – zawołała Prudence. Dziwaczny, radosny uśmiech ponownie pojawił się na jej twarzy. – Kiedy czytałam jego słowa raz za razem, zrozumiałam, że przemawia do mnie ze stron książek.

– Dlaczego miałbym do ciebie przemawiać, skoro sądziłem, że nie żyjesz? – zapytał Alaric.

– Miłość jest wieczna – wyjaśniła Prudence. – Mówiłeś do mojej duszy, nie wiedząc, że przetrwałam burzę.

– Alaric i ja jesteśmy zaręczeni – odezwała się Willa nieco gniewnym głosem. – To wysoce niewłaściwe, nie mówiąc już o tym, że całkowicie nieuzasadnione, przypuszczać, że mój narzeczony zapomni o swojej miłości do mnie i ożeni się z tobą. Lord Alaric jest mój – zakończyła, przelotnie dźgając Alarica łokciem w bok.

– A ona jest moja – powiedział Alaric, zrozumiawszy intencję Willi. – To znaczy, panna Ffynche.

Prudence powiodła wielkimi oczami od jednego do drugiego.

– Moje serce to pustkowie – wychrypiała; łzy pociekły jej po policzkach.

– Och, na Boga. – Lady Knowe podeszła do niej. Górowała nad Prudence jak sosna w lesie. – Chodź ze mną, moja droga.

– Dokąd ją zabierasz? – zapytał książę.

– Nie możemy po prostu wyrzucić jej z zamku – odparła jego siostra.

– Możemy wysłać ją na wieś i oddać pod opiekę proboszcza – zaproponował książę. – Może proboszcz uświadomi jej, jakie są moralne zasady przyjęte w stosunkach między kobietami a mężczyznami. Te przestrzegane przez purytanów i wszystkich ludzi o dobrym smaku.

Prudence rozszlochała się na dobre.

– Gospodyni znajdzie jej pokój i będzie mogła zostać, póki nie zdecyduje, co robić dalej – powiedziała lady Knowe.

Alaric już miał się sprzeciwić – było coś w Prudence Larkin, co mu się wyjątkowo nie podobało – ale przyszło mu do głowy, że jak długo Prudence będzie w domu…

On i Willa będą musieli udawać, że są zaręczeni.

– Nie mam nic przeciwko temu – oznajmił.

– Dwa dni – uściślił Jego Książęca Mość, napotkawszy wzrok syna. Ojciec potrafił się uśmiechać, nie poruszając twarzą. Teraz także się uśmiechał, nawet jeśli patrzył na Alarica z niewzruszoną powagą. – Panna Larkin może zostać w zamku dwa dni, a po upływie tego czasu musicie postanowić, co z nią zrobić.

– Zatrzymajcie mnie! – zawyła Prudence. – Zatrzymajcie mnie, bo jestem wasza!

Lady Knowe wsunęła jej chusteczkę do ręki.

– Jeśli nie masz nic sensownego do powiedzenia, lepiej zachowaj milczenie – powiedziała lady Knowe; jej głos nie brzmiał niemiło.

– Ja ja-ja-kocham…

– Tak samo jak ja – wtrąciła Willa, nie pozwalając jej skończyć. – Kocham Alarica i on należy do mnie, panno Larkin. Nikomu go nie oddam. Musisz się z tym pogodzić.

Po raz pierwszy Prudence wydawała się kompletnie stracić rezon. Patrzyła na Willę, jakby ta była płonącym krzewem. Willa odpowiedziała spokojnym spojrzeniem.

Dla Alarica Willa stanowiła studium prostych linii: patrycjuszowski nos, wysokie kości policzkowe, usta jak łuk Kupidyna. W przeciwieństwie do niej Prudence miała pulchne, okrągłe policzki, miękki zarys szczęki; jej rozmytym rysom twarzy nie służyły strumienie łez, spływające po policzkach i tworzące ciemne plamy na szarej sukience.

– Dlaczego ona? – szepnęła Prudence. – Dlaczego ona, dlaczego nie ja?

– Nawet cię nie znam – powiedział Alaric z niekłamanym zdziwieniem. – Byłaś męczącą czternastolatką, kiedy cię poznałem, Prudence i musisz przyznać, że między nami ani nie było, ani nie ma, absolutnie niczego.

Prudence znowu załkała.

– Jest oszołomiona – zauważyła Willa.

– Nie mam nic wspólnego z tym oszołomieniem – powiedział Alaric. – Jej ojciec mieszkał w domu niewiele większym niż zwykła chata; panował wściekły upał; krokodyle nie dawały nam się kąpać w rzece. Nie było we mnie nic oszałamiającego.

– Jakkolwiek to się stało, stało się – powiedziała lady Knowe, zabierając Prudence; ramiona młodej kobiety trzęsły się od płaczu.

Alaric nie miał najmniejszego poczucia winy. Prudence napisała głupią sztukę, która zmniejszała jego szanse na poślubienie Willi. Była przynajmniej częściowo odpowiedzialna za to, że hordy kobiet oskubywały klomby wokół zamku i kradły cegły z jego domu.

– Panna Larkin wydaje się z pewnością żyć dramatem – stwierdziła Willa, kiedy drzwi zamknęły się za lady Knowe. – Niewątpliwie świetnie zna Szekspira.

– Czy jeszcze przez parę dni będziesz udawała moją narzeczoną, póki nie wymyślimy, co zrobić z panną Larkin? – zapytał Alaric.

Książę skłonił się, zanim Willa zdążyła odpowiedzieć.

– Wybaczcie, ale powinienem zawiadomić Jej Książęcą Wysokość i Prisma, że podejmujemy jeszcze jednego gościa.

– Prudence Larkin, wziąwszy pod uwagę jej przekonania, raczej nie może usiąść z nami przy stole – powiedział Alaric.

– W istocie uważam, że powinna właśnie to zrobić – odparł Jego Książęca Mość. – Plotki są dużo bardziej szkodliwe niż odkrycie, że obok przy stole siedzi płaczliwa córka misjonarza. Ponadto, jeśli będzie częściej cię widywać, może wyleczy się z zadurzenia.

Alaric uśmiechnął się do ojca.

– Podajesz w wątpliwość moją atrakcyjność, czy tak?

– Panna Larkin w wątpliwy sposób panuje nad logiką – stwierdził sucho jego ojciec. – Ale taka bliskość powinna niewątpliwie odnieść skutek.

Kiedy wyszedł, Alaric chwycił Willę w ramiona.

– Będę udawała twoją narzeczoną – zapewniła Willa. – Ale to nie znaczy, że zgadzam się wyjść za ciebie. Kiedy panna Larkin wyjedzie albo odzyska zmysły, nasze narzeczeństwo się skończy.

Alaric kiwnął głową. Na razie gotów był na to przystać.

To był krok dalej niż przyjaźń, ponieważ narzeczeni mogą się całować. Zwykle się całują.

– Powinniśmy nauczyć się demonstrować bliskość, żeby
wypaść bardziej przekonująco.

Willa odsunęła go, unosząc kąciki ust do góry.

– Nie sądzę, żeby sprawiało to nam jakąś trudność.

20

$\mathcal{T}$ego wieczoru Willa usadowiła się wygodnie z książką w ręku. Lady Knowe pożyczyła jej powieść historycz-
ną, opisującą wielkie bohaterskie czyny, w której rycerze
pędzą tam i z powrotem, marnując przy tym mnóstwo
energii.

Autor powieści nie odmalował świata realistycznie. Willa
jednak czytała nadal. W zamku zapadła cisza, podczas gdy
wielki kawał powieściowej zbroi spadał z powieściowego
nieba i zabijał jedną z powieściowych postaci.

Westchnęła i odłożyła książkę. Po prostu nie widziała
sensu takiej fikcji. Podobne wydarzenia sprawiały, że była
zbyt ciekawa rzeczy, na które nie ma odpowiedzi.

Na przykład: dlaczego „zbroja”? Dlaczego na przykład
nie „kurczak”? Albo na przykład kurczak wielkości domu?

Zamek Lindow był pełen fascynujących ludzi. Nie widziała sensu czytania o jakichś wymyślonych zdarzeniach,
skoro życie było i tak wystarczająco bogate.

W jej sypialni było jasno od światła księżyca, które wpa-
dało przez okna zamku wraz z zapachem kapryfolium.
Groszek nadal przebiegała przez plamę światła, jak czarno-
-biała smuga. Była zajęta wyciąganiem czegoś z chusteczki
Willi i chowaniem tego pod toaletką.

Willa patrzyła spod przymkniętych powiek na księżyc; kiedy miała na nosie okulary nie mogła zobaczyć prawie nic poza zadrukowaną stroną. Mogła jednak stwierdzić, że księżyc jest z jednej strony spłaszczony, a z drugiej okrągły – jak źle nafaszerowany gołąb.

To był właśnie powód, dla którego nigdy nie mogłaby zostać powieściopisarką. Księżyc powinno się porównywać do srebrnej tarczy albo do twarzy bogini Diany... w każdym razie nie do jakiegoś tłustego ptaka.

Ciche pukanie do drzwi było miłym zakłóceniem; marzyła o tym, by opowiedzieć Lavinii o zwariowanej córce misjonarza. Nieoczekiwane starcie z Prudence sprawiło, że się poczuła dziwnie oszołomiona – i wolała się wycofać do swojego pokoju, niż wrócić do salonu i dalej grać w karty.

Kiedy otworzyła drzwi – ostrożnie, tak żeby Groszek nie mogła wybiec za nią – zobaczyła, że w korytarzu stoi nie Lavinia, ale Alaric.

To absolutnie nie była sytuacja, w której dżentelmen mógłby złożyć wizytę w damskiej sypialni – chyba że ta dama miałaby przejść z wizyty do *affaire*. Mówiąc wprost po angielsku – na pieszczotki.

Najwyraźniej Alaric uznał, że Willa jest łatwą dziewczyną.

Patrzyła na niego przez chwilę z uczuciem wielkiego rozczarowania.

Pocałunek – to było coś innego. Albo wymyślanie udawanych zaręczyn.

Wszystko to to zupełnie coś innego; poza tym bynajmniej nie było powodem do uznania za zaproszenie do większej zażyłości!

– Lordzie Alaricu – rzekła chłodno. – Ma pan tyle drzwi, do których może pan zapukać w nocy... Zapewniam pana, że akurat te to zły wybór.

– Nie sądzę, by którakolwiek z dam za tamtymi drzwiami mogła być tym zainteresowana… Przyniosłem pani coś.

Otworzył zaciśniętą dłoń. Willa zdjęła okulary i spojrzała. Zobaczyła na jego dłoni wijące się dwie stonogi i dżdżownicę.

Podniosła na niego osłupiały wzrok.

– Właściwie przyniosłem to dla Groszka – poprawił się. – Zauważyłem dziś po południu, kiedy zjadała owady, że szczególnie lubi stonogi.

– Jak u licha pan to stwierdził?

– Podskakiwała – wyjaśnił Alaric z niewinną miną (zdaniem Willi zanadto niewinną). – Nie zauważyła pani jej reakcji?

– Nie – odparła Willa. – Dostała już na kolację kawałek kurczaka.

Nie była zachwycona pomysłem dotykania jakiegokolwiek robactwa.

– Pozwoli pani, że jej to dam? – spytał Alaric. – Obiecuję, że nie ogarnie mnie pożądanie, jeżeli mi pani pozwoli wejść do swojej sypialni. Jak sama pani mówiła, gdybym rozpaczliwie pragnął znaleźć się w łóżku z kobietą, jest tu wiele drzwi, które by się przede mną otworzyły.

– Żartuje pan sobie ze mnie – stwierdziła Willa.

– Tylko odrobinę. Bo pani jest zazdrosna.

– Błagam o coś innego…

Wyszczerzył zęby w uśmiechu.

– W takim razie mogłaby pani mi pozwolić wejść Chyba że chciałaby pani zachować te stonogi na jej poranną przekąskę? Mógłbym znaleźć jakieś małe pudełeczko, żeby się nie rozpełzły po pani pokoju.

Groszek pewnie byłaby zadowolona z takiej przekąski, a Willa w nocnej koszuli i szlafroku czuła się o wiele bardziej zakryta niż w wieczorowej sukni.

Alaric był w tym wypadku całkiem uczciwy; niemądrze się zachowała.

Otworzyła drzwi i odeszła o krok. Kiedy wszedł, Groszek wydała radosny terkoczący dźwięk i podbiegła do niego. Przykucnął i wziął w dłonie jej obie łapki, zwinięte w piąstki.

– Proszę tylko nie zgniatać tego robaka! – zawołała Willa.

Groszek wąchała jego dłonie.

– Nie zrobię tego – zapewnił Alaric. – Proszę spojrzeć, ona go rozgryzła.

Willa odłożyła okulary na stolik przy łóżku i przyklękła, upewniając się przy tym, że szlafrok dokładnie okrywa kostki jej nóg.

Groszek położyła swoją małą szponiastą łapkę na jednej z pięści Alarica i próbowała odciągnąć jeden z jego palców.

– Jaka bystra! – stwierdziła z zadowoleniem Willa.

Alaric podniósł jeden palec i Groszek natychmiast wsadziła nos w powstałą szparę. Nie mogąc się dostać do poczęstunku, podrapała mu pazurkami rękę. Jej radosne szczebiotanie nabrało rozkazujących tonów.

– Wiesz, kto tu rządzi, prawda? – mruknął Alaric.

Willa już nie patrzyła, jak Groszek zajada swoją przekąskę; nie była zachwycona namiętnością jej ulubienicy do dżdżownic ani tym bardziej do stonóg. Zamiast tego patrzyła na Alarica.

Nie miał na sobie surduta, a jego biała koszula była rozpięta przy szyi.

Jego brat North nigdy by się nie pokazał damie tak swobodnie ubrany. Willa jednak była do głębi przekonana, że taki stan ubrania Alarica nie był przemyślany.

– Niewątpliwie ona najbardziej lubi stonogi – powiedział; w ciszy nocnej jego głos wydał się bardzo głęboki.

Willa pospiesznie rzuciła spojrzenie na zwierzątko i odkryła, że Groszek już zdążyła łapczywie pożreć stonogi, a teraz krąży wokół dżdżownicy. Podskakiwała w górę, jakby to nieszczęsne stworzenie mogło się bronić. Ogon wyprężyła do góry. W końcu dżdżownica trafiła Groszka w nosek.

Oboje się roześmiali.

– Zmieni się w jej ogon – powiedział. Ale nie patrzył na Groszka.

Willa poczuła, że kark jej się czerwieni. Właśnie dlatego panowie i damy nie powinni pozostawać razem bez przyzwoitki! Czuła się tak oszołomiona, jak w tamte noce, kiedy razem z Lavinią przemyciły butelki wina do swojego pokoju, a potem planowały, jak oczarują dostojne towarzystwo.

Przegadały wtedy pół nocy o chłopcach. Czy raczej… o mężczyznach.

Rozmawiały o mężczyznach.

Kiedy tylko Lavinia nie paplała o lordzie Wilde.

Oczy Alarica zwęziły się.

– O czym pani myśli?

Willa się odwróciła, zostawiając biednego robaka własnemu losowi. Obmyła ręce w miednicy. Potem się odezwała, zerkając na niego przez ramię:

– O tym, ile wieczorów spędziłyśmy z Lavinią na rozmowach o jej zachwycie lordem Wilde.

Wydał stłumiony jęk i podszedł do niej; także opłukał ręce, patrząc na nią spod rzęs.

– Nigdy pani nie kusiło, żeby przeczytać coś mojego?

– Nie, nie mam zamiaru pana obrazić – powiedziała.

Odwrócił się, opierając się biodrem o toaletkę, tak blisko, że jego oddech poruszał kosmyki włosów, wymykające się z jej zaplecionego na noc warkocza.

– Nie czuję się obrażony. Czy pani byłaby obrażona, gdybym powiedział, jak pięknie wygląda pani w okularach?

Pewnie, że nie byłaby.

To spojrzenie jego oczu…?

To sprawiło, że zechciała zdradzić własną osobowość, którą tak starannie budowała. Osobowość, która nigdy nie wzdycha, a już na pewno nigdy nie całuje poszukiwaczy przygód.

Podszedł, ujął jej twarz w swoje ręce i powiedział ciemnym głębokim głosem:

– Everett, czy mogę cię pocałować?

– Kto to mówi? Lord Wilde czy lord Alaric?

– Co masz na myśli?

– Lord Wilde jest nierozważny i zapalczywy – mówiła Willa, jakby to było oczywiste. – Lord Alaric jest o wiele bardziej powściągliwy i troskliwy. Obecnie jestem fikcyjnie zaręczona z lordem Wilde.

– Ciekawe…

Na chwilę zapadła cisza.

A potem:

– Nie jestem żadnym z nich. Żadnym lordem. Po prostu mężczyzną, który bardzo chciałby cię pocałować, Everett. Nie „Willo", która jest w każdym calu doskonała, ale Everett, która jest czarująca! Zresztą myślę, że to Everett nosi okulary. Willa ma doskonały wzrok.

Spojrzała mu w oczy i musiała się pohamować, żeby mu nie paść w ramiona. Do licha! Ten mężczyzna był jak mocny trunek. Przechylił głowę i musnął jej wargi swoimi. Zadrżała.

– Rozchyl wargi – powiedział chrapliwie. – Śliczna Everett, otwórz dla mnie swoje usta!

Jego głos był jak pieszczota. To sprawiło, że się poczuła winna. Pochyliła się i dotknęła wargami jego ust; wstrzymała oddech, kiedy poczuła, jak jego język wędruje wzdłuż jej warg, a następnie dostaje się do wewnątrz.

Mętnie pomyślała, że smakował jak zimowa jagoda. To jednak nie miało znaczenia, bo jej zmysły były w tej chwili po prostu bombardowane, a na plecach, brzuchu, wreszcie wzdłuż nóg czuła mrowienie. Także… między nogami.

Kiedy język Alarica owijał się wokół jej języka, a jego ramiona objęły ją ciasno, Willa opadła miękko w jego ramiona. Palce wbiła w twarde mięśnie jego barków, a potem zaczęła czochrać mu włosy.

Alaric całował tak, jakby nie mógł sobie wyobrazić, że powinien raczej zrobić coś innego. Nie dotykał ręką jej piersi ani jej nie przyciągał mocniej do siebie.

Umysł Willi szalał, notując jego stalowe ramiona (dobrze), miętowy oddech (dobrze), jego wzrost (dobrze) i jedwabiste włosy (dobrze).

Żaden pocałunek innego mężczyzny nie zadowolił jej aż tak bardzo.

Po jeszcze paru pocałunkach jej mózg stał się jakby zamglony, przytłumiony. Alaric nie przyciągał jej do siebie, to raczej ona się do niego przytulała, to jej serce biło.

Jego smak i dotyk sprawiły, że wszelkie inteligentne myśli opuściły Willę; mogła tylko jęczeć gardłowo i oplatać językiem jego białe zęby.

I tulić się do niego.

Pożądanie, pomyślała mętnie. To pożądanie sprawiało, że jej skóra płonęła, a serce podchodziło do gardła.

– Everett… – odezwał się Alaric, a to imię wyszło z jego ust jak pogańska, namiętna modlitwa.

Cudowne było to, że zwracał się do niej „Everett" i dzięki temu nie musiała myśleć o zasadach Willi. Dzięki temu poczuła się znowu jak młodziutka dziewczyna, przekonana, że świat jest pełen fascynujących spraw, czekających tylko na to, żeby je odkryć. Tamta mała dziewczynka nie myślała o zasadach, gdyż mama i papa kochali ją taką, jaką po prostu była.

Odsunęła od siebie te myśli; jej wargi wędrowały teraz po twardej linii jego szczęki.

Alaric odwrócił głowę i znowu zamknął jej usta długim, leniwym pocałunkiem, który wywołał uczucie bólu w jej nogach i całym ciele, aż w końcu doznała wrażenia, jakby w jej żyłach płynęło miodowe wino.

Wszystko w Alaricu, począwszy od jego chropawego, niskiego oddechu aż po twarde jak skała mięśnie ramion – nęciło ją.

– Everett… – powiedział znów ochryple.

– Hm… – odpowiedziała radośnie. W tej chwili nie myślała w ogóle. Każdy skrawek jej ciała radował się tą chwilą.

– Musimy to przerwać.

– Mogłabym cię całować przez całą noc – powiedziała z westchnieniem. Ponownie wsunęła palce w jego włosy i patrzyła na niego spod rzęs.

Jęknął i przycisnął ją do siebie silnie; jego usta powędrowały niżej, a z piersi wydobywało się dudnienie. Ten dźwięk sprawił, że odrzuciła głowę do tyłu, tak że mógł pożerać jej usta, jego język owijał się wokół jej języka, a ręce trzymały ją z całej siły przy sobie.

– Nie – rzekł po jakimś czasie. To mogła być minuta… albo godzina. Jeden pocałunek, a może pięć? A może pięćset? Willa przytulała się do niego, starając się go skusić do przesunięcia ręką w dół po jej plecach. Albo odważniej… po przodzie. Albo nawet, żeby poczochrał jej włosy.

Mógłby rozluźnić jej warkocz i rozsypać włosy… przesuwać je między palcami. Mógłby ją klepnąć po pośladku tymi swoimi silnymi palcami i jednym szarpnięciem przycisnąć do siebie.

Nigdy sobie nawet nie wyobrażała, że w jej głowie mogły zagościć podobne myśli. Jak przez mgłę przypomniała sobie nieprzyzwoitą swobodę, jaką czuła, gdy były razem z Lavinią.

To była druga strona tej samej osoby. Zuchwałej i namiętnej osoby. A także zaborczej.

Odrzuciła głowę w tył; oczy jej się zwęziły. Alaric miał na twarzy ciemne rumieńce, a jego oczy lśniły pożądaniem.

Czy była ostatnią z wielu kobiet, które go widziały właśnie takim?

Ta myśl była jak kubeł lodowatej wody.

– Całowałeś jakąś inną kobietę na tym przyjęciu? – spytała.

W jego oczach pojawił się wyraz, którego nie potrafiła zrozumieć. Jeżeli to było rozbawienie, chyba będzie go musiała zabić!

– Nie… – odpowiedział.

– Jesteś tego pewien?

Do diabła. Był najwyraźniej rozbawiony.

– Kilka lat temu była pewna dama… – mówił z zastanowieniem. W jego oczach migotał śmiech.

Popchnęła go lekko.

– Nigdy nie uważałam cię za świętego. Nie o to pytam.

Znowu ją porwał w ramiona, całując tak, że aż zabrakło jej tchu, a mózg znów się zmącił.

– Everett…

– Hm…?

Roześmiał się.

– Jesteś najbardziej godną podziwu, pięknie wysławiającą się kobietą, jaką znam, a równocześnie…

Przesunęła palcami po linii jego dolnej wargi; powieki stały się ciężkie, bo jedyne myśli w jej głowie były…

Dzikie.

Wyobrażała sobie te wargi, jak pieszczą całe jej ciało. Wyobrażała sobie jęki, wydobywające mu się z gardła, kiedy…

– Jesteś oszołomiona.

– Hm…

Śmiał się, ale ona na to nie zważała. W każdym razie nie śmiał się z niej. Śmiał się… razem z nią.

– Nie wolno nam tego robić – stwierdził.

Spojrzała na niego spod rzęs i westchnęła.

Westchnęła!

Ona przecież nigdy nie wzdychała.

Teraz jednak była z nim twarzą w twarz, z takim mężczyzną, o oczach pełnych pragnienia, nawet grzechu. O takim pięknym ciele.

Jak bardzo się różniła od Heleny Biddle?

Na tę myśl aż podskoczyła. Te wszystkie kobiety, wpatrzone w lorda Wilde'a z pożądaniem w oczach… czy ona nie robi teraz dokładnie tego samego?

– Willa wróciła – stwierdził z czymś, co zabrzmiało niebezpiecznie podobnie do męskiej wersji westchnienia.

– Chwilowo straciłam głowę – przyznała Willa matowym głosem. Cofnęła się, zaciskając mocniej pasek szlafroka. Nawet jej go nie rozluźnił, co go różniło od chłopców, z którymi się dawniej całowała. Tamci zawsze ukradkiem pakowali tam rękę, by dotknąć jej gorsetu.

– Ja tak samo – powiedział.

Przez chwilę oboje patrzyli na siebie w milczeniu. Wreszcie Alaric potrząsnął głową.

– Szalona Everett… gdzie ona się podziała?

Nie miało sensu kłamać. Nie był głupcem, a ona w ostatniej godzinie pokazała swoje prawdziwe „ja".

– Jest ukryta. Musi pan odejść.

– Skoro nalegasz…

Podszedł do drzwi, nie odwracając się.

Willa wysoko podniosła podbródek, całkowicie pewna, że w jej oczach nie widać nawet śladu emocji. Tamte ciemnoniebieskie oczy, wpatrzone w nią… Głęboko w brzuchu coś jej się kręciło i zaciskało.

– Jesteś odważna, nie boisz się mnie – stwierdził Alaric.

– Nie widzę tu żadnego powodu do strachu. Nigdy by mnie pan nie skrzywdził. Ani zresztą żadnej innej kobiety.

Nie zwracał uwagi na to, co mówiła.

– Szanujesz mojego ojca, ale nie chcesz zostać księżną. Szanujesz Sterlinga, ale cię on nie interesuje, mimo że to najbogatszy mężczyzna w Anglii.

Willa wzruszyła ramionami. Wszystko to, co mówił, było prawdą.

Ale on jeszcze nie skończył.

– Twoje usta niemal mnie zabijają za każdym razem, kiedy je widzę, bo chcę je całować tak długo, aż się staną ciemnoczerwone… takie, jak teraz. To usta, które pragnę, żeby mnie całowały, owijały się wokół mnie, krzyczały na mnie… kochały mnie.

Willa nie potrafiła znaleźć słów.

Myślała, że chce ją znowu całować, ale on się wymknął przez drzwi, zamknął je z drugiej strony – i odszedł.

Chwilę stała bez ruchu z rękoma przyciśniętymi do warg. Następnie podeszła do wielkiego lustra na ścianie.

Nadal była Willą, nieprawdaż? Willą, zawsze niezwykle fachową, zorganizowaną, ciekawą…

Włosy wymknęły się jej z warkocza zupełnie tak, jakby były rozburzone przez kochanka.

A jej usta?

Miał rację. Były rubinowoczerwone. Opuchnięte od pocałunków.

Nie dotknął jej, ale jej ciało czuło się teraz jak mapa obcego kraju, nieodkrytego jeszcze państwa, które zbadał, nie dotykając go.

Willa nigdy nie miewała takich absurdalnych myśli.

Everett – owszem.

21

Willę gwałtownie zbudził ciężar jakiegoś ciała, które wylądowało na łóżku obok niej.

– Cco ttakiego? – wymamrotała. Wiedziała, kto to był. Zapach gruszkowego mydła Lavinii oznajmiał o jej obecności, dokądkolwiek by poszła.

– Musisz wstać – odpowiedziała Lavinia. – Opuściłaś śniadanie. Wszyscy jadą do tego zrujnowanego opactwa; będą tam gdzieś za godzinę. Lady Knowe mówi, że tam jest pochowany król Artur, ale ja w to nie wierzę.

– Która godzina?

– Po dziesiątej. Nie jadłaś śniadania.

Na twarz i włosy Willi opadły skrawki grubego papieru.

– Co robisz, do licha? – spytała niewyraźnie, zdmuchując skrawek z wargi. Usiadła, rozsypując papierki wokół siebie na kołdrze i zobaczyła, że Lavinia trzyma w ręku nożyczki i tnie coś, co wygląda jak rysunki. Te same rysunki, które ostatnio zbierała z pasją prawdziwej entuzjastki.

– Mam trzy najnowsze rysunki lorda Wilde'a, i poświęcam też moje własne – wyjaśniała Lavinia, tnąc je z pasją.

– Ale dlaczego je niszczysz? – Willa przerzuciła nogi przez łóżko. – Gdzie jest Groszek?

– Alaric ją zabrał na spacer.

Willa się obróciła.

– Więc przyszedł do mojego pokoju? – Ten obrażony ton wypadł całkiem dobrze, biorąc pod uwagę, że nigdy nie była dobrym kłamcą.

Na łóżko spadło jeszcze więcej skrawków papieru.

– Spałaś jak kamień, i właśnie dlatego twoja pokojówka powierzyła mu Groszka.

– Ale dlaczego tniesz te rysunki? – spytała znowu Willa, naciskając dzwonek. Chciała się napić herbaty.

– Zmieniam je na dekorację.

– To głowa Alarica! – zawołała Willa, podnosząc jeden ze skrawków. – I jego stopa. Czy to garnek kanibala? – A na przytaknięcie Lavinii dodała: – Nie mogę uwierzyć, żebyś cięła na kawałki swój ulubiony rysunek.

Ręce Lavinii zastygły; spojrzała wprost na Willę.

– Moją matkę strasznie bolały zęby, tak, że nawet została w łóżku; nikt nie wspomniał o twoim leniuchowaniu, z wyjątkiem lorda Alarica, który wiedział, że dziś rano możesz być zmęczona, i powiedział mi przy śniadaniu, że chciałby wyjść na spacer z Groszkiem.

Willa przygryzła wargę.

– Całowaliśmy się.

– Prawie całą noc? – zdziwiła się Lavinia.

Wobec milczenia Willi Lavinia ciągnęła:

– Co do innych interesujących wiadomości, wydaje mi się, że moja najlepsza przyjaciółka przyjęła oświadczyny i zapomniała mi o tym powiedzieć!

Zsunęła się z łóżka i machnęła nożyczkami w powietrzu.

– Wilhelmino Everett, musisz mi coś wytłumaczyć, chyba, że masz jakąś znakomitą wymówkę, na przykład to, że się całowaliście aż do świtu!

– Powiedział ci? – jęknęła Willa.

– Wszystkim powiedział – rzekła Lavinia. – Willo, czy pozwoliłaś temu mężczyźnie spędzić noc w swojej sypialni?

– Absolutnie nie! To nie są prawdziwe zaręczyny – zauważyła Willa. – Wiesz, że obudziłabym cię i wszystko ci opowiedziała, gdybym przyjęła jego oświadczyny! Wszystko jedno, o której w nocy!

– Nieprawdziwe zaręczyny? – mówiła Lavinia, gapiąc się na nią. – Więc jakiego rodzaju zaręczyny? Bo on powiadomił wszystkich przy śniadaniu o waszej nieprawdziwej wspólnej przyszłości. Co prawda nie wspomniał, że prosił o twoją rękę z bardzo bliska, w tym pokoju!

– To nie tak – zaprotestowała Willa. – Nie zaręczyliśmy się, żeby się pobrać.

Lavinia z powrotem padła na łóżko.

– Dlaczego? Ja go już wcale nie chcę dla siebie, dlatego niszczę te szkice, ale naprawdę go lubię, a to o wiele lepiej, niż go uwielbiać.

– Udawaliśmy zaręczyny, żeby zmylić tę obłąkaną kobietę. A to, że raptem odkryłaś afekt do lorda Alarica, nie jest dla mnie wystarczającym powodem, żeby go poślubić!

– Jako twoja najlepsza przyjaciółka, ja oczywiście… – Lavinia nagle przerwała, a jej usta ułożyły się w doskonałe „o!". – Prudence Larkin! Spotkałam ją przy śniadaniu, gdzie rozwodziła się długo i szeroko nad własnymi uczuciami. Muszę przyznać, że aż się wstydziłam za mój dawny obiekt adoracji.

– Powiedziała, że napisała tę sztukę?

Lavinia skinęła potakująco głową.

– Więc naprawdę nie jesteś zaręczona?

Willa potrząsnęła głową.

– Zawiodłaś mnie – stwierdziła Lavinia, podnosząc nożyczki i atakując kolejny szkic. – Naprawdę go lubię. O wiele bardziej niż wtedy, kiedy go adorowałam – dodała, lekko zaskoczona. Następnie wróciła do cięcia papieru. Na stolik posypały się kolejne skrawki. – Bo to nie jest najbardziej frapująca plotka. Wyobraź sobie, Diana mówiła mi dzisiaj rano, że próbuje porozmawiać z matką, żeby jej pozwoliła zerwać z lordem Rolandem.

– O, nie! – jęknęła Willa.

– Powiedziała dosłownie tak: „Nie zniosę takiego życia, i nienawidzę swojego narzeczonego!"

– Pani Belgrave musi być wściekła – zauważyła Willa, wyobrażając sobie pełną chciwości twarz owej damy. – Włożyła całe serce w ten związek.

– Ona, ale nie Diana. Och, o mało nie zapomniałam! – Lavinia odłożyła nożyczki i sięgnęła do kieszeni. Położyła Willi na dłoni jaskrawy medalion. – Jesteś zaręczona z lordem Wilde'em; no, w każdym razie na pozór, więc to z pewnością musi być twoje.

Medalion był duży, z ozdobną literą „W" i z sercem, wygrawerowanym na froncie.

Willa przycisnęła zameczek. Wewnątrz była głowa Alarica, wycięta z ryciny.

– Musisz więcej ćwiczyć pracę z nożyczkami – powiedziała. – Niedokładnie wycięłaś owal, tak że w końcu prawie stracił ucho.

– Wolałabyś taki, na którym nosi kapelusz admiralski? Nie martw się, mam trzy takie sztychy. Alaric nie ma nic wspólnego z Marynarką Jego Królewskiej Mości.

– Taki mi wystarczy – odparła Willa. Zatrzasnęła wieczko medalionu.

– Musisz go dzisiaj włożyć na suknię, tak żeby Prudence Larkin mogła go zobaczyć – stwierdziła Lavinia. – Opowiadała wszystkim przy śniadaniu, że napisała tę sztukę, gdyż Bóg przeznaczył ją na żonę lorda Alarica. Diana wypytywała, czy mowa o greckim, czy jakimś innym pogańskim bóstwie, bo angliański Bóg nie jest zazwyczaj postrzegany, jako swat… ale tamta się wcale nie przejęła.

Willa jęknęła.

– Ale tak naprawdę się wściekła w chwili, kiedy lady Knowe podkreśliła, że Prudence postępuje, jakby Alaric był jej bogiem. Wtedy panna całkiem straciła panowanie nad sobą. Myślałam, że za chwilę rzuci w nią własną grzanką!

– Nigdy nie nałożę tego medalionu – zdecydowała Willa. Nie znosiła tej sztuki, jak wszystkiego, co zrobiono dla Alarica bez jej pozwolenia. Nienawidziła także tego medalionu, chociaż mogłaby usunąć portrecik i włożyć go do tego, który ofiarowała jej Diana.

– Wszyscy byli wzruszeni wiadomością o twoich zaręczynach, z wyjątkiem tych pań, które miały nadzieję zaciągnąć go do własnego łóżka – orzekła Lavinia, biorąc do ręki kolejny szkic i wycinając kółko wokół twarzy Alarica. – Wątpię, czy Eliza Kennel jeszcze kiedykolwiek się do ciebie odezwie, chociaż to może nie aż tak wielka strata, biorąc pod uwagę, że rozmowa z nią ogranicza się do dyskusji na temat twojego narzeczonego...

Ogólna wiedza o rzekomych zaręczynach była tak przerażająca, że Willa nie była w stanie odpowiedzieć.

Zeszłej nocy wdała się w to bez zastanowienia. Ale teraz...

– Co robisz z tymi wycinankami? – spytała, by oddalić od siebie strach.

– Mam zamiar wszystkie głowy wkleić na jeden arkusz i namalować nad nimi złote aureole tak, żeby Alaric nigdy nie zapomniał o swojej popularności.

Willa jęknęła.

– Znienawidzi to!

– Wiem! – roześmiała się Lavinia. – Mogłabym ci podarować to moje dzieło sztuki. Wtedy, kiedy już wyjdziesz za swojego zakurzonego, nudnego uczonego... no, tego z chudymi udami i perfekcyjnie zaczesaną peruką.

– Nigdy nie mówiłam, że chcę wyjść za uczonego.

Była to nieprawda. Willa właśnie to sobie wyobrażała. Uczeni wyrażają się tak precyzyjnie! Tak dobrze się znają na rzeczy.

Lavinia poklepała ją po nodze i znowu się zabrała do strzyżenia nożyczkami.

Willa ponownie otworzyła medalion i przyjrzała się twarzy Alarica.

– Lepiej zadzwoń i poproś o kąpiel, bo lady Knowe może tu sama przyjść po ciebie! – Lavinia zsunęła się z łóżka, pozostawiając kołdrę całą zasypaną skrawkami papieru. – Wygląda na to, że postanowiła dokuczać Prudence twoją bliską znajomością z lordem Wilde'em.

Godzinę później, już po kąpieli, Willa, wkładając ulubioną amazonkę, jeszcze ciągle myślała o Prudence.

Spódnica amazonki była karmazynowa; nosiło się ją z białą kamizelką pod obcisłym, również karmazynowym żakietem, wyciętym zgodnie z modą na piersiach. Pasujący do całości słomkowy kapelusz ozdobiony czarnymi piórami włożyła na bakier. Strój był męski, niemal wojskowy, ale równocześnie podkreślał każdą linię jej figury, a fular na szyi, wykończony białą koronką, nadawał mu ton kobiecości.

Córka misjonarza nigdy by na siebie nie włożyła czegoś równie prowokującego.

Patrząc w lustro i wkładając rękawiczki do konnej jazdy, Willa poczuła się lepiej. To nie będzie łatwe – spojrzeć teraz Alaricowi prosto w oczy… Nie po ostatniej nocy.

Po tych wszystkich pocałunkach.

Amazonka jednak pomogła. Czuła się w niej odważniejsza. Bardziej opanowana. Nie, jak kobieta, przyłączająca się do hordy wielbicielek…

Dla jakiejś przyczyny uznała, że najważniejsze, żeby się o tym przekonał. Ostrożnie zbliżała się do decyzji. Czy chciała już na resztę życia pozostać Willą? Czy też może jest dostatecznie odważna, żeby wyjść za mężczyznę, który widzi w niej… Everett?

A co, jeśli Alaric jest już zmęczony Anglią i angielskim towarzystwem?

Everett czy Willa?

22

Willa pojawiła się przy wejściu do zamku, by odkryć, że przyjęcie akurat przenosi się do pobliskich stajen.

– To tylko kilka minut spacerkiem – powiedział Prism. – Roberts może panią odprowadzić.

– Nie, dziękuję – odpowiedziała Willa i ułożyła kapelusz na głowie tak, żeby promienie słońca na pewno nie muskały jej twarzy. – Z przyjemnością się przejdę.

– Jeżeli będzie pani szła tą ścieżką, niemożliwe, żeby pani nie zauważyła stajen – mówił Prism; najwyraźniej nie był zachwycony pomysłem, by młoda dama decydowała się na spacer na wolnym powietrzu bez opieki.

Willa przeszła obok wielkich frontowych drzwi zamku i podążyła w dół ścieżką, wijącą się wzdłuż łuku szmaragdowozielonego trawnika w stronę buszu fioletowych, bordo i bladoróżowych rododendronów na dole. Ścieżka prowadziła wzdłuż tej burzy kwiatów, najpierw mijając bukowy zagajnik, a następnie zanurzając się w nim.

W zagajniku panował miły chłód, więc Willa szła powoli, aż do chwili, kiedy odurzający zapach koni i słomy zaczął przyćmiewać miodowo-muszkatołową woń rododendronów. Ścieżka znów zakręciła i otworzyła widok na stajnie.

Gdyby Prism miał poczucie humoru – co Willi się wydało raczej nieprawdopodobne – oceniłaby jego uwagę, że nie może nie zauważyć stajen, jako wytrawny żart.

Stajnie księcia były obszerniejsze niż większość zabudowań; złożone z ciągnących się daleko niskich boksów, otaczających padok i mieszczących nie wiadomo ile koni; poza tym miejsca do treningu. Na jednym z bujnych pól zauważyła pięć szalejących źrebaków, w głębi zaś przytulne domki, prawdopodobnie dla stajennych i ich rodzin.

Na największym z padoków kłębił się tłum ludzi i koni, wśród których widać było od czasu do czasu ciemnorubinowe, lamowane migdałowo liberie stajennych księcia. Willa w tłumie dżentelmenów dostrzegła jasne włosy Lavinii i jej kapelusz do konnej jazdy, ozdobiony zielonym piórem.

Przeszła przez furtkę na dziedziniec i rozejrzała się, zastanawiając się, czy i dla niej przygotowano konia, kiedy nagle czyjś duży, ciepły nos stuknął ją w kark, a wraz z nim poczuła zapach świeżej słomy i czystego konia.

– To twój rumak – odezwał się chrapliwy głos.

Serce skoczyło jej do gardła.

Alaric trzymał wodze szczupłego czarnego rumaka i uroczej klaczy z plamką nad prawym okiem.

– Nie byłem pewien twoich umiejętności w siodle – rzekł. – To jest Jaskierka. Nie jest już zbyt młoda, ale jeździ się na niej wspaniale.

Przekazał lejce stajennemu i objął Willę w talii. Poczuła przypływ wdzięczności do francuskiego gorsetu...

– Masz pejcz? – spytał Alaric, nie pomagając jej na razie wsiadać na konia. Stał naprawdę zbyt blisko niej. W dodatku się do niej uśmiechał.

– Tak – odparła z lekkim sapnięciem. – To znaczy... nie używam pejcza.

– Słusznie. – Bez wysiłku wyrzucił ją dosłownie w powietrze i usadowił w siodle. Po czym odwrócił się, by pomóc innej damie.

Kiedy Willa przekładała nogę przez łęk, podjechała do niej Lavinia na pięknej gniadej klaczy.

– Dzięki Bogu, że tu jesteś! – zawołała. Wskazała ręką za siebie. – Ci panowie po prostu nie rozumieją, że nie potrzebuję eskorty, więc niech teraz eskortują nas obie!

Willa się przywitała z dwoma młodymi lordami i przyszłym hrabią i cała piątka ruszyła drogą wolnym krokiem.

Był naprawdę piękny dzień i co najmniej dwudziestu pięciu dżentelmenów i dam, śmiejąc się i gawędząc, ruszyło na tę konną przejażdżkę. Alaric jechał gdzieś za małą grupką, w której była Willa i Lavinia. Wyjechali na drogę, otoczoną krzewami dzikich róż w pełni kwitnienia. Rowy były gęsto zarośnięte leśną trybułą.

Po kilku minutach dogonił ich pan Sterling i jego koń szedł teraz obok konia Willi. Lavinia ciągle przemykała z tyłu i robiła mu niemądre uwagi, co sprawiało, że zaciskał szczęki.

– Musisz przestać to robić – powiedziała Willa, kiedy konie jej i przyjaciółki się zrównały. – Niepotrzebnie drażnisz pana Sterlinga.

Lavinia przesłała uśmiech najbliższemu adoratorowi.

– Co u licha masz na myśli?

– Wiesz, że on nienawidzi bezmyślnej paplaniny towarzyskiej, a ty zalewasz go ją, i to naumyślnie.

Lavinia się zaśmiała. Jej wybuchy wesołości zmusiły wszystkich panów do spojrzenia na nią – z wyjątkiem pana Sterlinga, który nadal miał wzrok utkwiony w przestrzeń przed sobą.

– O, właśnie tak – ciągnęła Willa. – Nie wiem, dlaczego się mu naprzykrzasz.

– To straszny osioł – *sotto voce* stwierdziła Lavinia. – À propos, Prudence nie umie jeździć konno, więc siedzi w tym powozie, który jedzie przed nami. O, i popatrz! Ten Szatański Sterling wdaje się w kolejną sprzeczkę.

Istotnie, pan Sterling, który naprawdę wyglądał na nieco zdenerwowanego, zaczął się wymieniać niemiłymi uwagami z lordem Rolandem.

– Gdzie jest Diana?

Lavinia zmarszczyła nos.

– W ostatniej chwili powiedziała matce, że jest niedysponowana.

Zamilkły. Nie miało sensu głośno wypowiadać opinii, którą obie podzielały. Diana, kłamiąc, nie poprawiała swojej sytuacji.

– Mamy się zatrzymać w tej karczmie na posiłek – rzekła Lavinia, wskazując głową niedaleki, obszerny budynek. Kolejni ludzie w liberiach księcia Lindow ruszyli przodem, żeby pomagać nadjeżdżającym w zsiadaniu z koni.

Z tyłu za karczmą trawiasty brzeg, ocieniony wielkimi wierzbami, prowadził w dół do rzeki, rozlanej szeroko i następnie niknącej z oczu. Na trawie już leżały śnieżne obrusy i miękkie poduszki – gotowe na piknik.

– Umieram z głodu! – stwierdziła Lavinia. – Czy wiesz, co mi przy śniadaniu powiedział ten Nikczemny Sterling?

– Gdybyś go zostawiła w spokoju, pewnie i on by to zrobił – odparła Willa.

– Powiedział, że mam… że mam podwójny podbródek!

– Wątpię – rzekła Willa. – Po pierwsze, nie obraziłby cię, a po drugie nie masz nic takiego.

– No, mniej więcej – odparła Lavinia. – Powiedział, że jem jak koń i że do przyszłego tygodnia będę już miała podwójny podbródek.

– Co takiego mu powiedziałaś, żeby go tak sprowokować?

Lavinia skierowała klacz do wejścia do karczmy.

– Tylko zauważyłam, że jeżeli zje ten cały bekon, jaki ma na talerzu, w końcu będzie wyglądał jak zgnieciony pudding. Powiedziałam „jeżeli". Tymczasem on właściwie nazwał mnie głupią wiedźmą.

Zanim Willa zdołała odpowiedzieć, podjechał do niej Alaric. Jednym miękkim ruchem zeskoczył z konia, rzucił wodze czekającemu stajennemu i wyciągnął ramiona, żeby jej pomóc zejść.

Alaric już przedtem zdjął żakiet i powiesił go na łęku swojego siodła. Dżentelmeni nigdy tak nie robią… ale był tu, w białej koszuli ciasno opinającej płaską, umięśnioną pierś.

– Jeżeli myślisz, że pozwolę cię dotknąć któremuś z tych szaławiłów, mylisz się – powiedział tonem swobodnej konwersacji. Tamci trzej młodzieńcy nawet nie próbowali protestować, byli zresztą bardzo zajęci Lavinią.

Willa poczuła gorąco napływające do policzków.

– Robisz ze mnie widowisko.

– To lepiej niż psuć szyki Prudence – odparł, szczerząc zęby w uśmiechu i drapiąc po nosie Jaskierkę. – Jak się czułaś na tej słodkiej klaczy?

– Jest urocza – odpowiedziała. Następnie poddała się jego rękom, bo cóż innego miała zrobić? Jego oczy śmiały się do niej.

Już po chwili dotknęła stopami ziemi, tyle że stali teraz blisko… stanowczo nieprzyzwoicie blisko siebie, wsparci o szeroki, gorący bok Jaskierki.

Willa poczuła radość i zawrót głowy… niemal mdłości. To było dla niej coś zupełnie nowego.

– Chyba nie masz Groszka schowanej w kieszeni, prawda? – spytał. Jego ręce zsunęły się w dół po jej plecach.

– Oczywiście, że nie! – zdołała odpowiedzieć Willa. – Co by było, gdybym ją upuściła? Albo gdybym spadła z konia?

– Mogłabyś spaść?

Willa w tym momencie była przekonana, że gdyby mu odpowiedziała „tak", zabroniłby jej wracać konno do domu. Dostrzegła to w jego oczach.

– Nie – zauważyła. I zaraz potem się uśmiechnęła, bo to było wręcz… no, odurzające, widzieć w oczach Alarica Wilde'a to brutalnie opiekuńcze spojrzenie! Co prawda nie spadła z konia od…

Prawdę mówiąc, nigdy nie spadła z konia.

– Willa! – zawołała Lavinia.

Alaric się cofnął, a ona wzięła głęboki oddech. Pachniał miętą, polerowaną skórą i końską sierścią.

189

– Chyba włożysz z powrotem żakiet? – spytała.

Zdjął żakiet z siodła i zaraz potem stajenny odprowadził jego wierzchowca.

– Skoro sobie tego życzysz...

– Tak należy – oświadczyła.

– Ale ty nie jesteś dziewczyną „jak należy", Everett – powiedział zniżonym głosem. – Oboje o tym wiemy.

Czyżby myślała, że jego oczy są opiekuńcze? Teraz były... zachłanne. Willa chciałaby zaczerpnąć haust świeżego powietrza, ale to byłoby zbyt nieeleganckie. Starała się nie zwracać uwagi na drżenie kolan.

– Jesteś głodny? – zapytała.

Odpowiedział cicho, w napięciu:

– Tak.

Willa zrobiła zabawną minkę.

– Przestań z tym...!

– Nie mogę. – Podszedł bliżej i przytknął usta do jej ucha. – Jechałem tutaj cały czas tuż za tobą. Masz taką talię, że omal się nie rozpłakałem. A cóż dopiero, kiedy Jaskierka zaczęła kłusować i pochyliłaś się do przodu?

Odchylił się w tył i napotkał jej wzrok. Jego – stał się ciemny i zamglony. Ona przez chwilę miała wrażenie, że kręci jej się w głowie. Czy to sam lord Wilde – mężczyzna, którego adorowała większość żeńskiej części Anglii – tak na nią patrzy? W taki sposób?

– Doprowadzasz mnie do szału... – powiedział chrapliwym głosem.

Willa się odwróciła i ruszyła w kierunku karczmy; mogła zrobić albo to, albo ulec, jak to zrobiła zeszłej nocy, i w końcu go pocałowała.

– W drodze cały czas jechałem za tobą, zatem po pierwsze, mogłem się napawać widokiem, a po drugie, żaden inny mężczyzna nie mógł – mówił Alaric, idąc tuż za nią.

190

Podeszli do ściany budynku.

– Lunch jeszcze nie jest gotowy – zauważył. Istotnie, służba ciągle wbiegała i wybiegała z karczmy. – Głodna?

Skinęła głową. Wstała dzisiaj tak późno, że nie zdążyła zjeść śniadania.

– Zaczekaj – powiedział i poszedł przodem.

Willa nigdy nie była posłuszna mężczyznom wydającym rozkazy, uważając to za niedobry precedens. Teraz jednak się zatrzymała: jej stopy jakby wrosły w ziemię. Patrzyła, jak Alaric chwyta bochenek chleba i kawał sera. I jeszcze butelkę wina, i dwa kieliszki.

Cokolwiek miał na myśli, to nie było „jak należy". Tego była pewna.

Wewnętrzny głos wrzeszczał w niej coś na temat reputacji. Gdyby lady Gray choćby przypuszczała, że wczoraj w nocy Willa wpuściła mężczyznę do swojej sypialni, ciotka by uznała jej reputację za zrujnowaną. Zrujnowaną.

A ją samą za wkrótce – zamężną.

Willa – doskonale posłuszna Willa – została zepchnięta na bok, a ta dziewczyna, która stała teraz pod okapem karczmy, czekając, aż wróci do niej ten absolutnie nieodpowiedni mężczyzna…

To czekała Everett – nie Willa.

Nagle zjawiła się obok niej Lavinia.

– Wiesz, co ten mężczyzna właśnie mi powiedział? – rzuciła.

– Nie powiedziałem nic nieuprzejmego – burknął stojący za nią pan Sterling. W oczach miał złość.

Lavinia się okręciła i wskazała na niego palcem, co było tak niegrzeczne, że Willa wprost nie mogła uwierzyć, że widzi coś takiego.

– Powiedział pan, że jestem wściekłą harpią!

Złożył ręce na piersi. Willa nie mogła się powstrzymać od myśli, że była to całkiem dorodna pierś.

– Jeśli pani nie chce, by ją obrażano, nie powinna pani tak ciężko pracować na robienie z siebie dokuczliwej osoby.

Alaric już szedł w ich stronę. Za nim Prudence – ubrana w śnieżnobiały kołnierzyk, wyglądający, zdaniem Willi, na ostentacyjnie purytański – tropiła ich niezmordowanie.

– Dzień dobry, lordzie Alaricu! – wołała, dobiegając do nich i dygając tak głęboko, że kolanem niemal dotykała ziemi.

– Dzień dobry, panno Larkin – odparł Alaric. – Pamięta pani pewnie moją *fiancée*?

Usta Prudence się zacisnęły i, ku zaskoczeniu Willi, w jej oczach mignął jakiś brzydki blask.

– Panno Larkin… – ukłoniła się Willa.

Z tego, co zobaczyła podczas jazdy, ogłoszenie jej zaręczyn wywołało potężny efekt na jego wielbicielkach, ale Prudence miała niewątpliwą tendencję do niezwracania uwagi na niewygodne fakty.

– Obawiam się, że planowaliśmy przechadzkę – rzekł Alaric.

Prudence się cofnęła, wdzięcznie wymachując ręką.

– Nigdy nie odmówiłabym panu żadnej przyjemności, milordzie!

Willa miała ochotę pokazać zęby, ale zamiast tego wzięła Alarica pod ramię.

– Dokąd pójdziemy? – szepnęła.

– Byle jak najdalej stąd – odpowiedział.

Lavinia obdarzyła pana Sterlinga łaskawym uśmiechem, właśnie takim, jakiego nie znosił.

– O tak, z rozkoszą pójdę z panem na przechadzkę – zaszczebiotała, wtykając mu rękę pod ramię. – Dziękuję za zaproszenie. Sądzę, że powinnam mówić panu „Parth", a pan musi mnie nazywać Lavinią.

– To chyba dla mnie za wielki zaszczyt – odparował pan Sterling.

– Nonsens! Alaric i ja jesteśmy po imieniu; to jasne, skoro się żeni z moją najlepszą przyjaciółką! Pomyśleć tylko, jak często będziemy się spotykać w nadchodzącym roku!

Rzuciła uśmiech Willi.

– Willa, ty też musisz go nazywać „Parth" – powiedziała, beztrosko ignorując fakt, że oczy jej partnera ciskają iskry.

– Będę zaszczycony. Nie pan Sterling, tylko Parth! – powiedział Willi, starając się, by to zabrzmiało, jakby istotnie był zadowolony.

– W takim razie: mam na imię Willa – powiedziała.

Alaric rzucił Parthowi butelkę; tamten ją złapał w powietrzu. Teraz, kiedy lord miał wolną rękę, ujął ramię Willi i przyciągnął blisko do siebie.

Wszyscy czworo poszli wzdłuż rzeki, aż do miejsca, w którym oddalała się od drogi, płynąc pomiędzy dwoma polami. Kępy fioletowoniebieskich dzikich kwiatów i słodko pachnącej lawendy obrastały brzegi rzeki, której barwa z ciemnoturkusowej stała się blada i mieniąca.

– Zatrzymajmy się tutaj – zaproponowała Lavinia i podeszła, by usiąść pod wierzbą, tak wysoką i bujną, że wyglądała jak bladozielona fontanna.

– Czy ktoś kiedyś już ci mówił, jak bardzo mężczyźnie podoba się amazonka, taka, jaką teraz masz na sobie? – spytał Alaric Willi, która ruszyła za Lavinią.

– Ktoś ze mnie kpi… – odrzekła.

– Nieczęsto mam ochotę czcić jakieś ubranie – mówił. – Ale twój tyłeczek w tej spódnicy, Willo…

– Sza! – rozkazała, oglądając się przez ramię. Zachwiała się pod jego spojrzeniem i odwróciła. – Dlaczego ze mną flirtujesz? Zachowujesz się jak dziki odkrywca. Wsiądź na statek i odpłyń… gdzieś w dal. Ja, przeciwnie, mam raczej domatorskie usposobienie.

Jego brwi się uniosły.

– Domatorskie, ty? Cieszę się z tego właściwego przymiotnika. Próbowałem sam znaleźć jakiś.

Nie powinna pytać, nie powinna pytać…

– „Domatorskie" nie przyszło mi do głowy – rzekł. Oczy mu lśniły z zadowolenia.

Jeżeli sobie wyobrażał, że ona wsiadłaby na statek i razem z nim odkrywała pirackie szerokości geograficzne, grubo się mylił. Taki był jej ojciec. Nie, jej matka. Doskonale pamiętała śmiech matki tego ranka, kiedy oboje wyjeżdżali na tamten szalony wyścig. Ledwie zdążyli ją pocałować na pożegnanie…

– Willa! – wołała Lavinia. Promienie słońca przesączały się przez gałęzie, tworząc aureolę wokół jej włosów. Wyglądała naprawdę jak anioł. – Chodź tu do mnie!

– Będziemy musieli pić po dwoje z kieliszków – stwierdził Alaric, kiedy już stali pod wierzbą. Wyciągnął nóż zza cholewy buta, otworzył go i szybko odkorkował butelkę.

Lavinia wypiła łyk z kieliszka, który jej podał i podała dalej Parthowi; kiedy to robiła, zalotnie trzepotała rzęsami.

Rzucił jej głęboko niezadowolone spojrzenie i wypił duży łyk.

– Jesteś naprawdę dżentelmenem – gruchała, odbierając mu kieliszek i wypijając resztę. – Parth, nie sprawiłoby ci różnicy, gdybyś mi pożyczył swój żakiet? Mogłabym się położyć na trawie?

Bez słowa zerwał z siebie żakiet i wręczył Lavinii.

– Dziękuję! – zawołała, rzucając się na trawę. Ułożyła się na plecach, pokręciła trochę, by się wygodniej położyć, a być może też po to, żeby na żakiecie powstała jedna, no, może dwie plamy z trawy. – Willa, chodź do mnie! Parth ma taki obwód, że z pewnością obie się zmieścimy.

Willa wyciągnęła szpilkę ze słomkowego kapelusza. Usta Alarica musnęły jej ucho, kiedy wyszeptał:

– Czułem, jakbyś miała na głowie tacę z owocami…

Uśmiechnęła się.

– Chciałabym, żebyś wiedział, sir, że to jest wyjątkowo modny kapelusz.

Lavinia leżała na szmaragdowej trawie: jej jasne włosy opadały na ramiona, oczy miała zamknięte, a na twarzy wyraz czystego zadowolenia. Parth ze zmarszczonymi brwiami patrzył przed siebie na wodę.

Alaric strzepnął własny żakiet i rozłożył go na trawie obok żakietu Partha. Willa się położyła na wznak, trąciła ramieniem Lavinię i spod przymkniętych powiek patrzyła w niebo poprzez gałęzie wierzby.

– Od tego słońca porobią ci się piegi na nosie; matka będzie zmartwiona.

– Mm… – mruknęła sennie Lavinia. – Uwielbiam czuć ciepło słońca na twarzy.

Alaric patrzył na obie z rozbawieniem. Najbliższa przyjaciółka Willi była prawdziwą diablicą, a to coś mówiło o osobowości jego przyszłej żony.

– Myślisz, że nadal potrafisz odbić kaczkę pięć razy? – spytał Partha.

Parth zerwał się natychmiast i pobiegł w stronę spokojnej rzeki.

– Zachowałeś dobre ramię – stwierdził, kiedy obaj już rzucili tyle kamieni, że się zgrzali.

Alaric się skupił i udało mu się odbić siedem razy.

Za nimi słychać było senny szept kobiecych głosów. Potrafił rozpoznać głos Willi, niższy niż głos Lavinii. Lavinia zawsze wydawała się śmiać, podczas gdy Willa była typowym obserwatorem.

I działała, przypomniał sobie.

Miał wrażenie, że Willa spokojnie kierowała życiem wielu otaczających ją ludzi. Między innymi – Lavinii. A także swojej ciotki, lady Gray.

W zamyśleniu cofnął rękę. Życie potrafiło być naprawdę dziwne. Spędził dziesięć lat na podróżach dookoła świata, tylko po to, żeby wrócić do domu i odkryć, że tutaj czeka na niego – kotwica.

– Nie mogę znieść tej kobiety – powiedział Parth spokojnie. – Mogę teraz wrócić do karczmy? Proszę!

– To, co mówisz, brzmi jak ośmiolatek, który próbuje się wykręcić od lekcji łaciny.

– Chętnie dawałbym lekcje łaciny, byle się stąd wyrwać!

Alaric zerknął za siebie. Dwie najpiękniejsze na świecie dziewczyny leżały obok siebie. Lavinia leżała z ręką pod głową, co nadawało naprawdę wspaniały efekt linii jej piersi.

Był nawet zaskoczony, że to na nim nie zrobiło wrażenia. Rzeczywiście nie zrobiło. Tymczasem z wszelką pewnością mężczyzna, na którym nie robią wrażenia piersi Lavinii, musi być martwy.

A w każdym razie coś w tym rodzaju.

– Ale jeżeli stąd odejdę, ona pomyśli, że wygrała.

Alaric wzruszył ramionami, ale zanim się zebrał na odpowiedź, Parth wymruczał jakieś przekleństwo, ściągnął długie buty i wszedł do wody.

– Co robisz? – krzyknął Alaric. Leżąca dotąd Willa usiadła. Nie widział jej, bo była za jego plecami, ale wiedział, że usiadła, bo…

Bo wiedział.

– W tamtym drzewie coś się zaplątało! – krzyknął Parth. Stał w wodzie po biodra i brnął powoli w kierunku gmatwaniny konarów na dużej skale po przeciwnej stronie.

Tymczasem Lavinia i Willa już wstały i podeszły do Alarica, stojącego nad brzegiem; teraz już było widać tylko głowę i barki Partha nad powierzchnią wody.

– Wybaczcie, drogie panie – rzekł Alaric, rzucając swoje długie buty na trawę. – Chyba będzie najlepiej, jeśli pójdę sprawdzić, czy Parth nie potrzebuje pomocy.

Woda była ciepła, pewnie dlatego, że rzeka w tym miejscu była płytka. Kiedy Alaric dobrnął do Partha, tamten miał jedną rękę zanurzoną po bark w gęstwinie.

– Do diabła – burknął – to mnie podrapało.

– Co za „to"?

– Kot – warknął. Kiedy cofał rękę, spomiędzy gałęzi dobiegło ich wściekłe miauczenie. Wydostał rękę z uczepionym na niej przemoczonym zwierzątkiem.

Alaric parsknął śmiechem. Parth trzymał teraz najbrzydsze, zupełnie ohydne kocię, jakie kiedykolwiek widział świat. Fukało i parskało jak czajnik wrzącej herbaty; uszy miało przylepione do mokrej główki.

Nie! Tylko jedno ucho. Drugiego brakowało.

– Chyba nie bardzo mnie lubi – stwierdził Parth z poważną miną. Kot kręcił się dziko w powietrzu i wysuwał w jego stronę pazury.

Alaric wracał na brzeg, zanosząc się ze śmiechu. Kiedy woda sięgnęła mu do pasa, zorientował się, że koszula przykleiła mu się ściśle do muskułów na całym ciele.

Nie mógł się powstrzymać, żeby się nie uśmiechać, kiedy podchodził do Willi. Patrzyła na niego, trochę oszołomiona, z uchylonymi wargami. Z kolei Lavinia wyglądała jak widz w cyrku, kiedy z zadowoleniem patrzyła, jak Parth walczy z miauczącym kotem.

Woda sięgała Alaricowi już tylko do kolan, kiedy wzrok Willi szybko przeniósł się nad jego talię, a usta zamknęły się gwałtownie.

– Chyba nie będę mógł pojechać konno do grobu króla Artura – powiedział, z pluskiem wyłażąc na brzeg.

Przeciągnął się i... tak, z pewnością oczy Willi znów spo-
częły na dolnej części jego ciała.

Parth szedł za nim, trzymając kota za przednie i tylne
łapy, żeby go chociaż trochę unieruchomić.

– Brrr... ależ brzydki ten kot – stwierdził Alaric. Istotnie.
Kot stracił sierść na jednym pośladku, a przez nos biegła
mu jakaś stara blizna.

Willa się roześmiała.

– Ma prawie tyle blizn, co ty.

Alaric chwycił ją za rękę i przyciągnął do siebie. Wydała
lekki okrzyk.

– Ależ ty jesteś mokry!

Przez przemoczoną koszulę wyczuł wyraźnie kształt jej
piersi.

– Nie wolno ci mnie pocałować! – zastrzegła szeptem.
Ale oczy jej błyszczały.

– Pragnę cię – szepnął z kolei on. – Do diabła, Willo,
te bryczesy są jak mokry papier! W niektórych miejscach
w tym kraju to prawie zbrodnia!

– Musisz wracać do zamku – stwierdziła i odsunęła się
od niego. Z pewnością wiedziała, o czym mówił. Nawet
to poczuła.

– Ten kot jest podobny do ciebie, Parth – mówiła stojąca za nimi Lavinia.

Alaric splótł swoje palce z palcami Willi i odwrócił się.

– Drapiący, kulawy, jednouchy i wściekły.

Kot przestał się kręcić i zwisał teraz bezwładnie z rąk Partha, z powodzeniem udając wyglądem posłusznego kotka.

Chyba że dojrzałeś szaleństwo w jego oczach. Czekał
tylko po prostu na stosowny moment.

Lavinia szła powoli w ich stronę.

– Przyniosę twój żakiet, Alaric – zagruchała. – Nie chce-
my, żebyś się zaziębił.

Parth tymczasem złapał swój żakiet i owinął nim kota tak, że widoczna była tylko rozłoszczona główka.

– Byłaś taka wzruszona, kiedy Alaric kupił Willi tego małego skunksa – powiedział do Lavinii z uśmiechem tak lekkim, że tylko kąciki ust trochę mu się uniosły. – Miękkie futerko Groszka, ciemne oczy i pełne afektacji zachowanie doskonale pasują do jej nowej właścicielki.

Uśmiech zniknął z twarzy Lavinii.

– Przyniosę to stworzenie do zamku, dla ciebie – mówił z ożywieniem Parth. – W prezencie ode mnie.

23

Lavinia rzadko się gniewała, ale tym razem na pewno.

– Co za arogant! Niemożliwy! Po prostu ordynarny! – mówiła, spacerując tam i z powrotem po sypialni Willi. Była zbyt rozgniewana, żeby usiąść.

Willa zwinęła się w kłębek na fotelu, tuląc do siebie Groszka. Parth Sterling dotrzymał obietnicy (a może pogróżki?), że da Lavinii w prezencie uratowanego kota; bestia wdarła się przez otwarte drzwi na balkon Willi i rozpłaszczyła na kamiennej balustradzie. Od czasu do czasu rzucała jakieś przekleństwa w kocim języku, najpewniej po to, żeby odstraszyć każdego, kto by się odważył wejść na jej terytorium.

– Czyżbyś się śmiała? – Lavinia odwróciła się nagle.

– Nie! – odparła Willa. – To twój kot tak skrzeczy.

– Mój kot! Mój kot! Nie chcę żadnego cholernego kota! – zawodziła Lavinia. – Nawet nie lubię zwierząt. To ty możesz chcieć kota. Daję ci go.

– Mam Groszka – zaprotestowała Willa. – Nie potrzebuję kota.

– Ten durny Sterling to najidiotyczniej ordynarny człowiek, jakiego kiedykolwiek w życiu spotkałam. Kiedykolwiek!

Kot na balkonie nadal parskał, a dla odmiany od czasu do czasu wyrzucał z siebie długie miauczenie. Lavinia robiła dokładnie to samo, tyle że po angielsku.

– Kiedy wrócisz z Manchesteru, Partha już tu nie będzie – pocieszyła ją Willa, korzystając z krótkiej przerwy w jękach przyjaciółki. – To nie jest człowiek, który miałby dużo wolnego czasu.

Twarz Lavinii się rozjaśniła.

– Och! Byłabym zapomniała! Przecież jutro jedziemy z mamą do Manchesteru! Jesteś pewna, że nie chcesz do nas dołączyć, Willo?

– Nie mogę zostawić Groszka samej – oświadczyła Willa – a twoja matka może jej nie uznać za właściwą towarzyszkę podróży. To tylko parę dni.

– Będę tęskniła za tobą, ale może to i dobrze… będziesz miała oko na Prudence – trzepała Lavinia. – Nie byłabym pewna, czy nie wykombinuje takiej sytuacji, w której Alaric rzekomo ją skompromituje!

– Prism już o tym pomyślał. Miejsce, w którym jest sypialnia Alarica, to ściśle strzeżona forteca. – Zmarszczyła nos. – Osobiście jestem zdania, że problem mogłaby rozwiązać szczera rozmowa z Prudence, ale Alaric się nie zgadza.

Alaric nie uważał, że potrzebuje kogoś, kto by za nim orędował, ale Willa się z tym nie zgadzała. Nigdy nie wyrażał własnych uczuć, kiedy oblegały go kobiety, a tego nie cierpiał. Zaś Prudence należała do najgorszego rodzaju wielbicielek.

Lavinia potrząsnęła głową.

– Ona jest inna niż te typowe wielbicielki. Naprawdę trochę się jej boję.

– Bzdura! – rzuciła Willa ze śmiechem. – To po prostu jeszcze jedna kobieta zakochana w lordzie Wilde, chociaż może trochę bardziej gorliwa niż większość z nich.

Willa była całkowicie przekonana, że Alaric trzyma Prudence w zamku, gdyż to mu pozwala na ciągłe przekonywanie jej, że to Willa jest jego narzeczoną. Ta myśl była odurzająca: syn księcia, który aż tak bardzo jej pragnie.

– Jesteś pewna, że nie pojedziesz z nami do Manchesteru?

– Naprawdę nie mogę.

– Może mi się uda namówić Dianę, żeby z nami pojechała… mamy dość miejsca w powozie.

– Gdyby się zgodziła, musiałaby uciec od towarzystwa lorda Rolanda – kwaśno zauważyła Willa.

– No, na razie się zdrzemnę. – Lavinia się przeciągnęła, podnosząc obie ręce pod sufit. – Dlaczego, dlaczego pozwalam temu nieznośnemu gościowi tak mnie dręczyć?

Wysunęła głowę na balkon, co wywołało kolejne przenikliwe miauknięcie kota, zatem szybko się wycofała.

– Żartowałam tylko, że chcę ci oddać tego kocura. Poproszę stajennego, żeby go zabrał do stajen.

Willa zmarszczyła brwi. To biedne zwierzę było tak przestraszone, że bała się po prostu myśli o natychmiastowym oddaniu go w męskie ręce.

– Na razie zostaw go tutaj – powiedziała. – Używał już pudełka Groszka, więc chyba jest dość inteligentny. No i pożarł po prostu kurczaka, którego mu dałam.

– To jasne, że zjadł tego kurczaka. Widać mu wszystkie żebra. Tylko za bardzo nie polub tej paskudnej kreatury, bo ci zabraniam go zatrzymać. Nie życzę sobie żadnych pamiątek po Przerażającym Parthu!

– Dobrze – zgodziła się Willa. Wstała i włożyła Groszka do koszyka przy kominku. – Drzemka… to brzmi zachęcająco. Myślę, że i ja sobie na nią pozwolę.

– Mam ci pomóc przy zdejmowaniu amazonki, zanim wyjdę? – spytała Lavinia. – Moja pokojówka ma dziś pół dnia wychodnego, twoja chyba też.

Jako że wszyscy uczestnicy przyjęcia z pewnością zwiedzali teraz grób króla Artura, kamerdyner zwolnił na dzisiaj większość służby.

Willa potrząsnęła głową.

– Wszystkie zapięcia i haftki są z przodu, nawet te od gorsetu. A ty?

– Tak samo. – Z balkonu doleciało kolejne żałosne miauknięcie. – Myślę, że nazwę tego kota „Parth" – zdecydowała Lavinia po namyśle.

– „Parth" to chyba zbyt wyrafinowane imię jak dla tego kota – powiedziała Willa, podchodząc też do drzwi balkonowych.

Kocur tymczasem wcisnął się w kącik marmurowej balustrady. Futerko mu wyschło i widać było wyliniałe placki.

– Co byś powiedziała na „Hannibala"? – spytała Willa.

– Czy to nie ten wojskowy dowódca? – spytała Lavinia. – No, ten kot chyba nie wygląda na żołnierza…

Willa się roześmiała.

– Ależ to najwyraźniej wojownik!

Kiedy za Lavinią zamknęły się drzwi, Willa się rozebrała do koszuli i z westchnieniem padła na chłodne lniane prześcieradła. Z balkonu wdarł się do sypialni słodko-pieprzny zapach. Rezeda, a może róże…

Przymknęła oczy, myśląc o Alaricu, wyłaniającym się z rzeki jak Posejdon, w cienkiej koszuli, przyklejonej do gładkich mięśni brzucha. Nigdy by nie przypuszczała, że bycie niegrzeczną może dać tyle radości.

Nie tylko niegrzeczną. Nawet grzeszną.

Przeciągnęła się, być może myśląc o… ale przecież był dzień. Nie chciała się przykrywać, bo popołudnie było gorące i parne.

Zamiast tego położyła się na boku, wyobrażając sobie, że Alaric idzie za nią na górę. Ten wymyślony Alaric wszedł do jej pokoju i zsunął z niej koszulę, którą następnie rzucił w kąt z szelmowskim uśmiechem i płomiennym wzrokiem…

Czy powiedziałby coś? Zacytował jakiś wiersz? Może poemat o odkryciach – na przykład Johna Donne'a O Ameryko moja, mój lądzie nieznany*"!

Nie.

W ocenie Willi (była dziewicą, ale prowadziła poważne studia nad mężczyznami) Alaric rzuciłby jej spojrzenie spod ciężkich powiek i nie zawracałby sobie głowy gadaniem.

Jej wyobraźnia najpierw umieściła jego ręce na jej plecach, następnie przeniosła je na przód. Miała mniejsze piersi niż Lavinia, ale bardzo foremne; w jej wyobraźni doskonale pasowały do jego stulonych dłoni.

Z czasem jej dzienne marzenia stały się nieco zamazane; Alaric był już w nich bez bryczesów. Nie była tak zupełnie pewna, jakby to wyglądało, tak że myśląc o tym, zapadła w sen.

Razem z Lavinią studiowały męską anatomię, kiedy zdobyły pewne ryzykowne książki, jakie znalazły w bibliotece lorda Graya. Uznały jednak, że zawarte w niej ilustracje męskiej anatomii muszą być przesadzone.

Kiedy nikt nie odpowiedział na jego pukanie, po kilku dłuższych chwilach Alaric otworzył pchnięciem drzwi sypialni Willi. To nie znaczy, że na pukanie mogła odpowiedzieć na przykład Groszek, a chusteczka pełna stonóg raczej nie powinna była leżeć na korytarzu.

---

* przeł. Stanisław Barańczak.

Willa pewnie zeszła do saloniku, a może jest w ogrodzie z Lavinią?

Nie.

Spała, zwinięta w kłębek na łóżku. Rozpuściła włosy: ciemne loki były rozsypane na poduszce. Ciemne rzęsy leżały na policzkach, na kościach policzkowych miała różowe plamy, a śliczne usteczka były wygięte w leciutkim uśmiechu. Miała na sobie jakąś szmatkę, w tej chwili ciasno owiniętą dookoła bioder.

Zamarł, wpatrzony w nią, z chusteczką pełną stonóg w jednej ręce i klamką od drzwi w drugiej. Odezwało się jego dżentelmeńskie wychowanie i odwrócił oczy, błądząc następnie spojrzeniem po jej pokoju i zastanawiając się, czy ma się cicho wycofać, czy podać Groszkowi jej popołudniową przekąskę.

Ostatecznie zdecydował się na to drugie. Byłoby mu wstyd sprawić zawód Groszkowi.

Do diabła z tym. Nigdy nie potrafił być prawdziwym dżentelmenem.

Zamknął drzwi za sobą i podszedł do koszyka Groszka, nie wracając spojrzeniem na łóżko – i odruchowo zaklął.

Koszyk zawierał nieszczęsnego kocura, którego Parth uparł się zabrać z rzeki. Kot utkwił spojrzenie w Alaricu, z jedynym uchem przyklejonym płasko do głowy, wydając groźne pomruki, brzmiące jak oddalająca się burza.

W samym środku półkola zmierzwionego pomarańczowego futerka leżała Groszek: jej nosek spoczywał spokojnie na jednej z kocich łapek. Alaric podszedł o krok bliżej, a wtedy ogon kocura uniósł się w powietrze i ponownie opadł.

W porządku.

Wsypał zawartość chusteczki w róg koszyka i odszedł.

Willa była jego, choć jeszcze o tym nie wiedziała. I nie wierzyła w to. Może nawet wcale go nie chciała?

Ależ nie, chciała, na pewno. Przecież drżała na całym ciele, kiedy ją całował. A kiedy wychodził z rzeki, miała wzrok utkwiony w jego pierś. Potem patrzyła niżej, poniżej jego talii, i zatrzymała wzrok tam… kiedy wyszedł z wody w oblepiających go ciasno mokrych bryczesach. A ponieważ, kiedy był blisko niej, zawsze był podniecony, oczy omal jej nie wyszły z orbit.

Alaric obszedł łóżko i ostrożnie się pochylił, po czym ułożył się obok Willi. Następnie przesunął ręką po lokach, spadających na jej ramiona. Nie pozwolił sobie na spojrzenie poniżej szyi.

Wpatrywanie się w śpiącą kobietę było niesmaczne, ale – co mówić o przesunięciu wargami po gorącym policzku?

Obudzić ją?

– Everett… – szepnął w nadziei, że jego głos się przedrze przez jej sny, ale jej nie przestraszy.

– Mm… – powiedziała z westchnieniem.

Moja… – mówiły mu uderzenia własnego serca.

– Mogę cię pocałować?

Nie odpowiedziała, zatem przesunął wargami po jej kości policzkowej aż do jedwabistych włosów i delikatnie różowego płatka ucha. Nadal je całował, kiedy wydała zadowolony dźwięk i owinęła się wokół niego.

Alaric zamarł. Krew mu łomotała w całym ciele, a członek był tak twardy, że aż bolało.

– Co powiedziałaś? – szepnął.

– To ty mówisz… – rzekła takim tonem, jakby była pijana. – Bo… – jej głos rozpłynął się w powietrzu. Przewróciła się na plecy.

– Everett – powiedział po tym, kiedy sobie uświadomił, że dżentelmen nie podniósłby jej koszuli wyżej…

Musiał ją obudzić. Owinął się wokół niej, całując ją już naprawdę, jej czoło, niewielki garbek nosa, okrągły podbródek.

Westchnęła i otworzyła usta. Już miał ją pocałować, tak naprawdę, kiedy zrozumiał, że jeśli całuje Willę Everett, chce, żeby była tego w pełni świadoma.

Skubnął ustami jej dolną wargę i szepnął:

– Obudź się.

Westchnęła i jej ramię opadło na jego pierś. Patrzył rozbawiony, jak jej palce się zginają.

Nagle szeroko otworzyła oczy.

Inna kobieta by krzyknęła, a nawet wrzasnęła.

Willa jednak tylko na niego popatrzyła i powiedziała sennie:

– Alaric? Co robisz w moim łóżku?

– Leżę obok ciebie. – Patrzył jej prosto w oczy na tyle długo, żeby się upewnić, że zrozumiała, niż nie jest wytworem jej wyobraźni, i że ona nie wykazuje chęci wyrzucenia go ze swojego łóżka.

Jej błękitne oczy już nie były rozmarzone, lecz ciekawe. Pełne pożądania. Pochylił się nad nią i ucałował – silnie i żarłocznie. Palce miał wplątane w jej włosy.

Ku swojej wielkiej satysfakcji Willa objęła go ramionami, jakby ją budził tak jak setki razy przedtem… Na co miał oczywiście wielką ochotę.

Złożył sobie w tej chwili milczącą obietnicę.

Zrobiłby wszystko, by ją przekonać, że jest jedynym mężczyzną, który ją budzi pocałunkiem.

24

Willa rzuciła się na pocałunki Alarica, jak ćma się rzuca na światło świecy.

Jego pocałunek miał w sobie coś nieznanego, a równocześnie było też w nim coś bardzo bliskiego. Trochę pachniał rzeką, a bardzo – mydłem cytrynowym. Smakował trochę jak Alaric, a bardzo jak zielona mięta. Czuł…

Zsunęła mu ręce z szyi i oparła je na barkach, co zamgliło jej umysł i nie potrafiła znaleźć właściwego porównania. Jego gładkie muskuły uginały się pod jej rękami, a puls był coraz szybszy.

– Ja… – sapnęła.

Alaric się odsunął, mrucząc coś niewyraźnie.

– Co teraz powiedziałeś? – spytała.

– Nie mogę tego powtórzyć w obecności damy.

Tu nastąpił figlarny uśmiech. Grzeszny.

– Przecież już powiedziałeś, więc chyba możesz powtórzyć…

– Że mężczyzna może w ciągu jednego dnia pozwolić sobie na tyle a tyle swobody – wyjaśnił jej. Jego twarz była tak blisko, że widziała rzęsy barwy ciemnozłotego brązu, całkiem złote na czubkach.

Palcem dotknęła jego prawej rzęsy.

– Są piękne.

– Co?

– Twoje rzęsy. Dwukolorowe.

Oparł się na łokciu.

– A twoje są brązowe jak futro sobola i podwinięte na końcach.

– Czasem je maluję na czarno.

Starała się bardzo mówić zwyczajnie w tych zupełnie nad-
zwyczajnych warunkach, ale to nie było łatwe. Po pierwsze,
nogi jej się trzęsły, a poza tym zdawało się jej, że się z każdą
chwilą bardziej czerwieni.

Błądził wzrokiem po jej twarzy, i chociaż nie wiedziała,
o czym myśli, wiedziała, że ją akceptuje.

W końcu odchrząknęła, sądząc, że przyszła pora, by mu
zasugerować, żeby wrócił do pozycji stojącej i wyszedł.

Musiał to wyczytać z jej oczu, bo nagle znów ją pocałował. Nie miała wielkiego doświadczenia w takich pocałunkach – takich, które rozpalają kości i płuca i sprawiają,
że brak jej tchu i pragnie kolejnych…

Jeden pocałunek następował po drugim… a może to był
ciągle ten sam…? Po jakimś czasie Alaric znów wplótł palce w jej włosy. Willa doszła do wniosku, że w ten sposób
zapewnia, że nie zacznie przesuwać rękami po jej udach
albo piersiach, albo takich miejscach, które w tej chwili aż
bolały z pragnienia, żeby ich dotknął.

– Alaric… – szepnęła; zabrzmiało to jak pacierz.

Jego barki poruszyły się pod jej palcami, a cudowny ciężar piersi zniknął. Oczy nabrały stalowej barwy głębokiego,
zimnego oceanu.

Ale te oczy nie były zimne.

– Everett… – powiedział z tajemniczym uśmieszkiem.

– Mogłabym ci zadać pytanie?

Gdyby się mieli nadal tak całować, musiałaby… musiałaby go lepiej rozumieć.

– Jakie tylko chcesz.

– Co cię na tak długo zatrzymywało poza Anglią?

Dotąd patrzył tylko na nią, ale kiedy myślał o tym, o co
spytała, podniósł głowę i wpatrzył się w kamienną powałę
wysoko nad nimi.

– Mój brat Horatius umarł – powiedział cicho. – Nie potrafiłem sobie wyobrazić tego zamku bez niego. Znienawidziłem bagna Lindow, bo brat tam właśnie stracił życie. Nie wracałem do domu, bo dzięki temu mogłem udawać, że nie umarł. I że wszyscy, których kochałem, nadal tam są.

– Przepraszam… – szepnęła. – Słyszałam o nim, ale nigdy się nie poznaliśmy.

Duża, gorąca dłoń chwyciła jej rękę i przycisnęła do piersi.

– Nie myślę, żebyś go polubiła, w każdym razie, żeby polubić, musiałabyś go bardzo dobrze poznać.

– Z pewnością – powiedziała stanowczo.

Spojrzał na nią. Oczy mu się śmiały.

– Dlaczego ludzie zawsze zakładają, że ten, co umarł, musiał być cudowny? Horatius był koronnym osłem. Ja go kochałem, ale ty byś z pewnością nie lubiła.

– Nie znasz moich upodobań – zaprotestowała.

– Ale wiem, że nie lubisz pretensjonalnych ludzi. Kiedy dochodzisz do wniosku, że ktoś jest niedorzeczny, zmienia ci się kolor oczu. A Horatius często plótł niedorzeczności.

Ponieważ nigdy nie widziała swoich oczu w takich okolicznościach, nie mogła zaprzeczyć.

– Robił wrażenie, że jest tak nabity cnotami jak poduszeczka do szpilek szpilkami – ciągnął Alaric, nadal mocno tuląc jej rękę do piersi. – Tak zawzięcie dążył do doskonałości, jakby miał nad głową aureolę. Jeżeli niebo istnieje, siedzi tam z transparentem, informującym, że jego chmurka znajduje się najwyżej. A jego harfa jest największa.

– Chyba nie chciałbyś, żeby siedział na najniższej chmurce – wytknęła mu Willa. – Możesz mi powiedzieć, jak umarł? To znaczy wiem, że na bagnach Lindow, ale co się stało?

Alaric znowu odwrócił głowę i spojrzał jej w oczy.

– Głupota. Przejście przez bagno nocą nie jest niemożliwe, ale on był pijany.

Palce Willi się zacisnęły na ciepłych muskułach jego piersi.

– Tak mi przykro… – szepnęła. Pochyliła się i ucałowała jego policzek.

– Był strasznym głupcem – przyznał. – Jeżeli się kiedykolwiek znajdziesz w bagnie, nie wolno ci się ruszać aż do nadejścia pomocy. – Mówił to ze smutkiem i odrobiną gniewu. – Nawet nie znaleźliśmy jego ciała.

– Przez wiele lat byłam wściekła na rodziców, że umarli i zostawili mnie samą – przyznała.

– Wściekanie się na zmarłych nie ma sensu – powiedział.

– Przypuszczam, że wówczas lepiej szukać zapomnienia gdzieś za granicą.

Alaric znów się odwrócił, a ona położyła się na wznak.

– To zupełnie nie wypada – westchnęła. – Naprawdę, powinieneś stąd wyjść.

– Wiem – powiedział z szerokim uśmiechem. – Ale się przecież mamy pobrać, więc wszystko jest w porządku.

– Jeszcze się nie zdecydowałam – zaprotestowała.

– A ja już zacząłem cię utrzymywać! Przyniosłem więcej robaków dla Groszka.

Zmrużył oczy tak, że serce Willi zaczęło bić mocniej. To było odurzające.

Usiadła i obciągnęła koszulę wokół nóg.

– Musisz stąd wyjść, Alaric!

On także usiadł i objął ją od tyłu w talii.

– Zajrzyj do koszyka Groszka.

Willa odwróciła głowę i krzyknęła.

Mały skunksik leżał na pleckach z rozkosznie przymkniętymi oczkami, a Hannibal spokojnie wylizywał jej brzuszek.

– Och… – westchnęła Willa z zachwytem.

Alaric odsunął jej włosy z karku i ucałował. Dotyk jego warg sprawił, że Willa się poczuła jak nowo narodzona. Jakby miała nerwy na wierzchu.

Wyswobodziła się jednak i wstała z łóżka.

– Proszę cię, wyjdź.

W oczach Alarica błysnęło rozczarowanie. Willa poczuła motyle w brzuchu.

– Chciałbym się z tobą ożenić – stwierdził, wstając.

W milczeniu notowała w pamięci te słowa. Wypowiedział je tak namiętnie, jakby mówił o wyższości gruszek nad jabłkami.

Jeżeli istniało coś, w czym była naprawdę dobra, to – po swoim pierwszym sezonie – w odrzucaniu propozycji małżeństwa.

– Przykro mi, że muszę odmówić – powiedziała zdecydowanie. – Nie mogłabym… nie mogę wyjść za kogoś, kto swoje życie dzieli z tyloma innymi.

Szczęka drgnęła mu nerwowo.

– Z nikim nie dzielę życia.

– Pańskie tak liczne wielbicielki mogłyby się nie zgodzić.

– Ty też masz wielu wielbicieli. W ciągu ostatnich kilku miesięcy oświadczyło ci się pół Londynu.

Zmarszczyła nosek.

– Właśnie te odrzucone oświadczyny odzwierciedlają moją skłonność do zachowywania zasad wyższego towarzystwa, nie mówiąc już o majątku, jaki mi zostawili rodzice.

– Na wypadek gdybyś chciała wiedzieć: nie miałem pojęcia o twoim majątku, ale go nie potrzebuję. Natomiast zauważam, że ważnym czynnikiem jest też twoja piękność.

Wzruszyła ramionami i natychmiast sobie przypomniała, że przecież nigdy tego nie robi.

– I to także.

– I twoja osobowość.

– Razem z Lavinią zostałyśmy uznane za idealne młode damy.

Alaric skrzyżował ręce na piersi.

– Nie mam zamiaru poślubić tej błyszczącej wersji twojej osoby.

– A ja nie mam zamiaru wychodzić za ciebie.

Oczy mu się zwęziły.

– Gdyby się ktoś dowiedział, że spędziliśmy tu czas razem, twoja reputacja byłaby zrujnowana.

– Czy mi grozisz, że komuś powiesz? – uśmiechnęła się Willa, bo była całkowicie przekonana, że Alaric nigdy by jej nie zdradził. Z żadnego powodu.

– Mógłbym. – Przestąpił lekko z nogi na nogę.

Uśmiechnęła się jeszcze szerzej.

– Nie, nie mógłbyś. A teraz musisz już iść. Dałeś Groszkowi jej robaki?

Wydał niski dźwięk, jakby burczenie.

– Tak, dałem jej. A teraz pójdę… na razie.

Podszedł z powrotem do koszyka, a Hannibal natychmiast parsknął ostrzegawczo. Alaric przykucnął przy koszyku. Przednia łapka Hannibala wystrzeliła do przodu, szybko jak wiatr, i jego pazury wbiły się w rękaw mężczyzny.

– Nie bój się, nie chcę ci ukraść twojego kociątka – zapewnił Alaric cicho.

Hannibal odczepił pazury, jakby milcząco uznał, że się mógł pomylić.

Alaric wstał i przeszedł przez pokój. Kiedy już był przy drzwiach, odwrócił się.

– A gdybym napisał poemat i przyniósł ci jeszcze więcej róż? Wszystkie, jakie mam w ogrodzie? Ojciec cię lubi, chętnie usankcjonuje ich poświęcenie.

– Czy jesteś we mnie zakochany, Alaric? Bo, jak mi mówi doświadczenie, które, jak zauważyłeś, jest całkiem duże, w takich poematach wyznaje się miłość.

Znowu zmrużył oczy.

– Czy w ten sposób kpisz ze wszystkich swoich konkurentów?

Roześmiała się.

– Nie.

– Chyba się nadzwyczaj dobrze dogadujemy – spróbował.

– Wybacz – powiedziała Willa z prawdziwym żalem, bo to, jak jego głos sztywniał, ściskało jej serce. – Oczekuję po małżeństwie czegoś więcej.

– Nie mówiłem ci, że postanowiłem przestać pisać?

Otworzyła drzwi.

– Twoi czytelnicy uwielbiają to, co napisałeś.

Wyszedł, już bez słowa. Jej uwaga nie miała być obrazą, ale chyba tak to przyjął.

Zamknęła za nim drzwi i opadła na krzesło.

Groszek wylazła z koszyka i upadła na nos. Hannibal mruczał. Przypominał Willi marudną nianię, taką, która już wychowała mnóstwo dzieci.

Zrobiła to, co należy. Wiedziała o tym.

W tym momencie drzwi otworzyły się z takim impetem, że uderzyły o ścianę. Willa się zerwała. Alaric podszedł do niej, objął ją ramionami i ucałował.

Nikt nie całował jej tak jak on. Dosłownie ją pożerał, zmuszał do głębokich jęków.

Pocałunek z definicji dotyczy warg. Ale jego pocałunki to było doświadczanie całego ciała. Język penetrował jej usta, a ręce wędrowały w dół pleców, objęły pośladki i przyciągnęły do swoich ud.

Nawet gdyby miała na sobie cztery czy pięć warstw ubrań, a nie tylko cienką koszulkę, czułaby dokładnie to, co miał jej zamiar ofiarować.

– Jak dobrze, że nie leżymy już na tym przeklętym łóżku – stwierdził i oderwał się od niej.

Willa aż krzyknęła.

– Może następnym razem to ty powinnaś mnie całować – powiedział.

Z tymi słowami wyszedł.

25

Nazajutrz, po południu

Biorąc pod uwagę dzisiejszy poranny deszcz – oznajmiła lady Knowe po lunchu – proponuję kilka rundek kart; dzięki temu trawa na polu strzelania z łuków zdąży wyschnąć.

Ku niezadowoleniu Alarica podczas pierwszej gry Willę otoczył gęsty tłumek dżentelmenów; każdy nieżonaty mężczyzna w tym domu zdawał się kręcić koło niej. On sam stał w przeciwnym końcu salonu, dotkliwie odczuwając ból patrzenia na nią. Nie mógł nie zauważyć, że Willa przegrała, jaśniejąc w kółku wielbicieli i tłumacząc, że nie umie liczyć kart.

Kłamie, pomyślał Alaric ze złością. Mogłaby z pewnością opróżnić portfele ich wszystkich, gdyby tylko chciała, ale ona zamiast tego wolała patrzeć na nich tymi swoimi przejrzyście błękitnymi oczyma i kolekcjonować pierścionki zaręczynowe!

Nie przyjmowała pierścionków. Ale tylko w ten sposób mogła ciągle szukać doskonałego towarzysza życia. Mężczyzny, mającego życie osobiste.

Tymczasem, dodając obelgę do urazu, Prudence z uporem dreptała dookoła niego, jak zwariowany mól, przerywając

214

dyskusję na temat jej powrotu do Afryki twierdzeniem, że jest wyczerpana.

Alaric był już o krok od wepchnięcia jej siłą do powozu. Zamiast tego jednak wykręcił się nawałem pracy i wyszedł do biblioteki.

Biurko ojca było zawalone księgami rachunkowymi.

– Powinieneś na nie zerknąć – mówił mu North. – Wtedy może zmieniłbyś zdanie o opiece nad posiadłością.

Godzinę później już się zaczął całkiem nieźle orientować, kiedy do pokoju wpadła jak burza ciotka Knowe.

– Prudence Larkin powiedziała mi właśnie, że zostaliście sobie przeznaczeni w niebie osobiście przez samego Archanioła Gabriela! – mówiła. – Poprosiłam, żeby mi go opisała... i obraziła się!

– Dzięki, żeś mnie uratowała przy śniadaniu. Ponownie – rzekł ze znużeniem.

– Nie musiałabym tego robić tak często, gdybyś po prostu był tam, gdzie powinieneś.

– Co masz na myśli?

Wykrzywiła się tak okrutnie, że jej wyskubane brwi znalazły się na środku czoła. Miała rysy Wilde'ów, które wyglądały lepiej w męskim wydaniu.

– Znalazłam to na podłodze w saloniku – powiedziała, wręczając mu medalion. Nie był to jeden z tych tanich, pamiątkowych z wygrawerowanym „W"; ten był złoty, pięknie wykonany i łatwo się otwierał.

Otworzył: patrzyła na niego jego własna wymalowana twarz. Jedno oko było wyżej niż drugie. Zamknął medalion i dokładnie obejrzał. Na miękkim metalu odkrył ślady małych ząbków.

Groszek.

Willa nosiła w medalionie jego portret.

Twarz lady Knowe się zmieniła: teraz ozdabiał ją szeroki uśmiech.

– To musi należeć do Willi. Nawet jeżeli w zamku są szczury, w co wątpię, to przecież one nigdy nie gryzą biżuterii!

Alaric oderwał skrawek papieru z koperty.

– Ciociu, będziesz tak miła i oddasz jej ten medalion?

Ciotka obeszła go dookoła i zajrzała mu przez ramię, kiedy pisał.

Moja Droga Everett,
ta notatka zastępuje mój portret. Może powinienem wpaść do Ciebie i przekonać Cię, że mam oboje oczu na tym samym poziomie.

Wyjął portrecik z medalionu i na jego miejsce wsunął kartkę. Lady Knowe wyszła, śmiejąc się pod nosem.

Nieco później Alaric nadal ślęczał nad foliałem dotyczącym utrzymania zamku, kiedy zjawił się lokaj ze srebrną tacą. Leżał na niej… medalion.

Alaric skinął głową.

– Proszę, wróć za dwie minuty.

Gdybym była naprawdę zaręczona, chciałabym się dowiedzieć o wielu elementach jego warunków fizycznych.

Patrzył uważnie na kartkę dobre parę minut, po czym się szeroko uśmiechnął. Za pozorami spokoju Willa kryła się figlarna, dzika istota zwodząca bardzo poważnym wyglądem.

Jak możesz ocenić jego wartość, skoro nie masz niczego, z czym mogłabyś porównać te „elementy"? Powinnaś przeprowadzić dokładne badania. Proponuję siebie jako Twój wzorzec, do którego możesz porównywać.

Wyprawił lokaja i wrócił do pracy. Piętrzące się przed nim księgi rachunkowe, oprawne w skórę i zapisane gęsto, linijka po linijce przez rządcę ojca, zaczynały przypominać hieroglify pana Robertsa.

Miał już co najmniej dwa tuziny pytań do Northa, a lista ciągle rosła. Na przykład: po co mają utrzymywać klatki dla sokołów, skoro od śmierci Horatiusa nikt nie polował z sokołami? Po co się wysyła każdego listopada dwa jelenie lordowi Pewter w sąsiednim hrabstwie? I kto wypija te wszystkie niskoprocentowe piwa? Dlaczego co roku zamawia się dwanaście, a nawet więcej rolek jedwabnych tapet?

Kiedy się rozejrzał po ścianach biblioteki, chyba znalazł odpowiedź na to ostatnie pytanie. Prawdopodobnie wilgoć kamiennych murów sprawiała, że po kilku sezonach jedwab się niszczył. Czy nie byłoby lepiej pokrywać ściany jakąś bardziej trwałą tkaniną?

Na to także miał odpowiedź. Tytuł księcia wymagał jedwabiu. Jeśli jej wybredny, wykwintny styl ubierania się mieści w sobie także urządzanie mieszkań, jego przyszła szwagierka Diana pokryje jedwabiem nawet sufit.

Lokaj pojawił się ponownie. Tym razem – poza medalionem – przyniósł wiadomość, że damy poszły strzelać z łuku.

Alaric kiwnął głową. Trzymał w dłoni medalion, a kiedy za lokajem drzwi się zamknęły, otworzył go, by przeczytać liścik Willi. A potem jeszcze raz.

Niewątpliwie wiele dam byłoby zachwyconych Twoją hojnością jako nauczyciela. Jednak inne – w tym ja – przewidują, że nauczy je tego tylko jeden człowiek. Ich mąż.

„Nauczy"?

Krew mu zapłonęła. Wyobraził sobie Willę, uważnie patrzącą, podczas gdy mężczyzna – pozbawiony twarzy mężczyzna – zdejmuje koszulę i ściąga z siebie resztę ubrania.

Nie, bynajmniej niepozbawiony twarzy. To było jego ciało, jego uda. Wpatrywała się w nie szeroko otwartymi oczami.

Odsunął krzesło, podszedł do drzwi biblioteki i zamknął je na zasuwę. Wróciwszy na krzesło, wyciągnął przed siebie nogi i rozpiął bryczesy. Członek wyskoczył ze spodni i, sztywny i wezbrany, znalazł się w jego ręce.

Objął go prawą ręką i z westchnieniem ulgi odrzucił głowę w tył. Do diabła... miał w ostatnich dniach wzwód przez dwadzieścia trzy godziny na dobę! Za każdym razem, kiedy dostrzegł wargi Willi albo zarys jej talii czy szczupłą kostkę...

Z zamkniętymi oczami zacisnął rękę. Poza zamkniętymi powiekami Willa otwierała usta i patrzyła, jak kopnięciem odrzucał bryczesy. Stał przed nią, pozwalając jej się dostosować do jego rozmiarów.

Ta jego Willa niczego się nie bała. Przesunęła językiem po dolnej wardze, a Alaric jęknął bezgłośnie. Znowu zacisnął rękę, pieszcząc się, a wyimaginowana Willa szła w jego stronę z wyciągniętą ręką.

– Jestem twój, Everett – mówił jej. – Wszystko po to, żeby ci było przyjemnie.

Do diabła, ten głos, istniejący tylko w jego wyobraźni, zabrzmiał tak chrapliwie, jak łamiący się głos szesnastolatka! Miał wrażenie, że tak to właśnie będzie... z nią. Zupełnie inaczej niż z każdą inną kobietą.

Wyobraził ją sobie nagą, różową, podnieconą, leżącą na plecach albo wspartą na łokciu, patrzącą na niego, jak całuje wnętrze jej ud... coraz wyżej... Zacisnął rękę niemal do bólu, wyobrażając sobie, jak ją pieści językiem.

Z ust wyrwał mu się chrapliwy jęk, kiedy sobie wyobraził, jak Willa mocno zaciska oczy, otwiera usta i chwyta go rękami za włosy, żeby się nie poruszał. Żeby na pewno nie przestawał jej lizać.

Poczuł rozkosz i jeszcze bardziej odrzucił głowę w tył. Na myśl, jak by jęczała, poczuł kolejny spazm. Gorący płyn spłynął mu na brzuch.

Żadna samotna przyjemność, jaką kiedykolwiek odczuwał, nie była tak dojmująca, jak ta.

Wyjął chusteczkę i oczyścił się, ale nawet to lekkie dotknięcie sprawiło, że jego członek znów stwardniał, tak jakby ten pierwszy orgazm to był zaledwie początek.

Przez myśl przebiegł mu pomysł uwiedzenia Willi... jednak ostatnią rzeczą, jakiej by chciał, było odebranie jej możliwości wyboru przez skompromitowanie jej.

Chwila, w której jego brat North ujawnił swoje konkury, był dla Diany czymś w rodzaju kompromitacji. Utraciła możliwość powiedzenia czegokolwiek w tej sprawie. Niechęć Diany gryzła Northa jak ocet. Zostali zamknięci w klatce z jego przyszłego tytułu księcia.

Alaric raczej wolałby żyć bez Willi, niż ożenić się z nią na takich warunkach.

Gdyby tylko Horatius nie zginął w tym cholernym bagnie!

Kiedy o tym pomyślał, jego członek nagle opadł i zmiękł. Wsunął go na miejsce, zapiął spodnie i wstał; włożył koszulę w bryczesy szybkim ruchem mężczyzny, który rzadko korzysta przy ubieraniu z pomocy pokojowca.

Podszedł do okna i zaciągnął zasłony.

Bagno Lindow zaczynało się po drugiej stronie muru, na wschodnim krańcu ogrodu różanego i ciągnęło się potem daleko, jak zielony ocean, naznaczony jaśniejszymi smugami, czerwonawymi plamami, brązowym mchem i mułem koloru ochry. Nie mógł stąd dojrzeć motyli ani złocistych ważek, ale wiedział, że jest ich tam mnóstwo.

Nie na próżno jego rodzinę nazywano „Wilde'owie z bagien Lindow". Jego przodek zajął się tą ziemią, której nikt nie chciał, i zbudował zamek Lindow na skraju bagna – na znak odwagi.

Przez stulecia ten pierwszy Wilde powstrzymał oblężenie Oswalda z Northumbrii – tego, któremu udało się zdobyć Zamek Edynburski! Lindow go zwyciężył. Tylko miejscowi ludzie znali zakola i zakręty bagna, wobec czego żywność i inne zapasy bez problemu docierały do zamku, podczas gdy ciała ludzi Oswalda tonęły bez śladu.

Alaric dłuższy czas stał w oknie i patrzył na falujące łany trawy, mchu i torfu. Horatius naprawdę kochał to bagno.

Jeżeli się zdecyduje zająć tą książęcą posiadłością przez kolejne dziesięć lat, a nawet więcej – musi się pogodzić ze śmiercią Horatiusa.

I z bagnami Lindow.

Pomału wrócił do biurka. Czuł się starszy o dziesięć lat.

26

Willa powinna była odczuć ulgę, że Alaric przerwał grę, zanim inni goście zauważyli, że lokaj ciągle spaceruje tam i z powrotem. Była zdziwiona własnym rozczarowaniem, kiedy nie zwrócił jej medalionu z kolejną nieprzystojną wiadomością. Powinna była odczuć ulgę, że przerwał grę, zanim inni goście zauważyli, że jej medalion wędruje tam i z powrotem.

Kiedy wróciła do swojego pokoju, zanurzyła się w głębokiej wannie pełnej gorącej wody, po czy wykąpała także Groszka. Mały skunks pływał w kółko, przebierając łapkami, z noskiem tuż nad wodą i czekał, żeby Willa rzucała mu ziarnka grochu, po które nurkował.

Kiedy Groszek zmęczyła się zabawą, Willa wzięła ją do łóżka i wycierała ręcznikiem, aż ogon zaczął powiewać jak strusie pióro. Tymczasem na kapie łóżka ciężko wylądował Hannibal.

Aż do tej chwili kot fukał na nią za każdym razem, kiedy podchodziła do kąta pokoju albo do drzwi prowadzących na balkon, jeżeli akurat tam siedział.

Teraz patrzył na nią spod przymrużonych powiek.

– Ależ, do licha! – powiedziała mu w końcu Willa. – Nie zamierzam przecież skrzywdzić twojego dzidziusia… dlaczego bym miała to zrobić?

Hannibal wyciągnął przed siebie łapę. Willa się nie poruszyła. Ciągle w nią wpatrzony wygiął szyję, złapał Groszka za skórę na karku, zeskoczył z łóżka i zaciągnął ją do koszyka. Potem ostentacyjnie owinął się dookoła Groszka i zaczął lizać jej główkę, od czasu do czasu rzucając okiem na Willę.

Parsknęła śmiechem. Była otoczona opiekuńczymi samcami. Co za absurd… opiekuńczy samiec!

Kiedy wieczorem zadzwoniono na kolację, Willa pozwoliła panu Sterlingowi zaprowadzić się do jadalni. Miała już dosyć głupich pochlebstw konkurentów. Co więcej, kiedy z nimi flirtowała, Alaric w ogóle nie reagował, natomiast ilekroć rozmawiała z jego starym przyjacielem, patrzył na nią oczyma jak dwa sztylety.

Nie miało sensu udawać zainteresowania rozmową z panem Sterlingiem; po tym, kiedy jej powiedział, że kupił tę cieszącą się złą sławą fabrykę koronek, konwersowali na różne tematy: od idei Jeana Jacques'a Rousseau, aż do penetrowania terenów na zachód od rzeki Ohio i wojny pomiędzy Wielką Brytanią a jej amerykańskimi koloniami.

Im dłużej rozmawiali, tym groźniej patrzył na nich Alaric.

Nie była zaskoczona, kiedy późno w noc, gdy w zamku już ucichło, usłyszała pukanie do drzwi. Groszek, ciekawa jak zawsze, ruszyła prosto do drzwi, podobnie jak ona – nie zadając sobie trudu włożenia szlafroka.

Oczywiście w ciemnym korytarzu stał Alaric.

– Dostawa stonóg. Plus jeden medalion.

Wciągnęła go do wnętrza i zamknęła drzwi. Położył stonogi na podłodze przed zachwyconym skunksem i podszedł do miednicy, żeby opłukać ręce.

– Co byś wolała po tych wszystkich oświadczynach jakie otrzymałaś? Komplementy czy klękanie na kolanach? – spytał.

– Klękanie. Mężczyźni bardzo rzadko zdają sobie sprawę, jak ważne w ich życiu są kobiety.

Alaric się odwrócił i uniósł brwi.

– A właściwie… jak bardzo są ważne?

– Skoro nie wiesz, nic ci nie powiem – oznajmiła. – Nie przypuszczam, żebyś w ciągu ostatnich kilku lat spędził dużo czasu z damami.

– Nie… jeśli nie liczyć Prudence.

Prudence mogła być wszystkim, tylko nie damą.

– Czy masz zamiar zobaczyć jej sztukę?

Aż się wzdrygnął.

– Wprost przeciwnie! Mam zamiar zakończyć te przedstwienia.

– Nie jesteś ciekaw?

– Nie. – Podszedł do niej z gracją wielkiego kota. – Mówiono mi, że Prudence tam twierdzi o mnie, że tak się panicznie boję wody, że nie mogłem uratować córki misjonarza, która omal nie utonęła w rzece.

Mówił to tak obrażonym tonem, że Willa nie mogła się powstrzymać od śmiechu.

– Nie wykazałeś ani krzty wodowstrętu, kiedy pomagałeś ratować Hannibala – przypomniała mu.

– Wolę zachować bezpieczną odległość od krokodyli, ale od wody jako takiej? Nie.

– Chciałabym to zobaczyć – mówiła dalej Willa. – Z tego, co słyszałam, w tej sztuce jest nie jedna, ale dwie sceny, w których ci się nie udaje uratować córki misjonarza.

– Pierwsza to powódź, a druga kanibale.

Przytaknęła, patrząc na mars na jego twarzy. Był mężczyzną, o którym każda kobieta instynktownie wie, że by się nią zaopiekował. Jego siła i hamowana brutalność zmuszały go zawsze do opieki nad tymi, których kochał.

To sprawiło, iż pomyślała, że Prudence naumyślnie tak skonstruowała tę sztukę, żeby go przedstawić nieprawdziwie. Ale wobec tego Prudence musi go nienawidzić, a nie kochać!

– Zaczynam się zastanawiać, czy Prudence nie napisała tej sztuki z zemsty – powiedziała po namyśle. – Może to przedstawienie było po to, żeby cię zawstydzić, żeby publiczność myślała, że Lord Wilde nie jest bohaterem, ale tchórzem. Tymczasem…

– Bomba wybuchła jej prosto w twarz! Sprawiła, że się stałem najbardziej znanym i wielbionym odkrywcą w całej Anglii! – Roześmiał się tubalnie. – Tę przeklętą sławę zawdzięczam kobiecie, która próbowała mnie zniszczyć.

Jak bardzo to było do niego podobne: śmiać się, słysząc coś, co wielu mężczyzn doprowadziłoby do morderczej wściekłości. Oczywiście nic go nie obchodziło, czy obcy ludzie pomyślą o nim jako o tchórzu. Znał dobrze siebie i własną siłę. Przeświadczenie, że tak jest, sprawiło, że kolana zaczęły się pod nią uginać.

Światło stojących na jej toaletce świec migotało na jego policzkach i dodawało włosom czerwonawych tonów. Dlaczego mężczyźni w ogóle noszą peruki?

– Kiedy patrzysz na mnie tak jak teraz, Everett – rzekł miękko – zaniósłbym cię na to łóżko... i niech szlag trafi fakt, że postanowiłem nie pozwolić ci mnie kusić!

– Nie pozwolić mi cię kusić? – zawołała. – Nie miałam wcale takiego zamiaru!

– To nieważne – odparł i potrząsnął głową. – Robisz to, nawet nie próbując, Everett! Mogę cię pocałować na dobranoc?

W jego głosie była teraz jakaś nowa nutka: oburzająca, najwyraźniej erotyczna.

Oblało ją gorąco, zwłaszcza na karku i pomiędzy nogami... a także w czubkach piersi; wszędzie tam, gdzie najbardziej pragnęła być pieszczona. W dziwny sposób nawet bardziej erotyczna była świadomość, że Alaric się do niej nie zbliży, jeśli ona mu na to nie pozwoli. Nie tutaj, nie w jej sypialni, gdzie była tak łatwo dostępna...

Powinna była przywołać teraz skromność, ale nie myślała o tym. Willa się nie przejmowała tym, że nie są małżeństwem ani nawet narzeczonymi. Alaric wyglądał na tak wygłodniałego, jakby nie jadł nic od wielu dni, jakby jedyną rzeczą na świecie, która by go mogła zadowolić, była ona. Nie widziała nigdy takiego głodu w oczach żadnego z czternastu mężczyzn, którzy ją prosili o rękę.

Wyczytał z jej oczu odpowiedź na swoje pytanie i wziął ją w objęcia; pochylił głowę i jego wargi dotknęły jej miękkich ust.

W tym momencie Willa zrozumiała, że pocałunki są jak rozżarzanie ognia. Kiedy jej wargi się rozchyliły, iskra zmieniła się w płomień. A kiedy Alaric zawładnął jej ustami, płomień już zagrażał, że się zmieni w ognisko i wymknie spod kontroli.

Chwyciła go za ramiona, żeby utrzymać równowagę. Nieznane wrażenia tłoczyły się jej do mózgu szybciej, niż je potrafiła poukładać: pożądanie, pragnienie, czułość... I coś twardego i długiego, co pulsowało przy jej udzie, chociaż na nic nie nalegał.

Minęło jeszcze wiele pocałunków, kiedy spojrzała na niego milcząc; nowe uczucia tak jej się tłoczyły w gardle, że nie mogła, a może też nie chciała mówić. Pragnęła rzeczy, o których nie wolno mówić głośno.

Chciała polizać surową linię jego szczęki. Chciała sprawić, że jęknie. Chciała wytrzebić z niego każdy ślad lorda Wilde'a, i sprawić, żeby ten stojący przed nią mężczyzna, to był po prostu Alaric; cały jej, tylko jej!

Żadnej z tych rzeczy nie mogła wypowiedzieć na głos, ale wszystkie nieprzytomnie wirowały jej w głowie: pragnienie, posiadanie...

Tak jak to on całował jej szyję, a ona przekręcała głowę na bok, pozwalając jego wargom robić, co im się podoba, drżąc, kiedy zsunął jej z ramion nocną koszulę i zaczął całować ramię.

Wydał głęboki gardłowy dźwięk, kiedy sama zsunęła koszulę jeszcze niżej. Odsłoniła piersi, na które teraz patrzyli oboje, jakby zaskoczeni.

– Pocałuj – szepnęła.

Wyraz twarzy Alarica był czymś pomiędzy podziwem a pragnieniem.

– Nie odważę się – powiedział gardłowym głosem.

Z powrotem naciągnął na nią koszulę, po czym objął ją szczelnie ramionami, a jego usta rzuciły się wprost na nią tak dominująco, że Willa miała wrażenie, że jej umysł rozsypuje się na drobne części: gorąco, światło, pożądanie...

– Jesteś taka piękna... – mówił chrapliwym głosem w ciszy pokoju, odsuwając się lekko od niej. Próbowała zobaczyć samą siebie w jego oczach, włosy wijące się niesfornie po jej ramionach, skórę, lśniącą w świetle świec. – Dzisiaj cały dzień byłaś skromna, ale tak naprawdę wcale skromna nie jesteś, prawda?

– Nie – przyznała. Palcem przesunęła po białej linii jego blizny. – Chyba odziedziczyłam po ojcu takie jakieś... nieskromne poczucie humoru. Pamiętam, jak ryczał ze śmiechu, kiedy matka biła go po głowie wachlarzem.

W oczach miał pytanie, ale nie wyraził go głośno. Nie musiał; wszystko w niej było odpowiedzią na jego pożądanie.

Bez słowa poruszyła ramionami akurat na tyle, żeby jej nocna koszula znowu zsunęła się w dół. Wpatrzona w niego pozwoliła jej się zsuwać jeszcze dalej, aż w końcu delikatny batyst sfałdował się przy łokciach i w talii.

Przez długą chwilę w pokoju panowała cisza. Patrzył na jej piersi, a potem w oczy.

– Jesteś pewna?

Głęboko odetchnęła, drżąc z rozkoszy na widok czystej cielesności jego spojrzenia, po czym odparła:

– Tak, Alaric! Tak!

Przysunął się do niej ze zdławionym jękiem, pieszcząc dłońmi jej piersi. Zawtórowała mu takim samym jękiem, kiedy jego twarde ręce tarły jej sutki i powodowały wrzenie krwi.

Willa się kołysała jak wierzba na wietrze, kiedy przesunął rękę po wzgórku jej piersi, a potem się schylił i objął tę pierś ustami, dotknął skóry, której nikt nigdy nie dotykał – poza samą Willą.

Jego wargi były jak pieczęcie: gorące i zmysłowe, tak że po prostu wychodziła z siebie, a myśl jej odpływała gdzieś daleko... To nie ona, to jakaś inna kobieta wkręcała palce w gęste włosy Alarica. Patrzyła na kwiatki, wyhaftowane na jego kamizelce, a on całował jej piersi... pierwszy raz w życiu miała zupełnie pusty umysł.

Po jej nogach przebiegały rozkoszne dreszcze, które przenikały ją całą, do głębi i stawały się coraz bardziej dojmujące, kiedy ssał jej sutki. Jej ręce już nie pieściły jego włosów, zwinęły się mocno i trzymały jego głowę, żeby robił tak dalej, robił tę szaloną, dziką rzecz, która sprawiała, że chciała mu się poddać.

Oddać mu swoje ciało, całą siebie. Wszystko.

Wyczuł to. Oboje już o tym wiedzieli. Podniósł głowę i spojrzał jej w oczy. Nie potrafiła znaleźć słów. Być może w ogóle nie było słów na określenie tej trującej, wspaniałej przyjemności!

Spojrzenie Alarica było gorące i dzikie... ale przy tym rozsądne.

– Czy to nasze zaręczyny... nasze prawdziwe zaręczyny?

Jego wzrok rozpalał erotyczny ogień w krwi Willi, to było czyste szaleństwo. Tak, to właśnie definicja szaleństwa, kiedy kobieta odrzuca wszelką przyzwoitość, wszystkie zasady, które dotychczas kształtowały jej życie.

Wszystkie zasady, które czyniły z niej damę, tak cnotliwą i rozsądną.

Słowo „zaręczyny" zabrzmiało jej w głowie; chciała je powiązać z pożądaniem i posiadaniem, sposobem, w jaki Alaric na nią patrzył, jakby ją chciał zjeść...

Jeżeli potwierdzi, on jej nigdy nie porzuci. Zostanie lady Alaric Wilde do końca swoich dni, już nigdy nie będzie tylko „Willą". Będzie Everett. On ją wprowadzi do swojej sfery, z całą uwagą i rozgłosem.

Alaric wyczuł zmianę w Willi, zanim się odezwała. Nie było to otwarte cofnięcie się, ale jej ciało się zmieniło: wycofała się, nie poruszając; stała się chłodna nagle, bez zapowiedzi.

Bała się, chociaż gniewałaby się, gdyby jej to powiedział.

Możliwe, że się po prostu bała. Nie wiedział, jak się pozbyć swoich wielbicielek, których mu przysporzyła sztuka *Zakochany do szaleństwa*. Willa nie chciałaby zamieszkać w domu, który pomału tracił cegły i gdzie nie mogłaby sadzić kwiatów na klombach.

Cofnął rękę od jej piersi, ponieważ Willa – jego Willa – zasługiwała na coś lepszego niż uwodzenie. Chciał, żeby go wybrała sama.

Naciągnął na nią z powrotem koszulę, ucałował z prawdziwym przejęciem, chcąc, by zrozumiała, że dom, w którym brakuje kilku cegieł, nie ma wielkiego znaczenia, skoro oboje chcą być razem.

– Co rok będziemy sadzili nowe krzewy białych róż – szepnął po chwili.

– Co?

Jej głos brzmiał jak westchnienie. Drżała w jego ramionach; była wąską kolumną namiętności i ognia.

Ale nie chciał jej uwieść.

– Zaangażuję murarza – obiecał. Objął ręką jej pośladki i przyciągnął do swojego podnieconego członka; żerało go pragnienie. – Nie będą już grali tej idiotycznej sztuki, a ja już nigdy nie napiszę żadnej książki. – Sypał tymi przyrzeczeniami tak, że sam był zaskoczony. Były jednak słuszne. I prawdziwe.

Nigdy nie będzie pisał książek dla publiczności, która kupuje medaliony i myśli o nim jak o romantycznym bohaterze, chociaż tydzień temu nawet nie wiedział, że taka publiczność istnieje. Nie, jego prawdziwi czytelnicy lubili opowiadania o dalekich stronach i egzotycznych zwyczajach. Byli ciekawi świata – nie jego.

– Czy mówiłeś coś o murarzu? – spytała Willa sennie, trochę jak pijana, dotykając palcami jego pleców.

To, że zdejmie kamizelkę, to nie uwodzenie. Albo koszulę... To by było... rycerskie. Prosiła go – bez słów. Odsunął się i zrzucił z siebie tę śmieszną kamizelkę Northa, po czym zdarł z siebie koszulę.

Nawet to trwało za długo. Z uwięzionymi ramionami całował ją gorącymi, zmysłowymi pocałunkami, czyli robił to, czego pragnęło jego ciało: poznawał ją, pieścił, mówił do niej.

Kochał ją.

Odsunął na bok tę myśl.

– To... bardzo niewłaściwe – stęknęła po jakimś czasie Willa.

– Uwielbiam być niewłaściwy... przy tobie – szepnął.

Nadal przesuwała palcami po mięśniach jego pleców. Był większy, niż na ogół Anglicy, bary miał szersze od fizycznego wysiłku. Wspinanie się na góry, przebijanie się przez nieprzebyte dżungle, żeglowanie w huraganowym wietrze... Wielka aktywność zmieniła mu ciało.

– I, Everett, ty też lubisz niewłaściwość – dodał.

Przesunęła ręce na jego pierś; długie rzęsy rzucały cienie na policzki.

– Czy dzisiaj pierwszy raz widzisz nagiego mężczyznę? – spytał.

Jej długie, wygięte rzęsy zatrzepotały. W świetle świec jej oczy były ciemniejsze niż dzwonki, z którymi mu się zazwyczaj kojarzyły. A może to nie był skutek światła świec... może to pożądanie?

– Tak – odparła. – Przykro mi, że moja po raz pierwszy odkryta pierś jest taka... niedoskonała.

Roześmiał się.

Palcami przesunęła po bliźnie przecinającej jego talię.

– Skąd się to wzięło?

– Od bata – odpowiedział, wzruszając ramionami. – Uderzył mnie rozwścieczony żeglarz, zanim zdążyłem go rozbroić.

Tymczasem Willa wypatrzyła kolejną bliznę.

– A to?

Blizna była tak stara, że zbielała i zrobiła się całkiem płaska. Nie mógł sobie przypomnieć, skąd ją ma, gdyż myśl przesłoniło mu pożądanie.

– Czy mogę… dać ci rozkosz? – szepnął, podnosząc jej podbródek i wyciskając pocałunek na ustach.

– Przecież mi ją dajesz.

Teraz jej oczy znów pojaśniały; były jak letnie niebo przed burzą.

– Chcę cię… wziąć – powiedział gardłowym głosem.

Zamarła jak jeleń, schwytany nagłym światłem latarni.

– Nie w ten sposób. – Pragnął jej tak bardzo, że jego ciało chciało jej jak najbardziej zwyczajnie, chciało ją posiąść. – To znaczy… ja bardzo pragnę ciebie w ten sposób, ale nie… Nie zrobię tego, dopóki się nie zgodzisz zostać moją żoną.

Do jego mózgu znów zapukało słowo „miłość", ale je przepędził. Nie zrozumiała przecież, co chciał powiedzieć, mówiąc o murarzach i krzewach różanych. Nie miała pojęcia, że rzuciłby to wszystko dla niej. Tylko dla niej.

Wziął ją w ramiona. Lekko krzyknęła. Ale kiedy ją położył na łóżku, nie zaprotestowała.

Willa wydawała się delikatna, ale jej wygląd mógł mylić. Wyglądała dobrze, nie była wiotka. Wyglądała, jakby lada silny wiatr miał ją przewrócić, ale on podejrzewał, że może w zdrowiu dożyć dziewięćdziesiątki.

Przesunął rękoma po jej nogach, unosząc koszulę. Tak jak ramiona, jej nogi były szczupłe, a ich skóra, zawsze zakryta przed słońcem, bardzo delikatna.

Wydała stłumiony jęk, a jej uda zadrżały pod jego dotknięciem. Przełknął uśmiech i ucałował jej lewe kolano.

Trzeba powiedzieć, że zaraz potem prawe.

I troszeczkę wyżej. Wypowiedziała jakieś zdanie, które jednak nie wyglądało na protest, zatem kontynuował.

Wreszcie dotarł do tej części wnętrza jej ud, gdzie się zaczynał zakręt... do wnętrza.

27

Mniej więcej rok temu Lavinia i Willa schylały głowy nad stronicą jednej z książek z biblioteki lorda Graya, przedstawiającą mężczyznę, leżącego między nogami kobiety. Usta tego mężczyzny były tam, a jedna ręka... na nim samym.

Popatrzyły na siebie i zgodnie przewróciły stronę; nieważne, czy to było przyjemne, czy nie.

Wyglądało na to, że Willa właśnie to odkryła.

Alaric spojrzał na nią, a wyraz jego oczu sprawił, że rozchyliła nogi w całkiem nieprzyzwoity sposób. Zrobiła to instynktownie; patrzył na nią, jakby bardzo chciał ją tam całować.

To uczucie wlało się w nią... zaśmiała się. Nie, zachichotała.

Ona przecież nigdy nie chichotała.

Ale teraz tak. Chichotała.

– Zaskakujesz mnie, Everett – powiedział przeciągle, zamazanym, ale sugestywnym głosem. Kciukami robił prowokacyjnie kółka na jej ciele, wywołując falę płomieni i czyste pragnienie.

Straciła zaraz chęć do chichotu; zamiast tego z jej ust wydobył się okrzyk strachu. Kiedy dotknął jej szerokim palcem, cofnęła się, głowa opadła jej na poduszkę, a plecy odruchowo wygięły się w łuk.

Okrzyki się powtarzały, kiedy zamiast palca do akcji wkroczył język; palec był silny i twardy – język śliski i gładki. Oba – urzekające.

Pragnienie; to pragnienie było jak gorączka – zrozumiała Willa. Przenikało jej mózg i odbierało możność myślenia. Przenikało całe ciało, jakby krew zmieniła się w niej w palący koniak.

Takiej rozkoszy nie potrafiła sobie nawet wyobrazić. Dotykanie samej siebie było bladym doznaniem w porównaniu z tym atakiem na jej zmysły i na ciało równocześnie. Nie potrafiła znaleźć słów… on jednak to umiał.

Z ust Alarica wybiegły bolesne, szorstkie słowa.

Willa miała wrażenie, że odpływa, rzucona na głęboką wodę morza gwałtownymi falami pożądania, wywołanego jego słowami i ustami na jej ustach. Sięgnęła w dół, a on chwycił jej rękę.

Ich palce się splotły – i tylko to się liczyło w świecie, w którym pożądanie prowadziło ją coraz wyżej i wyżej.

W końcu się przełamała; rozkosz ogarnęła jej ciało. Palce zacisnęły się na jego dłoni, a z ust wyrwał się krzyk. On nie przerywał, jego język przedłużał jej rozkosz, napływającą fala za falą, aż wreszcie opadła bezwładnie na prześcieradło.

Wydał jęk zadowolenia i popieścił ją ostatni raz. Willa wyswobodziła rękę z jego dłoni i odrzuciła włosy z wilgotnego czoła, jęcząc. Nadal drżała, kiedy się położył obok niej; bryczesy miał napięte erekcją.

– Alaric… – wyszeptała.

Uśmiechnął się do niej triumfalnym uśmiechem mężczyzny znającego tajniki kobiecego ciała.

– Masz różowe plamy na policzkach – powiedział radośnie. Jego ręka dotykająca jej rozgrzanego ciała była chłodna.

Willa nie wiedziała, co powiedzieć. Cała skromność i nieśmiałość, jakich przedtem nie czuła, z powrotem nią owładnęły, tak że jej ciało stężało ze wstydu. Szybko narzuciła nocną koszulę, by zachować choć resztki godności.

– Te plamy się łączą ze sobą i cała robisz się różowa.

Takie mrugnięcie oka byłoby wykluczone w dobrym towarzystwie.

Zakasłała. Był to znaczący kaszel, taki, kiedy dżentelmen nadużywa porannego zaproszenia i siedzi za długo; albo niemile widzianego zaproszenia do tańca, czy też drugich oświadczyn, kiedy pierwsze zostały odrzucone.

Alaric najwyraźniej nie zwrócił na to uwagi. Zamiast tego odwrócił się na bok i patrzył z zainteresowaniem, jak Willa się schyla po nocną koszulę.

Nie wyglądało na to, że ma zamiar wyjść, więc w końcu znowu mu spojrzała w oczy. Wykrzywił jeden kącik ust w uśmiechu, co sprawiło, że się poczuła wytrącona z równowagi, ale szczęśliwa.

– To było urocze – stwierdziła otwarcie. – Ale myślę, że teraz powinieneś wyjść.

– Ależ masz twarde serce – zauważył, ale oczy mu się śmiały.

– Dlaczego?

– Przyjęłaś moje najlepsze usługi i nawet nie powiedziałaś „dziękuję".

Znów się zarumieniła po szyję.

– Ja… przepraszam, nie byłam… po prostu nie wiedziałam, jak się należy zachować po usługach tego rodzaju.

Roześmiał się tak głośno, że aż musiała zakryć mu usta dłonią. Kiedy to nie pomogło, rzuciła go na wznak i zagroziła, że położy mu na twarzy poduszkę, jeżeli będzie tak hałasował.

– Cicho, ty wstrętny zwierzaku… – szepnęła, chichocząc.

Dopiero po chwili sobie przypomniała, że przecież ona nigdy nie chichocze.

– Kiedy dama została zdobyta i obrabowana… – zaczął Alaric. Zerknął na jej twarz i znowu parsknął śmiechem.

– Ktoś cię usłyszy! – pisnęła Willa.

– Jeżeli kogokolwiek usłyszą, to ciebie – stwierdził, układając się wygodnie i opierając o zagłówek łóżka. Oczy mu błyszczały.

– Ccccichooo… – rozkazała. Powoli wracała do równowagi. Serce wróciło do zwykłego rytmu, a pulsujące gorąco między nogami się uspokoiło. – Nie zostałam ani zdobyta, ani obrabowana – rzekła zdecydowanie.

Kiedy patrzyła na nagą pierś mężczyzny, leżącego w jej łóżku, pulsowanie zaczęło powracać, zatem starała się patrzyć tylko powyżej jego brody.

– Dziękuję ci za twoje… za ciebie, Alaric. Ale powinieneś już iść do swojej sypialni.

Sięgnął ręką i objął jej policzek, pochylił się do przodu i wycisnął na nim pocałunek.

– Czy mam rozumieć, że moje umiejętności nie zmieniły twojego zdania co do zamiany naszych udawanych zaręczyn na prawdziwe?

Serce Willi podskoczyło. Alaric był tak… po prostu tak bardzo sobą. Nieokiełznanie piękny z tymi rozburzonymi włosami, prawdę mówiąc za długimi, jak na obecną modę. Większość dżentelmenów się dokładnie goli. Ona i Lavinia się zastanawiały, jakby to było: pocałować mężczyznę z czaszką tak nagą, jak pupcia niemowlęcia.

Jeżeli przyjmie rękę Alarica, nigdy nie pocałuje żadnego łysego.

Albo... może i tak, jeżeli znowu mu odmówi. W jej umyśle argumenty za i przeciw kołysały się jak ciernisty żywopłot.

– Gdybyś ty był tylko zwykłym mężczyzną – powiedziała rozpaczliwie. – Nawet gdybyś nic nie miał!

– Moje usługi musiały ci się naprawdę spodobać, skoro byś mnie przyjęła bez grosza!

Lekko poklepała go po piersi. Była gorąca i szeroka, a pod jej palcami aż zadudniła.

– Nie bądź niemądry. Mam na myśli ciebie, Alaric. Ciebie. Po prostu lorda Wilde'a. – Jej głos znowu zadrżał smutkiem.

– Tak przecież powiedziałaś. – Przerzucił nogi przez łóżko i usiadł. Zsunęła palce z jego piersi. Nie był bynajmniej chłodny. Ani rozgniewany, ani... no, nie było w nim nic nieprzyjemnego.

Po prostu go... nie było.

Okazuje mi teraz twarz lorda Wilde'a, pomyślała Willa z niedowierzaniem.

Ona też wstała.

– Tylko nie odważ mi się ukłonić.

– Słucham?

Przez otwór we wkładanej właśnie koszuli wyjrzała jego twarz, zbyt zaskoczona, żeby być grzeczną.

– Teraz się zachowujesz, jak lord Wilde ze sztuki – rzekła, składając ręce na biuście. Po chwili jednak się zastanowiła, złapała swoją nocną koszulę i wrzuciła na siebie.

Wyglądał na rozzłoszczonego, jak mężczyźni, kiedy się czują szczególnie idiotycznie. Nie była to uprzejma myśl, ale nie mogła się jej pozbyć.

– Masz swój sposób bycia lordem Wilde'em – wyjaśniła, mocno owiązując talię szarfą, jakby dodanie jeszcze jednej warstwy mogłoby zlikwidować oczywisty fakt, że jej kolana ciągle drżą. – Wszystko to dobrze, jeżeli się tak zachowujesz wobec legionów swoich wielbicielek, ale nie wobec mnie.

Uśmiech wygładził mu twarz.

– Nie jesteś moją wielbicielką?

– Nie jestem – odparła z uporem.

Jego uśmiech się rozszerzył, kiedy zapinał na sobie kamizelkę brata.

– Willo Everett! Nie jesteś podobna do nikogo z osób, jakie kiedykolwiek poznałem.

– Już mi to kiedyś wytknąłeś – rzekła. – A ja będę powtarzała, że twój krąg znajomych musi być żałośnie mały, chociaż twierdzisz, że masz przyjaciół na całym świecie.

– To nie są przyjaciele – zaprzeczył. – Tylko znajomi.

– Bo oni wszyscy poznali lorda Wilde'a – dodała, kiwając głową. – A nie lorda Alarica.

Uśmiech mignął mu w oczach.

– Skoro odrzucasz lorda Wilde'a, będziesz miała wyjątkowo niegrzecznego małżonka.

– Wcale się nie zgodziłam, żebyś został moim małżonkiem – przypomniała mu.

– Ależ tak! – Uśmiechał się teraz szeroko i ciepło, aż poczuła, jak ją całą przenika rozkosz. – Tylko jeszcze nie tak do końca. Ale jesteś moja, Everett. Tyle że nie ma pośpiechu. Poczekam.

To był prawdziwy Alaric. To samo grzeszne, kuszące spojrzenie, którym obiecywał przychodzić do jej pokoju każdej nocy, niewątpliwie ze stonogami dla Groszka w ręku.

Jej krew zaczęła znowu kipieć, kolana znowu zmiękły…

– Idź! – rozkazała, nie zwracając uwagi na to, że była przekonana, iż zapuka do jej drzwi następnego dnia.

– Jak sobie życzysz – powiedział dość uprzejmie. Podszedł do niej i ucałował tak sprawnie, jak to widziała u mężów opuszczających swoje żony na jeden dzień.

– Lord Wilde nie jest tym, kogo chcesz za męża – powiedział Alaric z uśmiechem. – On nie istnieje, to ja jestem tym, kogo chcesz, Everett. Ale wiem, że uświadomienie sobie tego zajmie ci trochę czasu; będę na ciebie czekał.

Odwrócił się i wyszedł z pokoju, cicho zamknął za sobą drzwi, zanim Willa zdążyła otworzyć usta, żeby mu odpowiedzieć.

Co i tak nic nie zmieniało.

Bała się, że będzie się musiała zgodzić. Albo się nie zgodzić; powiedzieć mu tylko, że wcale jej to nie zajmie więcej czasu.

Pragnęła Alarica Wilde'a teraz, tutaj… i na zawsze.

28

Nazajutrz

Cały czas aż do lunchu Willa była zajęta lekturą o strzelaniu do kuropatw. Ani Alaric, ani Parth nie zjawili się na posiłek. Lavinii też nie było; miała zostać jeszcze dwa dni w Manchesterze. Diana zamknęła się w swoim pokoju. Nawet lady Knowe twierdziła, że cierpi na ból zębów.

Po dwóch godzinach Willa już dokładnie wiedziała to, co trzeba o magicznej godzinie przed zachodem słońca, kiedy to podobno kuropatwy wędrują, czekając, aż je ktoś zastrzeli.

Straszliwie ją to nudziło.

Zmusiło też do zastanowienia się, że chociaż odrzucenie czternastu oświadczyn było twarzową i miłą zabawą, perspektywa spędzenia reszty życia na słuchaniu upomnień mężczyzny była nie do zniesienia.

Kiedy zaczynały swój londyński sezon, ona i Lavinia były przekonane, że powinni się pojawić tacy konkurenci, którzy je przekonają do siebie. Tamci mężczyźni mieli wpaść w ich pułapkę, ale stało się jakoś inaczej. Ich upomnienia mogły być zajmujące.

Jeden tylko mężczyzna nie wpadł w sidła Willi, ale przeszedł przez nie.

Ale… Willa Wilde? – Zmarszczyła nosek.

Beznadziejne nazwisko. Jej nazwisko?

Kilka razy powtórzyła je sobie, marząc, żeby Lavinia była tu teraz z nią. Jak można przyjąć oświadczyny, skoro już się je kiedyś oficjalnie przyjęło? Niemniej poczuła dreszcz radości na karku.

Jej rodzice z pewnością wzgardziliby książką o polowaniu na kuropatwy. I nie znudziłaby ich rozmowa z Alarikiem.

Alaric spędził ranek w bibliotece ojca, tak dokładnie zakopany w księgach rachunkowych, że nie usłyszał gongu wzywającego na lunch. Pojawił się w końcu z jeszcze silniejszym poczuciem dobrze wykonanej pracy przy posiadłości. W głowie zaczynały mu się zarysowywać szkice pewnego planu, sposobu, w jaki on i North mogliby się podzielić odpowiedzialnością, nie wpadając w obłęd.

Oczywiście, to im nie przychodziło w naturalny sposób, jak Horatiusowi. Jemu taka praca sprawiłaby rozkosz. Był do szpiku kości opiekuńczy; godny spadkobierca średniowiecznych przodków, którzy bronili zamku przed oblężeniem. Horatius zgromadziłby tu swoich ludzi i walczył do ostatniego tchu, zanimby oddał choć jedno źdźbło trawy! Jego najstarszy brat był arogancki, prawdziwy przyszły książę, ale po raz pierwszy od lat Alaric na myśl o Horatiusie się uśmiechnął. Tym razem ból po jego stracie nie ścisnął mu serca jak w imadle.

Teren do strzelania z łuku ciągnął się wzdłuż długiego trawnika, na którym leniwie kładły się promienie słońca. Powietrze przenikał zapach skoszonej trawy i krzewów różanych. Po bezchmurnym niebie błyskawicznie przeleciał jerzyk.

Anglia była tak cholernie piękna! I tak bardzo jego, do szpiku kości.

Za jednym jerzykiem pokazał się drugi, i obydwa zaczęły krążyć po niebie w jakimś szalonym, zawrotnym tańcu. Na przeciwległym krańcu trawnika, pod drzewem nektaryny paradował Fitzy; bursztynowy kolor dojrzewających owoców pięknie uzupełniał jego turkusowo-niebieskie pióra. Z tej odległości drzewo i ptak wyglądały jak gobelin, upleciony z jedwabnych, kolorowych nici.

Na terenie strzeleckim w gromadkach stały damy; ich pióra na letnich kapeluszach groziły zaćmieniem piórom Fitzy'ego. Kiedy Alaric się zbliżył, zauważył z dziwnym drżeniem serca, że patrzy prosto na Willę, tak jak oczy jego brata patrzyły na Dianę, kiedy pierwszy raz weszli do salonu trochę więcej niż tydzień temu, i przerwali damom herbatkę.

Teraz owe damy sączyły szampana i patrzyły, jak książę posyła prosto w cel jedną strzałę za drugą i najczęściej trafia w sam środek. Alaric podszedł wprost do swojej damy.

Willa już zdążyła dostrzec Alarica idącego trawnikiem i poczuła dreszcz radości – taki przypływ euforii, kiedy tak szedł wprost ku niej, tak jakby jego ojciec, macocha, bracia i cała reszta w ogóle nie istniała?

Przeniknęło ją to jak trzęsienie ziemi.

– Dobry wieczór, panno Ffynche – powiedział, rzucając jej ironiczne spojrzenie, mówiące, jak bardzo nie lubi się do niej zwracać tak formalnie.

– Lordzie Alaric… – odpowiedziała z uśmiechem, o którym wiedział, że to nie uśmiech Willi. To był uśmiech Everett. Uśmiech, jaki miała jako dziewczynka.

– Proponuję zawody. – Alaric wziął łuk i próbował cięciwy. – Ten, kto wygra, musi zrobić drugiemu jakąś przyjemność. – Wzrokiem przekazywał jej gorące przesłanie.

Był jednak zbyt pewny swoich talentów łuczniczych. Już wczoraj zauważyła, że podczas poprzednich zawodów mieli równe szanse. Nie powinien był zakładać, że na pewno wygra, nawet kiedy poczuł w powietrzu zapach sherry, silnego, miodowego wina, które sprawiło, że palce jej drżały.

– O jakiej przyjemności myślisz? – spytała, biorąc do ręki swój ulubiony łuk. Był lekki i sprężysty, zielony, pomalowany w stokrotki. Alaric żartował z tych ozdóbek, ale było faktem, że gdyby musiała, Willa mogłaby z tego łuku ustrzelić nawet jelenia.

Co nie znaczy, że chciałaby strzelać do czegoś bardziej żywego, niż słomiana tarcza.

Nawet do tamtych kobiet, które z takim utęsknieniem śledziły wzrokiem Alarica! Tych, co tak chichotały za wachlarzami i pożerały wzrokiem jego umięśniony tyłek.

Najgorsza była oczywiście Prudence. Posuwała się powoli wokół namiotu, wpatrzona w Alarica. Willa spojrzała na nią – i dziewczyna się cofnęła.

– Spacer – zaproponował Alaric. Zerknął przez ramię na Prudence. – Ta dama ma zwyczaj pakować mi do kieszeni sterty karteczek. Myślę, że wie o naszych liścikach w medalionie.

– A co pisze w swoich listach?

– Cytuje Biblię. Nie znoszę, kiedy mi się przypomina, że powinienem być zbawiony. Panno Ffynche, proszę się przejść ze mną! – Alaric wskazał głową inną stronę zamku. – Tam czeka ucieczka.

– Może… jeżeli pan wygra zawody. – Willa czuła się jak osoba ukrywająca w sercu cudowny sekret. Już postanowiła, że zostanie lady Alaric Wilde, o czym zainteresowany dotąd nie wiedział.

Oczy mu się zwęziły, kiedy się do niej uśmiechnął. Poczuła gorąco w kręgosłupie.

Wiedział.

Stojąca dalej księżna podeszła kołyszącym się krokiem do męża i powiedziała coś, czego Willa nie mogła rozszyfrować. Kiedy patrzyli, Jego Wysokość objął ją ramionami od tyłu, a ona odchyliła się na niego całym ciężarem, napinając łuk.

– Romantyczni, prawda? – szepnął Alaric. – Mam szczery zamiar tak cię tulić, kiedy skończę pięćdziesiątkę. Zresztą… tuliłbym cię tak i teraz, gdybyś tylko mi pozwoliła.

Nadeszła ich kolej. Alaric posłał w cel pięć strzał jedną po drugiej – beztrosko, jakby od niechcenia. Cztery trafiły w sam środek.

Willa stanęła prosto i odchyliła ramiona w tył. Nie zwracała uwagi na szeroki uśmiech Alarica, kiedy ta pozycja uwypukliła jej pierś.

Cztery strzały trafiły w oko byka.

– Willo… – zaczął Alaric.

Spojrzała na niego.

– Tak?

– Proszę, nie każ mi wracać do tego namiotu.

– Nie musimy – odparła. Czekała, żeby być pewną, że chłopiec, zajmujący się wyjmowaniem strzał, nie stoi na linii, po czym założyła ostatnią strzałę.

– Jeżeli trafisz w cel – rzekł, przesuwając palcami po jej ramieniu od łokcia po nadgarstek – będziemy musieli rozegrać jeszcze jeden mecz. Dziesięć kolejnych strzał.

Zadrżała pod jego pieszczotą. Przeniknęło ją pożądanie, jakby trafiła ją jedna z jego strzał. To dotknięcie rozbrzmiało w niej i ścisnęło w gardle.

– Proszę cię, chodźmy na spacer – perswadował Alaric cichym, chrapliwym głosem. – Bardzo bym chciał ci pokazać miejsce, w którym się lubiłem chować jako chłopiec. Jeżeli wrócę do namiotu, nie będę mógł się pozbyć Prudence. Stale na mnie patrzy za twoimi plecami.

Opuściła łuk, by nie mieć pokusy strzelenia w kierunku Prudence.

– A co będzie, jeżeli zauważą twoją nieobecność?

– Nie zauważą – zapewnił. – Myślę, że dzieje się tam coś, co zwróci ogólną uwagę.

Spojrzała w stronę namiotu. Wszystkie damy otoczyły księżnę, nawet Prudence się do nich przyłączyła.

– Boże mój! Czyżby Jej Wysokość zaczęła rodzić? – spytała z przejęciem. – Tutaj?

– Ojciec ją zaniesie na górę, jeśli będzie trzeba – odpowiedział Alaric. – Ostatnie dziecko urodziło się prawie w karecie.

Urodzenie dziecka nie było przejściem, jakiego Willa by chętnie doświadczyła. Nawet jako świadek.

Podała łuk chłopcu.

– Gdyby lady Knowe chciała wiedzieć, poszłam na przechadzkę z lordem Alarikiem.

Kiedy łucznicy zniknęli im z oczu, Alaric puścił łokieć Willi i przyciągnął ją mocno do siebie.

– Horatius, North, Parth i ja spędzaliśmy czas, wędrując po polach, o ile nie siedzieliśmy na bagnach – mówił, prowadząc ją w stronę małego sadu jabłkowego, przylegającego do wschodniego stoku łagodnego wzgórza, niedaleko od zamku.

– To brzmi jak dobra zabawa – stwierdziła trochę tęsknie Willa.

Alaric ucałował jej policzek. Jego Willa już nigdy nie będzie samotna; już on tego dopilnuje. Weszli w cień pierwszych jabłoni: przed nimi biegła wąska ścieżka. Z drugiej strony rosły w równych rzędach inne drzewa.

– Są posadzone według alfabetu – wyjaśnił. – Cztery jabłonie odmiany Costard, potem trzy Cox, i tak dalej, kończąc na „jabłkach świętego Edmunda Pepina". Za miesiąc powinniśmy już mieć pierwsze jabłka.

Po drugiej stronie sadu rósł wysoki żywopłot. Doszli na szczyt wzgórza. Wokół krzewów krążyły jaskółki, zniżając nagle lot, jakby nurkowały, a potemi w ostatniej chwili zmieniały zdanie.

– Tędy – powiedział, prowadząc Willę do szczeliny w żywopłocie. Obeszli krzewy – i nagle przed nimi rozbłysło nieskazitelnie czyste jezioro. Nad brzegiem nisko pochylała się jego ulubiona wierzba – teraz jeszcze niżej, niż kiedy ją widział ostatnio. Jej gałęzie przedtem pływały po powierzchni, teraz jednak już tonęły w wodzie wdzięcznym ruchem pijaka po piątej whisky, wypitej tego ranka.

Stanęli nad jeziorem, a on zaprowadził ją pod kurtynę spiczastych liści wierzby i wskazał platformę położoną wysoko nad nimi.

– Spędzałem tam na górze mnóstwo czasu. Kiedy jesteś na szczycie tej wierzby, masz widok z lotu ptaka na całe księstwo. Jakbyś patrzyła na inny świat.

– Nigdy nie wchodziłam na drzewo – zauważyła. – Dziewczętom nie wolno.

– Naszym będzie wolno. – Z zadowoleniem oglądał różowość jej policzków.

– To chyba nie jest naturalne jezioro – powiedziała, udając, że nie usłyszała.

Było okrągłe jak lusterko, tak samo maleńka wysepka w samym jego środku. Wyglądała, jak okrągły liść lilii wodnej, który się rozrósł i zmienił w kamień.

– To jest jak wierszyk dla dzieci – dodała. – Pośrodku okrągłego jeziora jest mała okrągła wysepka. A pośrodku tej okrągłej wysepki jest małe okrągłe... co tam właściwie jest? Jakiś dekoracyjny budynek?

– To klasyczna rotunda, zbudowana przez księcia dla mojej matki, jego pierwszej księżnej – powiedział. Ciągnął długi sznur, przymocowany do pnia wierzby; odsuwając na bok sitowie, znalazł płaskodenną łódkę, do której był przyczepiony drugi koniec liny.

Na szczęście łódź była sucha i w miarę czysta. Prawdopodobnie jego młodsze rodzeństwo zdążyło już skolonizować wyspę.

– Raczy pani wybrać się na wycieczkę moją rozkoszną łodzią, milady?

W minutę później Willa już siedziała na dziobie; obszerne spódnice unosiły się wokół niej jak fale. Wyglądała tak świeżo i szczęśliwie, a także zmysłowo, że Alaric znów musiał walczyć ze sobą. Nie, nie mógł jej przecież położyć na dnie łodzi i w ten sposób...

Zaśmiała się.

– Musisz wiedzieć, że to bardzo modny strój, a to oznacza, że tył – tu rzuciła mu psotne spojrzenie – zostaje uwypuklony pewnym urządzeniem, zwanym turniurą.

Roześmiał się.

– Ta szczególna turniura – ciągnęła z błyszczącymi oczyma – przybyła aż z Paryża i jest zrobiona z korka. Naprawdę jestem zaskoczona, że w tej małej łódeczce jest dosyć miejsca dla mnie i dla mojej turniury.

– Dla twoich dwóch turniur – poprawił. – Czy mogę zauważyć, że twój własny tył nie musi być uwypuklony?

Jej uśmiechnięte usta były teraz truskawkoworóżowe, co go pociągało, jak pawicę ogon jej partnera.

– Po tym jeziorze powinny pływać łabędzie… – zmieniła temat Willa.

– Była tu ich para, kiedy dorastaliśmy, ale bardzo nieprzyjemna. Horatius miał bliznę na stopie od łabędziego dziobu.

Willa podniosła brew.

– Horatius nigdy nie unikał niebezpieczeństwa – ciągnął. – Był prawdziwym Anglikiem w najlepszym znaczeniu tego słowa. – Jeszcze kilka ruchów wiosła i podprowadził łódź do marmurowych stopni wysepki, gdzie ją przycumował do wbitego w kamień pierścienia.

Rotunda, tylko o kilka lat starsza od niego, niewiele się zmieniła, wolna od ataków porostów i mchu.

Tak jak ja jeszcze nie mam srebrnych włosów, pomyślał, wyobrażając sobie, co będzie za trzydzieści lat.

Podał Willi rękę i pomógł wysiąść z łódki. Jej włosy lśniły w słońcu jak błękitny dym. Suknia – z paryską turniurą – wyglądała wyjątkowo elegancko, niemniej Willa miała w oczach pretensję.

Małżeństwo z nią zapowiadało się fascynująco. Połączenie gatunków i okres przystosowywania się…

Jedyne, co musi zrobić, to ją przekonać. Chociaż… miał wrażenie, że już podjęła decyzję. Gdyby się nie zdecydowała na przyjęcie jego ręki i nazwiska, nie wsiadłaby z nim do tej łódki.

– Czy to po śmierci twojej matki Jego Książęca Wysokość pozwolił, żeby ta rotunda marnowała się bez użytku? – spytała, kiedy wchodzili po niskich stopniach.

– Tak, chociaż nie z powodów sentymentalnych. Druga księżna cały czas siedziała w Londynie, zaś Ofelia nie lubi przyrody.

– Ale ktoś tego używa – zauważyła Willa, kiedy już byli pod kopułą. Oparta o jedną z wąskich, eleganckich kolumn leżała sterta poduszek, było tam też kilka ogarków świec i duże cynowe pudło z pokrywą na zawiasach.

Alaric przykląkł i podniósł pokrywę.

– Sprytny chłopiec – wymamrotał.

W pudle leżał złożony koc, a na nim kilka butelek, mały nożyk, zawinięty w szmatkę kawałek czegoś, co mogło niegdyś być serem, i – ukryta pod kocem – książka po włosku, znana z nieprzyzwoitych ilustracji.

Wziął jedną z butelek i sprawdził.

– Piwo imbirowe. Może się napijesz?

– Proszę – odpowiedziała. Stała między dwiema kolumnami i patrzyła wstecz, na zamek, poza sad, na wschód. – Nie mogę uwierzyć, że dorastałeś w tym pięknym, baśniowym świecie.

Alaric podszedł i stanął obok niej. W jego oczach zamek Lindow w niczym nie przypominał zamku z baśni. Był niski i szeroki, wyglądał skromnie, jakby wyzywał wszystkich oglądających, żeby go oblegali. Miał blanki i wieżyczki, ale niezbyt podobne do kapryśnych budowli ze złoconych kamieni, jakie widział we Francji.

– Z tej odległości nawet trudno go nazwać zamkiem – powiedział. – Mój pradziadek dodał to i owo, a dziadek dobudował nową wieżę. Deszczowe dni spędzaliśmy na zwiedzaniu małych przejść i tajnych korytarzy: naprawdę, są tu nawet trzy tajne kryjówki księży katolickich.

Willa skinęła głową. Popielate rzęsy pasowały do włosów, więc musiała je przyciemniać. Znajomość tej kosmetycznej tajemnicy odebrał jako dowód ich wzajemnej intymności. Żaden inny mężczyzna o tym nie wiedział, podobnie jak żaden nie wiedział o kremowej skórze jej krągłych piersi i satynowych udach…

Właściwie znowu musiał mocno przełknąć ślinę i odwrócić od niej wzrok, bo w głębi duszy podnosił się w nim jakiś prymitywny ryk; nie powinien był go słuchać.

Musiał pozwolić, żeby Willa mu o wszystkim powiedziała w swoim czasie. Przeciął sznurek, otaczający szyjkę butelki i z trudem wyciągnął korek.

– Piwo imbirowe szczypie – ostrzegł ją, podając butelkę. – Nigdzie na świecie nie znajdziesz podobnego napoju.

Willa wyciągnęła rękę, w którą włożył butelkę, zastanawiając się, jakim jest szczęściarzem, że znalazł damę, która bez grymasów godzi się pić prosto z butelki.

Jeszcze raz spojrzał na zamek Lindow, rozsiadły na wzgórzu jak tłusta brązowa kura na gnieździe – i odwrócił się do pudła. Wyciągnął koc i przykrył nim poduszki. Wziął książkę.

– Mogę ci pokazać moje grawiury? – Nie było mu trudno lubieżnie się uśmiechnąć.

Willa podeszła, kręcąc butelką w dwóch palcach.

– Znam tę książkę – zauważyła i uśmiechnęła się, widząc jego zaskoczenie.

– Ciotka Knowe ma rację. Młode damy już nie są dziś takie, jak dawniej.

– Kilka lat temu Lavinia i ja spędziłyśmy rok na żałobie po jej ojcu – mówiła. – Wśród jej przodków byli rozpustni Grayowie, a my przestudiowałyśmy wszystkie niegrzeczne książki, jakie znalazłyśmy w rodzinnej bibliotece.

– Takie, jak ta – stwierdził Alaric, szczerze rozbawiony.

– Nie mów, że nie robiłeś tego samego! To tylko wskazuje, że jedno z twojego rodzeństwa lubi się zajmować podobną literaturą.

– Przypuszczam, że to Leonidas – rzekł. – Chociaż, sądząc po serze, który zostawił, nie był tutaj od dnia wyjazdu do Oksfordu.

Decyzja Willi już zapuściła korzenie w jej piersi; pozostawało tylko mu o niej powiedzieć. Przeżyła już czternaście oświadczyn. Była to tak poważna liczba, że można będzie o niej opowiadać dzieciom. Rozważyła więcej niż wystarczająco dużo propozycji, zanim ostatecznie wybrała.

Ale nie chciała się wygadać, nie chciała mówić: „Będę twoją żoną", czy coś równie prostego.

W tej chwili, bardziej niż kiedykolwiek, musiała być Everett, nie Willą. Z tą myślą wyciągnęła szpilkę z kapelusza i rzuciła ten słomkowy baldachim na trawę. Następnie zdjęła pantofle i schyliła się, sięgając pod spódnice, żeby ściągnąć podwiązki.

– Co robisz…? – spytał Alaric zduszonym głosem.

Spojrzała na niego z uśmiechem.

– Postanowiłam przyjąć twoje oświadczyny. – Jej uśmiech stał się naprawdę frywolny. Taki uśmiech widziała dotąd tylko u innych kobiet. Jednak teraz wygiął jej wargi w całkiem naturalny sposób. – Myślę, że mogłabym spróbować być niemoralna.

Podwiązka spadła na ziemię. Pończochy były z cienkiego jak pajęczyna jedwabiu: zsunęła je do kostek i zdjęła.

Alaric wyglądał jak oniemiały.

Znowu spojrzała, po czym się schyliła i ściągnęła drugą podwiązkę.

– Jak mam prowadzić normalne życie, skoro cały czas jestem podniecony? – rzucił wreszcie, zupełnie jakby mówił sam do siebie. – Patrzę na ciebie, na każdą część twojego ciała, od karku aż po kostki nóg i jestem gotów służyć. Oczywiście, służyć tobie.

– Rozumiem to – powiedziała Willa kwaśno. Druga pończocha zsunęła jej się w dół po łydce.

– Nie powinnaś tego robić. – Jego głos sprawił, że krew jeszcze szybciej zaczęła jej krążyć. Z trudem starała się zachować chłodny – zupełnie dla niej niezwykły – wyraz twarzy. Zdecydowanie niezwykły.

Rzuciła drugą pończochę na pierwszą.

– Zdjęłaś pończochy, bo ci było niewygodnie?

Czyżby jej uśmiech jeszcze ciągle nie był dostatecznie kuszący? Wcześniej wiele razy się zdarzyło, przypominała sobie, że jej pierwsze starania nie były skuteczne – od pierwszej próby pierwszego pocałunku.

– Zdejmuję ubranie. – Wykręciła się, by sięgnąć do związanych na karku tasiemek. – Przyjęłam twoją propozycję małżeństwa. Skoro taki jest stan faktyczny, byłoby bardzo miło kontynuować to, co zaczęliśmy wczoraj w nocy.

Znowu parsknął śmiechem.

– Miło?

– Bardzo – potwierdziła. – Teraz jesteśmy naprawdę zaręczeni. Więc... – Próbowała rozwiązać supełek, przytrzymujący koronkowy fartuszek na sukni.

On jednak nie patrzył, jak Willa się rozbiera, ale przypatrywał się uważnie jej twarzy.

– Willo... jesteś pewna?

– Tego, że cię poślubię? Tak. – Rozwiązanie sznurówek turniury okazało się łatwe, i korkowe urządzenie opadło na ziemię.

– A co z takimi kobietami jak Prudence?

– Liczba ludzi zwariowanych jest stosunkowo mała w porównaniu ze zdrowymi, tak mi się przynajmniej wydaje. Kiedy się staniesz nudnym dziedzicem, po prostu młodszym synem księcia, mającym za sobą kilka powieści podróżniczych, wątpię, żeby ktokolwiek zwrócił na ciebie większą uwagę...

Kompletna bujda.

Alaric był mężczyzną, na którego ludzie zawsze będę zwracać uwagę, ona jednak uznała, że pragnie go bardziej niż prywatności. Zaczęła rozpinać guziczki stanika sukni. Pod nim miała koszulkę i gorset, który dobrze podkreślał jej piersi.

– Nie będziesz mnie zawstydzał, prawda? – spytała. Palce znów jej drżały, tak samo jak zeszłej nocy: było to połączenie pożądania i przewidywania, co się stanie. – Będę zrozpaczona, jeżeli mi odmówisz. Pomyślę, że moja figura budzi w tobie odrazę.

– To bzdura.

Willa zdjęła stanik i odłożyła na bok. Potem położyła się na poduszkach, oparta na łokciach, i uśmiechnęła się do niego.

Alaric stał nad nią z wyrazem niedowierzania na twarzy.

– Czy nie powinnaś raczej bać się kłaść ze mną do łóżka? Jesteś dziewicą...

Głos Willi stał się kawałkiem lodu.

– Czy sobie wyobrażasz, że mogłoby być inaczej?

– Nie. – Potrząsnął głową i skrzywił się. – Po prostu nie mogę pojąć cudu, że to jest Willa Everett.

Już miała na końcu języka sarkastyczną uwagę, kiedy Alaric nagle położył się na niej swoim wielkim, gorącym ciałem. Zaczęła się kręcić, kiedy coś twardego gniotło jej brzuch, a z piersi Alarica wydobywał się głęboki jęk.

W książkach, jakie oglądały razem z Lavinią, członek męski wyglądał raczej zabawnie, trochę jak róg nosorożca. Alaric, ku jej zadowoleniu, miał członek żywy i gorący.

Pochylił się, żeby ją pocałować, a Willa miękko zwisła w jego objęciu i pozwoliła sobie na to, żeby po prostu być.

Być w tym momencie, chociaż leżała na stercie poduszek wewnątrz imitacji świątyni greckiej. Być z Alarikiem, nawet gdyby nigdy nie myślała o małżeństwie z lordem Wilde'em.

Być istotą, która drży i dyszy, i nie jest w stanie myśleć. Co do takiego momentu, jak ten, nie istniały żadne zasady, a gdyby nawet były, Willa ich nie znała. Mogła tylko… czuć.

Całowali się przez wiele długich minut: ręce Alarica obejmowały jej głowę, a usta pieściły nieustannie jej wargi. Wkrótce zaczęła się prężyć i tulić do niego, a z jej gardła wydobywały się niezrozumiałe prośby. Nogi poruszały się niespokojnie, płonęły tak, że aż bolało: nigdy jeszcze nie doznawała czegoś podobnego.

– Alaric… – wydyszała.

Nie odpowiedział, ale znów spojrzał jej w oczy. Cokolwiek w nich zobaczył, musiało go zadowolić, bo ucałował każde z nich po kolei i wymruczał coś, co brzmiało jak „żona".

Następnie zaczął całować jej policzki, zasypując je drobnym maczkiem pocałunków, jakby pieczątkami, coraz niżej i niżej. Kiedy dotarł do szyi, jedną ręką objął jej pierś.

Willa odrzuciła w tył głowę. W trakcie oszałamiającego żaru i rozkoszy w jej głowie kołatała się jedna myśl: to ją uwalnia, oswobadza. Nie ma nic bardziej swobodnego, jak pozwalać komuś, żeby ją uszczęśliwiał.

Pozwalać?

Powinna być chyba jakaś wymiana… Jej ręce dotąd leniwą pieszczotą dotykały pleców Alarica; teraz sięgnęła wprost na przód jego bryczesów.

Wydał głęboki, gardłowy dźwięk.

– Może… nie powinnam? – sapnęła. Zwinęła palce, zawstydzona. Może nie powinna była go tak dotykać? Może… takie ruchy są dozwolone tylko tym upadłym kobietom z obrazków we włoskich książkach?

Cofnęła rękę.

– Czy, gdybym cię poprosił, dotkniesz mnie znowu tak, jak przedtem?

Bolesne pytanie! Jej wargi wygięły się w uśmiechu.

– Czy to… dopuszczalne?

– Żadnych zasad – oświadczył. – Żadnych zasad pomiędzy nami, Everett! Będę lizać całe twoje ciało, od stóp do głów!

Znów sięgnęła ręką i objęła palcami jego członek. Był wielki i gorący. Kiedy zacisnęła palce, Alaric westchnął gwałtownie.

– Nie ma między nami nic niewłaściwego – wychrypiał, wciskając się mocniej w jej rękę. – Możesz ze mną robić, co ci się podoba. Cokolwiek sobie zamarzysz. Moje ciało należy do ciebie.

Żar z piersi spłynął pomiędzy jej nogi. Westchnęła nerwowo.

– Nie bardzo wiem, co mam z tobą robić – wyznała.

– Wiesz cokolwiek o akcie małżeństwa? – spytał.

– Tak… ale nie jestem pewna, czy to… to jest coś, co powinnam zrobić… w tej chwili, teraz – z trudem próbowała znaleźć słowa.

Usta Willi były tak jedwabiste i urocze, że Alaric znów ją zaczął całować, podczas gdy jego członek pulsował w jej dłoni. Po kilku minutach (a może to była godzina?) wyprostował się i zmusił do spytania jej:

– Czy jesteś pewna, że nie chcesz czekać, aż zostaniesz lady Alaric Wilde i dopiero pójść ze mną do łóżka?

Potrząsnęła głową; oczy jej lśniły.

– A czy ci nie przyszło do głowy, że będę się wtedy nazywała Willa Wilde?

Znów się nad nią pochylił i w milczeniu ucałował, tłumiąc jej chichoty.

– Everett Wilde, to twoja ostatnia szansa – rzekł i rzeczywiście tak uważał. – Poślubię cię, mimo że zasługujesz na kogoś lepszego ode mnie, mimo że jestem oblegany przez czytelniczki i zwariowane baby.

– I ja cię poślubię – powiedziała, równie porywczo jak on – mimo że jesteś ukochanym synem księcia, a ja sierotą, mimo że jesteś znanym autorem, a ja nawet jeszcze nie czytałam twoich książek, mimo że mi podarowałeś skunksa, chociaż chciałam dostać kociątko...

Alaric czuł, że serce mu skacze.

– Naprawdę, zostaniesz moją narzeczoną?

Dziewczyna skinęła głową, wpatrzona w jego oczy.

Wtedy z jego gardła wydobył się rozpaczliwy jęk, uległ fali oślepiającego pragnienia. Szarpnął kołnierz koszuli. Po chwili objął wargami jej sutek i zaczął ssać.

– Jeszcze... – dyszała.

– Jak mam ci zdjąć spódnicę?

Sam był zdziwiony niskim, gardłowym tonem swojego głosu.

Ukląkł i zrzucił z siebie koszulę, po czym zaczął ssać drugą pierś Willi. Pisnęła i wygięła się w łuk, a z jej ust wybiegło coś, co brzmiało jak chichot.

– Zrób to znowu!

Przesunął dłonią w górę po jej gładkiej nodze; leżała, milcząc.

Była śliska i wilgotna. Idealna...

– Nie chichoczę – wyszeptała.

Alaric podniósł jej spódnice.

Była wspaniała, ciemnoróżowa aż do bladego różu.

– Jesteś zbyt piękna dla mnie – powiedział ostro.

Pochylił głowę i bez zapowiedzi polizał płatki jej najbardziej intymnego miejsca. Po prostu, bo i ona była taka. Nie było między nimi miejsca na głupstwa. Chwyciła go palcami za głowę i przytrzymała... tam.

Całował tak długo, aż krzyknęła, a jej ciało wiło się w jego rękach. Oczy miała szeroko otwarte, jakby zdumione.

Wtedy się poruszył i chciał położyć na niej. Ufne spojrzenie Willi było jak pieszczota.

– To może zaboleć – wyszeptał.

Jego pulsujący członek wsunął się w wilgotny, gorący jedwab...

Jako Everett była zaciekawiona, nie wystraszona. Zacisnęła palce na jego ramionach – kiedy sięgał w dół i wchodził w nią. Kiedy tylko czubek członka wsunął się do wewnątrz, zacisnęła się tak silnie, że z gardła wyrwał mu się chrapliwy dźwięk. Uniosła ku niemu biodra – i posunął się o kolejny cal...

– Czy... jeszcze więcej? – wydyszała.

– Odrobinkę – odpowiedział, wchodząc w nią boleśnie powoli, aż był już tak głęboko, że miał wrażenie, iż tworzą jedną całość.

Szeroko otworzyła oczy, jakby się z nią podzielił uczuciem, że otwarcie jej ciała to moment, jaki zmienia cały świat. Moment, który zmieni nie tylko jej ciało, ale i jego. Całując ją leciutko, zaczął powoli się wycofywać. Wbiła paznokcie w jego ramiona i krzyknęła:

– Nie!

Całował ją, aż się odprężyła, po czym znowu się w nią wsunął... czuł się tak wspaniale, że wzrok mu się zamglił.

– Alaric, nie... – mówiła gwałtownie, a on się zorientował, że się odsuwa, szykując się do cofnięcia, ale wtedy się wygięła tak, że musiał w niej pozostać.

Chciało mu się śmiać, ale musiał zachować równy oddech.

– Zaczekaj – szepnął jej do ucha. Posuwał się do przodu, zatrzymywał, powoli wycofywał, znów do przodu, tak żeby jej było jak najlepiej; uczył ją tańca, dającego radość.

Zbliżał się do momentu, w którym mógłby stracić kontrolę nad sobą, kiedy szepnęła:

– Alaric, czy można to robić prędzej?

Czy można? Mógłby się roześmiać, gdyby nie to, że serce biło mu jak młotem i nie pozwalało odetchnąć. Objął ją, wisząc nad jej ciałem i zaczął posuwać biodrami, dalej i dalej, ostrożnie czekając na jakieś oznaki bólu... ale żadnych nie było.

Istotnie, policzki miała czerwone jak wiśnie; jej rozmarzone oczy nigdzie nie patrzyły; ręce pieściły jego ciało, budząc w nim ogień.

W końcu pozwolił sobie dotrzeć do tego punktu rozpalenia do białości, gdzie jest już tylko rozkosz – i zabrał Everett z sobą.

Albo... ona go zabrała.

Bo kiedy uniosła ku niemu biodra, z jej piersi wyrwał się szloch, a paznokcie zostawiły ślady na jego skórze, co go oszołomiło. A kiedy tak szlochała i tuliła się do niego, wołając o pocałunek, całkiem stracił głowę.

Z ust wybiegły mu słowa, zadziwiające nawet w chwili najbardziej dojmującej rozkoszy, jaką kiedykolwiek przeżył. Echo tych słów zawisło w powietrzu, rozpalając radość, która go opanowała.

Która opanowała ich oboje.

Alaric zbudził się dopiero po dłuższej chwili. Głowa Willi wygodnie spoczywała na jego ramieniu; nogi mieli splecione z sobą.

– Znasz tytuł tej śmiesznej sztuki? – spytał.

– *Zakochany do szaleństwa*? – spytała trochę niewyraźnie.

– Zakochany w tobie – wyszeptał. Położył ją na plecach i przypatrywał się swojej pięknej przyszłej pannie młodej. – Zapadłaś mi w serce, Everett; jesteś moim sercem! Kocham cię i jestem w tobie zakochany.

Spojrzała na niego z uchylonymi ustami, zdumiona.

– Nie musisz mi się odwzajemnić – mówił z głębokim przekonaniem. – To zdanie to nie dygnięcie, na które trzeba odpowiedzieć ukłonem. To uczucie to dla mnie prawdziwy szok. Dla całego mojego organizmu.

Uśmiech rozszerzył jej usta i rozświetlił oczy.

– Poskromienie lorda Wilde'a?

Alaric wycisnął całusa na jednej z jej uniesionych brwi, wyobrażając już sobie nieznośne dzieciaki, zanoszące się rozkosznym chichotem…

– Tak… zostałem poskromiony – przyznał poważnie.

To trzeba było przypieczętować pocałunkiem.

Albo… dziesięcioma.

29

Tegoż wieczoru…

*I*dąc na kolację, Willa zatrzymała się u szczytu schodów; musiała się opanować. Miała wrażenie jakby to, co zaszło w rotundzie, zostawiło widoczne ślady, jakby każdy, kto na nią spojrzy, już wiedział, że jest teraz inną kobietą.

Upadłą kobietą.

Nie zdawała sobie sprawy, jak pasowała do roli doskonałej damy, aż do czasu, kiedy ta rola znikła. Naturalnie, teraz była zaręczona, co także było nową rolą. Wkrótce zaś odegra kolejną rolę, rolę żony.

Alaric jej powiedział porywczo, że chciałby, żeby pierwsze zapowiedzi wyszły już rano, żeby nie mogła zmienić zdania. W jego rozumieniu ślub powinien być najdalej za miesiąc.

Kiedy czyjaś ręka dotknęła jej ramienia, tak się przeraziła, że wydała lekki pisk.

– Dobry wieczór – powiedziała, starając się opanować oddech i mówić beztroskim tonem.

Tak jakby się nie rozstała z tym mężczyzną zaledwie przed dwiema godzinami...

Tak jakby nie wypchnęła go ze swojej sypialni, kiedy groził, że znowu się wpakuje jej do łóżka.

– Everett – rzekł jej narzeczony cichym głosem. Schylił się, żeby ją pocałować, nie przejmując się bynajmniej tym, że wszyscy mogą to zobaczyć, nawet lokaj przy drzwiach wejściowych na dole.

Mimo iż taka myśl przemknęła Willi przez głowę, Alaric przyciągnął ją bliżej, całując z taką czułością, że kolana się pod nią ugięły, a ramiona objęły jego szyję.

Kiedy się w końcu odsunął, Willa stała oszołomiona, wpatrzona w narzeczonego.

Ona, Willa Everett Ffynche, miała poślubić lorda Alarica Wilde – ale nie z żadnego z powodów, jakie sobie wyobrażała. Nie dlatego, że jej ofiarował Groszka, ani że Alaric był tak fascynujący.

Miała wyjść za niego, bo się w nim zakochała.

Jej myśli przerwało czyjeś uprzejme kaszlnięcie.

Spojrzała w lewo i ujrzała księcia Lindow. Odskoczyła w tył, zawstydzona.

– Przepraszam! – wyrzuciła z siebie i wykonała głęboki dyg. Była zarumieniona po białka oczu. – Proszę nam wybaczyć.

– Dobry wieczór, ojcze – odezwał się Alaric bez śladu żalu w głosie. – Jak się ma Jej Wysokość?

– Fałszywy alarm – odparł książę. – Lekarz sądzi, że dla mojej żony najlepiej byłoby teraz zostać w łóżku, co jej się bynajmniej nie podoba. Jak się pani ma, panno Ffynche? – Nie okazywał, że jest rozbawiony, ale Willa w jakiś sposób wiedziała, że był.

– Doskonale – zdołała odpowiedzieć. Czuła się jak schwytana stonoga, rozpaczliwie zwijająca się w kłębek z czystego upokorzenia.

Jego Wysokość spojrzał na syna.

– Mógłbyś znaleźć bardziej intymne miejsce do tego rodzaju powitań…

– Myślę o tym – radośnie odpowiedział Alaric.

Książę się ukłonił i zszedł ze schodów.

Willa zaczekała, aż Jego Wysokość zniknie za drzwiami salonu, po czym spojrzała na narzeczonego spode łba.

– Tak nie wolno, Alaric. Przestań się śmiać! – Oparła rękę na jego ramieniu, żeby się obronić przed kolejnym pocałunkiem. – Dosyć tego! – rozkazała.

Alaric znowu się roześmiał. Jej przyszły mąż nic sobie nie robił z tego, co ludzie o nim myślą. Nigdy się nie zmieni.

– Proszę, nie całuj mnie publicznie – poleciła mu Willa, usuwając biodra spod jego ręki.

– Ale ja cię muszę całować, za każdym razem, kiedy cię widzę… – powiedział aksamitnym głosem.

– …A tym bardziej nie mów mi, proszę, nieprzystojnych rzeczy w towarzystwie! Ani tym tonem – dodała.

– Interesuje mnie wyłącznie twoje zdanie!

Na wargach Willi zadrżał uśmiech; jak często kobieta słyszy takie słowa? Mimo to skrzywiła się.

– Pan, lordzie Alaricu, ma być dzisiaj wieczorem lordem Wilde'em.

Teraz on się skrzywił.

– Nie mam ochoty nikomu się podobać. Nie napiszę już ani jednej książki.

– Ale lord Wilde jest uprzejmy i uroczy dla wszystkich. Może i nieprawdziwie, ale nieskończenie towarzyski.

– Lord Alaric ma ochotę zedrzeć z ciebie suknię i wziąć cię tu, na stojąco, pod ścianą!

Wbrew woli Willa zachichotała.

Silne ramiona objęły ją mocno.

– Uwielbiam ten dźwięk – mruczał jej do ucha. – To czysta radość. Ta niemądra strona twojej natury. Strona, którą znam tylko ja jeden.

Przełknęła ślinę.

– Tak, ale – odszepnęła – teraz musimy być przyzwoici.

– To ważne dla ciebie – westchnął.

– Bardzo. – Żywo skinęła głową, gdyż oczyma szukał jej wzroku i nie wyglądał na przekonanego. – Bardzo ważne!

– A będę mógł przyjść później do twojego pokoju i przynieść ci stonogi, tak żebyś chichotała?

Zawahała się.

– Nie będzie więcej intymnych spotkań… aż do ślubu.

Rzucił jej tragiczne spojrzenie; jednak miała rację i on o tym wiedział.

– Skoro nalegasz… – Podał jej ramię. – Chodźmy, Willo! Zauważyłaś, jak cię nazwałem? Willa! – Wyglądał na niezadowolonego.

– Zasadniczo powinieneś mnie nazywać „panną Ffynche".

Wyszczerzył zęby w uśmiechu.

– To już o krok za daleko. Zdobyłem najbardziej upragnioną damę Londynu i jestem cholernie zadowolony, że się mogę z nią afiszować, nazywając po imieniu! Dla wszystkich innych możesz sobie być panną Ffynche. Podejrzewam, że księżna wyda najwspanialszy bal, jaki widziały mury tego zamku, żebym mógł się popisać owocami moich zalotów.

– Przecież nie cierpisz balów!

– Ale teraz chcę, żeby cały świat się dowiedział, że jesteś moja. Krzyczałbym o tym ze szczytu góry, gdybym mógł!

Westchnęła i wsunęła mu rękę pod ramię.

– Ciekawe, czy zawsze będziesz taki słodki…

Zastanowił się chwilę.

– Nie.

W jego uśmiechu czaił się grzech.

30

Następnego dnia, po południu

Chcę dzisiaj przed herbatą zabrać Groszka na spacer – powiedziała Willa pokojówce. – Tylko żadnej peruki ani pudru! Włożę ten duży słomkowy kapelusz z różami i białymi piórami.

Jej ulubiony kostium spacerowy był w wiśniowe paski, z falbankami pod szyją i dookoła bioder. Miał biały fartuszek i śmiałą długość, wygodną do spacerowania.

No… także do pokazania kostek. Być może Alaric ją zobaczy ze swojej tajemniczej sypialni w wieży i przyłączy się do niej.

– Włożę pantofle z klamerkami – oświadczyła. – Wiem, że rubinowe trzewiki lepiej pasują, ale ocierają mi stopy.

Już ubrana, założyła Groszkowi szeleczki, wsadziła ją do koszyka i zeszła na dół do ogrodu różanego. Dzień był gorący, a ciemnożółte i złociste róże kwitły tak obficie, że wyglądało to, jakby na szczycie każdej z gałązek spało stado lwów.

Była w ogrodzie zaledwie parę minut, kiedy usłyszała kroki. Zatrzymała się i pochyliła, żeby połaskotać Groszka, ale na widok spieszącej w jej stronę Prudence Larkin wyprostowała się.

Jej pierwszą myślą było się odwrócić i jak najszybciej odejść.

Było w Prudence coś, czego nie znosiła, poza faktem, że ta kobieta była dziko zakochana w jej narzeczonym. Po pierwsze, Willa nie mogła odrzucić myśli, że Prudence napisała sztukę *Zakochany do szaleństwa*, żeby skompromitować Alarica – nawet jeśli skutek, jaki osiągnęła, był przeciwny.

Poza tym była przekonana, że Prudence czyha tylko na okazję, by się znaleźć z Alarikiem sam na sam i próbować go skompromitować.

Wreszcie zwyczaj szeptania błogosławieństw, jaki miała Prudence, był wyjątkowo irytujący. Willa wiedziała, że do błogosławienia ludzi mają prawo tylko księża czy inni duchowni. Być może ojciec Prudence mógł być misjonarzem, ale to przecież nie jest dziedziczne!

Otrząsnęła się jednak z tych myśli i obdarzyła uprzejmym uśmiechem dreptczącą w jej stronę Prudence: jej twarz była ściągnięta i niepewna.

– Panno Ffynche, panno Ffynche! – zawołała, kiedy już była dostatecznie blisko. Stanęła przed Willą i zadyszana wykręcała sobie palce.

– Dobry wieczór, panno Larkin. Coś się stało?

– To… panna Belgrave… – Tu przełknęła ślinę. – Panna Diana!

Willa czekała.

– Doprawdy, postanowiła się wyrzec więzów małżeństwa i wróciła tam, skąd przybyła!

– Ach… – rzuciła Willa. Wiadomość nie była szczególnie zaskakująca; Lavinia już dawno mówiła, że Diana się zbiera do podjęcia właśnie takiej decyzji. – Czy pani Belgrave już wpadła w histerię?

– Ona… jeszcze o tym nie wie – sapnęła Prudence.

– Co takiego?

– Panna Belgrave pouczyła mnie, że mam poprosić panią o przekazanie tej wiadomości jej matce.

To już było wyjątkowo dziwaczne.

– Ponieważ jest pani zaręczona z Alarikiem.

Brwi Willi zbiegły się: co za poufałość!

– To znaczy… z lordem Alarikiem – poprawiła się Prudence, i dodała: – Bo to on powinien o tym powiedzieć lordowi Rolandowi.

Diana porzuciła narzeczonego bez słowa? Willi zakręciło się w głowie: pomyślała o tęsknocie, bólu i pożądaniu, jakie North czuł dla swojej narzeczonej.

Diana powinna była znaleźć w sobie tyle odwagi, żeby mu o tym osobiście powiedzieć.

Willa nie mogła jej za to potępić. Kobieta powinna kochać swojego małżonka, nieważne, jak bardzo ich małżeństwo było korzystne. Jednak istnieje przecież tyle lepszych sposobów wyjścia z tak delikatnej sytuacji niż ucieczka!

Prudence nadal wykręcała sobie palce.

– Czy panna Belgrave pani o tym powiedziała? – spytała Willa, nie mogąc powstrzymać niedowierzania.

– Widziałam, jak wychodzi… – Zawahała się. – Pobiegłam za nią i spytałam, dokąd idzie. Wiedziałam, że coś skłamała kamerdynerowi, bo miała ze sobą pudło na kapelusze. Dlaczego zabrała pudło na kapelusze, idąc do wsi?

To miało sens. Prudence zawsze patrzyła, kto wchodzi czy wychodzi, a potem miała zwyczaj wybiegać i żądać wyjaśnień.

– Bardzo dobrze – powiedziała Willa z westchnieniem. – Lepiej poszukam Alarica.

Podniosła z ziemi Groszka i włożyła z powrotem do koszyka.

– Wiem, gdzie on jest – powiedziała Prudence, szarpiąc ją za ramię.

Willa się wyrwała.

– Skąd to wiesz?

– Patrzyłam przez okno, jak Alaric szedł ścieżką, – Pokazała drogę od zamku. – Nie powinnam była patrzeć za nim, ale trudno zmienić zwyczaje. Staram się… – Zaczerwieniła się i dodała smutnym głosem: – Postanowiłam, że wrócę do Londynu.

– Niedługo wszyscy stąd wyjedziemy – rzekła Willa dyplomatycznie, kiedy obie ruszyły przed siebie.

– Wyjadę jutro. – Prudence wskazała podbródkiem drogę. – Powiem prawdę: Alaric mnie zawiódł. Napisałam dla niego sztukę; kochałam go. A jak mi się odpłacił?

– Jego zaręczyny ze mną nie miały z panią nic wspólnego – powiedziała Willa; nie była to prawda. – Nie wiedział nawet, że pani żyje, pamięta pani?

Prudence rzuciła na nią spojrzenie pełne goryczy.

– Zaraz go dogonimy.

Willa się zatrzymała. Stały pod kamiennym murem wschodniej ściany ogrodu. Gładka żwirowa ścieżka rozwidlała się tutaj i prowadziła do ciężkich drewnianych wrót, tak dokładnie zasłoniętych krzakami róż, że Willa ich przedtem w ogóle nie zauważyła.

Prudence puściła ramię Willi i pchnęła drzwi; otworzyły się zaskakująco łatwo, jak na ich wielkość i wagę. Po tamtej stronie żwir zastąpiły drewniane deski, prowadzące wprost na bagienne torfowisko, przed wejściem na które wszystkich ostrzegano.

To w tym bagnie Horatius stracił życie.

Prudence objęła Willę w talii.

– Idziemy?

– Ja wracam. – Willa wyrwała ramię z ręki Prudence.

Groszek się przewracała z boku na bok, wreszcie usiadła, wydając ciche syknięcia i wbijając pazurki w ścianę koszyka.

– Nie, nie wracasz – oznajmiła Prudence.

– Nie bądź niemądra – z rozdrażnieniem odparła Willa. – Nie mogłabyś spróbować być rozsądniejsza?

– A cóż ty myślisz? Że ja o niczym nie wiem? – spytała Prudence cicho i zjadliwie. – Myślisz, że nie wiem wszystkiego o was?

– Oskarżanie mnie nie sprawi, że lord Alaric będzie ci wdzięczny.

– Wszyscy wiedzą, w jaki sposób uwiodłaś Alarica!

– Nie mam pojęcia, o czym mówisz – rzekła Willa. W popołudniowym słońcu oczy Prudence świeciły jak rżnięte szkło.

– Wciągnęłaś go ukradkiem do swojej sypialni – syczała. – Myślałaś, że o tym nie wiem? Albo, że nie napiszę o tym sztuki? Zaczekaj, aż na scenę trafi *Wilde na wsi*! Każdy w Londynie będzie chciał to obejrzeć!

Och… na litość boską…

– Jeżeli napiszesz coś takiego, zrujnujesz Alarica – mówiła Willa, starając się, żeby jej głos brzmiał bardzo, ale to bardzo rozsądnie. – A przecież go kochasz…

– Tak mi się zdawało – odpowiedziała Prudence. – Może powinnam mu dać jeszcze jedną szansę… – Przechyliła głowę na bok. – Nie, myślę, że nie. – Wyjęła rękę z bocznej kieszeni swojej szarej sukni. – Chciałabym, żebyś teraz otworzyła drzwi i poszła tą ścieżką!

Trzymała w ręku mały pistolet, który wyglądał, jakby był zrobiony specjalnie dla niej. Wyglądało na to, że Prudence nosiła go w kieszeni od dawna, a teraz celowała wprost w głowę Willi.

– Mogę ci powiedzieć, że uważam imię Wilhelmina za najbrzydsze, jakie kiedykolwiek słyszałam – przerwała milczenie Prudence. Willa patrzyła na nią, osłupiała. – Nie lubię cię obrażać, ale mam duszę pisarza i szanuję piękno słowa!

– Mam zamiar teraz wrócić do domu – oznajmiła Willa i zrobiła krok w tył.

– Pewnie sądzisz, że spudłuję? – Białe zęby Prudence błysnęły. – Pozwól, że cię wyprowadzę z błędu. Strzelam wyjątkowo dobrze, nawet z dużej odległości, a to nie jest żadna odległość! Ćwiczyliśmy regularnie w Afryce, bo czasem można było zatrzymać krokodyla tylko w ten sposób: kulką między oczy. Wiedziałaś o tym?

Willa potrząsnęła głową.

Prudence pistoletem wskazała jej drogę.

– A, jeżeli jesteś ciekawa, mam w pasku dodatkowy zapas prochu i kulki. Idź naprzód! Przede mną! Masz przejść przez tę bramę i potem ścieżką w dół.

– Dlaczego?

Prudence zmarszczyła brwi.

– Jeszcze pytasz? Dlatego, że ukradłaś mi serce Alarica. Mężczyźni są słabi i skłonni do cielesnych grzechów. Nie są w stanie podjąć właściwej decyzji, chyba że usunie im się sprzed oczu rozpustnicę!

W głowie Willi panował zamęt. Gdzie się podziali ogrodnicy księcia, jakiś stajenny, a może nawet ktoś z gości? Ociągając się, ruszyła wyłożoną deskami ścieżką; coś w twarzy Prudence mówiło jej, że nie zawaha się strzelić.

Chwilę szły w milczeniu, podczas gdy Willa łamała sobie głowę, jak mogłaby się uratować. Szła tak powoli, jak tylko mogła, starając się przy tym nie sprowokować porywaczki.

– A wiesz, że purytanie uważają, że sztuki teatralne to dzieło szatana? – rzekła nagle Prudence. – Mój ojciec był o tym przekonany! – Jej głos nabrał śpiewności: – Takie spektakle, to sprośna zaraza; to one odwracają umysł od cnotliwych rozmyślań, okrywają hańbą święte naczynia, prowadzą do wiecznego potępienia.

– Musiał być zawzięty – zauważyła Willa. Drewniane deski pod jej stopami zostały ułożone na dość mocnym gruncie. Ciemniejsze, zielone plamy wskazywały miejsca z głębszą wodą, o ile dobrze zapamiętała.

– Dobrze określiłaś ojca – pochwaliła Prudence. – Żywi wstręt do najmniejszych podejrzanie nieprzystojnych zdań.

– Nadzwyczaj aliteracyjne. – Willa starała się zachować spokój.

Czy byłaby w stanie rzucić się w tył i zepchnąć Prudence z deski, w nadziei że ta wleci w bagno? Czy byłaby w stanie pozwolić, żeby ktoś inny utonął?

Nie.

A gdyby nie zdążyła uciec z powrotem do zamku i wezwać mężczyzn, żeby wyciągnęli Prudence z bagna? A co, gdyby Prudence zaczęła się szarpać i szybko poszła na dno? Tak, jak to się zdarzyło z Horatiusem…

A co, gdyby zdołała jej wytrącić pistolet tak, że wpadnie do bagna?

– Czy mogę postawić Groszka na ziemi? – spytała, zatrzymując się.

Jeżeli pójdą dalej, straci z oczu zamek.

– Mój ojciec gardzi nieskromnymi, sprośnymi i bezbożnymi słowami – syczała Prudence. – Ale słowa prawdy… słowa, które mu mówiłam i które płynęły prosto z serca, też uznał za sprośne!

Wyglądało na to, że misjonarz nie uwierzył w historię córki o uwielbieniu jej przez Alarica.

– Idź dalej! – warknęła Prudence.

– Nie. – Willa ruszyła jeszcze wolniej. – Czy chcesz mnie zastrzelić? Przecież to oczywiste, że na tej ścieżce nie ma przed nami Alarica. Masz zamiar mnie zamordować?

– Absolutnie nie! – parsknęła Prudence. – Jesteś ladacznicą, tak, otwarcie bezwstydną kobietą, która powinna siedzieć w burdelu, ale nie ja odbiorę ci życie.

– Wobec tego... dokąd idziemy i dlaczego?

– Idziesz w bagno – odparła, znowu jasnym i przyjemnym głosem. – Nie mogę ścierpieć, żeby ktoś tak bezwstydny jak ty był blisko mnie. Alaric już pożerał twoje słowa i smakował twoje ciało, a teraz jest zatruty.

– Jeżeli mi pozwolisz wrócić do domu – mówiła Willa – natychmiast pojadę z powrotem do Londynu i zostawię Alarica. Nie musisz mieć na sumieniu mojej śmierci.

– Nie będę miała... – Prudence była najwyraźniej zaskoczona. – Gdybym cię musiała zastrzelić, byłoby inaczej. Ale pozostawię twój los w rękach Boga. Moje serce jest jak serce lwa: nie protestuję przeciw woli Pana.

Kiedy Prudence wpadała w rytm swoich szczególnych wypowiedzi, jej wzrok stawał się nieobecny.

– Nie sądzisz, że Pan mógłby się na mnie zemścić, kiedy będę w drodze do Londynu? – pytała Willa. – Mogłabym pójść dalej tą ścieżką i w ogóle nie wrócić do zamku Lindow.

Prudence zerknęła przez ramię. Zamek był w tej chwili zaledwie plamką na zachodnim horyzoncie, robiło się coraz później.

– Teraz jest czas, żebyś sprawdziła swój los – powiedziała. – Zejdź z deski.

Machnęła pistoletem w stronę Willi.

– Najpierw postaw to zwierzę na ziemi.

– Co masz zamiar z nią zrobić?

– Nic – odparła Prudence niecierpliwie. – Jest niewinna, więc Bóg się nią zaopiekuje.

Była szalona w najczystszy, najbardziej paskudny sposób. Jednak niewątpliwie Groszek była bezpieczniejsza poza bagnem. Willa powoli odstawiła koszyk na ziemię, cały czas patrząc na pistolet.

– Zejdź z tej ścieżki – powtórzyła Prudence niemal znudzonym głosem.

Groszek się podniosła, więc Willa pogłaskała palcem jej główkę, prosząc, żeby się nie ruszała.

– Chyba nie zaczniesz płakać i błagać mnie o łaskę? – spytała Prudence, kiedy Willa się wyprostowała.

– A czy to by coś zmieniło?

Willa nie mogła się rzucić na Prudence, nie ryzykując postrzelenia; palec kobiety spoczywał na spuście.

Musiałaby przejść przez bagno i nie wpaść do wody. Kiedy tylko Prudence zniknie jej z oczu, usiądzie i zaczeka na ratunek.

– Nie, nic by nie zmieniło. Jesteś w rękach Boga – mówiła Prudence. – Musi się dokonać Jego wola. Jesteśmy tylko pielgrzymami w swoim ciele i musimy zachować je w czystości, inaczej bezbożność nas zatruje.

Postawiona na ziemi Groszek wspięła się łapkami na brzeg koszyka.

– Nie – ostrzegła ją Willa. – Zostań tu. Panna Larkin zabierze cię do domu.

Ze zmarszczonym nosem Prudence sięgnęła w dół wolną ręką i podniosła koszyk.

– Śmierdzący zwierzak – stęknęła. Groszek straciła równowagę i upadła na bok. – Zachęciłabym cię do modlitwy, ale widzę po twoim zachowaniu, że jesteś kompletną profanką. Jeżeli chcesz się przygotować do życia duchowego, możesz uklęknąć i się modlić. Jeżeli wierzysz, duch cię poruszy.

Willa była zupełnie pewna, że tak się nie stanie, powiedziała więc:

– Myślę, że będziesz musiała mnie zastrzelić, Prudence. Boję się wejść w bagno.

– To mogłoby zagrozić mojej duszy – wyjaśniła Prudence. – W tej chwili właź w bagno, inaczej zastrzelę tę kreaturę! – Skierowała pistolet na Groszka.

– Sama mówiłaś, że jest niewinna! – zaprotestowała Willa.

– Ale to zwierzę. A ty mieszkasz w Świątyni Pana, którą splugawiłaś i zbrukałaś! Dlaczego zdejmujesz kapelusz?

– Nie mogę przecież wejść do bagna w wielkim kapeluszu, przeznaczonym na garden party – oświadczyła Willa w nadziei, że Prudence to uzna za edykt mody.

– To dzieło ciemności – powiedziała ponuro Prudence. Nie było więcej mowy o kapeluszu.

Zapadał wieczór; na powierzchni bagna kładły się długie cienie. Jeżeli Willa będzie się dalej opóźniać, nie zdoła odróżnić ciemnego mchu od jaśniejszej trawy. Co więcej, trafnie wyczuwała, że w miarę upływu czasu Prudence będzie coraz łatwiej strzelić do niej.

Prism, kamerdyner, mówił im, że bagno jest usiane chatkami ludzi wycinających torf… a jeśli się nie myliła, dostrzegła niedaleko niski dach.

– Idź!

Willa zeszła ze ścieżki, macając palcami stóp poduszki traw. Wtedy w ciszy rozległ się wystrzał. Krzyknęła. Gorąca kula z sykiem wpadła w wilgotną trawę obok niej.

– Ładuję jeszcze raz! – odezwała się Prudence z zupełnym spokojem. – Radzę ci, biegnij. Jeżeli Bóg zechce, uratujesz się. Wola Boża wskaże drogę twoim stopom. Jeżeli jesteś obrzydliwa i zaraźliwa, utoniesz.

Willa spojrzała przed siebie, planując, że pobiegnie meandrami po wyglądających solidnie poduszkach traw, ciągnących się jak okiem sięgnąć. Zanim Prudence znowu załadowała broń, Willa rzuciła kapelusz na otwartą przestrzeń, modląc się, żeby popłynął, podniosła spódnice i zaczęła biec.

Była całkowicie skupiona na przeskakiwaniu z jednej kępy trawy na drugą. Torf pod jej stopami uginał się jak gąbka. Kilka razy kępa się poruszyła pod jej ciężarem, ale Willa zaraz przeskakiwała na kolejną.

Nie usłyszała więcej strzałów; Prudence jeszcze coś wołała, ale Willa była zbyt skoncentrowana, żeby zrozumieć, co mówiła.

Zatrzymała się dopiero, kiedy zgubiła pantofel, zagrabiony przez bagno, kiedy źle postawiła nogę. Odwróciła się i patrzyła, jak się zagłębiał w mlaszczącą toń, po czym wydał jakby łkanie.

Tymczasem światło dnia zaczęło nabierać złotych barw; pozostawała jej co najmniej godzina, może trochę dłużej. Frenetyczny pęd zaprowadził ją na miejsce, gdzie już nie było widać ani drewnianej ścieżki, ani zamku na horyzoncie.

W tym świetle jasnozielone kępy ciemniały i przybierały barwę mchu jak skały, które się widzi w górskich strumieniach w Szkocji. Ale słowo „strumień" nie oddawało uczucia, jakie miała, widząc całe morze torfu, spokojnie płynące, aż po horyzont.

31

Alaric spędził mniej więcej godzinę nad księgą zawierającą rachunki za masło, cięgle jednak myślał nad pytaniem Willi o Horatiusa. Było przecież takie proste: jakiego rodzaju osobą był Horatius? Zdał sobie sprawę, że młodsze pokolenie Wilde'ów będzie rzadko, albo nawet wcale, wspominało o ich najstarszym bracie, który był... niepojęty.

W końcu odłożył księgi i zaczął pisać historię z własnego dzieciństwa, o czasach, kiedy książę Lindow pewnego grudniowego dnia zabrał rodzinę do domku myśliwskiego, wysoko w Górach Pennińskich.

Horatius, który zasadniczo ignorował młodszych braci, tym razem wykopał domek w śniegu dla Alarica, Partha i Rolanda: domek miał dwa wyjścia i trzy oddzielne izby. Nawet się z nimi bawił, goniąc ich na czworakach po gorących, śnieżnych tunelach. Ryczał też na nich jak wielki wojownik, po którym nosił imię.

To było, bez dwóch zdań, najwspanialsze Boże Narodzenie w życiu Alarica.

Właśnie kończył, kiedy drzwi otworzyły się gwałtownie i do pokoju wpadł North.

– Zostawiła mnie! – krzyknął.

– Co? – Alaric podniósł wzrok, kiedy brat zatrzaskiwał drzwi za sobą.

– Diana uciekła. Porzuciła mnie.

– Niech to wszyscy diabli! – Alaric rzucił na stół ołówek. – Co za parszywe szczęście!

Oczywiście, to nie była kwestia szczęścia, ale nie myślał, żeby brat był teraz gotów usłyszeć, że będzie mu lepiej bez niej albo że sobie znajdzie kogoś lepszego.

North zdarł z głowy perukę i rzucił ją na krzesło; odbiła się i spadła na podłogę. Ku zaskoczeniu Alarica brat miał ogoloną głowę. Zdjął żakiet i także rzucił na krzesło.

– Porzuciła mnie – powtórzył, najwyraźniej oszołomiony.

Alaric odchylił się na oparcie fotela.

– Właśnie teraz?

North się zbliżył i walnął pięścią w biurko.

– Nawet nic nie napisała, dwóch cholernych słów! Niczego!

Alaric poczuł, że się gniewa na Dianę Belgrave. Tak odejść bez wyjaśnienia! To było wulgarne i nieczułe. Nawet okrutne. Każdy głupi widział, jak bardzo North był jej oddany.

– A wiesz, kto mi powiedział, że moja pochlipująca, tchórzliwa narzeczona prysnęła do Londynu? – rzucił North.

– Jej matka?

– Prudence Larkin! – zawołał. – Ta totalna idiotka, ta durna purytanka podała mi tylko krótką wiadomość: „Panna Belgrave zmieniła zdanie na temat ślubu".

– Sądziłem, że są tylko znajomymi…

– Nie są – parsknął North. – Jak zrozumiałem, gdyby Prudence jej nie wypatrzyła, jak ucieka, i nie zażądała wyjaśnień, Diana uciekłaby stąd, nie zadając sobie nawet trudu, żeby komuś zdradzić swoje plany! Skłamała kamerdynerowi, który sądził, że się wybrała do wsi.

Rzucił się na kanapkę i tarł rękoma ogoloną głowę; szczęki miał zaciśnięte.

– Przykro mi… – zaczął Alaric.

– Nie, to nieprawda. Nigdy nie lubiłeś Diany i teraz wiem, że miałeś rację.

– Nie to, że jej nie lubiłem… Po prostu uważałem, że nie jest równie głęboko zaangażowana, jak ty.

– Równie głęboko…? Wcale nie jest zaangażowana. Woli się sama zniszczyć, niż wyjść za mnie. Jej matka teraz zresztą histeryzuje.

– Diana? Zniszczona? – Alaric nigdy nie zwracał większej uwagi na zasady wyższego towarzystwa. Kiedy brat przytaknął, spytał: – Tylko dlatego, że cię porzuciła?

– Porzuciła dziedzica księstwa – mówił już spokojniej North. – Nikt jej nie zaprosi na przyjęcia ani w następnym sezonie, ani w ogóle. – Spojrzał na brata, siedząc z rękoma na kolanach. – A chcesz wiedzieć, co jest w tym wszystkim najgorsze?

Alaric kiwnął głową.

– Myślę, że się tym w ogóle nie przejmie. Myślę, że tak bardzo chciała się mnie pozbyć, że raczej wyjdzie za byle kogo… za kominiarza. Kiedy tylko się do niej zanadto zbliżałem, sztywniała jak kij. Próbowałem… próbowałem wszystkiego, co mi przychodziło na myśl.

Peruka leżała na ziemi u jego nóg. Kopnął ją tak gwałtownie, że poleciała w powietrze, po czym wpadła do pustego kominka.

– To twoja paryska peruka – zwrócił mu uwagę Alaric. – Gdyby teraz był grudzień, spaliłaby się na popiół. – Podszedł i wziął perukę, strzepnął i wygładził, jakby głaskał małego, puszystego pieska.

– Naprawdę myślisz, że mnie to obchodzi? – rzucił brat, nie było mu łatwo teraz mówić.

– Nie – odparł Alaric i odłożył perukę na półkę nad kominkiem. Siadł obok Northa i objął go ramieniem. – Przykro mi, że Diana nie doceniła takiego mężczyzny, jakim jesteś. – Zawahał się. – Myślisz, że już ulokowała gdzieś indziej swoje uczucia?

– Nie. Spytałem ją o to kilka dni temu. Kategorycznie zapytałem o to parę dni temu w salonie, kiedy próbowałem sobie wyobrazić nasze życie po ślubie.

– Mogła skłamać – rzekł Alaric, próbując zdecydować, czy gorzej mieć narzeczoną zakochaną w kimś innym, czy po prostu czuć wstręt, że zniszczyła plany dobrego małżeństwa, uciekając.

– Bywały chwile, kiedy nasze spojrzenia się spotykały, i przysiągłbym, że zaczyna mnie kochać. Że z czasem ją zdobędę. Mówiłem sobie, że ją przeraża ten cały szum wokół Wilde'ów.

– Z powodu moich książek? – Alaricowi zabiło serce.

– Nie tylko – mówił North znużonym głosem. – Z powodu nas wszystkich. Całej rodziny. Każda cholerna rzecz, jaką robimy, jest obserwowana, naśladowana; pojawia się w plotkarskich gazetach zaraz następnego dnia po naszym przyjeździe do Londynu. Te szkice…

– Przykro mi z ich powodu.

– Sprzedawali moje portrety, tak samo jak księcia czy księżnej. Całego domu. Leonidasa, kiedy go wywalili z Kościoła Chrystusowego w Oksfordzie, razem z innymi, z Leonidasem opuszczającym Eton. Betsy…

– Betsy! Ma dopiero szesnaście lat!

– Ale jest piękna – stwierdził North. – Ojciec zdołał załatwić, żeby zniszczono szkic Horatiusa, walczącego ze śmiercią w bagnie, ale dopiero po tym, kiedy sprzedano ich już kilka tysięcy.

To było tak niesmaczne, że Alaric aż zaklął pod nosem.

Tymczasem North wrócił do tematu.

– Tego wieczoru, kiedy poprosiłem Dianę o rękę, pocałowała mnie – mówił jak człowiek pogrążony w marzeniach. – Myślałem, że już nigdy nie będę taki szczęśliwy. Ale kiedy zobaczyłem ją następnego dnia, unikała mojego wzroku.

Wstał.

– Muszę za nią pojechać.

– Myślisz, że to coś zmieni? – spytał Alaric.

– Byłaby zrujnowana. Nie mogę na to pozwolić. Ogłoszę wszem wobec, że to ja zerwałem zaręczyny.

– Jedziesz do Londynu już teraz?

North przytaknął.

– Chcesz, żebym ci towarzyszył?

North potrząsnął głową przecząco. Jego oczy świeciły jak ciemne szkło z fioletowymi smugami.

– Muszę być pewny, że jest bezpieczna.

– To nie była pomyłka – stwierdził Alaric, odprowadzając go do drzwi.

– Więc lepiej stracić to, co i tak już stracone? – mówił North, jakby rozgryzał słowa. – Czuję się, jak ktoś na tyle głupi, żeby chodzić po wysokiej trawie, kogo ugryzł wąż. Nie mogę się nawet skarżyć.

Odszedł w głąb korytarzem; dopiero kiedy był już prawie za drzwiami, Alaric się zorientował, że brat zostawił w bibliotece swoją paryską perukę; leżała na półce nad kominkiem, trochę zbyt rozczochrana, żeby ją włożyć.

North wyjechał najwyżej pół godziny temu, kiedy drzwi do biblioteki znów się otworzyły, i wszedł książę.

– Wygląda na to, że panna Belgrave nie sama stąd uciekła – powiedział bez wstępów.

Alaric odłożył ołówek i wstał.

– To znaczy, że wyjechała z matką?

– Jej matka, mówiąc prawdę, dostała jakiś środek usypiający i położono ją do łóżka; ucieczka córki zaskoczyła ją tak samo jak Northa. Powiedziano mi, że to panna Ffynche wyjechała z panną Belgrave, chociaż trudno mi uwierzyć, żeby obaj moi synowie tego samego dnia stracili swoje narzeczone!

Alaricowi przemknęły przez myśl obrazy zeszłej nocy: to, jak się do niego uśmiechała. Jak odrzucała w tył głowę, kiedy on…

Nie. Willa nie mogła go opuścić.

– Być może panna Belgrave ubłagała Willę, żeby z nią wyjechała, ale w takim wypadku Willa z pewnością najpierw by mi to wyjaśniła.

– Wasze zaręczyny nie były prawdziwe – przypomniał ojciec, bystrze wpatrzony w Alarica.

– Nie były, początkowo – odparł. – Ale od wczoraj już są.

Wzrok ojca się rozjaśnił.

– Bardzo mnie to cieszy. – Po chwili zmarszczył brwi. – Prudence Larkin poinformowała mnie dopiero co, że Willa postanowiła zerwać zaręczyny.

– Kłamie… – W tym momencie Alaric się przeraził. – Gdzie jest Willa?

– Panny Ffynche nie ma w jej pokoju, Prism też jej nie mógł nigdzie znaleźć, ani w domu, ani w ogrodach.

Książę otworzył ciężkie dębowe drzwi i Alaric pędem zbiegł po schodach.

Już po chwili walił pięściami w drzwi pokoju Prudence. Odezwała się:

– Nie mogę w tej chwili przyjąć gości!

Pchnął drzwi i otworzył je na oścież.

Prudence siedziała ze stopami zanurzonymi w dużej misce z wodą. Kiedy wbiegł do środka, a za nim książę, wrzasnęła i owinęła nagie kostki nóg szlafrokiem. Dół szlafroka naturalnie zmoczył się w wodzie.

– Alaric! – zawołała. A po chwili: – Wasza Wysokość! – Zerwała się, nie wyjmując nóg z miednicy. – Proszę mi wybaczyć! Nie jestem w odpowiednim stroju, by panów przyjąć!

Alaric spojrzał na jej stopy. Obręb sukni nie tylko był mokry, ale oblepiony błotem.

– Dlaczego pani moczy stopy? – spytał i w tym samym momencie już znał odpowiedź na swoje pytanie.

Odpowiedź można było wywąchać.

– Co pani zrobiła ze Groszkiem?

Wyraz twarzy Prudence się zmienił: była teraz słodka jak miód.

– Ma pan na myśli to słodkie małe stworzonko panny Ffynche? Nie mam pojęcia, gdzie jest.

– Dosyć tych kłamstw – warknął Alaric. – Nie wyobraziłem sobie chyba tego smrodu! Ale, co ważniejsze: gdzie jest Willa?

– Panna Ffynche wyjechała z panną Belgrave – zaćwierkała beztrosko, nie zwracając uwagi na ton, który niejedną młodą kobietę przyprawiłby o płacz. – A… co do tego niemiłego zapachu, to… spotkałam w ogrodzie jakieś zwierzę, podobne do tej pieszczotki panny Ffynche. Jej ukochanie nigdy by nie było tak psotne, żeby zanieczyścić mi buciki!

– Groszek jest z gatunku, który pochodzi z Ameryki Północnej – oświadczył Alaric. – Nie spotka pani żadnego podobnego zwierzęcia w tym ogrodzie!

– Lord Roland wyjechał na szybkim koniu z zamku za panną Belgrave – powiedział książę, wpatrując się wyniośle w oczy Prudence. – Tak, że prawdziwość pani oświadczenia wkrótce się wyjaśni.

Alaric odwrócił się do ojca.

– Poślij po szeryfa.

– Dlaczego!!!? – zaskrzeczała Prudence.

– Żeby panią aresztować! Jest pani podejrzana o spowodowanie szkody na ciele panny Ffynche.

Książę skinął głową i wyszedł.

– Dlaczego mówisz takie rzeczy? – wołała Prudence. – Wyjechała, wyjechała z panną Belgrave… – W jej oczach zabłysła nienawiść. – Ona cię nie kocha, Alaric. Ona na ciebie nie zasługuje. Nie tak, jak ja! – Zakończyła to tonem zadowolenia, jakby ten argument wystarczył, żeby Alaric przestał ją pytać o zniknięcie Willi.

Podszedł bliżej; zaciskał pięści, żeby jej nie złapać za ramiona i nie potrząsnąć.

– Prudence! Ty nie wiesz, co to znaczy kochać!

– A ty wiesz? – odparowała trochę piskliwie. – Ja wiem, my wszyscy wiemy, że się przespałeś z tą dziwką. To ma być miłość? Nie! To żądza! Żądza, za którą oboje będziecie się smażyć w piekle!

Wbrew samemu sobie Alaric chwycił ją rękami za chude ramiona. Powstrzymywał się, żeby nią nie potrząsnąć. Spojrzał tylko w jej blade oczka i rzekł:

– Prudence, posłuchaj mnie.

– Mogłabym cię słuchać przez całe życie, aż do końca! – zawołała. Jednak w jej oczach był strach. Wpadła w pułapkę na lwy i wiedziała o tym. Pod całym tym cukrowanym bredzeniem krył się prawdziwie zły, wyrachowany umysł. Może chory umysł, ale na pewno prawdziwy.

– Poślubię Willę. Tylko Willę! Nigdy nie ożenię się z tobą, pod żadnym warunkiem! A jeżeli skrzywdziłaś moją przyszłą żonę, dopilnuję, żeby stało się zadość sprawiedliwości: resztę życia spędzisz w najciemniejszym, najbardziej wilgotnym lochu więziennym w całym królestwie! A teraz mów, gdzie ona jest.

– Nie zabiłam jej! – zawołała Prudence, starając się wyrwać z jego uścisku.

Puścił ją: odstąpiła o krok, przechylając miednicę. Woda chlupnęła i popłynęła po podłodze: pokój wypełnił charakterystyczny zapach Groszka.

– Ten wstrętny robal mnie pobrudził…

Tym razem jej głos przypominał syczenie węża, jak para, uciekająca z czajnika.

– Mów, gdzie jest Willa!? – domagał się Alaric. Serce biło mu coraz szybciej.

– Ale nic nie wiem, na pewno nic! – zarzekała się Prudence, układając spódnicę tak, żeby zakryć gołe stopy.

– Gdzie ją ostatni raz widziałaś?

– Poza domem… w ogrodzie różanym. Nigdy bym się jej nie pozbyła: to nie byłoby moralne. Zostawiłam ją w rękach Boga!

– Właśnie się przyznałaś, że nie wyjechała z zamku z Dianą – zwrócił jej uwagę Alaric.

Prudence schowała głowę w ramiona aż po uszy i rzuciła mu niechętne spojrzenie spode łba.

– Myślałam, że może będziesz miał jaśniejsze spojrzenie, jeżeli nie będzie jej bez przerwy przy twoim boku… jeżeli cię nie będzie kusiła do grzechu!

– Skoro zostawiłaś Willę w ogrodzie różanym, powinna się do tej pory znaleźć.

– Czy naprawdę musisz jej szukać? – Spojrzała na niego i dodała: – Może skręciła nogę w kostce…

– Zrobiłaś jej coś?

– Z pewnością nie! – Prudence zaczęła się irytować. – Była, była w różanym ogrodzie z tym swoim zwierzakiem. Trochę się… przemówiłyśmy, i oto, co się stało. – W jej oczach płonęła wściekłość. – To paskudne małe stworzenie podniosło ogon i… i zlało się na mnie! Na moje stopy!

– Musiała się poczuć zagrożona.

– Chętnie bym jej skręciła kark! – rzuciła Prudence jadowicie. – I… panna Ffynche zaczęła ścigać tego zwierzaka, bo uciekał…

Alaric patrzył na nią surowo, nawet groźnie.

– Kopnęłam je – dodała naburmuszona. – A potem zostawiłam pannę Ffynche w różanym ogrodzie, jak szukała tego paskudnego zwierzaka.

Alaric czuł, że w tym, co mówiła, nie ma słowa prawdy, musiał jednak zacząć poszukiwania od ogrodu różanego.

– Masz stąd nie wychodzić! – rozkazał.

– Jak bym mogła? – rzuciła, opadając na krzesło i wkładając z powrotem nogi do wody. – Przez tego okropnego zwierzaka cała cuchnę!

W holu Alaric zatrzymał lokaja. Polecił mu stanąć pod drzwiami pokoju Prudence i nie pozwolić jej wysunąć nawet nosa na korytarz. Potem zbiegł na dół po schodach i wybiegł z zamku do ogrodu różanego.

Ogród był pusty. Goście z przyjęcia siedzieli już w sypialniach, szykując się do uroczystej kolacji.

Co więcej, w ogrodzie pachniało tak, jak powinno, chociaż widok róż go teraz mdlił. Gdyby Groszek właśnie tutaj opryskała Prudence, zapach by się jeszcze utrzymywał.

A więc… Prudence skłamała.

Kiedy tak chodził pomiędzy klombami, starając się ustalić, dokąd następnie pójść, zauważył wrota prowadzące na bagna Lindow.

Były uchylone.

W ciągu szalonych lat dzieciństwa i młodości dla niego i rodzeństwa nie istniały niemal żadne zasady. Jednak istniała jedna, święta i nienaruszalna: wrota prowadzące na bagna musiały zawsze być dokładnie zamknięte, ze względu na bezpieczeństwo dzieci księcia.

To ich nie powstrzymało od zwiedzania bagna, ale zawsze, ale to zawsze zamykali za sobą dokładnie te drzwi. Teraz, kiedy widział je na wpół otwarte, poczuł straszny niepokój.

Willa z pewnością nie pobiegła za Groszkiem tą ścieżką przez bagna!

A skoro nie weszła na bagna, prawie na pewno jest bezpieczna, chociaż się zgubiła. Trzeba ją znaleźć. Jednak, jeśli weszła na bagno, grozi jej niebezpieczeństwo i nie ma czasu do stracenia.

W sekundę podjął decyzję: otworzył drzwi i rozejrzał się po falującym morzu torfu.

Zanim pochłonęło Horatiusa, bagno po prostu istniało; było częścią jego świata. Teraz mu się wydawało żywe… i złowrogie.

Deski lekko trzeszczały mu pod stopami; rozglądał się na wszystkie strony, szukając jej śladu. Jeżeli Prudence zepchnęła Willę ze ścieżki w bagno po obronnej reakcji Groszka, deski by śmierdziały, tu jednak czuł tylko zapach torfu.

Willa nigdy by z własnej woli nie zeszła ze ścieżki. Serce biło mu głucho w piersi, kiedy wyłożona deskami ścieżka wiła się zygzakami po twardym gruncie.

Wtedy coś poczuł. Ulotny zapach, napływający z lekkim wiatrem. Zatrzymał się i obrócił, starając się ustalić kierunek. Zamku już prawie nie było widać, był tylko punktem na horyzoncie w popołudniowym słońcu, zapadającym nad nim.

Na chwilę zapach całkowicie zanikł, po czym znowu powrócił z kolejnym powiewem. Po paru krokach znów go poczuł, tym razem silniej, aż wreszcie dostrzegł malutkie, biało-czarne zwierzątko na skraju ścieżki.

Serce mu zabiło. Przykucnął, a Groszek podbiegła prosto do niego i wskoczyła mu do rąk. Śmierdziała jak jasny gwint, ale żyła i z pewnością nie była ranna. Łapki miała ubłocone, więc musiała schodzić z desek, ale była na tyle bystra, że wróciła na ścieżkę i zaczekała na pomoc.

Miała szczęście, że nie zobaczył jej jastrząb. Na myśl o tym Alaric wsunął skunksa do kieszeni.

Willa się zgubiła w bagnach Lindow.

Teraz to było jasne. Na myśl o tym ścisnęło mu się serce. Może Prudence ją uderzyła w głowę? Może wciągnęła jej ciało do bagna?

Nie, on nie może stracić kolejnej bliskiej osoby w tym piekielnym miejscu!

Ciała Horatiusa nigdy nie odnaleziono; woda w bagnie, gdzie ugrzązł jego koń, wlewała się do szybko płynącej rzeki pod bagnem. Czasem ciała po jakimś okresie wypływały, ale rzadko. Na ogół na zawsze ginęły pod powierzchnią.

Znowu się odwrócił, jeszcze wolniej, i wpatrywał się w bagno.

O jakieś czterdzieści jardów od miejsca, w którym stał, na wodzie unosił się słomkowy kapelusz.

Przez jedną straszną chwilę wyobraził sobie Willę nadal w kapeluszu i jej twarz – ją całą – pod powierzchnią bagna.

Wnętrzności mu się skręciły, zanim wyobraźnię pokonała logika: Willi nie mogło być pod tym kapeluszem! Musiała uciec na bagno, z pewnością w obliczu jakichś gróźb ze strony Prudence.

Zszedł z desek.

Musiała ten kapelusz zostawić jako znak dla niego… bystra dziewczyna! Teraz, kiedy rzeczywiście był na bagnie, opanował się. Willa mogła uciekać przed Prudence, ale była osobą o chłodnej głowie. Nigdy by nie uciekała na oślep.

Musiała rzucić kapelusz, żeby mu pokazać, skąd ma zacząć poszukiwania, i ufała, że zrozumie, co mogła następnie zrobić. Z pewnością musiała pobiec w kierunku chaty zbieraczy torfu, widocznej z tego miejsca.

Pochylił się i dostrzegł ślady małego obcasa. Odetchnął pełną piersią. Bogu dzięki miała pantofle na obcasach! Łatwiej mu będzie iść jej śladami.

Szedł dalej, starannie badając każdą kępkę mchu czy trawy. W pewnym momencie Willa musiała przestać biec i zaczęła iść spokojniej, przez co było mu trudniej ją śledzić, gdyż z mniejszą siłą dotykała stopami ziemi. Paradoksalnie ostrożność naraziła ją na większe niebezpieczeństwo: chodzący po bagnach muszą zawsze mieć jedną nogę w powietrzu.

Kilka razy wypatrzył, że musiała próbować stopą kęp, starając się znaleźć twardy grunt. Szedł po niewyraźnych śladach jej stóp.

W pewnej chwili natrafił na strzęp białej koronki, zahaczony na łodydze janowca. Kiedy znalazł kolejny, a potem trzeci, już wiedział, że naumyślnie umieszczała te strzępki, żeby mu wskazać drogę.

Znaczona trasa podnosiła na duchu, ale nadal czuł lód w żyłach. Tak łatwo mogła popełnić fatalny błąd…

Zaczęła iść jasną wstążką trawy zwanej turzycą. Idąc tędy, szedł za nią. W głębi duszy czuł, że szedłby tak za nią dokądkolwiek. Przez wszystkie dni jego życia będzie szedł po tej samej trawie, co i ona.

Szedł dalej, skręcając i zawracając, drogą do chaty. Było mu coraz trudniej iść jej śladami, bo robiło się coraz później i ciągle gubił jej ślad.

Mimo to był teraz pełen nadziei. Niskie ściany chaty zbieraczy torfu były coraz bliżej… Po pięciu minutach już stał przed pokrytymi mchem drzwiami. Otworzył je bez pukania.

Chata była pusta.

32

Serce mu zamarło, kiedy się rozglądał po małej, ciemnej izdebce. Pod ścianą był jakiś barłóg, więc ukląkł i poukładał szorstkie szmaty, robiąc coś w rodzaju gniazdka. Wyciągnął z kieszeni Groszka i położył w tym gnieździe.

Patrzyła na niego jasnymi oczkami.

– Zaraz do ciebie wrócę – obiecał. – Wrócę po ciebie, Groszku.

Wydała jakiś pomruk i zwinęła się w kłębek, zakrywając nosek ogonem. Alaric zamknął za sobą drzwi i ponownie wyszedł na zewnątrz, gdzie było coraz ciemniej.

W jakiś sposób ją ominął. Zrobił jakiś błąd.

Nie pozwalał sobie na myśl, że ją ominął, bo już zatonęła w bagnie bez śladu.

Nie Willa! Nie jego Willa! Ona to nie Horatius, zamroczony alkoholem i próbujący ratować konia, jak wielki osioł krzyżowiec!

Mimo to czuł strach w żyłach, a przy tym wściekłość na to paskudne bagno, które zabrało Horatiusa, a teraz naraziło Willę na niebezpieczeństwo.

Kiedy przepatrywał horyzont, szukając jakiegokolwiek znaku jej istnienia, dwie czajki przeleciały nad torfem w godowym tańcu, krążąc i z powrotem spadając na dół, a potem wspinając się pod ciemnogranatowe niebo.

Kiedy byli chłopcami, jemu i jego braciom nie było wolno wchodzić na bagna Lindow – zatem naturalnie on, Horatius, Parth i North traktowali bagno jako swój osobisty plac zabaw. Znał tę ziemię. Jednak od śmierci Horatiusa nie zbliżył się do niego ani razu.

Kiedy obserwował opadający lot czajek, zdał sobie sprawę, że Horatius by się na to nie zgodził. Jako najstarszy syn traktował bagno jak swoje.

Pogardziłby Alarikiem za udawanie, że bagno nie istnieje. Za unikanie tego miejsca. Nikt bardziej niż Horatius nie lubił opowieści o ich przodku, pierwszym Lindow, który zdobył to bagno.

Nagle przypomniał sobie słowa mędrca z indiańskiego plemienia Meskwaki:

„Kochamy ziemię, która jest nasza. Jesteśmy częścią tej ziemi. Gdybyśmy się jej bali, ta ziemia nas pochłonie".

Spędził osiem miesięcy, żyjąc pośród Indian obu Ameryk, polując z nimi, tańcząc, jedząc… To od nich się nauczył, że źdźbła trawy mają własny język.

Ale w tym momencie Alaric zrozumiał, że najważniejszą lekcją było, że to jego ziemia. Był jednym z Wilde'ów z bagien Lindow. To była ziemia jego rodziny, i tak było od stuleci. Jego ziemia będzie mówiła do niego. Ale nie, jeżeli ją będzie uważał za gwałtowną istotę, która chce zamordować jego ukochaną.

Znów głęboko odetchnął i pozwolił, żeby jego skórę przeniknął zapach torfu i dzikich kwiatów.

Jego ziemia. Jego bagno. Jego mech.

Ciałem Alarica nagle owładnął spokój. Powoli się zbliżył do bagna, idąc po swoich własnych śladach. Niemal natychmiast zauważył, w którym miejscu się zgubił. Skręcił na północ, kierując się prosto do chaty zbieraczy torfu, podczas gdy Willa skręciła na południe.

Po paru minutach znów znalazł strzępek koronki na kolcach ostu, lekko powiewający w wieczornej bryzie.

Starając się odrzucić myśl o strachu, skupił się całkowicie na języku bagien. Wieczorny wiaterek powiał lekko, przynosząc lekki zapach… rumianku.

Alaric zamarł. Zapachy paproci, jeżyn i dymów z torfu co prawda dominowały, ale pod nimi, jak cicho szeptana piosenka, unosił się lekki zapach rumiankowego mydła.

Willa!

Po kilku minutach ją znalazł, w chwili, kiedy czerwone światło zachodu padło na bagno.

Jego przyszła żona leżała na brzuchu na samym brzegu tego, co wyglądało jak duża bagienna dziura, pokryta po wierzchu mchem. Głowę miała opartą na ramionach, jakby spała.

Stanął bez ruchu. Gdyby Willa się przewróciła na bok, z łatwością wpadłaby w dziurę tuż obok niej. Mimo iż była bardzo szczupła, mech mógłby nie wytrzymać jej ciężaru. A pod tym mchem… Niektóre dziury w bagnie były głębokie na siedem jardów, pełne wody barwy mocnej herbaty.

Gdyby ją zawołał, mogłaby się nagle obudzić i wpaść do dziury.

Serce mu waliło, kiedy oddalił od siebie tę myśl i usiadł. Była tutaj – żywa. Widział, jak oddech porusza kosmykami jej włosów.

Stopniowo odgłosy bagien Lindow zostały zastąpione szumem krwi w uszach. Słyszał krzyki kulików, wyśpiewujących swoją wieczorną pieśń.

Kiedy z powrotem całkowicie opanował ruchy ciała, posunął się ku niej, zatrzymując się tylko wtedy, kiedy grunt przed nim zmieniał się w sprężystą, cienką warstwę mchu, pokrywającego płynne błoto. Z największą ostrożnością położył się na brzuchu. Willa musiała leżeć na maleńkiej wysepce bardziej stałego gruntu. Cud, że nie wpadła do wody.

Miał teraz głowę tak blisko torfu, że słyszał, jak pod jego powierzchnią płynie woda. Mech przed nim był czarny i Alaric wiedział, zanim dotknął dłonią jego kostropatej powierzchni, że go nie utrzyma. Cofnął się i zaczął się zbliżać do Willi pod innym kątem.

Nie udało się.

Spróbował znowu. W końcu znalazł się dostatecznie blisko, tak że uznał, iż może ją obudzić. Gdyby musiał, mógł ją złapać za rękę. Wtedy mogli oboje wpaść do dziury... ale przynajmniej umarliby razem.

– Everett... – szepnął cicho. Jego głos unosił się pod dźwiękami bagien, układającymi się teraz do snu. Kuliki chyba już chciały spać, bo odzywały się nieregularnie. Za to bulgot wody wydawał się głośniejszy.

Natychmiast otworzyła oczy; nie spała! Nie wykazywała jednak żadnych oznak strachu.

– Och, Alaric... Nie słyszałam cię – odezwała się z uśmiechem, nie poruszając jednak żadnym mięśniem.

Willa Everett Ffynche była prawdziwym poszukiwaczem przygód, czy się uważała za arystokratyczną damę, czy nie.

– Kochanie… zostań dokładnie tam, gdzie jesteś – powiedział.

– Muszę… – odparła smętnie. – Jeżeli się poruszę, wszystko pode mną też się rusza, jakbym leżała na cienkim materacu, kołyszącym się na falach. Ale w tej chwili chyba jestem dość bezpieczna.

W głowie huczały mu okropne przekleństwa. Nie leżała wcale na twardej wysepce! Leżała dokładnie nad dziurą w bagnie!

– Wiedziałam, że przyjdziesz – dodała.

Uśmiechnął się do niej, cały czas intensywnie myśląc. Był od niej najwyżej o stopę. Cal po calu wyciągał przed siebie ręce, utrzymując je ponad powierzchnią mchu.

– Idę do ciebie, Everett. Jeżeli wpadnę, nie ruszaj się, słyszysz? Jeżeli wpadnę do bagna, znajdą cię ludzie mojego ojca.

Starała się wykazać mu absurd takiej sytuacji, tylko poruszając brwiami.

– Dlaczego nie pójdziesz po pomoc? – zaproponowała. – Ja tu poczekam.

– Nie mamy na to czasu – powiedział i miał całkowitą rację. – Robi się coraz ciemniej.

– Możemy po prostu zaczekać do rana – powiedziała trochę niepewnie.

– Leżysz na czymś, co nazywamy „trzęsącym się bagnem" – wyjaśnił. – Błoto, które utrzymuje mech, może się rozgrzać od twojego ciała i rozluźnić się.

W jej oczach zamigotał lęk, ale mu się nie poddała.

– W takim razie może lepiej coś zrobimy.

– Wiele pań w takiej sytuacji wpadłoby w histerię, Everett – stwierdził. – Nie przychodzi mi na myśl nikt, kogo kiedykolwiek chciałbym mieć za partnera, poza tobą.

– Czemu miałabym się bać, skoro wiedziałam, że po mnie przyjdziesz?

– I przyszedłem. Teraz spróbuję ułożyć tułów na twardym gruncie, tak żebym mógł cię do siebie przyciągnąć. Możesz ostrożnie wyciągnąć do mnie ramiona?

Skinęła głową. Nawet ten lekki ruch rozhuśtał powierzchnię mchu pod nią. Powoli, powoli wysunęła lewe ramię spod głowy i je wyprostowała.

– Tak, tak, kochanie… – szeptał Alaric.

Rzuciła mu krzywy uśmiech. Leżał płasko, z palcami wyciągniętymi w jej kierunku. Ale w głębi jego oczu…

– Nie jestem Horatius – przypomniała mu. Leżała na falującym materacu mchu dobrą godzinę i nawet wyczuwała, w których miejscach warstwa jest grubsza, a gdzie tylko plątanina chwastów oddziela ją od wody.

– Wiem, że nie jesteś – odparł. Mówił zachęcająco, ale wzrok miał surowy.

Leciutko się przesunęła, chcąc wyciągnąć do niego prawą rękę. Biodro zanurzyło się, więc zatrzymała się, czekając, aż trzęsąca się poduszka znów się uspokoi.

– Masz nieomylny instynkt wyczucia bagna – pochwalił Alaric. – Mogłabyś się urodzić na bagnach Lindow.

– Czy twój dom też leży nad bagnem? – Wyciągnęła przed siebie ramiona, ale jeszcze go nie dosięgła.

– Możemy go sprzedać – odparł krótko. – Umiesz pływać, Willo?

– O, tak! – odpowiedziała. – Pływałyśmy z Lavinią w morzu, w Brighton.

– Wyciągnij jedno ramię w moją stronę tak, jakbyś leżała na powierzchni wody… o, właśnie tak.

Naśladowała go, przesuwając do przodu prawą stronę ciała. Jej „materac" zachwiał się gwałtownie.

– Spokojnie – mówił Alaric, tak cicho, jakby tylko oddychał. – Spokojnie... teraz po troszku... po troszku... starając się zachować poziom, przechyl biodro w lewo.

– Nie czuję gruntu – powiedziała po chwili, próbując.

– Zaraz ci się uda – zapewnił. Wpatrywał się w nią tak usilnie, jakby chciał ją oczyma przeciągnąć po ostatnim pięciocalowym kawałku bagna.

– Chyba moja turniura się zahaczyła – rzekła.

– Co?

– Moja turniura z korka – Zdołała się uśmiechnąć. – Przypuszczam, że tasiemki, które ją trzymają w pasie, zaczepiły o jakieś patyki.

– Ta turniura z korka...– mówił oszołomiony – To ona cię utrzymuje na powierzchni, prawda?

– Możliwe! Kiedy się potknęłam, ręce i nogi mi wpadły poprzez mech do wody, ale nagle wypłynęłam. Ale teraz nie mogę się posunąć naprzód. Ani w tył.

Alaric wykonał powolny, okrężny ruch i sięgnął po nią.

– Czy teraz leżysz na mchu? – spytała Willa ze strachem. – Nie masz turniury, która by cię utrzymała!

Jeszcze jeden ruch, tak delikatny, że ledwie poczuł falowanie mchu. Kontrolował doskonale każdy mięsień, zauważyła to. Kiedy się przesuwał, nie pochylał się na boki.

– W porządku – zapewnił cicho. – Mam pod kolanami dużą kępę trawy. Nie jest to idealne, ale wystarczy.

Jeszcze kolejny ruch, który ledwie zauważyła – i zacisnął silnie ręce na jej wysuniętych palcach. Uśmiech zadrżał na jej wargach.

– Witaj, kochanie. Tak bardzo... tak bardzo się cieszę, że po mnie przyszedłeś.

– Zawsze po ciebie przyjdę – stwierdził rzeczowo. – A teraz mam zamiar pociągnąć cię jak na łyżwach w moją stronę. Mogłabyś ugiąć kolana, tak żebyś wydostała stopy z wody nad powierzchnię?

– Obawiam się, że bym… och… – zaczęła. – Myślę, że rozumiem.

– To ci odciąży stopy, a korek nie pozwoli ci utonąć. Teraz mocno szarpnę, żeby cię uwolnić od tasiemek. Wtedy, kiedy kiwnę! – uprzedził.

Wpatrywała się w niego.

– Gdybym wpadła do wody – spytała – mógłbyś zostać bezpiecznie tam, gdzie teraz jesteś?

– A co byś odpowiedziała, gdybym to ja ci zadał to samo pytanie?

– Nie. – Odpowiedź padła szybko, a jej prawdziwość szła wprost z serca. Należał do niej i ona należała do niego, i gdyby jedno z nich zginęło, drugie także.

– Może to, że moi rodzice zginęli razem, właśnie było najlepsze… – powiedziała, uderzona tą nagłą myślą.

– Ale my nie zginiemy – powiedział twardo. Zacisnął mocno uchwyt. – Teraz, Everett!

Jednym ruchem ugięła kolana, wydobywając nad powierzchnię stopy, i w tej samej chwili on gwałtownie ją pociągnął do siebie. Taśmy turniury się rozwiązały, a ona sama wyskoczyła nad rozkołysaną powierzchnię jak piłka skacząca po trawniku. Cofnął się i oboje się potoczyli po stosunkowo twardym gruncie.

Ramiona Alarica objęły ją silnie; ukrył twarz w jej włosach. Cała drżała: teraz bała się bardziej niż przed minutą.

Po chwili objęła rękami jego twarz.

– Ocaliłeś mi życie, Alaric.

W zapadającym zmroku jego twarz miała smutny wyraz.

– Jedna z moich czytelniczek chciała cię zabić, Everett. Próbowała cię zabić.

Willa potrząsnęła głową.

– Prudence nie była zwykłą czytelniczką. To szalona kobieta, ale nic nie można na to poradzić... jak na błyskawicę. Nie odpowiadasz za jej czyny.

– Jesteś mokra i zziębłaś – powiedział. Wstał ostrożnie i postawił ją na nogi. – Musimy pójść do chaty zbieraczy torfu, zanim się zupełnie nie ściemni.

– Jestem mokra, ale nie zziębłam – odparła, skacząc w ślad za nim z kępy na kępę. – Dzięki Bogu dziś jest gorąco.

Kiedy dotarli do chaty, Alaric pomógł jej wejść, otwierając drzwi tak, żeby ostatnie promienie światła oświetliły izbę.

– Ktoś tu czeka na ciebie – zauważył.

– Groszek! – krzyknęła Willa i uklękła. – Jesteś strasznie ubłocona! – Przytuliła małe zwierzątko do policzka, ale zaraz zamrugała i odsunęła ją od siebie. – Ona śmierdzi! – zawołała. Zwróciła się do Alarica. – Nigdy przedtem tak nie śmierdziała!

– Opryskała Prudence – wyjaśnił Alaric i kucnął obok. – W ten sposób się dowiedziałem, że Prudence kłamie, i odkryłem, w którym miejscu zeszłaś ze ścieżki. Gdyby nie Groszek, mogłabyś spędzić na bagnie noc samotnie. À propos, w jaki sposób Prudence spędziła cię ze ścieżki?

– Miała pistolet – z drżeniem wyjaśniła Willa.

– Boże drogi! Strasznie mi przykro... – Objął ją ramionami. – Zostawiłem pod jej drzwiami lokaja i już jutro będzie w rękach policji, obiecuję!

Groszek próbowała zejść na ziemię, więc Willa ją postawiła, a mała się potoczyła naprzód z ogonem w górze.

– Co miałeś na myśli, mówiąc, że Groszek ją „opryskała"?

– Ten odór to jej broń. – Patrzyli oboje na malucha, jak wybiega za drzwi i siusia, po czym wraca do środka. – Dobrze, że tego nie zrobiła, kiedy była u mnie w kieszeni.

– O, Groszek jest bardzo dobrze wychowana – zapewniła Willa, kładąc mu głowę na ramieniu.

Ucałował jej włosy i delikatnie odsunął, po czym zaczął badać wnętrze chaty. Rozpalenie ognia z suchego, dymiącego torfu było kwestią chwili. Znalazł nawet parę łojowych świeczek, żeby nie było zupełnie ciemno, i trzy gliniane butle czystej, zimnej wody, z pewnością wydobytej z tej samej podziemnej rzeki, w którą o mało nie wpadli.

– Znajdą nas ludzie ojca – zapewnił, zamykając drzwi, tak żeby dym z torfu wydostawał się przez otwór w dachu, a nie snuł po całej izbie. – Ta chata jest własnością starego zbieracza torfu; nazywa się Barty i mieszka ze swoją wnuczką. Kiedy tylko wieśniacy poczują torf, palący się w pustej chacie, będą wiedzieli, gdzie nas szukać.

Willa już się usadowiła na stercie twardych szmat na barłogu, plecami oparta o ścianę, i piła wodę z jednej z butelek. Cały przód sukni miała w błocie: na ten widok ścisnęło mu się serce. Tak łatwo mogła utonąć w grzęzawisku!

Ale nie utonęła.

Powoli oglądał Willę od stóp do głów: zauważył brak jednego pantofelka, mokre rękawy sukni, okrągły podbródek, uśmiechnięte wargi… radosny wzrok. Zamarł na chwilę: poczuł ogromną ulgę, jak wtedy, gdy nurkował pod wodospadem w Afryce w gorący dzień.

Willa była bezpieczna. Przedtem nawet to do niego nie dotarło.

– Wiedziałam, że przyjdziesz, i przyszedłeś – mówiła. Machnęła w jego stronę butelką. – Chodź, napijesz się wody. Uff, nie przypuszczałam, że kiedykolwiek w życiu będę taka zmęczona…

On natomiast nie przypuszczał, że kiedykolwiek w życiu będzie taki szczęśliwy. Zrobił długi krok i padł na kolana, przyciągając ją do siebie, nie będąc w stanie wypowiedzieć słowa. Trzymał ją w ramionach tak mocno, że aż pisnęła, protestując ze śmiechem.

– Nic mi się nie stało, Alaric – powiedziała wreszcie. – Oboje jesteśmy już bezpieczni.

Gardło miał zanadto ściśnięte, żeby mówić, trzymał ją tylko i kołysał w tył i w przód. Przylgnęła do jego piersi. Wreszcie zdołał wychrypieć:

– Tak strasznie się bałem, że cię straciłem…

Potrząsnęła żywo głową, jej miękkie włosy pieściły jego policzek. Kiedy ją tak trzymał, nagle znowu poczuł cios w serce.

– Wiedziałaś, że przyjdę… – Słowa nadal z trudem przechodziły mu przez gardło.

– Naturalnie, że wiedziałam.

To była kobieta, którą kochał; ze wszystkiego, co jej przyniosło życie, co się wydarzyło, brała to, co najlepsze.

– Czy czasami płaczesz? – spytał, muskając ustami jej wargi.

– Niezwykle rzadko.

– Dlaczego?

– Kiedy zginęli moi rodzice, zrozumiałam, że jeżeli zacznę płakać, nigdy nie przestanę. Postanowiłam więc nie zaczynać. – Przesunęła mu dłonią po policzku. – Dzisiaj wiedziałam, że po mnie przyjdziesz, i dlatego czułam się tak bezpiecznie, jak się czułam przed śmiercią rodziców… kiedy nic nie mogło mnie przestraszyć.

– Mogłem cię przecież nie znaleźć – mówił dalej zduszonym szeptem. – Nigdy nie znaleźliśmy ciała Horatiusa…

Zmarszczyła brwi.

– A mimo to jesteś pewny, że nie żyje?

Jej głos rozszedł się echem w izbie.

– Próbował uratować swego konia.

– Bohaterska śmierć – stwierdziła i ucałowała go w brodę.

– Nie – zaprzeczył. – Wcale nie.

Próbowała się poruszyć, ale zacisnął jeszcze bardziej uścisk i nie wypuścił jej.

– Chcę zobaczyć twoje oczy… – poskarżyła się.

Schylił głowę i krzywo się uśmiechnął.

– One patrzą na ciebie.

Alaric się zastanawiał nad logiką jej słów; wiedział, o co spyta, zanim to zrobiła.

– Pił dużo tego dnia i jakiś dureń się z nim założył, że nie przeprowadzi bezpiecznie konia przez bagna Lindow – opowiedział wreszcie tę smutną historię. – Horatius znał każdą ścieżkę na tych bagnach. Jeżeli w ogóle ktoś mógłby je przejechać na grzbiecie konia i nie doznać szwanku, to tylko on.

– Więc zginął z powodu idiotycznego zakładu, zupełnie tak jak moi rodzice… – szepnęła.

– Od tego czasu bardzo się boję wszelkich niebezpieczeństw – wyznał Alaric. – A więc: żadnych kanibali!

– Cieszę się – wyszeptała.

Przycisnęła usta do jego ust. Ciało Alarica zapłonęło. Pochylił głowę i zaczął ją całować… jak należy. Rozchyliła wargi, a on się zagłębił w słodyczy jej ust, szepcząc bez słów, że jest jego i tylko jego.

Mówił o strachu, o uldze, o radości, tak przejęty, że myślał, iż węzeł w jego gardle nigdy nie puści… Nagle poczuł, że widzi własne serce, widzi jej postać w jego samym środku. Była taka, jak zawsze: opanowana, błyskotliwa, kochająca, dobrze zorganizowana.

Willa.

A może… Everett? Chyba postaci, jaką widział w sercu, należało nadać właśnie to drugie imię. Everett będzie go zawsze zadziwiała. Może nawet – frustrowała? Ale na pewno się nim opiekowała, tak jak się opiekowała każdym w swoim życiu.

Będzie go kochała.

I ratowała.

33

Willa zdawała sobie sprawę, jak bardzo, jak do szpiku kości jest zmęczona. Nigdy przedtem tak się nie czuła: jakby była pijana i kręciło jej się w głowie.

– Wiesz, że nigdy nie poprosiłeś tak formalnie o moją rękę? – spytała.

Skrzywił się.

– Do diabła, Everett, nie wolno ci zmienić zdania! Nie w tej sprawie!

To miały być jego oświadczyny. Żaden z jej czternastu konkurentów nie żądał jej ręki! Ich prośby były dworskie, pochlebne...

Żądanie Alarica było... bluźniercze.

Rozbawiło ją tak, że parsknęła śmiechem.

– Wierz mi, że nie miałem najmniejszego zamiaru się żenić, kiedy wróciłem do Anglii!

To zdanie wyleciało mu z ust z taką złością, że Willa musiała się znów roześmiać.

– To nic śmiesznego – mruknął, przeczesując włosy palcami. Jeżeli miał kapelusz, musiał go zgubić na bagnie. – Nie wyobrażam sobie życia bez ciebie.

– Okraszasz swoje oświadczyny smętną wiadomością, że cierpisz na brak wyobraźni? – Uśmiech Willi stawał się coraz szerszy.

Znowu przeczesał palcami czuprynę.

– Mogę sobie wyobrazić ten świat bez ciebie na nim; w ciągu ostatnich kilku godzin co chwila oczyma wyobraźni widziałem taką możliwość! Ale to nie byłby świat, na którym chciałbym żyć. – Oczy pociemniały mu z bólu. – Do diabła, Willo, nikt, kto zbyt wcześnie stracił kogoś kochanego, nie cierpi z powodu takiego braku wyobraźni!

– Wiem – odparła miękko. – Aż za często o tym myślę.

– Od śmierci Horatiusa wyobraźnia często podsuwa mi świat, w którym zamiast ludzi, których kocham, są puste miejsca – powiedział. – Moja macocha na przykład może umrzeć, rodząc dziecko; Betsy może zapaść na szkarlatynę; North może się zapić na śmierć.

– Mało prawdopodobne… ale cię rozumiem.

– A kiedy myślę o twojej śmierci, to nie jest tylko puste miejsce w materii mojego świata, Willo. To cały ten przeklęty… To…

Chyba mu zabrakło słów, i to akurat wtedy, kiedy Willa najbardziej je chciała usłyszeć. Uniósł ją i całował tak namiętnie, że w końcu zmiękła w jego ramionach, nie myśląc już o niczym.

Głos wewnętrzny, ten, który nigdy nie przestawał obserwować i komentować, ten zawsze opanowany, ciekawy, obojętny głos…?

…Przestał się odzywać.

Zniknął.

Zamilkł.

Ważny w tej chwili był tylko silny uścisk ramion Alarica. Nie trzymał jej tak, jakby była kruchą szklaną figurką: zgniatał ją, a jego usta owładnęły nią całkowicie. Jego język domagał się, by mu odpowiadała tym samym… i robiła to.

Kiedy skubał ustami jej dolną wargę, polizała go, a potem lekko ugryzła. I jeszcze raz: żaden mężczyzna nie miał tak wypukłej dolnej wargi! Potem całowała linię jego szczęki, wreszcie skubnęła ustami płatek jego ucha.

On całował jej szyję, ale kiedy go ugryzła w ucho, poczuł, że krew mu pulsuje w całym ciele, jakby przechodząc z jej ciała.

– Everett… – wyszeptał zdławionym głosem.

– Hm… – mruknęła. Udało jej się wyciągnąć mu koszulę z bryczesów. Kiedy przebiegła mu palcami po plecach, mięśnie się ugięły; zadrżała i przytuliła się do niego jeszcze ciaśniej.

– Musisz mi odpowiedzieć na pytanie…

– Co za pytanie? – Przesunęła ręce z jego pleców na brzuch.

– Czy nadal chcesz mnie poślubić? – Natrętny głos brzmiał tuż przy jej uchu.

Przycisnęła dłonie do jego brzucha i spojrzała mu w oczy.

– Poślubię cię, Alaric – powiedziała. Nieoczekiwanie poczuła przypływ emocji. – I będę się tobą opiekowała, będę cię chroniła, Alaric. Nikt taki jak Prudence nigdy się do ciebie nie zbliży!

Jedna z jego brwi powędrowała w górę.

Wsunęła rękę za jego kark.

– Potrzebujesz mnie – powiedziała z zadowoleniem. – Te wszystkie wariatki, lubieżnie gapiące się na twoje uda…

Tu wydała tak czarujący chichot, jakiego Alaric nie słyszał przez całe swoje życie. Zabrzmiał, jakby radość nabrała kształtu i wybuchła na cały świat płynnymi sylabami. Zaczął ją całować, po czym lekko popchnął w tył, na szmaty barłogu. Całował jej wilgotną kostkę, kostkę pachnącą torfem i rumiankowym mydłem.

Nakłaniał ją, by rozchyliła zmęczone nogi, tak by mógł ucałować jej gorące ciało. Odpowiedziała matowym jękiem, po którym nastąpił szereg żądań, nieco niezbornych z powodu fal gorącej rozkoszy.

Uniósł jej spódnice aż po talię i rozpiął przód bryczesów.

– Tak… – szepnęła zdławionym głosem, wciągając go na siebie: jego męski ciężar i siła cudownie uzupełniały jej miękkość… – Tak, Alaric, teraz, teraz!

Dotarło do niego „teraz".

Cofnął biodra, jego członek natrafił na wilgotne, ciasne miejsce, które go zapraszało do siebie. To, jak Willa się wiła pod nim, jak z jej ust padały prośby…

Nie zdawał sobie sprawy z głębokiego uczucia, jakie go ogarniało na widok jej twarzy, lśniącej od potu, krzyczących ust, wygiętego ciała, ostatniego pocałunku na jego wargach, zanim opadła w tył, wiotka, spocona, pełna błogości.

Ale zaczynał to rozumieć. Mógł nie odczuwać przedtem nic podobnego, ale wiedział, że będzie je czuł przez całe życie.

34

Dwie godziny później Alaric usłyszał wołanie, niosące się echem nad bagnem. Willa zasnęła, obudził więc swoją zabłoconą „wkrótce żonę" i narzucił na nią większość ubrań, z wyjątkiem turniury z korka. Groszek wróciła do jego kieszeni.

Kiedy wołania się zbliżały, ponownie ucałował rozbudzoną już Willę. Była bardzo miła, aż do chwili, kiedy zrozumiała, co jej mówił.

– Nie chcę znów przechodzić przez bagno – oświadczyła, potrząsając głową.

Alaric się uśmiechnął.

– Nawet gdybym cię niósł?

Oczy o ciężkich powiekach znów się zamknęły.

– Jutro…

Szeroko otworzył drzwi chaty. Grupa trzech, może czterech mężczyzn szła w tę stronę: pochodnie oświetlały im drogę.

Szli naprzód powoli, stawali co kilka kroków, kiedy mężczyzna, idący jako pierwszy, macał stopą i sprawdzał wytrzymałość desek, zanim reszta do niego dotarła. Kiedy już było wiadomo, że grunt jest mocny, mężczyzna idący jako ostatni przenosił deskę na przód – i procedura się powtarzała.

Alaric z rozbawieniem zdał sobie sprawę, że jego wybawcy wyglądają, jakby się bawili w jedną z jego ulubionych gier dzieciństwa: „żabi skok" – co prawda w nader poważnej wersji.

Oparł się plecami o darniową ścianę i czekał, aż jego ojciec i kilku stajennych ze zwojami lin na ramionach będą już blisko. Na czele grupy szedł stary Barty.

– Witaj, Barty – uśmiechnął się do starego zbieracza torfu. – Jestem ci wdzięczny za schronienie tej nocy w twojej chacie!

Twarz Barty'ego zalśniła w świetle pochodni.

– Oddałbym wszystkie świece, jakie kiedykolwiek miałem, żeby wiedzieć, że twoja pani się uratowała z bagna… – jego bezzębne usta rozchyliły się w uśmiechu.

Książę zszedł z deski.

– Willa?

– Śpi. Nic się nam nie stało.

Ze stłumionym jękiem ojciec chwycił Alarica w szorstkie objęcia. Przez chwilę stali razem, objęci ramionami: obaj czuli ulgę i miłość dla siebie nawzajem.

– Kolejna wiadomość – ciągnął książę, kiedy się już rozłączyli – to, że masz nową siostrę, Artemizję. Obiecałem, że natychmiast wrócimy, żeby twoja macocha się nie musiała martwić.

– Bardzo się cieszę! – zawołał Alaric. – Jestem podwójnie wdzięczny, że w tych okolicznościach wybrałeś się jednak na bagna! – Wsunął się do wnętrza chaty i podszedł do śpiącej narzeczonej. – Czas wracać do domu – oznajmił i schylił się, żeby ją podnieść.

– Co robisz? – mruczała. Oparła się policzkiem o jego pierś, kiedy wstawał.

Głęboko wciągnął słodki zapach swojej pani. Mimo odoru błota, mchu i brudnej wody nadal wyczuwał jej własny zapach mydła rumiankowego.

– Zabieram cię do zamku.

Już znowu spała jak suseł, jej długie rzęsy spoczywały nieruchomo na alabastrowych policzkach.

Powrót do domu zajął im co najmniej godzinę, mimo że Barty znał na pamięć każdą kępkę twardego gruntu pomiędzy swoją chatą a zamkowym murem. Alaric ciężko stąpał, trzymając w ramionach swój najcenniejszy skarb, i przez całą drogę słuchał sennych gruchań złotych siewek, moszczących się w swoich gniazdach.

Postanowił, że będzie uczył swoje dzieci, by poznały bagno tak dobrze, jak on je znał. Było ich dziedzictwem, oszukańczo pięknym, a tak groźnym terenem, ciągnącym się we wszystkie strony.

Kiedy podeszli, mur zamkowy majaczył w ciemności, większy, niż przypuszczali. We wszystkich oknach paliły się światła: dowód, że rodzina księcia i jego goście nie mogli zasnąć. W końcu ich prowizoryczną ścieżkę zastąpiła ścieżka wykładana drewnianymi deskami, i wreszcie Alaric mógł już iść szybciej, wiedząc, że ma pod stopami twardy grunt.

Stajenny biegł przodem, wymachując pochodnią, by powiadomić wszystkich, że nic złego się nie stało.

W końcu Alaric mógł wejść do zamku. Willa otworzyła oczy. Postawił ją na nogi.

W holu był tłum ludzi. Betsy podbiegła do nich z okrzykiem radości, reszta rodzeństwa za nią, witając radośnie brata.

– Dobry wieczór wszystkim! – zawołał Alaric z dzikim uśmiechem na twarzy. – Jesteśmy tutaj, cali i zdrowi, i bardzo wam dziękujemy za dobre życzenia i modlitwy!

– Dzięki Panu, że się znaleźliście – wołała lady Knowe, obejmując Willę. – Musimy się napić szampana. Prism!

Teraz, kiedy stali w jasno oświetlonym holu, Alaric zauważył, że ojciec nie nosi peruki. Włosy miał krótko przycięte, ale miejscami srebrne. Twarz miał niespodziewanie pokrytą zmarszczkami, oczy ciemne.

– Czy... było blisko? – spytał, oddając lokajowi płaszcz.

– Bliżej, niżbym chciał – odparł Alaric.

– Do diabła! Cholera! – parsknął Jego Wysokość. – Już jednego syna straciłem w tym bagnie, a gdybym jeszcze stracił was dwoje... Zawsze sobie powtarzałem, że byłeś równie bezpieczny w Afryce, jak tutaj. – Potarł twarz rękami.

– Ani przez chwilę nic mi nie groziło – pocieszał ojca Alaric. – Te wszystkie godziny, kiedy w dzieciństwie łamaliśmy wasze zakazy i ścigaliśmy się po całym bagnie, okazały się pożyteczne. Natomiast Willa miała na sobie modną turniurę... z korka, dzięki której pływała, a nie tonęła.

Sparky pierwszy parsknął śmiechem.

– Tak! Turniura uratowała jej życie – śmiał się Alaric.

Kiedy przyjęcie się przeniosło do salonu, Willa nie mogła się oderwać od narzeczonego, a nawet próbować odzyskać „przyzwoitości". Tuliła się do niego, wygodnie mościła się w jego ramionach.

Alarica bolały ramiona, zresztą wszystko go bolało, jednak powód tego był jak najlepszy.

Po tym, kiedy wszyscy pili szampana, włącznie z Bartym i stajennymi, Willa zwróciła się do kamerdynera. Podniosła swój kieliszek.

– Panie Prism, jestem bezpieczna i nic mi nie jest przede wszystkim dzięki pańskim uwagom o niebezpieczeństwie bagien!

Kamerdyner był wzruszony: kłaniał się, kiedy wszyscy, od lady Knowe do księcia, bili mu brawo.

– Za moją najmłodszą siostrę, Artemizję! – zawołał Alaric. Wszyscy mu przyklasnęli.

Potem podziwiali Willę za jej odwagę, Alarica za to samo, Barty'ego za jego chatę.

– A na koniec za Groszka! Za to, jak właściwie użyła swojej osobistej broni! – zawołał Alaric, wyjmując zwierzątko z kieszeni. – To nieustraszone stworzenie dzisiaj ocaliło życie pannie Ffynche!

Po całym pomieszczeniu rozniósł się szczególny zapach; księżna zaczęła kaszleć.

– Panna Ffynche i ja bylibyśmy wdzięczni, gdyby ktoś to zwierzę wykąpał, Prism – mówił Alaric. – Może nawet dwa razy…

– Proszę, w gorącej wodzie i wyłącznie mydłem rumiankowym! – prosiła Willa. – Później może wrócić do mojego pokoju. Hannibal z pewnością bardzo się o nią niepokoi.

Prism skinął na lokaja, który zabrał Groszka. Marszczył przy tym nos.

– Chyba już czas do łóżka – oznajmiła lady Knowe; zapach *Eau de Groszek* zakończył tę improwizowaną uroczystość.

– I bardzo prosimy o kolację! – zwrócił się Alaric do pana Prisma. – Gdzie Prudence? – spytał ojca.

– Na górze, pod strażą – odparł książę.

– Ona ma pistolet! – krzyknęła Willa, prostując się ze strachem.

– Uwolniłem ją od niego, kiedy zagroziła, że zastrzeli szeryfa, gdy jutro po nią przyjdzie – lakonicznie wyjaśnił książę. – Jest w swojej sypialni. Poleciłem jej spakować swoje rzeczy, chociaż nie mam pojęcia, co osoba podejrzana o usiłowanie morderstwa ma prawo zabrać ze sobą do więzienia, zgodnie z obecnym prawem.

Książę Lindow nosił wszelkie ozdoby i koronki, jakich wymagała i uznawała jego ranga. Ale w głębi duszy był Wilde'em. Wzrok miał lodowaty.

– Gdyby nie zagroziła pani życiu, panno Ffynche, puściłbym ją wolno. Ale teraz musi zostać zamknięta.

Alaric sądził, że Willa zacznie prosić o łaskę, ale ona po prostu skinęła głową.

– Przyszło mi do głowy, że nasze dzieci mogłyby być w niebezpieczeństwie.

Dzieci. Jego dzieci... z Willą. Miał dziwne uczucie, że bez trudu się z tego cieszy.

– Dziękuję – powiedział. Ojciec nie był człowiekiem, hojnie rozdającym pochwały. Ale Alaric od dzieciństwa wiedział, że książę będzie tu zawsze i że można na niego liczyć.

– Miejmy nadzieję, że wieści o wydarzeniach dzisiejszej nocy jeszcze się nie rozeszły – powiedział książę, jak zawsze sucho i dobitnie. – Jesteś już wystarczająco sławny. Krwiożercza córka misjonarza mogłaby z ciebie zrobić legendę!

– A co z Dianą? – spytała Willa. – Prudence mi mówiła, że uciekła z zamku… ale może to nieprawda?

– Raczej prawda – odparł Jego Wysokość. – Lord Roland pojechał za nią do Londynu zapewnić jej bezpieczeństwo do czasu, kiedy matka do niej dołączy.

Prism się ukłonił.

– Panno Ffynche, lordzie Alaric… kąpiele gotowe. Potem podam lekką przekąskę.

– Odprowadzę pannę Ffynche do jej pokoju – oświadczył Alaric.

Prawdę mówiąc, nie miał najmniejszego zamiaru jej zostawiać, ale myślał, że mógłby równie dobrze zachować pozory. Wziął ją pod ramię i powoli ruszyli na górę, gubiąc po drodze kawałki torfu.

– To był bardzo długi dzień… – stwierdziła zupełnie niepotrzebnie, zatrzymując się na progu sypialni.

Z uśmiechem i prawdziwą przyjemnością położył jej rękę na głowie. Jego przyszła żona była teraz rozczochrana i brudna. Pomyślał, że jeszcze nigdy nie wyglądała równie pięknie.

– Przyjdę do ciebie – powiedział bez wahania. – Będę się z tobą kochał, po raz pierwszy w łóżku, chociaż możemy się przedtem wyspać.

Przez chwilę myślał, że odmówi. Ostatecznie byli z powrotem w zamku. Ktoś mógłby ich odkryć. A wtedy jej reputacja ległaby w gruzach.

– Och, przecież się z tobą ożenię jak najprędzej, kiedy tylko otrzymam specjalne zezwolenie* – dodał.

– Nikt nie będzie się ze mną kochał, zanim nie wezmę kąpieli – oznajmiła. – Może mógłbyś odwiedzić mnie później?

---

* W XVIII w. angielska arystokracja musiała uzyskać zezwolenie od arcybiskupa na ślub.

Alaric przytulił jej małą, zabłoconą rączkę do ust.

– Doskonały pomysł – powiedział tak gładko, jakby rozmawiali o wypiciu herbaty. – Tyle że nie mogę cię ani na chwilę stracić z oczu. Ja…

Nagle puścił jej rękę.

Nieprawdopodobne!

Prudence – ta sama Prudence, która podobno miała siedzieć w swojej sypialni pod strażą – szła korytarzem w ich stronę. Co jeszcze bardziej nieprawdopodobne, w prawej ręce trzymała pistolet.

Alaric nie zdążył pomyśleć, zdążył jednak zareagować. Spojrzał jej w oczy i chciał się na nią rzucić.

– Nie ruszaj się! – parsknęła. – Ten pistolet celuje w twoją konkubinę. Pistolety sprzedaje się zazwyczaj parami, moje w każdym razie tak.

Oczy jej płonęły bardzo dziwnym, przerażającym światłem, ale ręka nie drżała. Na tę odległość nie mogła spudłować.

Willa stała obok niego jak przymurowana; z trudem oddychała.

– Napisałam dla ciebie tę sztukę, Alaric, z czystej miłości – drżącym głosem mówiła Prudence. – Tak było, zanim się dowiedziałam, że jesteś zatwardziałym grzesznikiem, który się będzie skręcał z bólu w dymach najciemniejszych piekielnych czeluści… chyba że okażesz skruchę.

– Prudence… – zaczął.

– Zanadto cię kocham, bym zostawiła twą duszę na pastwę tej dziwki – zauważyła tak niedbale, jakby mówiła o oddaniu czegoś do prania.

Instynkt powiedział Alaricowi, że to jej pożegnanie.

Błyskawicznie zasłonił sobą Willę, popychając ją na podłogę. Pistolet trzasnął ogłuszająco i błysnął, a korytarz wypełnił kwaśny, siarkowy smród prochu.

Przez kilka chwil panował kompletny chaos. Drzwi się gwałtownie otworzyły i Willa usłyszała krzyki i tupot nóg. Alaric leżał na niej, twarzą do ziemi. Ku jej przerażeniu zdała sobie sprawę, że ciepło, które poczuła, to krew.

Jego krew.

– Alaric! – krzyknęła, starając się wydostać spod niego, nie raniąc go bardziej.

Twarz miał białą jak papier.

– Kochanie… – wyszeptał.

Nad nimi, jak Anioł Stróż, pojawiła się twarz lady Knowe. Jednym szybkim ruchem uniosła Alarica i położyła go na wznak.

– Dobrze… tu jest wyjście – zamruczała.

Willa podniosła się i uklękła. Zobaczyła dziurę w ramieniu Alarica. Instynktownie sięgnęła do rany, by powstrzymać krwotok. Zorientowała się, że się modli, modli się goręcej niż kiedykolwiek w życiu, prosząc każdym oddechem, każdym szlochem o życie Alarica.

Lady Knowe grzecznie, ale stanowczo ją odsunęła, i, ponieważ za nią stał lokaj z lampą, zdjęła Alaricowi koszulę i obejrzała ranę. Obłożyła ją po obu stronach tamponami.

Książę stał z boku, trzymając Prudence za obie ręce. Wpatrywała się w Alarica i coś krzyczała.

Dopiero kiedy powtórzyła ten krzyk trzy razy, Willa zrozumiała.

– On ją ocalił! On się poświęcił dla niej!

– Przynieście nosze – polecił książę. Głos miał, jak zawsze, spokojny, ale stanowczy.

– To tylko rana na ramieniu – powiedziała spokojnie lady Knowe. – Nie ma zagrożenia życia.

W tym momencie Prudence się rozhisteryzowała, zaczęła płakać i krzyczeć.

– Prism, wezwij lokaja i obszukajcie jej bagaże. Musimy być pewni, czy nie ma jeszcze ze sobą jakiejś broni – polecił Jego Wysokość. – I zorientujcie się przede wszystkim, jakim do cholery cudem mogła uciec z pokoju!

Prism zaprowadził ją korytarzem, w asyście jeszcze trzech lokajów.

Na szczęście, bo Willa, która nigdy nie miała skłonności do przemocy fizycznej, była o włos od rzucenia się na Prudence i wyrwania jej włosów z głowy. Teraz patrzyła uważnie, jak ciotka Alarica podnosi szmatkę, okrywającą otwór rany. Krew nadal się sączyła, ale już tylko trochę.

Lady Knowe wydała dźwięk oznaczający zadowolenie i z powrotem ucisnęła ranę.

– Alaric był zawsze szczęściarzem.

– Szczęściarzem? – wykrzyknęła Willa, próbując pogodzić to określenie z dopiero co zaszłym wypadkiem.

– Kuli nie ma w środku i nawet może poruszać ramieniem… chyba że się mylę.

Zjawili się lokaje z noszami. Alaric otworzył oczy.

– Ktoś musi mi załatwić specjalne zezwolenie – mruknął.

– Nie trzeba, mam takie – spokojnie odpowiedział ojciec. – Było dla Northa, ale wystarczy.

Powieki Alarica opadały, ale starał się jak mógł.

– Ale… to na jego nazwisko – szeptał chrypliwie.

Jego Wysokość potrząsnął głową i smutnie wydął usta.

– Właściwie nie. Możesz za nie podziękować Horatiusowi… North nie był pewien, czy się powinien żenić pod grzecznościowym tytułem* Horatiusa, odmówił przyjęcia go, zatem arcybiskup pozostawił puste miejsce na zezwoleniu.

---

* Tytuł grzecznościowy (*courtesy title*) – w brytyjskiej heraldyce pojęcie oznaczające tytuł używany na co dzień w stosunku do arystokraty formalnie nieposiadającego własnego tytułu, lecz będącego na pierwszym miejscu w kolejce do takiej godności.

– W górę! – zarządziła lady Knowe lokajami. Nie zwracała uwagi na rozmowę.

– Jeżeli majaczę, myślę, że możemy parę dni zaczekać – stwierdził Alaric i zamknął oczy.

– Nie pozwalam swoim pacjentom na gorączkowanie – oznajmiła lady Knowe. Ruszyła za lokajami, gromko żądając gotującej się wody i okładów z korzenia żywokostu.

Alaric po tym wszystkim przez dwadzieścia cztery godziny nie otwierał oczu. Willa się wykąpała, trzy razy myła włosy, wreszcie coś zjadła. Siedziała przy jego łóżku, wypraszając gości i rodzinę, nawet lady Knowe, osobistego lokaja Alarica, jego brata Spartacusa, a nawet księcia.

Ojciec Alarica najbardziej protestował i Willa wiedziała, że za parę godzin znowu wróci, niezależnie od tego, co mówiła. Ale przynajmniej w pokoju było trochę spokoju.

Gdyby to ją trafiła ołowiana kula, wyzdrowiałaby tylko w spokoju.

Kiedy Alaric otworzył oczy, położyła mu dłoń na czole.

– Witaj, kochanie – szepnęła.

– Czy ciotka Knowe się mną zajmowała? – zamruczał. Willa przytaknęła.

– Sama ci zeszyła ranę, a ile przy tym było zamieszania! – Pocałowała go lekko w czoło. – Jak się czujesz?

Uśmiechnął się słabo.

– Miała niezłą praktykę, po tych wszystkich polowaniach i strzelaniach z łuku w naszym majątku…

Willa rzadko myślała o niebezpieczeństwach polowania.

– Nasi synowie nie będą polować, nigdy! – powiedziała mu. Okropne było widzieć Alarica, kiedy tak leżał z twarzą barwy popiołu i obandażowanym ramieniem. – Jak się czujesz? – spytała jeszcze raz, z ręką na jego czole.

– Boli – odparł z chrząknięciem, poruszając ramieniem. – Jak tylko pozbędę się gorączki, zaraz wstanę.

– Wstaniesz? – zawołała. – Z pewnością nie!

– Przecież bierzemy ślub – stwierdził. Lekko uniósł ramię, ale zaraz się skrzywił i je opuścił. – Jeżeli musimy złożyć swoje przysięgi tutaj, w tym pokoju, Everett, żenię się z tobą.

Uśmiechnęła się do niego.

– Nawet się nie odważę odmówić, bo wczoraj twój brat Spartacus pojechał konno do Manchesteru, żeby uzyskać podpis mojej ciotki na tym specjalnym zezwoleniu. Powinien wrócić za kilka godzin, więc byłoby nad wyraz nieuprzejme nie użyć tego zezwolenia przy najbliższej okazji, oczywiście pod warunkiem, *że* nie masz gorączki.

– Na pewno nie będę jej miał.

– Znowu uratowałeś mi życie – szepnęła i schyliła się, żeby ucałować mu brew.

– Nie ma o czym mówić – mruknął. – Pewnie, że tak. Jesteś moja, Willo Everett!

Po policzku Willi popłynęła łza i spadła mu na rękę.

– Tak bardzo cię kocham... Tak się bałam, że straciłam okazję, żeby ci to powiedzieć.

– Nie musisz tego mówić – rzekł Alaric. – Jestem kochany i kocham. Uśmiechnęła się przez łzy. – Nawet ta zwariowana morderczyni zrozumiała, że zawsze się będę opiekować tymi, których kocham. Aha... a gdzie ona jest?

– Twój ojciec odesłał ją do Walii pod silną strażą. Jeżeli sąd by ją uznał za winną usiłowania morderstwa, a na pewno by tak było, zostałaby skazana na rok ciężkich robót. Nikt z nas tego nie chciał, więc ją odesłał do pewnej instytucji, którą zna twoja ciotka. Jeżeli odzyska zdrowie psychiczne, odeślą ją do Afryki, bez prawa powrotu.

Alaric kiwnął głową.

– Kiedy Lavinia tak się zachwycała twoimi książkami, nie wierzyłam, że jesteś bohaterem – powiedziała płaczliwie. – A ty jesteś bohaterem. Myliłam się, tak bardzo się myliłam!

– Nie jestem żadnym bohaterem.

– Ależ tak, ty…

– Nie… chyba że muszę nim być – uciął dyskusję. – Nie, aż do chwili, kiedy cię spotkałem. Przestań płakać, Everett, przecież się chwaliłaś, że nigdy nie ronisz ani jednej łzy, pamiętasz?

Zamknął oczy i natychmiast zasnął. Cały czas trzymała go za rękę.

Willa nadal siedziała przy jego łóżku, jeszcze, kiedy słońce wstało, co kilka minut sprawdzając, czy nie gorączkuje i targując się z Bogiem. Pod jej dłoń nie zakradło się żadne chorobliwe gorąco.

W pewnym momencie Alaric odwrócił głowę w jej stronę i sennie się uśmiechnął.

Wdrapała się na łóżko, położyła obok niego i zasnęła.

W dwadzieścia cztery godziny później lord Alaric włożył na ślub świeżą lnianą koszulę i kamizelkę, bez żakietu; miał obandażowane ramię i rękę na temblaku, zatem żakiet był wykluczony. Willa włożyła jedną ze swoich ulubionych sukien, równie prostą i zwyczajną, jak jego koszula.

Nie pobiegł susem do ołtarza w prywatnej kaplicy zamku Lindow, ale poszedł tam równym krokiem. Nie mógł wziąć panny młodej na ręce i przenieść przez próg sypialni, ale ją całował.

Raz za razem.

Kiedy w końcu znaleźli się w łóżku w jego sypialni w wieży, z dala od reszty gości, leżał płasko na wznak i uśmiechał się do żony.

– Jestem teraz *terra incognita*… – powiedział.

– Nieodkryty kraj?

– Dokładnie tak. Twój. Wszystko dla ciebie.

35

Dwa dni później

Jestem niezmiernie zirytowana, że tyle się wydarzyło, kiedy kupowałam kapelusze w Manchesterze! – żaliła się po
raz nie wiadomo który Lavinia. – Diana uciekła… ty omal
się nie utopiłaś w bagnie, a teraz ukradłaś mi mężczyznę,
którego uwielbiałam co najmniej od trzech lat!

– Ale przestałaś już go adorować – podkreśliła Willa.
Przymierzała jeden z nowych kapeluszy Lavinii. Przywiozła
ich aż osiem, jeden piękniejszy od drugiego. – Mówiłam
ci, że mój słomkowy kapelusz z truskawkowymi piórami
przepadł na bagnie?

– Warto było go poświęcić – stwierdziła Lavinia –
w świetle tego, co nastąpiło potem.

– Uwielbiam ten uroczy welon – rzekła Willa. Wzięła do
ręki letni kapelusz z opadającym rondem, trzema białymi
piórami i jednym lawendowym, i z welonem, sięgającym
niemal do pasa.

– Musisz go sobie wziąć! To będzie mój ślubny prezent.
Tak bardzo chciałam na nim być!

Willa się pochyliła i ucałowała policzek Lavinii.

– Nie mogłabyś przecież galopować tutaj całą noc, jak to zrobił Leonidas. Wyobraź sobie, zasnął potem w ławce i przespał całą uroczystość. – Przymierzyła kapelusz tak, że zasłaniał jej jedno oko. – Bardzo ci dziękuję! Cudowny prezent!

– Zmieniłaś się – stwierdziła Lavinia, mrużąc oczy.

– Jak to?

Willa włożyła teraz kapelusz tak, że pióro jej opadło na twarz: kichnęła.

– To musi mieć jakiś związek ze spaniem z mężczyzną – zamyśliła się Lavinia. – Albo może to dlatego, że jesteś teraz lady Alaric Wilde? Jesteś teraz bardziej sobą. Jesteś taka, jaka bywasz, kiedy jesteśmy same.

– Och… – Willa rzuciła Lavinii szybki uśmiech. – W końcu… nasze zasady dotyczą tylko „sezonu polowań".

– No, twój sezon polowań już skończony, jesteś teraz żoną najprzystojniejszego mężczyzny w kraju! No, także jednego z najbogatszych. Mama słyszała, że Parth czterokrotnie powiększył dziedzictwo Alarica i Rolanda.

– Będziesz musiała przestać go nazywać „ograniczonym" – roześmiała się Willa.

Lavinia wzruszyła ramionami.

– Mama teraz szaleje: chce koniecznie, żebym złapała Northa, zanim Diana zmieni zdanie. Nie potrafi się zdecydować, czy zostać tutaj, czy jechać z moją ciotką do Londynu po dzisiejszym balu.

– O ile wiem, żadne z nich nie wysłało wiadomości – rzuciła Willa.

– Chcę tylko, żeby Diana mi się zwierzyła. – Lavinia owijała wstążkę na palcu. – Ostatecznie jest moją kuzynką. Mogłabym jej pomóc. Mam wrażenie, że ją zawiodłam.

– Diana jest kobietą, która się trzyma własnego zdania – podkreśliła Willa.

– W każdym razie moja matka oszalała, bo próbuje mnie przekonać, żebym namówiła Northa na małżeństwo ze mną! Ale, pamiętasz? Postanowiłyśmy nie przyjmować niczyich oświadczyn przed końcem naszego drugiego sezonu.

– To było jeszcze, zanim poznałam Alarica. – Willa uznała to za jedyną logiczną odpowiedź.

– Natomiast ja jeszcze nie spotkałam mężczyzny, z którym mogłabym żyć dłużej niż przez tydzień – oświadczyła Lavinia.

– I nigdy tak naprawdę nie myślałaś o wyjściu za Northa, skoro Diana go zdyskwalifikowała – zaznaczyła Willa. – Ale teraz, kiedy się stąd wyrwała, powiedziałabym, że całkiem go lubię.

– Diana była zdezorientowana, prawda? Dlaczego się nie mogła zachować po prostu jak cywilizowana osoba? Uciekanie było strasznie dramatyczne.

– Nie tylko dramatyczne, ale niewygodne: musiała jechać dyliżansem – zgodziła się Willa. – North wrzeszczał na biednego Prisma, że nie wysłał Diany do Londynu jednym z naszych powozów. Ale Prism nie miał pojęcia, dlaczego chciała iść do wsi, więc dał jej wózek z kucykiem, o który poprosiła. Wyobraź sobie Dianę, jadącą dyliżansem!

– Chyba nie ma żadnej sukni, która by jej dwukrotnie nie poszerzała. Tak czy owak, nie interesują mnie jej stroje. Zostawię Northa jego melancholii.

– Mogę włożyć ten kapelusz na strzelanie z łuku?

– Naturalnie. – Lavinia podniosła inny z nowych kapeluszy i włożyła. Był mniejszy, ozdobiony dużą ilością śliwkowych wstążek w paski, powiązanych w kokardy i pętle, co ją czyniło podobną do eleganckiego statku, co prawda z wzdętymi żaglami. – Mówiłam ci już, że Parth Sterling wrócił? Ledwie zdążył wejść, już mnie obraził.

– Przyjechał na dzisiejszy bal – rzekła Willa ze skruchą.

– Żebyś się nie odważyła mówić mu o tych wszystkich kapeluszach!

– Dlaczego, do licha, miałabym mu coś mówić? – Willa była zdumiona.

– Bo powiedział, że jestem wyrachowaną, zachłanną kobietą – odrzekła Lavinia. – Że nic, tylko chodzę po sklepach i do niczego innego się nie nadaję.

– Nie ma racji – oświadczyła Willa, odkładając kapelusz i obejmując Lavinię. – Zupełnie się myli, i powiem mu to jeszcze dzisiaj.

Lavinia się zachmurzyła.

– Może się niepotrzebnie biorę do strzelania z łuku. Wiesz, jak fatalnie strzelam.

Willa się nigdy nie dowiedziała, czy Lavinia była bliska zastrzelenia Partha, ponieważ nie pojawiła się na dole w swoim uroczym nowym kapeluszu aż do chwili, kiedy Alaric stwierdził, że strasznie go boli zranione ramię.

A to znaczyło, że oboje wracają do jego sypialni we wschodniej wieży i kładą się do łóżka.

Willa na ogół nie wierzyła, że entuzjazm jest uczuciem, któremu dorośli ludzie powinni ulegać – często czy długo. Wydawało jej się to dziecinne, odpowiednie na przyjęcia albo na występy teatrów lalek.

Wiedziała jednak doskonale, że to, co w tej chwili czuje w piersi, to właśnie entuzjazm. Po pierwsze: nie mogła przestać się uśmiechać. Jeżeli tak pójdzie dalej, zacznie przypominać Lavinię.

Ale... kto by się nie uśmiechał?

Spędziła popołudnie, odurzona pocałunkami Alarica, nie mówiąc o mięśniach jego torsu, o jego długich palcach, jego rzęsach, jego... innych częściach ciała.

Księżna zaprosiła niemal całe hrabstwo Cheshire do zamku na bal z okazji ich ślubu. Willa poszła do swojej dawnej sypialni się ubrać; jej mąż wylegiwał się tymczasem z książką w ręku.

Groszek grzecznie go powąchała, po czym wróciła do swojego zwykłego zajęcia, a mianowicie do opróżniania woreczka Willi z włoskich orzechów i chowania ich pod łóżkiem, skąd rano wyławiała je pokojówka i wkładała z powrotem do woreczka.

Alaric jednak nie był sam: wyciągnięty wzdłuż jego kolan, mrucząc, leżał chudy, rudy kot. Futro Hannibala już zaczynało błyszczeć, a żebra były coraz mniej widoczne.

– Jesteś najwspanialszą damą w tym zamku – powiedział, spoglądając na żonę znad książki. – Ta morelowa rzecz, którą masz na sobie, cały ten jedwab i koronki... no, wyglądasz jak księżniczka.

Spojrzała na swoją ulubioną balową toaletę. Była delikatnie różowa, nie morelowa; z bawełnianej organdyny, nie z jedwabiu; suknia, nie „rzecz".

– Mam szczególną słabość do staników – dodał Alaric.

Gorset podnosił wysoko jej biust, a stanik sukni był sprytnie wycięty tuż ponad sutkami, częściowo dlatego, że był tak obcisły. Poniżej talii we wszystkie strony kłębiły się jedwabie i koronki.

Alaric wstał, więc Hannibal spadł na podłogę.

Mąż podszedł do niej zbyt blisko i z łatwością mógł zrujnować całą toaletę, ale Willa nie chciała go odsuwać od siebie; nie teraz, kiedy pachniał tak pięknie, że serce jej zaczęło mocniej bić.

Była całkiem pewna, że zdradza własne uczucia za każdym razem, kiedy patrzy na Alarica. Za każdym razem otwierała wachlarz, żeby z nim szeptać zza tej osłony. Za każdym razem kładła mu rękę na ramieniu i rozglądała się, nie pozwalając, żeby zbliżyła się do niego któraś z wielbicielek.

Zajęło to kilka dni, ale Willa wszystko kontrolowała, w każdym razie w zamku. Goście zaczęli go traktować jak zwykłego mężczyznę, co było mile widzianą zmianą i ulgą dla nich obojga.

Dzisiejsza noc miała być kolejnym wyzwaniem, ale ostatnią taką nocą na czas dłuższy: jutro ona, Alaric, Hannibal i Groszek wyjadą do własnego domu, o niecałą godzinę drogi od zamku.

Słyszała, jak powóz za powozem podjeżdża pod wejście, a dźwięki, dochodzące z sali balowej, rosły od cichego szumu do gwaru, jaki zwykle robi wielkie stado szpaków. Prawdopodobnie większą część wieczoru spędzi na pouczaniu dam z Cheshire, że lord Alaric nie jest autorem, lordem Wilde'em, i że w związku z tym nie należy go dotykać, smakować ani odzywać się do niego w nieodpowiedni sposób.

– Musimy już schodzić na dół – powiedziała, zanim pieszczoty Alarica nie wprowadziły ich w stan ekstazy erotycznej, co by doprowadziło do zbyt późnego zjawienia się na balu. – Nie możemy się spóźnić – sapnęła, wywijając się od pocałunku, który sprawiał, że zaczynała drżeć w oczekiwaniu… – Nie powinniśmy zrobić zawodu twojemu ojcu, to przecież…

Słowo jej umknęło, gdyż Alaric akurat pieścił językiem jej dolną wargę i chciała tylko przylgnąć do niego.

– To przecież prezent od niego – powiedziała z ulgą, że znalazła właściwe słowo. – To prezent twojego ojca dla nas, to uroczystość z okazji naszego ślubu.

Alaric stęknął z niezadowoleniem, ale ją puścił.

– Dlaczego u diabła mój ojciec myśli, że musi robić wokół tego tyle zamieszania?

– Bo jesteś pierwszym z dzieci księcia, które wzięło ślub – zaznaczyła. Stanęła przed lustrem i zaczęła układać włosy w pracowitą fryzurę, dzięki której nie musiała wystąpić w peruce. – Wiesz, co to za prezent?

Nie odpowiedział.

Zerknęła na niego przez ramię.

– Wiesz!

– Może ty się będziesz dobrze bawiła.

– Ponury jesteś, milordzie? – rzuciła żartobliwie, patrząc na jego odbicie w lustrze.

– Zrezygnowany. Należysz teraz do rodziny, więc musisz poznać poczucie humoru mojego papy.

Zmarszczyła brwi.

– Czyżby zaprosił jakiegoś błazna?

– Chciałbym, żeby tylko to. Druga księżna tak nienawidziła jego poczucia humoru, że w dziecinnym pokoju dyskutowaliśmy, że pewnie dlatego uciekła z tym Rosjaninem.

– Jakieś zabawne historie? – Willa nie mogła sobie wyobrazić księcia, śmiejącego się z wesołych opowiadań.

– Nie. Perwersyjne zainteresowanie dziwactwami połączone z głęboką wiarą, że rodzinie Wilde nie wolno się wygrzewać w swoim własnym świetle.

Willa też się interesowała dziwactwami; poczuła ciepło do teścia.

– Tak, jesteś bardzo do niego podobna – powiedział Alaric, jakby czytał w jej myślach. – Poza twoim wyglądem, który jest wyśmienity. Lepiej zejdźmy na dół, zanim sobie znowu pomyślę o tym, jak twoje biodra się poruszają pode mną.

– Alaric! – Zaczerwieniła się i niemal wybiegła z pokoju, ścigana jego rechotem.

Kiedy stali już pod drzwiami do sali balowej, Willa się wyprostowała. W pewien sposób była urodzona do takiego życia.

Jeżeli w Anglii był ktoś, kto by mógł uwolnić Alarica od brzemienia bycia „lordem Wilde" i obdarzyć go prywatnym życiem, na jakie zasługuje każdy Anglik, to była to ona. Chciała za wszelką cenę przywrócić mężowi jego właściwe miejsce w towarzystwie jako członka arystokracji, nie zaś ucieleśnienia marzeń o mężczyźnie głupiej, gryzmolącej dziewczyny.

Położyła palce na jego przedramieniu, jakby mieli za chwilę tańczyć menueta.

Alaric spojrzał na żonę.

– Nie chciałbym, żeby ktokolwiek inny towarzyszył mi w tej bitwie.

– Coraz częściej zgadujesz, o czym myślę – roześmiała się.

– Jak wszyscy dobrzy mężowie.

Zupełnie się nie przejmował faktem ich małżeństwa, podczas gdy Willa cały czas nie mogła uwierzyć, że zaledwie parę tygodni temu przyjechała tu z Londynu. Była wtedy tylko sceptyczna, ale i rozbawiona obiektem adoracji Lavinii, sławnym lordem Wilde'em. Jakże szybko zmieniły się te okoliczności!

W tej chwili była żoną tego odkrywcy, cieszącego się złą sławą. Spędzała z nim noce. I będzie to robiła przez wiele lat. Dziesięcioleci. Przez resztę życia.

Było to całkiem obce pojęcie, wymagające wybujałej wyobraźni, jak u Lavinii. Jak ktoś, kto potrafi odmalować to, co niewyobrażalne.

Na znak Alarica Prism otworzył drzwi do sali balowej. Panował tam ogłuszający hałas.

Zamiast muzyków i tańczących gości wielką przestrzeń zajmowały liczne rzędy krzeseł. Te na froncie były złocone i rozstawione dostatecznie rzadko, żeby pomieścić suknie dam. Były zarezerwowane dla rodziny; wielu młodych Wilde'ów już siedziało, z twarzami płonącymi z przejęcia. Na widok wchodzących Alarica i Willi podniósł się hałas, szybko stłumiony przez dwie niańki.

Za nimi ustawiono krzesła przyniesione z salonów i gabinetów; siedzieli na nich goście i sąsiedzi, przybyli dziś wieczorem na bal. W głębi sali tłoczyli się lokaje, pokojówki i stajenni, niektórzy stali oparci o ścianę.

– Mój ojciec – stwierdził Alaric *sotto voce* – chce się dzielić swoimi żartami z jak największą liczbą ludzi.

Willa wstrzymała oddech i nagle się zatrzymała.

– To będzie ta sztuka, prawda?

– Ostatnie przedstawienie… tak przynajmniej sądzę – powiedział Alaric. – Mój ojciec zarządził zakończenie produkcji i sprowadził aktorów do zamku, zanim trupa zostanie rozwiązana. Ostatnie sapnięcie autorki – morderczyni.

Jego krzywy uśmiech sprawił, że Willa miała ochotę go pocałować.

Kiedy szli do pierwszego rzędu, napięcie w sali jeszcze wzrosło. Willa uchwyciła fragmenty rozmów zgromadzonych gości, którzy patrzyli na nich pożądliwie i z uwagą, zazwyczaj należną parom królewskim, a nie zwykłym sąsiadom.

– To on! – mówiła potężna dama do swojego starszego towarzysza, mrugającego wodnistymi oczkami, jakby nie mógł dostrzec Alarica. – Wygląda, jak prawdziwy…

Cokolwiek chciała powiedzieć, zagłuszył to pisk młodej damy o kilka rzędów przed nimi.

– Nie wierzę własnemu szczęściu! Mogę obejrzeć *Zakochanego do szaleństwa*! Ojciec Petry musiał zapłacić poczwórną cenę za…

– Uda… – sapnęła trzecia dama.

Tak, uda, czule pomyślała Willa. Uda jej małżonka były wspaniałe i wspaniale wyeksponowane, bo Alaric miał na sobie jedno z ubrań Northa. Szukając właściwego stroju, przetrząsnął całą garderobę brata.

Narzekał co prawda, że bryczesy Northa są za obcisłe, ale fakt, że jego nogi wyglądały w nich wspaniale.

– Za chwilę zemdleję… – jęknęła lady Boston, kiedy Alaric mijał jej krzesło. Willa zerknęła na nią, tylko po to, by było jasne, że lord Wilde nie będzie zbierał mdlejących kobiet z podłogi i przywracał ich do życia, tuląc do męskiej piersi.

– Przerażasz mnie – szepnął Alaric żonie do ucha.

Kiedy już byli przy pierwszym rzędzie, Leonidas zerwał się na równe nogi. Oboje z Betsy byli ubrani na bal, podczas gdy reszta dzieci miała zaraz potem iść spać do dziecinnych pokoi.

– Skoro pojawił się schnący z miłości bohater, spektakl może się już zacząć – oznajmił Leonidas, skręcając się ze śmiechu z własnego żartu.

Alaric żartem trącił brata w ramię, po czym zaprowadził Willę na krzesło i sam usiadł obok niej, tak blisko, jak tylko się dało, pozwalając, by ułożyła zwoje jedwabiu i kremowych koronek z drugiej strony krzesła.

Przed nimi wznosiła się szeroka scena, ułożona o kilka cali ponad podłogą sali balowej; w głębi powieszono horyzont, przedstawiający dżunglę; podobnie pomalowane były kulisy. Niezmiernie włochaty malowany lew wysuwał łeb spomiędzy dwóch drzew, a malowany krokodyl pełznął z otwartą paszczą na dole po prawej.

Zielone aksamitne zasłony wisiały za dekoracjami, zasłaniając wszystko, co się działo na zapleczu i dając aktorom przejście na korytarz. Stamtąd też było słychać gwałtowne szepty i ciche głosy aktorów.

– Jakim cudem, do licha, Jego Wysokość zorganizował, że przedstawienie przyjechało aż tu, do Cheshire? – spytała.

Mąż wzruszył ramionami.

– Powiedział mi, że to nasz prezent ślubny, na zakończenie przedstawień. Przypuszczam, że zapłacił tyle, że im się to opłaciło.

To prawda, że w dniach po zranieniu Alarica Willa w ogóle nie zwracała uwagi na cokolwiek, poza opieką nad nim. Cała trupa teatralna przybyła do zamku, a ona nic nie zauważyła.

– Dobry wieczór! – usłyszała męski głos. Podniosła oczy.

To był North, ale zupełnie inny North. Po pierwsze, nie nosił swojej ekstrawaganckiej paryskiej peruki, ale ubranie, które mógł nosić lekarz albo ktoś nieinteresujący się modą.

Ucałował jej rękę, a ona się uśmiechnęła. Jego prosty czarny żakiet podkreślał cienie pod oczami, ale ukłon był równie elegancki, jak zawsze.

– Nie wiedziałam, że już wróciłeś z Londynu. Proszę, usiądź obok mnie – zaprosiła. – Prism nam właśnie powiedział, że Jego Wysokość być może nie będzie mógł być obecny na przedstawieniu.

– Ofelia jest w porządku, prawda? – spytał North, siadając.

– Piekielnie rozkapryszona – odparł Alaric, pochylając się do niego nad głową Willi. – Nie podoba się jej, że lekarz zalecił leżenie, i zmusza ojca, żeby był na jej każde skinienie czy wezwanie.

– Bo tak powinno być – zaznaczyła Willa. Głęboko wierzyła, że prawo natury, iż tylko kobiety dźwigają ciężar rodzenia dzieci, jest nierozsądne.

– Czy tak powinno być stale, czy tylko w trudnych momentach? – North rzucił jej czarujący uśmiech.

– W sprawiedliwym świecie kobiety powinny rodzić córki, a mężczyźni synów – powiedziała zdecydowanie. – Bywa, że chłopcy za wiele ważą, żeby ich wygodnie dźwigać.

North z krzywym uśmieszkiem spojrzał poprzez nią na brata.

– Tak, jestem szczęściarzem – rzekł Alaric z uśmiechem.

Twarz Northa się zamknęła jak pułapka na myszy.

– Do jasnej cholery – rzucił Alaric. – Nie o to mi chodziło…

Zza zielonej aksamitnej kurtyny dobiegł dźwięk strojenia kilkorga skrzypiec. Wyraz twarzy Northa zelżał; uniósł jedno ramię.

– Twoje szczęście jest już legendarne.

Pojawiła się promieniejąca lady Knowe i usiadła po drugiej stronie obok Northa.

– Widziałam tę sztukę już dwa razy i marzę o zobaczeniu jej trzeci raz.

– Pamiętasz, że napisała ją jakaś kobieta, zwariowana jak Marcowy Zając*? – spytał Alaric.

– I odpowiedzialna za niemały prawdziwy dramat? – wtrąciła Willa, obejmując palcami ramię męża. Dotąd budziła się w nocy, przerażona.

Lady Knowe wzruszyła ramionami.

– A kto kiedykolwiek zapewniał, że Szekspir był zdrowy? Wiesz, że zostawił swojej żonie tylko „byle jakie łóżko"?

– To świadczy o jego małżeństwie, nie o zdrowiu – zaznaczyła Willa.

Po chwili w sali zapadła cisza, gdyż przed kurtyną pojawił się chłopiec, trzymający w ręku dużą tekturową tablicę z napisem:

ZAKOCHANY DO SZALEŃSTWA
ALBO
TRAGICZNA HISTORIA
DZIKICH ZWIERZĄT
ORAZ
CÓRKI MISJONARZA

---

* Marcowy Zając – postać z książki L. Carrolla *Alicja w krainie czarów*. Przy tym określenie „zwariowany jak marcowy zając" jest starym angielskim porzekadłem.

Willi zbierało się na śmiech na widok tego absurdalnego tytułu, ale zamiast tego tylko poklepała męża po kolanie. Przypomniała sobie, że życiowy partner powinien w trudnych chwilach ofiarowywać pomoc.

Chłopiec doszedł już do końca sceny, odwrócił tablicę i ruszył z powrotem. Po drugiej stronie był napis:

OSTATNIE PRZEDSTAWIENIE

To spowodowało kolejną falę szmerów publiczności, które zamilkły, zagłuszone coraz głośniejszymi dźwiękami skrzypiec.

Zza kurtyny wyszedł jakiś dżentelmen i kroczył powoli po scenie.

– O Boże… nie mówcie mi, że to mam być ja… – jęknął Alaric.

– Nie jest taki straszny – szepnęła Willa.

Aktor ani trochę nie przypominał jej męża. Miał szczupłą, patrycjuszowską twarz, lawendową, pracowicie upudrowaną perukę, a figurę jakby specjalnie stworzoną do mody obcisłych ubrań.

– Ja noszę gorset… – syknął z oburzeniem Alaric do ucha żony.

– Sza…! – odszepnęła. Nie mogła się jednak powstrzymać od śmiechu.

Dżentelmen – istotnie grający „Lorda Wilde'a" wygłosił długą przemowę o swojej pasji do dzikich terenów; Alaric siedział zupełnie nieruchomo i patrzył uważnie, z rękoma na piersi.

Wydawało się, że obecność prawdziwego Lorda Wilde'a denerwuje aktora, bo dość nerwowo odklepał monolog, wyjaśniający jego podróż do „najdzikszej Afryki".

Zakończył teatralnym gestem, głosząc, że nikt nie doznał „prawdziwego" życia, jeśli nie mieszkał pośród lwów.

W tym momencie wyraz twarzy Alarica stał się okrutny i każdy mógłby nazwać zejście ze sceny nieszczęsnego aktora ucieczką.

North wydawał się bardziej ożywiony.

– Już zapomniałem, jaka to dobra sztuka. Przypuszczam, że Fitzball mógłby ci dać kilka wskazówek, jak się ubierać, Alaric.

– Fitzball?

– No, ten aktor – wyjaśnił North radośnie. – To już prawdziwa gwiazda. A jego pełna wyrazu rola lorda Wilde'a bardzo się przyczyniła do twojej sławy.

W odpowiedzi Alaric wykonał dość ordynarny gest, tak że Willa musiała go lekko kopnąć, przypominając, że to prezent. Następnie, jako że już byli rodziną, kopnęła też Northa.

– Zachowujcie się!

W tym momencie na scenę wypadła córka misjonarza – i skończył się pierwszy akt. Kiedy akcja toczyła się dalej, Willa odkryła, że jej ocena tej sztuki jest inna niż Northa. Po pierwsze, było w niej o wiele za dużo „rozdygotanych" zdań. Po drugie, rodzina misjonarza nie wiadomo dlaczego błogosławiła wszystkich na prawo i lewo, co się robiło męczące.

Naprawdę spodobała jej się scena, w której córka misjonarza wpada do głębokiej rzeki (którą reprezentowała falująca błękitna tkanina). Jej matka krzyczała i jęczała, równocześnie obdarzając błogosławieństwami głowę tonącej córki.

Lord Wilde bił się w piersi, biegając tam i z powrotem nad rzeką i lamentując, że lęk przed wodą nie pozwolił mu ratować „najsłodszej dzieweczki, jaka kiedykolwiek stąpała po sawannie".

Reakcja publiczności na ten dramatyczny kryzys podzieliła się nierówno, pomiędzy tych w pierwszych rzędach – czyli Wilde'ów – którzy ryczeli ze śmiechu, i resztę, która krzyczała z przerażenia i napięcia.

Na szczęście okazało się, że młoda dama umiała pływać, bo się przesunęła przez niebieską tkaninę i wyszła na brzeg, kończąc drugi akt.

– Nie mogę uwierzyć w ten nonsens – mówił Alaric w przerwie.

– No, sztuka nie jest zbyt dobra – zgodziła się Willa – chociaż uważam, że matka z dużym uczuciem odegrała swoją rolę.

– Bardzo! Bardzo! Nigdy nie nazywaj mnie matką – rzekł North z kamienną twarzą.

Lavinia i Parth usiedli w końcu w tym samym rzędzie, obok lady Knowe. Willa usłyszała tylko, jak Lavinia mówi: „Po prostu dlatego, że nie ma pan kompletnie zrozumienia dla sztuki..."

Lavinia nie zdążyła skończyć zdania, kiedy rozpoczął się trzeci akt.

Zagrożenie bohaterki śmiercią sprawiło, że Wilde uznał ją za najdroższą mu istotę. Ich kradziona „chwila rozkoszy", przedstawiona w formie namiętnych pocałunków, została z uznaniem przyjęta przez publiczność, zwłaszcza tę najmłodszą, której zachęcające okrzyki po prostu zagłuszały eleganckie brawa.

Pojawił się też medalion, który bohaterka wsunęła za stanik.

Miły akcent, pomyślała Willa.

Potem emocje jeszcze wzrosły. Misjonarz i jego żona odkryli perfidię uwodzenia ich córki przez lorda, zaczęli zgrzytać zębami i wzywać boskiej opatrzności: „Napiętnować go infamią! Potępiony! Poniżony! O córko, moja córko, co się z tobą stanie?"

Zanim ktokolwiek zdołał odpowiedzieć na to rozpaczliwe pytanie, do ataku ruszyli kanibale – co prawda tylko za sceną. Na froncie sceny lord Wilde zajadał wytworne śniadanie, nie wiedząc, że miłość jego życia nie tylko została porzucona przez rodziców, ale trafiła w ręce krwiożerczych kanibali i właśnie miała się stać ich śniadaniem.

Zza zasłon dobiegło kilka okrzyków, po czym na scenę wjechał olbrzymi garnek z *papier mâché*; pod nim palił się „ogień". Z jego krawędzi zwisała kobieca ręka, trzymająca medalion.

Nawet dzieci wstrzymały oddech, czekając, aż lord Wilde skończy jeść swoje jajka na szynce, odwróci się i ujrzy tragedię.

Zerwał się na równe nogi z okrzykiem wściekłości. Mógł tylko walczyć z kanibalami i odzyskać ukochane ciało celem oddania go rodzinie. On jednak chwycił medalion, krzycząc: „Nigdy nie pokocham innej kobiety!"

Sala balowa westchnęła z zadowoleniem.

Aż do chwili, kiedy Alaric wszystko zepsuł, parskając śmiechem.

Fitzball obrzucił go drwiącym spojrzeniem i zszedł ze sceny.

– Podziękuję Prudence za to, że nareszcie powiedziała słowo prawdy – rzekł Alaric i wstał.

– Nigdy nie będę kochał innej kobiety! – oznajmił.

Podniósł żonę, objął ją i pocałował. Widownia szalała z zachwytu.

Żadne z nich nie zwracało uwagi na okrzyki rodzeństwa ani na śmiechy z sali.

– Kocham cię – szepnęła mu Willa prosto w usta. – A ty?

– Nie waż się… – odszepnął.

Pohamowała śmiech, bo ostatecznie to nie było konieczne, żeby wykazać, że był naprawdę zakochanym do szaleństwa. Wiedział o tym cały zamek.

36

Trzy miesiące później
wiejski dom w Lancashire

North zapukał do drzwi małego wiejskiego domku z uczuciem głębokich wątpliwości. Jego niesłychanie wytworna narzeczona zamieszkała w takim dwupokojowym mieszkanku? Z rozpadającą się strzechą i ogródkiem, mogącym pomieścić najwyżej jeden krzak bzu? Z zasłonkami w oknach, które wyglądają, jak uszyte z worków na mąkę? Co prawda oślepiająco białych worków, ale jednak…

Niemożliwe.

Jej ulubiona peruka nawet by się nie zmieściła w tych drzwiach.

Musiała zajść jakaś omyłka w adresie. A jednak, kiedy udało mu się pokonać opory ojca Diany, podał mu właśnie ten adres.

North dał mu za to sto gwinei; oto, w jaki sposób pan Belgrave zdradził miejsce zamieszkania córki, którą wydziedziczył.

A wszystko za zbrodnię porzucenia markiza.

To była całkowicie wina Northa. Gdyby tylko był dostatecznie spostrzegawczy, żeby dostrzec, że Diana go nie kocha – że go właściwie nienawidzi – nigdy by się jej nie oświadczył. Nadal mieszkałaby w Londynie i pewnie tańczyłaby na jakimś balu z mężczyzną, którego mogłaby pokochać.

A on?

Nie spędziłby roku, nosząc żółte obcasy i olbrzymie peruki, starając się dostosować do jej elegancji. Starając się okazać wyrafinowanie, jakby był Fitzym, parkowym pawiem.

Zastukał znów, tym razem mocniej.

– Idę!

Jej głos przyprawił go o zawrót głowy. Najbardziej bolało go to, że Diana mogła się lepiej czuć na wygnaniu niż w małżeństwie z nim – ale nie mógł przestać jej kochać.

Właśnie ta beznadziejna miłość skłoniła go do pożegnania się z nią. Narzeczeństwo z nim zrujnowało jej życie, ale mógł jeszcze coś uporządkować, zanim pojedzie na wojnę.

Po pierwsze – mógł ją wyrwać z tego żałosnego domku. Mógł to tak ułożyć, żeby się zgodziła na jego pomoc i zrozumiała, że to się nie łączy z żadnymi więzami. Nigdy więcej nie będzie jej zawracał głowy.

Drzwi się otworzyły i stanęła w nich – ona.

Rok temu, kiedy North zobaczył Dianę po raz pierwszy w sali balowej, śmiejącą się rozkosznie, myślał, że spotkał najpiękniejsze stworzenie na świecie.

Ale teraz?

Jej włosy tworzyły lśniącą masę starego złota: wiły się jej na ramionach, nie uniesione w górę ani upudrowane. Jej oczu nie podkreślał czarny ołówek, ale długie rzęsy. Wargi były naturalnie różowe.

Była doskonała.

Stracił po prostu możność mówienia, tylko się w nią wpatrywał.

W końcu Diana ściągnęła brwi.

– Lordzie Roland, co pan tu robi? – Obrzuciła go spojrzeniem i zamarła. – Co pan ma na sobie?

Spojrzał na siebie. Po wielu tygodniach wojskowych ćwiczeń nie zwracał uwagi na swój ciemnopurpurowy żakiet ze stojącym kołnierzem, zwykłe bryczesy i mocne, doskonale uszyte długie buty. A nawet gdyby to widział, najwyżej dziękowałby Bogu, że nie musi ściskać ramion ciasnymi, haftowanymi żakietami, by zrobić wrażenie na Dianie.

– Dostałem powołanie – powiedział stanowczo. – Jadę na wojnę.

Ku jego zaskoczeniu Diana spojrzała na niego z przerażeniem.

– Nie! – Chwyciła go za rękaw. – Nie wolno ci, North! Nie jest jeszcze za późno?

Jej dotknięcie wywołało w nim gwałtowne bicie serca. Delikatnie wyswobodził rękę.

– Prowadzę pułk, jadący prosto do Ameryki. Chciałem się pożegnać, ale także cię przeprosić.

Twarz Diany była blada jak papier. Wyglądała na tak zaszokowaną, jakby rzeczywiście jej na nim zależało.

– Rozmawiałem z twoimi rodzicami kilkakrotnie w ciągu ostatnich paru tygodni – powiedział, próbując skierować rozmowę na okoliczności jej życia.

Potrząsnęła głową.

– Nic niewarta strata czasu.

To była prawda: jej zatwardziały ojciec rzeczywiście podał mu szczegółową kwotę, jaką zarobił na sprzedaży jej ubrań.

– Mogę nie zdołać przekonać pana Belgrave, żeby cię znowu uznał za córkę – powiedział North – ale zapewniam, że nie będziesz cierpiała z powodu narzeczeństwa ze mną. Dlaczego… – urwał. Nie miało znaczenia, dlaczego przyjęła jego oświadczyny ani dlaczego go opuściła.

Zbladła jeszcze bardziej, o ile to było możliwe.

– Nic ci nie powiedzieli?

– O czym?

Zamiast odpowiedzieć, zamarła z oczyma utkwionymi w jego twarzy.

Jest osobą, którą kocha słońce, pomyślał mętnie.

Istotnie, światło rozświetliło idealną kremowość jej policzka i cień, rzucany firanką rzęs. Choć był oszukanym głupcem, w tej chwili starał się zapamiętać każdy szczegół, tak by móc go zabrać ze sobą na wojnę.

Diana go nie chciała ani nie kochała, ale to nie zabiło w nim idiotycznej namiętności i miłości do niej.

Otworzyła usta i potrząsnęła głową.

– To nie ma znaczenia, lordzie Roland.

– Przed chwilą powiedziałaś do mnie North.

Właśnie wtedy usłyszał odgłos jakiegoś stuknięcia. Pochodziło z wnętrza domu, pogrążonego w mroku. Jakby ktoś upuścił na ziemię jakiś przedmiot.

Pewnie ktoś, kto słuchał ich rozmowy.

Diana szeroko otworzyła oczy i przesunęła się, żeby zakryć przed nim drzwi.

Ciało Northa przeniknęło gorąco. Miała kochanka. Mówiła, że go nie ma, a on jej uwierzył – ale z pewnością kłamała.

Prawdopodobnie uciekła na wieś z jakimś lokajem. Z kimś, kogo jej rodzice by nigdy nie zaakceptowali. Może z jakimś sprzedawcą, jak jej dziadek? Za ten grzech się jej wyrzekli; z nim nie miało to nic wspólnego.

To oznaczało, że nie potrzebowała jego pomocy. Wybrała innego mężczyznę, a wszystkie jej kłamstwa były po prostu... kłamstwami. Zwyczajnymi kłamstwami. Podobnymi jak to, że się zgodziła wyjść za niego.

Poczuł ogarniającą go pustkę, chłodną falę mdłości.

– Wybacz – powiedział, cofając się o krok. – Nie miałem zamiaru ci przeszkadzać.

Z wnętrza dobiegło kolejne uderzenie, jakby coś drewnianego spadło ze stołu; może kufel. Potoczyło się po podłodze.

– Muszę już iść – powiedział, sięgając po lejce i odwracając się do konia.

Gwałtownie przełknęła ślinę, tak że gardło jej się ścisnęło.

– Nigdy cię… nie chciałam… skrzywdzić – powiedziała urywanym głosem.

Pochylił głowę. Co chciała przez to powiedzieć? „Dziękuję"?

Już odchodził, kiedy rozległ się kolejny stuk, tym razem z okrzykiem „Mama!".

Głos był cienki płaczliwy. Dziecko… za chwilę się rozbeczy.

Dziecko… o wiele za duże na to, by było jego, nie mówiąc o tym, że i tak jego być nie mogło. Nigdy między nimi nie zaszło nic poza pocałunkami, zresztą rzadkimi.

Spojrzała na niego, a widząc jego zdumienie, omal się nie rozpłakała.

– Masz rodzinę – zdołał wyjąkać. – Życzę ci największego szczęścia na ziemi, Diano. Obiecuję, że już nigdy więcej nie będę cię niepokoił.

Pył musiał mu wpaść do oczu, ale się nie bronił. Jak żołnierz zaczął mrugać, żeby się go pozbyć.

Pyłu z oczu. Nie łez.

Epilog

Jedenaście lat później
nieoznaczona na mapie
bezimienna wyspa na Karaibach

Dwaj chłopcy biegli po białym piasku plaży i wskakiwali do turkusowej wody, rozbawieni jak dwie młode wydry.

Panna Katerina Wilde spojrzała na nich znad książki i się skrzywiła. Odziedziczyła krótki wzrok matki, a różnica pomiędzy chłodnym cieniem palmy a ostrym słońcem sprawiała, że nie mogła ich widzieć, zwłaszcza w okularach.

– Nie oddalajcie się za bardzo! – zawołała do Benjamina i Shawa.

Po niani, zadurzonej w jednym z lokajów, nie było ani śladu.

Tutaj, na wyspach karaibskich, lokaj był czymś niezwykłym. Jednak ich matka, lady Wilhelmina, nalegała zawsze na właściwy posiłek wieczorny, a to oznaczało, że cała rodzina podróżowała z lokajami, obrusami, srebrami i porcelaną. Aha… i z kamerdynerem.

Bracia Katy ostatnie cztery miesiące spędzili, opalając się na brązowo i baraszkując w ciepłych wodach Morza Karaibskiego; Katy wolała leżeć pod drzewem w bryczesach, tak że w każdej chwili mogła wejść do morza i się ochłodzić.

Ich matka spędzała całe dnie na studiowaniu żółwi, malując delikatne akwarele, przedstawiające ich jaja.

A ich ojciec, oczywiście, pisał.

Jednak co wieczór cała rodzina wkładała odpowiednie stroje i krajała pieczeń z kozła srebrnymi sztućcami.

Matka nie wyobrażała sobie, by mogło być inaczej.

Katy odłożyła książkę na ziemię i położyła się na wznak z rękami pod głową, patrząc na powiewające pióropusze palmy. Myślała przy tym, że jest chyba najszczęśliwszą dziesięciolatką na całym świecie.

Tego ranka ojciec jej powiedział, że jest dostatecznie dorosła, żeby poprawić każdą scenę w jego książce, w której wystąpiła jej osoba. Nawet ją wykreślić – gdyby chciała.

Nie zrobiłaby tego. Uwielbiała opowiadania lorda Wilde'a o przygodach ich rodziny, tak samo jak lubiła je reszta Anglii. No, Anglii i Francji, a teraz nawet jeszcze Ameryki. Ojciec próbował namówić matkę na podróż do Nowego Jorku.

Katy uśmiechnęła się szeroko do zwisających nad nią liści. Miała zamiar wyjść za mężczyznę, który byłby równie potężny i przystojny, jak jej ojciec. A potem podróżowaliby po świecie, oczywiście od czasu do czasu wracając do Anglii.

Nie miała ochoty studiować zwierząt, jak matka. Nie, raczej zostanie pisarką, jak ojciec. Kiedy zdjęła okulary, mogła zobaczyć mglisty zielony ślad na horyzoncie: kolejną wyspę. Było ich pełno w tej części oceanu… wyspa za wyspą, a wszystkie czekały, by je zwiedzić. Czekały, żeby je opisała panna Katy Wilde.

Ta wyspa była urocza, ale nie mieszkał na niej nikt poza morskimi żółwiami, dzikimi kozami i ptakami. Gdyby mogła wybierać, zamieszkaliby na wyspie, na której mieszkają ludzie: mogłaby się uczyć ich języka. Niestety, kiedy ojciec zabierał się do pisania, wolał znaleźć miejsce, gdzie mógłby się cieszyć prywatnością.

A trudno o większą prywatność niż na bezludnej, nieznanej wyspie.

Westchnęła, założyła okulary i podniosła książkę. Była jedną z jej ulubionych, napisał ją pewien starożytny facet, Pliniusz. Wuj Pliniusza pożeglował kiedyś prosto do wybuchu wulkanu, starając się ratować ofiary.

Katy zrobiłaby dokładnie to samo, tyle że nie zginęłaby przy tej okazji. Pliniusz z pewnością by się z nią zgodził: jego wuj powinien był bardziej uważać. Zasnęła, śniąc o tym, że jest kapitanem własnego statku i że nim steruje (ostrożnie) w kierunku wielkich czynów i jeszcze większych przygód.

Po jakimś czasie z palmy spadł orzech kokosowy i obsypał jej twarz piaskiem. Usiadła gwałtownie i otworzyła usta ze strachu, dzięki czemu kolejny spadający orzech sprawił, że zaczęła kaszleć i pluć. Musiała wstać. Zaczęła gonić Bena i Shawa dookoła wyspy, wołając tak głośno, że obudziła rodziców.

Spali na zacienionej werandzie domu, którego deski wozili z miejsca na miejsce na pokładzie „Lindow", wielkiego statku, zrobionego według projektu matki. Statek ten lord Wilde opisał w ostatniej książce jako „zakątek Anglii, pływający z miejsca na miejsce".

W tym momencie król i królowa „zakątka Anglii" leżeli w łóżku, okryci śnieżnobiałymi lnianymi prześcieradłami. Słysząc krzyki, Alaric uniósł głowę na tyle długo, by się zorientować, że to szał radości.

– Zróbmy to jeszcze raz… – mruknął zachęcająco.

Willa leżała na nim, bez tchu, jej ciało lśniło od potu, włosy miała rozsypane na jego piersi jak zwoje jedwabiu.

– Za bardzo jestem zmęczona… – wymamrotała.

Roześmiał się. Willa nigdy nie była zmęczona. Nowa podróż, nowa wyspa, nowa przygoda – wszystko to napełniało ją energią, podobnie jak jego.

Nigdy sobie nie wyobrażał takiego życia. Gdyby Willa tego chciała, zamieszkałby w Anglii. Byłby tam nawet szczęśliwy.

Tymczasem okazał się piekielnym szczęściarzem.

Objął Willę ramionami. Kochał swoje życie z fascynującą, wspaniałą żoną i swoimi bystrymi, ciekawymi życia dziećmi…

Naprawdę – zakochany do szaleństwa.